荊楚文庫

朱峙三日記（九）

朱峙三 著
周國林 胡念征 整理

荊楚文庫編纂出版委員會
華中師範大學出版社

庚寅（1950年）日記

今年九月廿起，牙痛甚。以後取去四枚。十八以後發咳嗽疾，以後漸劇，至十月廿三以後更劇。廿五日晚以楊光第所開藥方服之，自後有效。

冬月十二以後，又牙痛甚劇。十五以後咳嗽又作，且喘氣。臘月半服咳寧藥水，咳嗽轉愈，愈後未久又發。

综計全年患病幾十分之八時間，雖先到文保會，以時時診疾，時時請假。來往者係商界，而進步之人未獲交得。舊社會友朋已零落殆盡矣。此次設非至友董必武特别照顧，予之生活此時不知作何狀態。

朱滌新爲本族弟兄輩，彼爲黨員之有功績者。惟隔江，又不便去談，妨礙彼之工作。所以與成大侄去過六七次，實未聽其多述黨義也。此予年老學習不夠之缺點。董老關懷予之現狀，滌新每會畢出京後，詳細告之者。

十二月五日　峙三記

正　　月

初一日　晴　癸未　木亢執　國曆二月十七日　星期五

五時醒，灣間居民亦有放鞭炮出行者，枕上聞疏落之聲而已。七時同族來拜年者甚多，内子在堂屋中答禮，予未能起與諸人周旋也。下午一時方起，偶憶去年正月朔，則生出許多感想耳。

初二日　晴

早來拜年者仍多，十時起。飯後囑香齋同予至大小塆、中北頭及南頭各家呼門拜年，僅在細邦、寶山、邦林三家略坐。晚飯後早寢，咳嗽連日又發。

初三日　晴　今日雨水節　二月十九日

十時起，今日仍晴，甚爲難得。下午治民家中請予吃飯，同席一袁一萬及其婿熊國華。

初四日　晴　二月二十日　星期一

十時起，昨夕咳甚劇，幸連日飲食如常，尚不覺痛苦也。今日爲先祖母晏孺人忌日，未能祀祭，心中惘然。聞徐姓廟上某道人被搶去糧食等等。曹某道士被搶，遭勒死。時局如此，乃生此現象也。

初五日　晴

今日接朱伊仲回信，民生公司事，主權在渝，不易謀也。宋聖逸允許接濟小款亦未到。

初六日　晴　二月廿二日　星期三

今日劉伯陽之堂弟帶來清代闈墨十本，當將可撮之參考處鈔下。沈鈞儒光緒甲辰會試中五十一名，賈景德亦中是科，覃壽堃中第廿七名。沈爲當代有數人物，賈爲銓敘部長六年，覃今年七十七，尚困於鄂通館者。升沈之感亦時勢爲之也。寢後咳嗽甚劇。

初七日　晴　燥　二月廿三日　星期四

早咳甚，九時半起。飯後帶同定生往段家店，探問今年開春武漢情形也。借得初六日《大剛報》，載公曆二月廿一日新華社北京電，美日聯合出警察，練新兵，並出兵艦八十八艘，已有備戰情況矣。武漢近日物價大波動。鹽每斤四千餘元，銀洋黑市四萬元，米每升二千四百元矣。可畏哉！在胡同盛略坐談，便往街市一遊。濕泥渣猶未乾也。五時抵家，身微汗，晚寢後咳甚劇。

初八日　陰晴不定　晚九時小雨　二月廿四日　星期五

九時起，昨夕寢不安。咳嗽時好時發，極以爲苦。午後寫行書二頁，家信一封。

初九日　雨　晚大風　二月廿五日

十時起。咳不能愈，奈何？午後仍寫行書自遣。王陽明客座私祝全文久已忘之，今日檢字帖再抄一過。仁人君子訓子之言可法也。以視今日父子之道乖，天倫之誼没，真禽獸之世矣。晚餐後飲半夏水一碗，睡熟二時許即醒，醒即大咳，咳後喉頭奇癢不能忍。又再咳至天明，仍不能安也。

初十日　晴　二月廿六

今日又晴，可以推想麥粟向榮矣。予病咳未愈，殊爲煩惱耳。檢半夏三錢煎服之。

十一日　晴燥　二月廿七日

今日晴燥，予出外二次，但身覺寒冷，晚飯四句鐘已畢。被單絮褥均經曬過，寢後迷迷睡未熟也。六時身熱不可耐，遂起坐。七時又食粥半盂，心煩稍止。再睡後夢至一巨校舍，玻璃透明，謂兩湖舊同學補課後給文憑也。寢室不多，來生非止一校。予與庶務某暫共寢室，請其通知廚房欲吃午飯。至飯堂則寻不着予之坐位。管理係一面麻，年約五十歲。見飯堂約十餘桌，予以未食仍向講堂聽講。此堂明朗，可坐百餘人。臺上講書者爲吴賢卿，細視之又非賢卿。同學李祖綱先招呼予入座，繼見易泮香，其餘聽講者均非認識之人。少者約廿歲，長者五六十歲。兩湖同學聞多數未報到。予遂尋庶務，謂予須搬行李出校，俟各班到齊再來聽講補習。其同座一庶務謂，搬物須覓保具結方可。予詢以同學可做保否，正急遽間遂醒。噫，自去春至今年餘多夢兩湖要補習方給文憑事，甚有與文普通及舊高等學堂合班者。不過前夢多係兩湖舊舍，今夕之夢則一新建之大校舍大講堂也。人之靈魂不安，夜分浮遊空際，每有不可思議及意想不到之事實見焉。血氣已衰，奈之何哉。

十二日　早晴　東風大起轉陰寒　二月二十八日　陽二月已完

早起，咳嗽未減，心煩亂。午後外出一次。晚囑太平明晨送米到縣，並帶煙一條，變價買油鹽。寢後亦咳嗽不已。轉鐘後又得夢，甚長，更與昨夕不倫不類。亦新孀帶一男一女孩向予家謀雇工，予家已有男婦老幼十三人，不能容也。

十三日　早陰東風　午後二時放晴　三月一日

今日晴暖，予出外二次。無處可遊，仍在經堂小坐而已。下午四時，太平一無所買，書亦未帶回。煙跌價不能變賣，嘔氣之至。迟生彼亦未晤見。

十四日　晴

早起，又帶煙、米，囑香齋至店上換油鹽。午後香齋回，帶油、鹽、菜等物歸，去價二萬四千元。油每斤九百六十元矣。晚看太長降神判年歲，僞語多。

十五日　晴燥

早起，今日晴爽。前後灣男婦老少遊春，仍似廿七年上元予在灣間情況，惟不及當時之樂且真也。午後中分扶乩判年歲等事，予往觀之，約一小時歸。乩判多騎牆語，在可信不可信之間。晚十時寢，絮熱難耐，睡熟一時許咳嗽大作，自是坐咳不能安，至天明猶未已也。今日正午有飛機掠過。

十六日　陰暗欲雨　三月四日　星期六

今日得魏□生復信，仍請寫石印局招牌，附云詹葆和、石雨水等六人俱早死，陳暢如與彼四人尚存。噫，予在冶校屈指廿二年，詹、石等年不過廿餘，可慨也哉。又接朱成大函，附小園來函，不知予意也。晚睡後咳已減。

十七日　晴燥　三月五日　星期日

今日又晴，燠熱必有大風。出門遊覽二次，菜花黄嫩可愛。晚寢後吃藥，咳嗽稍好，終夜未咳一聲。

十八日　晴熱甚　夜丑正大北風　三月六日

早起，今日更熱。余以筆墨事一旬未清理，今日決計補舊日記。傍晚劉金生來述各事。今夕寢後亦未咳。

十九日　陰大北風　晚寒　十二時以後雨　三月七日

早起，午後補寫日記。今日亦未咳，從此愈矣，晚睡亦能安。熊國華今午自縣歸，聞遲生仍就店上小學事，彼則調華容矣。遲生得以蟬聯，今年春季少一層急着，皆熊之力也。

二十日　雨寒　下雪子二次　三月八日

十時起，天寒，午後更甚，下雪子二次。今日未能做事。連夕晚寢，咳嗽兩三聲，或竟不咳，似已愈矣。附近各村時時喊叫有匪來劫財米，如此者已有三次。

廿一日　陰寒　晚見星月　三月九日

今日借穀籌交劉金生，又在朱湯取米七升。寫朱成大、范尚立、胡松山三函，俱爲保安門房屋買公債事。竭兩個月前後房租，買公債尚不夠，況住有一年餘未付租者二家。嗚呼，予以久病極困，奈何。晚十時寢後，廖姓鳴鑼喧喊，匪至廖灣，距此灣僅里餘。

廿二日　晴　南風　三月十日　星期五

刘金生六時回武昌。下午北頭細苕回，帶歸《大剛報》一份，所述臺灣事，政治、軍事甚詳，劉榮峻所譯述之稿也。稿述臺灣情形及美國布置各事甚詳，餘爲上海派認公債鉅額收入之數。

廿三日　陰寒　北風甚烈　晚間尤冷　三月十一日　星期六

今日出門行未遠，大風吹面不能仰，遂回補寫日記。香齋代余賣去豬子一頭，三十六斤，價穀九斗，穀每斗可值人民券一萬二千元之譜。晚寒甚，早寢，夢多且雜。最後一夢，上午轉鐘三時矣。夢居大宅，僕從多，有長班及輿夫四名，正開飯，菜蔬多。

廿四日　晴　早結冰有霜　三月十二日　星期日

今午太平自店買魚歸，帶回紀雪舫一函，彼去冬到武昌者，别已念年未見面者也。午後補寫日記。外出三次，見地上菜花甚開，一片嫩黄，可愛之色。小立畦畔，看此鄉村之景耳。曉間熱燥早寢，轉鐘又聞吕家䀢喊捉搶匪之聲約一小時。

廿五日　晴　東風　三月十三日　星期一

早起，新日和煖，予至田間小徑看青麥黄花。至渡口望謝家灣、袁家墉，所隔不及一里，遇秉文、细苕待渡，與談片刻歸。午後又出外二次。細思回鄉已逾十月矣，其間經過疾病懊惱，多次心煩意亂。蒼蒼者天，何日解此痛苦耶？晚寢不安。定生似瘧疾數日未愈，香生今日患咳嗽，夜間咳尤甚，内子終日勤勞，早起，睡極遲，爲小兒縫衣及做醃菜，每夜至轉鐘方寢。余亦時時喉中奇癢，須咳三四聲，睡熟時甚少，不寐則每感覺從前傷心之事與父母養育之恩未報也。今午太炳買回《大剛報》，閱之，無多新聞，只云催購公債。

廿六日　陰　晴　三月十四　星期二

六時聞小雨聲，七時半起。香生嗽未愈，定生九時又發瘧疾，未進飲食，出汗甚多。晚八時半，鄉間附近各村又鳴鑼，云搶犯至矣，擾擾一時許乃睡。

廿七日　晴　三月十五日　星期三

早起，至田地淺水邊一遊。今日夢閑帶同香生至店，住姚國池家，明日搭車往省，下午三時囑太寅送去。夢閑今春勞苦較去年更甚，余心憐之。此次帶小伢又帶糍粑等物，爲送人禮物，上車雖有人送，明日下車則困難矣。不知同車有熟人否，心念念不釋。傍晚太寅歸述各事。定生瘧已愈，進飲食。晚九時，余尚未寢，又聞前村及附近各小村鳴鑼趕搶犯，似在蘆洲灣，遥見火光及電筒之光數處，半時乃已。噫，何時安寧耶？寢後夢余應圖畫考試並題詩未就。應試者六十餘人。二時半醒，自是睡不安，賢遂今夕來招呼。

廿八日　早　陰　三月十六日　星期四

七時起，囑賢遂、定生弄飯。余以今年尚未開始進三官大帝及裴大仙香火問籤等等。飯後分往二處進香，問三官帝，上上籤，與余所問不相合。再問裴大仙，第一問上上，係關係個人謀名利，均吉語。二問自身中平，亦吉語。謂勤求必有所獲也。下午聞太杏、松林云，夢閑已於今日搭車，車上人數不多，必可安全到省矣。傍晚遲生來云，今日方到店，帶來通志及徐平夫復函。徐今年七十八歲，尚能作復函。並云周子書臥病在床，未能作答。周與徐同年者也。

廿九日　小雨陰　年後大雨　三月十七日　星期五

早起，遲生到店去。飯後係念夢閑母子在武昌。今日雨，未能作事。

午後賢遂去吕家畈開會，晚歸云邦臣、天才等七家出米不少，限五天變賣物資繳清，作米拿出。

二　月

初一日　早雨　正午現日光一次　三月十八日　星期六

昨睡不安，喉中時嗽，今日十時方起。今年歲月已過十二分之一矣。光陰似箭催人老，可慨也哉。予遭逢多難，景迫桑榆，尚未獲一日安穩衣食粗飽之樂。所有著述雜稿決定今年五月竣事。傳不傳不可知，然總冀其必傳全國，使讀書人不論窮達，知予一身讀書處世，待人接物以及清季諸掌故歷史變遷有關係者也。

初二日　雨　下午晴　三月十九日　星期日

早起，念夢閑在武昌。今日未能作事。從前天晴，不往武昌，乃選擇如此數日，又帶小伢，實不方便也。今日鄉間有土地會。

初三日　晴陰不定　三月二十日　星期一

早起，飯後寫日記，仍擇補前數年未竣者，午後時聞炮聲，似在武漢方面，又似高射炮聲。晚間聞邦臣、國□及北頭數家又出米八百斤至一千五百斤者，聞以此米分給赤貧者云。

初四日　陰　時有小雨　午後大雨　三月廿一日　星期二

九時半起，午後二時聞松林自漢口歸，並未與夢閑晤見。武漢物價已大跌，公務員薪水分數已減，並買公債幾票，又須出股票組織大公司云云。

初五日　雨雷電　轉鐘後北風數陣　三月廿二日　星期三

早八時松林來，余問以各事。今日大雨，不知夢閑在省所討租金及借款買公債事已妥否，小伢在人家多不便，余甚系念之也。聞農會今日收地主富農物品作價。連日寫行書字課。

初六日　早陰　午後小雨一次　三月廿三日　星期四

早起，連日天陰，暗無日光，慘色可惡。令人遐想於清光緒癸巳以後天氣也。兒時讀書，風晴雨雪，甚分明也。予近一旬餘飲食大進，想以後咳疾不作，身體可復原矣。晚寢以室中多鼠不成寐。不寐心愈煩，每每念及武昌内子與小蘭兒也。

初七日　早晴　午後雨　晚大雷雨　三月廿四日　星期五

昨日正午寫馬致远套數《秋思》。完成前數日寫吾邑丁酉科迄癸卯舉人十九名，升沈顯晦，提要言之。今存者止陳廷英，而張季馥今年尚存否，則尚在懷疑中也。晚十時寢，心念夢閑同小蘭在省，不知如何情形。

初八日　雨寒　晚晴　星輝月朗　三月廿五日　星期六

夜間二時，天大雷雨。五時半，雷聲振屋者，約半時乃已。茅屋大漏，予不安寢。每欲起視，又懼受寒。鼠聲繁擾，益不能睡。今日十時方起，飯後天氣愁鬱黯淡，望之心煩。清末清明天氣，不見於今。午後四時借來《大剛報》。新華社訊，臺灣、香港，美英人辦有特務，準備潛入内地天主教堂云云。前數日聞武漢英美教士拍賣物品準備回國，或與此事有關。九時寢，夢中又獲某姓孝感人，年卅餘，述其母爲庶，願爲予子相依云云。

初九日　早見陽光　大雷小雨陰雲　正午又現晴狀
三月廿六日　星期日

九時起，飯後賢清自店上取回朱成大平快函，内附函請予至羅祖殿八號談話，細閱係去年腊月廿六函。予去年十月初四歸，未作謀事想也。系念夢閑母子往省已十一天，尚未回家，不知籌借之款已如數買得公債否。晚九時寢，夢予在武昌與陳志純準備出門就事，在漢口交通路雄楚樓旅館會合，搭輪又途遇張難先。此二旬内春夢多意境奇特，殊爲好笑。魂夢不安，天下何時可統一，予默祝之。今閱函爲統戰部銜。

初十日　陰雨　三月廿七日　星期一

四時半聞雷雨聲，心煩甚。八時半起，心念夢閑與小蘭，今日未必能搭車回鄉間。今日時雨時陰黯無光，或露日光一□時即隱，愁鬱。天時殆與人事相同。午後三時閲《元史》，用十行注視法，傍晚閲至順帝死亡時止。元代以胡人入主中夏，南人漢奸爲之盡力者亦不少。甚至亡時抵抗明太祖，張、陳諸師爲胡元殉節，何其愚也。晚早寢，心念夢閑母子。十時睡熟至轉鐘四時醒，多夢且有褻者，心腎不交乃至於此。

十一日　陰雨雲黯或現陽光　晚小雨如霧　三月廿八日　星期二

上午四時半聞雷雨聲。十時起，今日天氣最惡劣，愁慘沈黯，午後現日光二秒鐘。此八日間天上變態不可名狀。下午四時稚山自店開會歸，云遲生未到校上課，不知何意。晚早寢，轉種一時醒，心煩甚。起坐飲茶，約一小時再寢，夢予居一舊屋，夏炳臣仍来侍予。

十二日　早雨　午後轉晴旋陰沈　三月廿九日　星期三

九時起，飯後寫信二件，請松林明日到省轉交者，可減去郵費二千元。因居鄉間，現時各家窘困至極，借四百元亦不易。予已無油弄菜，内子又未歸，心煩甚。下午一時命定生至店看汽車，候夢閑歸。今日信致朱成大、朱伊仲二處。

十三日　晨小雨　陰　晚似轉晴意　三月三十日　星期四

七時起，飯後太寅同定生到店接夢閑。續閲《綱鑑易知録》，前日看宋朝亡國時各事，昨看元亡及明興明亡三個時代政治、人心、風俗及文武忠奸，令人太息，中華民族性太劣也。松林今時搭車往省所帶函，不知夢閑可能收到否。

十四日　晴　燥　月夜甚佳　三月三十一日　星期五

早起，今日又請邦金同定生往段家店接夢閑。下午四時歸，云仍未到。或者夢閑已接予函往訪饒校文與？

十五日　晴　燥　月色佳　四月一日　星期六

今日又派賢遂同定生往店接夢閑。午後三時歸，云下車三次，夢閑未歸，予心煩意亂。推想武昌租金已臨四月一日，或者諸住户籌錢交夢閑買公債歟？然若輩狡猾甚，未必能應予之急也。聞壽銀今日生一子，又區政府有政工人員來鄉開會，將魯某捉去。晚間晴燥，九時半寢。夢邑中爲周子書祝七十七歲，辦有七大菜，各食飯一碗，未辦麵也。首席爲子書，次席爲張叔華，徐平夫未到。

十六日　晴燥甚　晚月色佳　轉鐘三時月全食　四月二日　星期日

今日無可派之人，予親往店上接夢閑，亦未歸。遲生已到學校。予晚間起看月食。

十七日　陰雨　午後一時　天沈暗如晦約一時許大雨　晚轉晴　四月三日

早起，今日夢閑未歸，亦未派人去接。正午雨大，天沈如墨者一小時，晝晦如夜，是爲天變。自去秋到今天變不止一次矣。四時北頭細苕歸，云夢閑明日定回家，可派人去接，公債已買就，予心稍安。晚天氣又轉晴。

十八日　晨現晴狀　午後雷雨時作　晚大雨
轉鐘一時大暴風震屋　四月四日　星期二

早起，天氣似晴，予心甚喜，逆料夢閑已搭車矣。九時以後小雨時作，太炳、定生俱到店去接。午後小雨時作，四時半夢閑歸，香生均佳。晚間清理物件。寢後聞大雨作，轉鐘一時半暴風陡起，雷聲殷殷，屋瓦俱摇，約兩小時稍止。天明仍北風。

十九日　大風轉寒　早小雨　今日清明　四月五日　星期三

早八時，壪間人俱往華容看反霸運動。

二十日　大風　陰　晴燥　四月六日　星期四

連旬以來，天氣陰暗沈鬱，小雨時時，日光黯淡，真乖氣也。午後帶同定生、夢閑、香生到大林，祭太高祖宜選公及高墳鄧孺人、太高祖母石孺人，尋高祖父母、□□公、徐孺人墳不着，乃至學柯公坟祭掃畢，遂歸。

廿一日　晴燥　四月七日　星期五

今日補祭□□公、徐孺人墳，又祭學漢、正壽、其耀、正洛諸公。學漢公之配李孺人葬河南固始縣李籍堡朱家新樓後園東北向，大約係荒年乞食在外而死者。傷哉。祭畢回思予家伯叔祖妣俱貧苦，予曾祖正華公道光十二年逃荒，帶同祖父冠群公，一夕正華公暴死，則尤可慘也。飯後，今夕早寢，予腎氣未舒者三月，寢後甚恬。

廿二日　晴燥　四月八日　星期六

早起倦甚，午後僅至宅前後一遊。今日天氣燥熱，各家均往田間工作。晚寢甚安。

廿三日　晴燥　四月九日　星期日

寫信三件，因本灣秦立民往縣城，便托其發武昌李廉方信及遲生、袁子卿等函，便帶香、鞭等物。

廿四日　晴燥　四月十日　星期一

今日與胡昆至田間一遊，然足力不健，未敢遠行。聞秦君尚未往縣，加帶數事。晚以腎氣未愈。早寢，一睡直到天明。

廿五日　晴燥　四月十一日　星期二

十時半頭暈甚，晏起。足力愈軟，心胸尚舒暢，飲食大增，身體可望復元矣。午後補寫日記。晚寢甚安。

廿六日　晴燥　四月十二日

連日天氣晴熱，心胸開朗，飯後命定生作文並囑其寫大小字各一張。鄉間閑玩旬餘，教師以無穀米亦未安心教學。公債派出，鄉間各户又無力繳款，人民幣缺乏，銀元大跌價，一切周轉不靈矣！二時周開昌來，送蛋糕、糖果各一包，談樊口公債事甚詳。又云鄭麻子、王漢恒二人已被農會檢舉捕押矣。談三小時回去，便以遲生事托謝留心安置之。

廿七日　早陰旋雨　晚九時以後大東北風　達旦未已　四月十三日　星期四

九時起，飯畢欲作事，以疲乏中止。今日下雨，各家浸穀種者愁眉不展。天予好年成，樊堤水不漲，則麥秋尚可望，否則不堪設想矣。此次連晴七天，已屬農人幸事。午後雨大，三時秦立民回，帶來乾泰順一函。秦述予縣宅事，又要紥兵。屋漏未能修理，家有病人，遲生早已回店上學校矣，心煩亂殊甚。所帶糖食被雨沁食。銀元黑市值一萬四千元，今正月底可值二萬六七千元。今下跌之故，因各商民派購公債，俱須人民券繳納也。物價便宜，但無人購買，各商俱以籌買公債無生意云云。晚寢不安，枕畔只聞風聲怒號而已。

廿八日　晴大風　晚西北風甚厲　四月十四日　星期五

今日時曇時晴，大風不息。

廿九日　大東南風　午後轉晴　燥熱難受
四月十五日　星期六

今日大風未息，陽光亦烈。晚小雨，氣候燥甚，着單衣如四月天氣。晚星斗明朗，風略息。予十時寢，轉鐘一時大北風再起，雷聲、暴雨聲、北風怒吼聲頗駭人。噫，今春乖氣如此其多也。

三十日　大風未息　時烈日時小雨　午後三時放晴
晚仍大風　四月十六日　星期日

八時起，天現烈日光，大風未息，未幾小雨，又沈暗不明，又現烈日，或陰雲急升，天黯然矣，殆如瘋人情狀。乖厲之氣四塞，稼穡之功愈艱。鄉人下秧已三日，望晴甚殷。聞樊堤外水又大漲，今年水災極可憂慮。晴。早寢多雜夢。轉鐘後聞風烈。

三　　月

初一日　大風晴　晚西北風　四月十七日　星期一

七時半起，九時至三官帝、裴大仙處進香，並問籤語。三官連問不吉，大仙連問均上上，且係原籤也，姑誌之。今日大風，已六日未息，殊爲奇事。

初二日　早晴旋陰　東北風　午後大晴　四時半雨　夜大雨　四月十八日　星期二

早起，午後命定生到店購買明礬，借報未得，信件亦無有。連旬不知消息，殊悶悶也。聞遲生已調縣政府工作，不知確否。此定生歸云，問之學校某教員者。四時小雨數陣，九時大雨，寢後迭聞大雨聲。

柳緑桃紅水蔚藍，傍湖樓閣鍳光涵。
兹圖那得清如許，風景剛逢三月三。

丁巳上巳題畫詩，追記於此，以練目力也。庚寅三月朔，峙山老人，年六十五歲。

初三日　雨寒　大東北風竟夕　四月十九日　星期三

九時起，昨夕睡不安。憶去年今日午後與張春霆、賀敏深、鄧北堂等十五人在黄鶴樓修禊，旁晚在察院坡北味春聚餐甚樂。今春仍困鄉間，焦灼萬狀。檢去歲照片，除張春霆現得意外，年七十四。鄧北堂去秋已作古人，年七十。餘均困守武漢如祁運春、饒校文輩，充教員以維生活。以後如何，尚難逆料也。夜夢爲人写紅大對，僅出聯一邊。

初四日　陰　晴旋轉沈暗　午後風雨　四月二十日　星期四

九時半起，午後因雨不能外出。編吾邑光宣朝城内諸生表，以居城者爲限。外縣寄籍者九人，係有城内教讀者七人，别鄉寄居城内四人，均附焉。噫，清亡已三十九年，科舉停廢已四十七年。翰林饒叔光民十一卒於漢口，此爲吾邑得翰苑早而壽高者一人。至城内三進士，一張書城翰林、二王主事家璧、三涂主事椿年，予均未見過。光緒丁未以前均去世。城内舉人光緒朝共六人，一魏瑞楩、二孟履恒、三沈炳鋆、四熊元愷、五張肇棻、六傅贊樞。張、傅均熟人，熊、孟僅見一面。餘則廩附。五十二人中有長予年一倍者、十年者、五年者，其中僅程賢智小於予三歲。均爲相識或相契者約四十人，現止傅幼虛年七十。與予尚存。科舉之停近五十年，秀才之名四十七年未之見，亦可成歷史名詞矣！

初五日　雨陰　今日穀雨節　四月廿一日　星期五

今日未作事。日來天氣沈悶，有如病夫。

初六日　晴雨不一　四月廿二日　星期六

檢取歷年日記，補其未竣者。午後寫行書三頁。無聊之極，無事可作也。爲定生講歷史、地理課各一則。

初七日　晴陰不定　小雨三次　四月廿三日　星期日

早起，爲定生講國語課一則。今日出門三次，田間秧怕冷，麥子又望晴。今春雨水多而寒冷，如此春季，年成不□可知矣。

初八日　早陰　十時晴　四月廿四日　星期一

今晚因胡昆下縣，便托買洋油、麻油各一斤。此前日灣間農會分予一元，因托之。

初九日　晨陰暗不明　午後晴熱　四月廿五日

今日清理書箱、字畫箱，極煩亂。分類置物而箱子又小，不能依予意而藏之也。

初十日　晴陰不定　四月廿六日　星期三

今日胡昆回鄉，述及縣中遲生患目疾，學校事未就，家中極窘，予亦不能助也。

十一日　晴　熱燥　四月廿七日

今午汪雅卿來，與談近事約一時許去。汪與予同年入學，長於予二歲，身體康强。

十二日　大東風竟日　下午小雨　四月廿八日　星期五

今日清檢字畫衣箱，極煩。午後胡太梓自陽新歸，詢以近事，與吾邑城鄉一致。

十三日　早小雨陰　午後晴　晚月色佳　四月廿九日　星期六

七時起，昨寢展轉難寐，心煩亂殊甚。如此局面何時可了耶？晚間細苕來述武漢近事、海南島解放事。

十四日　上午晴燥　午後東風層雲密布似欲雨　四月卅日　星期日

早起，十時以後清理床褥及桌上書籍等等，力疲氣喘。午後借來大字《心經》，予遂照寫三頁，共二百七十餘，書連上下款也。晚寢有蚊子咬人。

十五日　晴燥　五月一日　星期一

早起，今日清理字畫書籍分箱安置，另移他處藏。《武昌縣志》《漁洋詩鈔》仍未尋得，煩惱殊甚。晚寢多夢且雜，蕭敦五将予小錶毁壞。

十六日　晴陰不定　大風小雨　五月二日　星期二

早起。今日托次山買油、礬等零件，去鈔九千五百元，即前日農会分給貧户之款三萬六千元人民券也。下午清理字畫及日記，裝箱已畢。始聞布穀聲。

十七日　晴陰　陣雨四次　大北風　晚見月色　五月三日

早起，晴，旋陣雨一次。自是陰晴陣雨大北風，變態殊甚，乖氣所積也。今日托太平買白糖及魚，共去五千二百元。下午又清理信件，得民五、民九、十一、十二等年信札，可加入日記中補遺也。四時北風愈大，天氣轉寒。夜間月光大明，北風不息。寢後自思先父母墳今春未祭，甚愧於心，不成寐也。先室孟夫人今日生辰。

十八日　晴　五月四日　星期四

早起。今日又清理書籍字畫雜文稿信件等等，分類裝箱。頭暈甚，下午五時乃畢。買穀五斗去洋二元，可以延十日糧食矣。已托人帶信與松山，催問武昌房租，並附票二千元與劉金生，請他作回信郵費。

十九日　晴　五月五日　星期五

今日上下午均清理書箱文稿等，分别部居，備仍分存各處也。胡文卿自宜昌來信，與太輔欲全都回鄉住，糞土改分田也。晚間仍清理文稿、日記稿等等。寢後思慮多，每一想及家事不成寐。灣間連日雞發瘟。

二十日　晴熱　五月六日

六時起，每夕不成寐，不能不早起，至田野間一吐新鮮之氣而已。此兩旬來極無聊，在室内外東塗西抹，瑣屑事一一清理之，細閲之，以消永晝。蓋除吃睡時間外，無時不在愁悶中。夜寢有蚊咬人，跳蚤尚少，展轉不寐。

廿一日　晴熱　五月七日　星期日

六時起，連日無聊。一月以來食糧缺乏，零用俱無。内子迭催予寫信至省，今日乃寫信與王屏，問及前説事，請其回一信。囑邦林帶至華容發，明日可帶往灣間。連日雞瘟更甚，日必死十餘隻，予家已死三隻。

廿二日　晴熱　五月八日　星期一

今日清理室中衣物□理又换蚊帳。稍停，即檢編前卅年日記，拆信看，一一觸舊事，增感慨也。十一時寢，尚安適。

廿三日　陰　晴　五月九日　星期二

今日仍清理從前信件、日記，發現戊午冬月太錚夭亡時日錯誤，乃改頁更正之。又純女夭亡時余在大冶未之見，檢信函亦知錯誤，明日再改。

廿四日　陰小雨　午後雨數次　晚雨　五月十日　星期三

早起，今日插秧者甚多。飯後予仍改戊午日記錯誤，换頁書之，費三小時乃已。晚八時又補寫三次。九時半目不能瞠，遂寢。

廿五日　早雨　九時以後晴陰不定　時呈欲雨狀　五月十一日　星期四

五時起，開門見風雨，仍睡去。八時再起，頭暈甚。九時寫行書一頁，寫《心經》半頁，欲藉以静心也。午後仍補寫舊日記，至晚方罷。寢後思慮多，每不成寐，起來二次，口渴喉乾，飲茶，心煩難受。

廿六日　陰　午後呈欲雨狀　晚雨　五月十二日　星期五

七時起。胸閉，似有痰未吐者，含蘇打粉，略鬆。九時仍補舊日記。胸鬱仍未減也，再食蘇打粉，略減輕。晚寢後夢張岳軍約余等七人共照相，就大相館住宿。

廿七日　雨　陰　旋晴　五月十三日　星期六

七時起。飯後整理舊日記，至下午五時止。晚寢後夢入一辦公室，張耀南在其内。予着白竹，有徽章，同時挂章者四人，與予同入，被一勤務扯下布章，指“工役”二字須去之。

廿八日　早陰　九時以後放晴　日光强烈　五月十四日　星期日

六時起，飯後補寫日記。至田間看人插秧。鄉間近三天繁忙至極，以節氣快到小滿也。四月節氣已過大半，稍一停滯遺誤必多。杜詩“農務村村急，春流岸岸深”，范石湖《鄉村即事詩》所謂“鄉村四月閑人少，纔了蠶桑又插田”，王維詩“農月無閑人，傾家事南畝”，正此時也。武漢人在舊時，此日必遊洪山吃甘蔗，人多如蟻。不知今年尚如此否。逆料其必無此舉也。晚十二時寢。

廿九日　晴熱燥　日光强烈　五月十五日　星期一

早起，飯後補日記，至下午光緒庚子年已竣，民國庚申亦竣。四時再裝訂本子。補抄光緒癸卯及民國辛酉至癸亥年，則五十八年日記已銜接，後年臘底可做六十年紀念矣。李棠階、曾滌生、李蒓客諸前輩亦無此傑作也。棠階日記不過廿餘年，曾日記卅餘年，李日記亦止卅餘年。更卑視胡適、吴稚暉日記十餘年，渺乎小矣！二君聲望爵位高，故人重視之。抗戰前贛人黄履思號筱浦。有日記廿餘年，惜在恩施爲敵機炸城時所毁。黄亦年未六十，没於江西之省府秘書任内。以上因黄爲有志未竟之人，特附記之。晚九時半寢，夢馮藝林、萬隆焜及一湘戚女眷來家。

三十日　晴熱如伏　五月十六日　星期二

早起即熱。飯後寫字二頁。十二時店上胡同盛轉交信，係長庚帶回者。統戰部王君復函，請予即日往省。惟天氣熱，川資無着，武昌食宿均成問題耳。今日陽光强烈如伏，不知係釀風雨否。壪間雞瘟已減輕，死者甚少。詢之前灣大墈上無此症也。現在雞之存而未愈者朝夕打噎，噎聲甚大，廿分鐘發一次，奇事也。此旬内南分死水牛二頭，受熱不食，臥地三天即死。農家以牛爲主力，人工則輔力而已。

四　　月

初一　晴　極熱如伏　五月十七日　星期三

早起，飯後以熱不能作事，僅在室中清理衣服物件之應帶者，準備往省。將文字、書籍、衣服等又分别部居一次，分開寄存别家。

初二日　晴熱如伏　晚九時大風　小雨　五月十八日　星期四

早起，將《心經》補寫一份，明日送徐二嫂處存之，彼所求也。晚九時雷聲震耳，風大雨小，天氣改涼。十一時半寢。

初三日　早大雨大風未息　午後晴　晚見星斗　五月十九日　星期五

八時起，今日天氣轉寒，下午更涼爽，着棉衣。天氣變换如此，人事自然變態亦如此，聖明之世所未有也。

初四日　晴　五月二十日　星期六

早起着棉衣，天氣已復常狀矣。予擬明日往省一看情形。鄉居萬分窘困，生活無着，不能不向現時謀一吃飯地也。囑家人清理衣物，予自檢藥品等細微之事。

初五日　陰晴　晚小雨　五月廿一日

早飯後已將各物一一清檢。正午命太寅等準備各事。予以足腫乘轎，於下午三時動身，五時到華容小學，孟利生招呼予。飯畢與利生、鄭君同訪楊詞垣，談片刻即歸，慮天雨又近黄昏矣。詞垣送予行二里餘乃轉去。彼今年八十四歲，康健如前年在武昌見予時也，耳目均佳。予詢及從前四十年事，彼僅能記三分之一耳！歸後國華自縣中歸校，與談半時遂寢。

初六日　雨　五月廿二日　星期一

六時小雨，太寅来，云此地有汽車，七時可開行。予請國華代爲招呼購票買司機坐位。八時半開行，沿途無多客，幸予已坐司機位置，不吃虧也。正午到青龍巷口下車，至朱成大，相見甚歡。飯後至保安門會胡鳳祥、松山等，劉金生家，又請劉興奎代討各家租金。七時回朱宅宿，擬明訪友，詢文保會事。

初七日　陰小雨　晴　五月廿三日

早飯後至玉兒宅探其通訊地點。至圖書館探問文保會内容。崔、李諸人均晤見。途遇曾心如，知其亦在會辦事，統戰部蔡科長所薦者也。

初八日　陰晴　五月廿四日　星期三

早起遇范寅楼，約予至其寓早點，至保安門許寶成局，正午飯菜均佳。與許小山談各事，便討租金，乘車歸，腹大泄。下午至統戰部晤一何在琰，麻城人。彼告以京中來函二次。請予住招待所，予不願也。説話極謙。歸後又腹泄，晚間遂病。今日着衣甚單，似怯寒。八時韓英華、李子青來看予，談甚久。予臥床上，實未聽入也。

初九日　陰雨　五月廿五日　星期四

早起仍泄，今日在寓休息一日。

初十日　晴熱　五月廿六日　星期五

早起，疾已愈。飯後至教育廳，上下職員、工役俱往某地勞作去了。予遂至李宅及鵬程宅一敘。

十一日　五月廿七日　陰雨　星期六

飯後至教育廳，先晤及汪士鵬、詹旭東，乃得門徑。訪涂秘書，辦人事者。一問即知予來意，謂尋予已在兩個月以前，當將情形上樓告知李廳長，即將聘書交予帶往文保會，速報到可取薪也。時已下午五時，予慮散值，繼思今日下午有會期，遂乘車往晤馬主任並穎生、華甫兩同學，匆匆與楊陸亭談數語，彼即分册登記並與匡甫説知，請查待遇數目。出遇耿小堂、張春廷、王楚材，兩位係聾子，張則老而失音。文保會養老院，收荒貨骨董歟？一笑而已，歸與成大言之。

十二日　陰　晴　晚有月色　五月廿八日　星期日

早飯後至圖書館晤馬館長，再略談北京來函事。彼頗客氣，謂久尋先生不着，已與鄺君先復京函矣。晤李匡甫，知予待遇。到鵬程家略坐談，知予送廳待遇爲百廿分，陳坦所寫公事也，彼請借米，予以米不佳又無眷屬在省，不願借也。

十三日　小雨　晴　曇　五月廿九日

今日星期一。爲會中與圖書館休息日。圖書館便人閲書報，故星期日特忙，本會因之。午後與成大同遊黄鶴樓，下坡時遇汪幼丞，便囑其晚至予處一談，以名片交其與李瑞球，説予來省治病，需藥費，聽其助借若干。

十四日　晴極熱　五月卅日　星期二

今日到會一次。至鵬程家略坐談。連日在熊予佛處談予病源，請其下次借表，爲予詳細驗脈搏，聽肺部。韓英華尚未復職，彼甚憂慮。請予作函至教育廳先問汪士鵬云。

十五日　晴　極熱　八十九度　五月卅一日

昨今兩日，暴熱極難受。聞今日下午無會，予遂未去。晚九時汪幼丞來云，瑞球極關心予之疾，謂可至該號調養，送來人民幣廿萬元爲予接濟家用，不還者也，此事頗可感。予遂放心診病去。今午聞太鵬自鄉間來省診病，帶來家信及零件用品，乃知夢閑狀況也。

十六日　晴熱　八十六度　六月一日　星期四

今日十一時與范尚立同至上海銀行開會，國民黨革命委員會成立。已約省市各機關，並辛亥首義同志會及中南區以下軍政人員開會，報告成立經過。演説四小時之久，坐聽者腰痛，演説之男女似尚未盡其所言也，不過談時事而已。今日民革頭腦十一人，李西平、江炳靈等主持，熊晋槐未到。籌備有二人聲名甚壞者，旁人議論紛紛。五時半回成大處吃飯。

十七日　晴熱　六月二日　星期五

天氣已熱，朱宅樓上臥不安枕，今晚遂回保安門宅清檢灑掃，宿較安也。

十八日　晴熱甚　六月三日

今日陳穎生請予午飯。在會中談一時許，與華甫同去，穎生辦菜多，飯已飽。下午無會，遂回保安門宅。

十九日　陰小雨　六月四日　星期日

今日李關舫、韓英華來，談甚久去。

二十日　雨　六月五日　星期一

范尚立請予早飯，有普姓學生在坐。詳述武大教授講書現已改口吻，貼到學生説話，謂須向學生學習云云。甚矣哉，無恥者乃見之大學教授耶。回家後陳坦來，借得二千元去。英華代予領上月五天之款，彼已知之矣。予發脾寒症，約二小時乃已。下午送表與統戰部，張岩峰接見，與談片時，謂部可復信董老。

廿一日　晴　六月六日　星期二

今日，公安局户籍警察劉某又來麻煩一次，與説多少話方去。此種小人該局利用之。但彼前在國民黨專政時亦系此輩做特工者，陷害青年，覆轍可鑒也。匯款與鄂城，接濟遲生食糧。晚寢以同屋人多嘈雜不安。

廿二日　晴　六月七日　星期三

予到省已半月，患病二次，身體弱，未復元。連日驗病，肺部臟胃尚好，脈搏如常，惟貧血須急治。氣管枝炎亦未愈，俟涼爽時再打針。

廿三日　晴　早大風　天仍熱　六月八日　星期四

予以病體弱，幸會中無多事，星期三亦不到，星期六去亦未逢開會也。此爲敬老機關，不過年老列其中者，俱爲有本領之人，亦非取空薪者。今日飯後與成大至朱滌新寓坐一時許。下午二時與成大遊中山公園。在茶社中休息甚久，以便覽動物園蟒、鵰、猿、豹諸物。

廿四日　晴熱　六月九日　星期五

今日無事，清理屜内文稿本九本，擇閲之。

廿五日　晴熱　六月十日　星期六

早到成大寓吃飯，正午歸。天熱如伏。回宅得會中通知，予爲首約廿餘會員，馬主任所約，明晨九時談話。

廿六日　晴極熱　六月十一日　星期日

早八時到會，時間尚早。九時年老如春廷、王楚材、覃孝方等十餘人均到。係爲加入工會事。潘新萍報告意義，請人發言，時已九時一刻，朱木君京山人。報告之長佔去鐘點一時半，作許多肉麻之語，一曲丑表功唱得吃力，且必須以光緒宣統間住學時改説西曆幾多年，其譽周、董太過火，太甚，真不知人間有羞恥事。文保會乃有此人，聞者歎息。又王楚材報告瑣碎，頭腦不清，佔去一小時，衆人制止無效。彼年八十，噫，何苦如此？候至十二時予乃大言簡略，片刻衆遂散會。予餒甚，至崔冠侯家午餐歸，與鵬程偶言此事。想今世如朱木君者甚多，又何怪其無恥耶。晚與尚立談朱木君無恥事實，在恩施時以其女嫁其表姪陳友松爲妻，羞恥全無之人。彼譽石瑛爲頂好人。噫，石在南京逼死其父，殆與朱同情一流之人也！

廿七日　晴熱　六月十二日　星期一

今日擬休息一天，予病尚未大愈。此十日爲雜事操勞過度也。下午到成大吃飯，晚餐水餃甚美。至糧道街取所整手錶歸。

廿八日　陰　下午五時大雨如注　晚雨達旦　六月十三日　星期二

上午到會问各事，借書看。至成大吃飯午後歸。松林之妻自鄉間來，帶有蚊帳、衣物、米泡等等，飯後送至松山處歇宿。

廿九日　陰　小雨　六月十四日　星期三

早與松林通電話二次。今日會中未開會，予亦未去。

五　　月

初一　晴大風　六月十五日　星期四

早起。今日下午二至三時開會。馬謂一、五組有工作，餘二、三、四組不緊張，可自由。囑年壯者努力，予與梁瑞堂在例外云云。會畢，予渡江至曹宅未晤，至瑞球處，再以款助予買菜，可感也。此二十萬予言明須償還。

初二日　晴熱　六月十六日

今日會中發薪，扣錢甚多。陳坦又向予借去五千元。此人似有嗜好，不可親近。

初三日　晴熱甚　六月十七日　星期六

今日病已大愈，吃紅色補丸已有效。

初四日　晴極熱　六月十八

今日到會，與耿觀文談數語出。鄧君□送鄧實匯款來，值予出，未晤，午後自往取之。此鄧實贈予之十萬元，再爲醫藥費。回保安門後，知彭慎務曾來訪予。韓英華請予吃飯，菜甚豐美。彼謂端節提前請予也。

初五日　晴極熱　今日端午　六月十九

早起，胡鳳祥約予早飯，備有菜數事。成大請吃午飯，飯後與之至鶴樓看戲，兩劇場均買不到票，遂與同游鶴樓。今日遊人如織，茶肆俱滿。歸後接得夢閑信，自段家店發，此函走十一天方到。

初六日　晴熱甚　六月廿日

早起，至成大寓早飯，飯後請熊予佛出證明書，請假七天，以免休養。晚回寓熱甚。

初七日　早陰小雨　午後三時大風暴　天氣忽寒　六月廿一日

早飯後渡江至曹宅，魯文卿診所聽肺。正午至新市場看戲，場内人多，熱不可耐。三時天忽大風暴，氣候乍變寒矣。予着單衣，遂往曹宅及松林處借衣。至江邊搭輪，風漲未已。幸輪船大，開上水不轉舵，行至江心動摇傾斜三四次，頗駭人。深悔今日不應渡江看戲誤時間也。同輪熊濤聲、胡雲卿、嚴適之，到岸即乘車回寓休息。

初八日　晴熱　六月廿二日　星期四

早起，未出門。飯後自思予今日爲六十五初度，既未在縣宅，亦未回鄉寓。欲至成大處，慮其多心，爲予具酒也，只有在寓休息爲好。午睡未穩，忽范春芳同劉蘭初來談各事。范談事尤異，謂北京來信尋彼，區縣到家三次云云，予懷疑其吹也。予八字去年廖百泉、張深安均以五月初九子時爲準推算，俱與予過去作事相合，初八日亥時也。憶母親在時，每每爲予言降生時，本邑江家院演夜戲二半本歇鑼，祖父冠群公方歸。吾鄉演戲，夜間天黑時起，唱四齣畢停演，是爲上半本，計時似十一點半鐘或十二點鐘之譜，則予生非子正即子初也。從前吾邑有鐘錶之家甚少，父親當時每以亥末或亥正爲予算八字，則过一秒即初九日子初，未之研究耳。今以現時鐘錶對時刻，五月初八下午七點半方天黑。演戲四齣，最速亦到十一點半方止，且先祖當時回家喜甚，謂今夕舞臺上曾演大賜福一齣，則此兒必後來有貴顯得其壽云云。噫，言如昨昔。予之祖父與雙親均先後謝世，予遭逢困難，學術尚未大行，治術所施，亦渺乎小矣，愧恧何如耶。

初九日　晴熱　六月廿三日

早起，飯後請予佛驗病，脈搏七十八，與常人同，血壓一百廿三四，係貧血，宜補血，非血壓高，無中風之慮也。此與從前湯璞遜、杨光第所驗病時情形相同。聽心臟及肺部均無病，气管枝炎近一旬較輕，已轉好，仍以打克尼西林爲妙。午後渡江，先訪魯文卿醫生，再至市三醫院晤楊光第，文卿亦聽肺，光第聽肺及心臟，又驗脈搏，均與熊予佛同。病確以大減，予心乃安。光第另開藥方，囑咳嗽時服之。奥派太純，再不買，此藥貴，無益於予，只買紅色補丸，多服有益，喝湯亦有益。少勞動，勿用腦，休息静養，自可延年。予謹記之。

初十日　晴熱　六月廿四日

今早至胡松山吃飯。午後鳳祥接予及王珍吃飯。晚途遇王伯良，約予明日吃飯。

十一日　晴熱　六月廿五日　星期日

早起，今日清理未竣之事。正午至王伯良家吃飯，男女一桌，酒肴甚豐。王老伯母年八十五，思伯良久未歸，今其母死而伯良歸，何益也？母思子成神經病三年，伯良之歸遲其母三個月矣，其心何安耶？下午朱經瑞請吃飯。

十二日　晴熱　悶熱之極　六月廿六　星期一

早松山請吃飯。午後悶熱。

十三日　晴　極熱　午後七時半大雨半時
六月廿七日　星期二

今日到會，另寫函續假十日。

十四日　早陰　十一時大雨如注　六月廿八日　星期三

早起，渡江至黄海濤、曹漢丞家各小坐，與成大至滁新家略坐出，至楊光第寓，坐談甚久。正午訪李國香，談北京事甚詳。其人民愛國，實與武漢同，或有過之。三時至市立醫院，光第爲我聽肺部、驗脈搏甚詳。謂仍以調養喝湯，長時休息，勿操勞爲主。心臟與肺部並無病，脈搏如常人，不必花錢照×光也。旁晚渡江至成大處略坐，歸。

十五日　陰　時有小雨　六月廿九日

今日發遲生一函，言已拆後重，屋架樹料不能賣去，但至少要人民券伍佰萬元方可售，因二百萬僅合洋元一百餘元也。

十六日　陰寒　時有小雨　六月三十日　星期五

早起至成大處早飯。十一時與同至黄鶴樓照相，六寸立相各洗三張，分贈兩家子女。下午至韓英華寓，知已代予領得半月六月份。生活費十七萬八千三百五十元。

十七日　陰　下午晴熱　七月一日　星期六

早飯後渡江訪曹漢丞，知己病。此老年八十二，尚日以貪利添買洋船爲事。解放軍到後已吃虧不小，稍安又要修理洋船，走上下水跑生意。其子孫均不肖，何其愚耶。予屢勸其縮小範圍，早爲休息而彼不聽，真愚而不化者也。至魯文卿醫生寓，請其看診各事。予許以下午六時至该寓吃飯。遂至新市場看戲，並看把戲，五時至華成藥房買紅色補丸三瓶，鈣素母片一盒，去價一萬元。此藥治小兒不能走路或走時無力者，補丸每瓶九千元。在魯宅飯畢，渡江途遇定生，知其今日與老四同搭輪船到武昌者。晚飯後問定生家中各事。今日報載南北韓戰事已起，俄助北韓，被俘者南韓人爲多。

十八日　早陣雨　午後大雨　七月二日

今日帶定生至成大家吃飯。並帶定生去看電影，南韓轟炸北韓電片。

十九日　陰　晴　小雨悶熱　七月三日

今日飯後帶定生過江至曹漢丞家，吃飯畢，帶之遊新市場。此兒在鄉間久未出，須令其一新耳目耳。並購零物多件。渡江後松山約定生吃飯。在漢途遇茂道和尚，問曹宅。

二十日　晴　小雨　晚熱甚　七月四日　星期二

今日早飯在成大家，午飯在玉兒家，晚飯在尚立家，均同定生去。曾到會一次，無多事。擬明日送定生回鄉。閱報，載南韓美軍幫助戰事，投炸彈八十餘枚，有重300公斤。

廿一日　早六時大雨如注　七月五日　星期三

今日大雨，天氣改涼。明日定生回鄉。以後天氣熱，予所臥小房逆知天熱不能睡也。午後添買零物多件，備明日帶回鄉變價濟用也。

廿二日　晴　極熱　約九十度以上　七月六日

五時即起，五時半老四來引定生。六時到汽車站候車至二小時之久。從前規矩秩序均好，現在站中人員唯利是圖，只知省減愛錢，不顧及客人安全。此輩拿作解放軍名義以欺世人，其貪污較國民黨加倍矣，可悲哉。

廿三日　晴熱　九十二度　七月七日　星期五

今日上下午在成大、玉兒家吃飯，與馮亞佛談甚久。到會一次，又在鵬程宅談甚久。回宅後，晚熱甚，難受，不能安枕。轉鐘三小時後天雨，遂涼爽。

廿四日　早陰寒　午後半時大雨　七月八日

昨日七七，並無紀念表示，抗節氣已不行時矣。吾國諸事紀念日之可笑，皆此類也。今日在家未出門。報載北韓反攻南韓，南韓大敗，失地甚多。

廿五日　陰雨晴　七月九日　星期日

上午在玉兒家吃飯，午後在成大家吃飯。予病已漸愈，飲食增進則補丸之力也。

廿六日　早晴熱　時有小雨　七月十日

今日在成大家閑談，午後與同看影戏。晚歸，知太朋已來省，住同仁醫院診病，家中帶來物件並函。

廿七日　晴熱甚　七月十一日

飯後到同仁醫院看太朋。下午爲成大寫聯三付，用虎斑顔色箋寫之。久離筆墨，字態生硬矣。連日自兩廣開回軍隊極多，未停留即登北上火車。

廿八日　晴熱甚　七月十二日

今日在成大早飯。閲報，南北韓戰事急，美軍露面助南韓，俄軍助北韓。未載明顯，或者另有作用歟？限制不登載歟？連日有海南島開回軍隊，大約武漢近三天所到者，徐家棚下車即渡江。惟北兵受此南方酷熱天氣，在車廂中一悶兩三日，死亡於車中者，下車抬置地下，日有數起。而軍隊當時又登京漢路之敞口鐵皮車箱，則更難受矣。車行雖速，須兩日夜方到北京。倘學佛人見之，當有無限傷感也。古云：“國雖大，好戰必亡；天下雖安，忘戰必危。”至理名言哉。南北韓事一時難了。

廿九日　晴熱甚　九十三度以上　七月十三日

早起，至成大處尋報紙看，近三日謡言衆多也。午後天熱如蒸。晚睡時更甚，至不安枕。室中以接近陳姓，臭蟲亦有少數來襲。

三十日　晴　極熱　九十五度以上　七月十四日

早朱哲先送二萬元與予作零用。下午至玉兒宅休息。晚歸，熱甚難寢。

六　月

初一日　熱甚　九十五度以上　七月十五日

今日到會取款。上午下午均在成大吃飯。報載北韓勝利，早已奪取漢城。南韓之敗已證實矣。

初二日　晴熱甚　九十二度以上　七月十六日

早起，在成大寓中略坐，便飯後訪盧智泉，晤談甚久。正午至甥女家吃飯，飲湯一大碗。下午五時至雲海霞家吃飯，談甚久歸。

初三日　晴　酷熱　一百零三度　七月十七

早起，至成大宅，飯畢聞太朋妻欲回鄉，予便托其帶物歸。下午乘車至二馬路元善堂下車，問之，則徐某距此尚有一里餘。天熱甚，尋得徐宅，乃買紙煙六條，因時太晚買不及，面囑朋妻各語。予再行二里乃雇得人力車到家，去力洋千六百元，大約有十里路程也。

初四日　熱甚　百零八度　七月十八日　星期二

今日早在成大飯，晚在玉兒飯。天熱如蒸，爲予到省之第一次也。

初五日　熱甚　百度以上　七月十九日

今日上午至醫院看太朋，云即刻割治之，予同醫生王君山東人。談數語，謂太朋身體强，可無慮，設不割，遲二月即難治云云。予謂彼爲貧農，住院逾月，費重則難受，已與院長言之，請憐恤之。下午再至醫院見太朋，云已割出硬石二塊。

初六日　早大雨如注　平地水深六寸　七月二十日　星期四

飯後至成大處辭行，云十天外可再來省，但已奉通知放假五十天。雖自廿日起還有四十天之假期，領款等事當看天氣如何，或者候夢閑來省也。又便托各事，再買零物歸。晚送衣服一包與尚立家中，予囑松山家派人明晨送予搭車。夜間清理包袱，裝置物件，至轉鐘一時方寢。

初七日　晴大北風　七月廿一日

五時起，胡太永來爲予提包袱，雇車至汽車站。人力車價一千元。

以早晨車伕要挾，其實時價七百元爲多矣。至站甚早，候車仍如送定生狀，毫未改良。建設廳人員貪污，更不管若輩貪污無能，令乘客受罪也。一劉姓前在鄂城收票者，自解放軍接收，劉乃與北方人段長劉姓相勾結，似大權獨攬者，小人得志矣！同車有三江口朱姓，又葛店陳蔚新，皆早年受過訓者。今日大風，雖熱尚不覺熱。到段家店，幸有三江口朱姓來接。此青年乃將予各物帶至同盛，不然則殆矣。值胡宅無男人，休息半時乃雇得一人挑物送予歸。

初八日　晴甚熱　九十度以上

八時起，倦甚，足軟，惟身體甚適，以昨能安睡也。鄉人有來問訊者，逐一告知。

初九日　晴　陣雨一次　七月廿三日　星期日

早起，今日休息，未清帶回各物。下午熊國華來談，告以遲生及縣中事。

初十日　晴熱　有陣雨　晚北風轉涼　七月廿四日　星期一

早起，足軟疲甚。今日寫信。

十一日　晴　早北風　七月廿五日

今日未作事。醫囑休息喝湯可愈此病。午睡一次。

十二日　晴　七月廿六日

今日起清理存件、書籍。午後睡一次。

十三日　晴熱甚　七月廿七日　星期四

早起。熱甚。中午睡一次，汗出如瀋。每日下午七時可在外面乘涼，夜静入室。

十四日　晴熱甚　約九十度　七月廿八日

今日更熱，假使在省未歸，熱度難受矣。

十五日　晴熱甚　百度以上　七月廿九日

早起，今日定生似有病，類傷寒。

十六日　晴熱甚　七月卅日　星期六

早起，今日定生疾未愈，請本灣慰廷來診開藥方，似診傷寒者。

十七日　晴熱甚　七月卅一日

早起。定生疾未愈，且加重。晚間譫語數次，夜不能寐，反側不定心，似燒甚。

十八日　晴熱甚　百度以上　晚大風　八月一日

早起。定生疾似加重。予憶先公藥方有治譫語之方，當尋出一閱。

十九日　晴熱甚　晚有風　八月二日

早起。定生連服藥二次，稍減輕，惟譫語，白天亦如此，當即向箱中取出一閱。有傷寒三四日者，八九日者，均立有脈案。譫語係熱甚重，用生地、大黄、天花粉、豬蒼、浙貝母五味。晚間尋玉廷來看，即照録此方上店買藥。

二十日　晴熱甚　八月三日　星期四

早起。店上買藥人回，當即煎濃汁飲之，定生遂熟睡四小時未醒，不作譫語，疾已減退。午後又服一次，又睡熟三小時，自是疾已大減。此方真有經驗之方也。當令鄉人抄出存之，備萬一之用。睡後定生不作譫語，似安睡。

廿一日　悶熱　他處似有陣雨　八月四日

早起。定生疾大減，仍將昨日藥再服之。午後進飲食，能起坐。晚寢極安適。

廿二日　晴　悶熱　八月五日

早起。定生病已愈，進飲食知口味矣。予今日起補寫清代日記。

廿三日　晴極熱　約百度以上　晚無風悶熱

定生病已大愈，食量增加，可無虞，但須補劑。晚間仍發熱，類脾寒。再服前方一劑，去大黄。泄内熱可以紅色清導丸代之。晚間外面無風，悶甚。

廿四日　晴熱　正午約百度　晚無風

今日熱甚，上下午俱未作事，晚睡，外室亦無風，熱不可耐。

廿五日　晴極熱　午正約百度以上　今日立秋節　午後大風半時許　八月八日　星期二

今日熱甚，未作事。立秋如此，則希事也。午後三時大風暴，四圍似有陣雨，室内悶熱，爲風所逐入，遂悶不可耐。

廿六日　晴　酷熱　約百零四度　午後大風暴半時　四圍有陣雨

鄉間久旱，棉花枯葉，晚秧望雨，恐成荒年。定生病轉脾寒，足腫。晚間室内熱氣不能透出，寢極難安。今日借來《長江日報》，南北韓戰事未停，美蘇爲後臺。憶光緒丁未冬，朝鮮自歸順日本後，戊寅年爲日人打頭仗，入中國時極殘忍殺中國人。此國人應該死其多數，非戰爭之罪，天譴之矣。

廿七日　晴酷熱約百零四度
午後四時大風暴至　四圍有陣雨

今日熱甚，不能作一事。

廿八日　晴酷熱　百四零四五度　午後三時大風暴如昨
四圍似有雨　晚悶熱

廿九日　晴極熱　百零五度
午後三時風暴如昨　四圍似有大雨狀

今日定生服脾寒藥，疾已全好。

三十日　晴熱　百度以上　下午三時大風雨

今日甚熱，未能作一事。

七　　月

初一日　晴熱極　約百度以上　午後大風
八月十四日　星期一

六時起，連日天氣熱至不能安枕。欲清理舊日記補之，終未能也。正午姚松林自武昌歸，帶回各物並帶回省參事室二函及通知，又文保會函一件，對予又調參事，實不願意也。作三函，一致馬主任；一致賀葆三；一致韓英華，告知不願意。賀、馬另作詳函與之，仍以考證古書及字畫爲請。明晨當命胡昆送華容發出。今日寫中小字約四千餘，手疲目疲不可名狀矣。晚以熱未安寢。

初二日　晴熱　午後大風暴　八月十五日　星期二

六時起，胡昆來取函三件送華容發。今日仍熱不可耐，未作事。晚十二時大風，似有雨至狀，以後仍熱不可耐。予臥床出汗，旋起，旋睡，旋起。

初三日　雨　熱　晴後仍悶　晚十一時四十五分大雨如注　八月十六日　星期三

五時聞小雨聲，自是連續有小雨，天曙略大。予八時方起，以天涼也。午後略補寫前清日記未完者。晚小雨，夜涼，八時即寢。十一時五十分大雨如注，至天明乃已。

初四日　早陰晴　午後熱甚　八月十七日　星期四

早起清理文稿。午後熱未作事。晚間尤熱得難睡。

初五日　晴　熱甚　午後大約百度　八月十八日　星期五

早起，再寫馬主任、蔡禮臣、朱成大、韓英華四函，仍以不願調省府參事爲請。又寫函與遲生告知此事。立秋已十四日而熱如此，今年自四月起即熱甚，天氣劇變如此哉。下午不能作事。晚寢後夢先母臥藤椅上，病狀如從前，似在省垣者。予去秋中元未歸祀先父母，今年能否回縣則尚未定，真心未安也。遲生函，因明晨胡昆不往縣，致應帶之物不能即交。

初六日　晴　極熱　晚間仍熱　八月十九日　星期六

早起。寫信二件。今晚乃以王珍之弟明晨往省，即將馬主任、蔡禮臣之函托其帶去。寢後室内如烘，極難受，起數次。

初七日　晴　時雲　悶熱　晚熱　八月二十日　星期日

今日仍熱甚，非秋天氣象。天時已變，遑問人事哉。晚室内如烘，室外稍涼，睡極不安，今夕多夢。

初八日　晴極熱　八月廿一日

今日天氣熱未能作事，回家已滿一月，預計所爲之事，如整理書籍、補寫日記，已辦者不過三分之一耳。則天氣炎熱爲之也。轉鐘二時大風忽起，天似有變。

初九日　早陰沈似有雨　午前九時大雨如注　午後二時晴　八月廿二日

今早天氣已變，風雨後寒甚。予以連日傷風鼻流極難過。今日食頭痛片二次。汪志道送糯米來，談甚久去。今日爲亡室孟夫人忌日，鄉間未能具香楮。夫人没已十七年，予念昔日恩情之重，心愴然久之。

初十日　晴熱　午後更甚　下午四時以後稍涼　八月廿三日

早起，飯後補寫日記。閱昨借報紙，南韓仍未消滅。事隔廿八日。何以北韓如此勝，朝鮮止有中國雲貴二省之大，交通平坦，何以尚未此存彼亡耶？此則令人懷疑之處。如此武器厲害，又係立體戰争，致不能消滅南韓耶？下午三時遲生自縣中來，云受訓已滿，派往金牛云云。

十一日　晴熱　八月廿四日

今日整理舊日記。午後與遲生説各事。

十二日　晴　夜轉鐘時小雨　八月廿五日

早飯後遲生回縣去。今日省垣仍無回信，甚焦灼。午後天氣轉涼。夜子正小雨。

十三日　小雨竟日　八月廿六日

今日整理舊日記。囑人到店問信，武昌賀、馬、韓均無信來，不知何意。調任事尚小，如薪水半月或一月不發則受損失矣。

十四日　早陰雨　午後晴　八月廿七日

今日店上人歸云無信。午後三時次山帶回三函，則馬、蔡、賀、范均有復函。予薪水向省府支取，觀賀函大約已由陳坦陪韓英華代予領取半月矣。賀請予九月中旬到室辦公，無甚問題。

十五日　晴　月色大佳　八月廿八日

四時半夢閑起，去買肉。昨日未祀祖。本灣本家均無肉祀中元節也。午後辦菜祀孟夫人。劉岳母至。朱、胡二姓各祖在縣祀之。寫信與韓英華、范尚立、胡昆，明晨往縣付郵，並帶宣紙卅張交遲生轉乾泰順老三收，因老三解放前寄存省宅者。

十六日　晴　燥　月色佳　八月廿九日

早起，成衣匠來。午後將舊小帽再洗洗可用，管寧破帽得高士名。予民元冬月一帽戴卅年，辛巳在施南洗後再補，卅四年復員回鄂城乃棄去。此帽則國煌所贈，予聞購自日本人者，質料甚佳，可久用。

十七日　晴　熱　月色佳　八月卅日

早起，聞今日十三保反霸運動，此地李仲清其人係惡霸。午後闻民衆集至四千餘人，李向民衆低頭述自己過錯，備受侮辱，六時仍解回區署云云。

十八日　晴熱　八月卅一日

今日補日記三小時。内子定明晨搭車到武昌，寫信四件帶省。

十九日　晴熱甚　九月一日

四時起，内子弄飯，食畢天明，與松林嫂同往店搭汽車。下午三時松嫂云，已搭車矣。

二十日　陰　午後小陣雨　三時轉晴　九月二日

昨午後二時遲生來，余問各事。擬明日帶定生到縣中學報名投考。

廿一日　晴熱　午後陰　晚十時半大雨　十二時風寒　九月三日　星期日

六時起，八時半定生、遲生同到縣報名、照相等事。予囑以各語。水清來，與同往縣，並在樊口晤謝子南，招呼遲生調教員事。晚十時半大雨，自是氣候轉寒，系念定生今日未帶夾衣到縣。十二時以後屋漏雨，起數次，未能安睡。

廿二日　雨陰寒　晚寒　九月四日

七時起，今日早午飯均係昨晨所餘者，自懊煩甚。更兼屋漏須接水，食亦不安也。今夕仍囑太寅在此宿，小蘭仍在寅嫂家中宿。

廿三日　陰晴　九月五日　星期二

早起，自炊米粉麵食，昨所預備者也。

廿四日　晴　九月六日

今日夢閑搭車自省歸，云帶定生往省，仍住第四小學六下，可望畢業。明日着人往縣，將定生引回鄉，轉省上學。心煩甚。

廿五日　晴陰　早欲雨狀　九月七日

太寅早往縣。午後五時定生同回鄉，準備往省諸事。予謂定生行路疲勞，且值傷寒病新愈，須休息一日。

廿六日　晴　陰欲雨　今日白露　九月八日　星期五

予自清理物件，備明日搭車往省。遲生來鄉。

廿七日　晴燥　九月九日　星期六

早起，囑家人早弄飯，吃畢帶同定生往段家店搭車。邦丞、胡昆、遲生送予到店。在家休養五十日，足行七里餘已疲矣。久候車不到，腹餒甚。遲至下午二時有兩輛空車自樊口開來，客人不多。予車共坐廿五人，另一車坐十餘人。車行甚速，以未裝貨故，顛播尤甚。過葛店後路面極壞，到省下車已四時三刻。予與定生到家略息吃飯，引之至倪先生處，云六下已開會決議，只要考試合格無問題。予心疑定生算學不行，且在鄉間閑玩久，恐考試各門不能及格也。

廿八日　晴　九月十日　星期日

六時起，六時半送定生至學校考試。晤及朱潤石，談片刻出。予至玉兒處吃早飯。午後歸，知定生不能住六下，改爲住六上。今日閱報，高麗戰事急，損傷甚大，真所謂浩劫也。

廿九日　晴　九月十一日　星期一

早囑定生去上學。昨已繳書籍雜款四萬五千元矣。今日閱報，朝鮮戰事愈急。廿七年日寇内侵，朝鮮人打頭陣，對中國人最凶惡，奸焚無所不至。今日自食其報，孰謂天道無知哉。予晚間似有病，發熱心煩。

八　　月

初一　晴　九月十二日

今日早起，發熱，不思飲食，似有病，只好忍餓，冀其痊也。閱報一次。身疲勞不支，類傷寒疾。

初二日　晴陰　九月十三日　星期三

病是傷寒，發熱時退，未進飲食。午後出門一次。

初三日　陰　九月十四日

病轉重，午後請張永年來看病，云是傷寒，不甚重。惟予不思飲食，每日食水梨二枚。

初四日　晴陰不定　九月十五日　星期五

早起，連夕睡不甚安，每過二小時即醒。今日病似轉重，不思飲食。下午三時遲生來，云昨在華容宿。予囑其接張永年來看病，並代予填表，參事室交下者。

初五日　陰晴不定　九月十六

病狀如昨。

初六日　晴　九月十七日

遲生早來，云昨宿羅家，填表二張，去紅廟看周淬成。午後一時太寅送夢閑及香生來家。予病轉重，張醫來，換方去。二時半雇車至參事室，與錢遠鐸及涂、王、黄三君見面，取得九月上半月薪歸。病甚劇，淬成來，留飯去。彼神經錯亂。

初七日　晴　九月十八日

早起，吃藥病不退，内熱時作。食梨子一枚，不思飲食。下午進稀飯半碗。今日盧智泉來看予，云省府請予代寫某碑文刻石，予辭以不能起床，安能書耶。此皆范尚立在參事室胡説所致，予頗惡之。

初八日　晴　九月十九日

早起，病略減，仍服藥。遲生自紅廟來，予命之速將表填出送去，了此一番麻煩事。中國政事前亦如此者，已廿年矣。晚寢稍安。

初九日　早小雨　九月廿日

早起，命遲生回去，在此無益。彼就小學事，願去不願去，命他回縣自酌定。

初十日　雨　九月廿一日

早起，仍服藥，張醫已改方也。下午病似轉輕，四肢酸軟未能起坐。此一旬内骨瘦如柴，面更瘦削難看。周淬成來坐片刻去，予未理他。此人神經錯亂，耳又聾，難與言也。連夕均早睡，睡兩小時必醒。

十一日　雨　九月廿二日

早仍服药，張醫所改第三方也。劉姓搬入右側小房。囑陳姓即遷對門大房中。予則遷入本房，予前所住者，房寬什物少，窗户多，予心胸開朗，病又輕一半矣。各住客在予家均心術奸壞。以此時勢，雖恨之不能令之走也。晚睡甚安。

十二日　雨　九月廿三日　今日秋分

今日飲食已增。永年來復診，謂病已退，裏熱尚未盡。予連夕大便結，小便紅色，似已轉瘧疾。

十三日　陰　九月廿四日

今日能起坐，然未出房門一步。憶壬寅十六歲時患一次重傷寒，譫語愈後髮脱，調養月餘乃愈。庚辰在恩施病重傷寒，請蔣立庵治愈，延長月餘後轉痢症，再轉瘧疾，生惡瘡，值秋末冬初，真難受矣。其瘦削與今年傷寒同。予生而體弱，五十以後大病數次，軀幹時發胖時清瘦，極難調攝。定生、香生俱有病，明晨夢閑帶同兩兒去診治。晚寢後夢與定生同乘大輪去上海，中途起岸而輪已開行，不能趕上。母親指示，謂此爲中途，如須趕船須明晨到九江方可。噫，予與定生今年均患傷寒症，不下海矣。

十四日　雨　晚雨連旦　九月廿五日

早起，夢閑引兩兒去醫院看病。晚間朱成大送肉三斤、水梨十枚來，予以無錢買肉過節，恰好受之。連日陰雨，無病之人亦難受此惡劣空氣，況予爲久病之身，更難受矣。

十五日　雨　夜雨甚大　九月廿六日

早起，病已大減。予思食，囑内子以肉元湯佐飯。午後汪俊源來談甚久，予臥聽而已。今日泠泠過中秋，較去年在鄉尤寂寞也。晚寢不寐，枕上記甲申中秋在恩施，魯魯山請予與胡鳳喈、包貢九等盛筵，並當席拈題中秋待月詩，席散各歸寓宅。而夜間大雨如注，達旦未已。次日包詩先成，送魯處。極寫中秋月朗，清輝夜景良好。噫，此其人不獨是非顛倒，真忍心害理者也，尚得謂之詩耶？是以在萬耀煌時代能欺賣友人十二，可慨也哉。

十六日　陰雨晴　晚有月色　九月廿七　星期三

早起，病已漸愈。檢縣志等一一閱之。下午晴。晚吕壽圖來談甚久去。今日把劉金生將本屋地價税十五萬七千元完清。噫，如此累加重税，佈告云加四倍，予宅已加六倍，且係半年一完者，非去歲整年僅完一萬七千餘者也。小百姓何處伸冤耶。

十七日　陰小雨　九月廿八日

病漸愈，進飲食。午後許厚生來談，問黄海濤謀帳房事，坐二小時方去。晚尚立來取圖章，謂可提前領薪云。

十八日　陰小雨　陽光一現即止　晚雨達旦
九月廿九日　星期五

早起，九時陳穎生來看予，坐甚久去。晚間又雨，天氣極悶鬱，妖氣也。尚立代領得九月份補數七萬八千元，不無小補。

十九日　小雨　天暗無光　午後又小雨　九月卅日

早起，疾已愈，食量已增，托天之福，予傷寒經廿日方愈，然瘦削難看。三七廿一日方轉好，傷寒輕者七日，稍重十四日，傳經常例。蓋重則廿一日方痊也。晚寢亦安。憶今夕爲亡兒根生忌日，没已十二年矣！心傷未已。

二十日　晴光現片刻　小雨　陰　午後曇
晚小雨　十月一日

早起，劉伯陽、朱成大先後來，談甚久去。今日所定爲新國慶日，各街玩龍燈，各商民奉令，用費不少。政府傳知一連三天放假，紀念新國慶日，予未能出門一看究竟。午後范寄滄來談二小時去。多年未見，尚有許多話未完也。

廿一日　晴片刻　陰　小雨　夜轉鐘四時大雨　十月二日

予疾已痊，以連旬天氣不正，致四肢軟不能行動。思出門以路濕、風雨多、寒氣襲人可畏也。晚間牙龈腫痛，頗以爲苦。紗廠及湖南木幫工人，今夕仍玩龍燈如狂狀。

廿二日　早雨　陰　愁鬱不堪　下午雨
十月三日　星期二

早起，聞各機關今日仍在假中。予牙痛未止。韓英華來談甚久去。

廿三日　晴　晚有月色

早起，牙痛劇，在天保元取冰硼散來擦患處。饒校文來談甚久去。午後看報，韓國受轟炸甚慘。連日天雨，今日放晴，心胸開朗矣。

廿四日　晴　十月五日

今日服玄參、寸冬等藥，去虚火。

廿五日　晴　午後陰

早起，九時陳穎蓀、阮華甫、鍾小山三同學來看予，並約仍須辦理菱湖同學聚餐一次。

廿六日　早陰　午雨　夜雨達旦　十月七日

今日天又變，予疾大愈。連日食量增，可望復原。下午許厚生來請寫薦信與黄海濤，付之去。

廿七日　早雨　旋大雨　午後陰　十月八日　星期日

連晴二天半，今日又雨，奇怪氣候歟。吴端偉來談。午後張肖鵠來，予聞知爲我縣學界代表到省開會者也。工農婦女均有代表來開會，十九日方畢云云。肖鵠晚景不佳，其妻今夏死去，兩女從軍，一幼女在家招呼飲食。

廿八日　雨　十月九日

今晨接辛亥同志會函，約予明晨到烈士祠致祭。又省府有請帖，約同志會諸人明日下午在黄鶴樓宴集。竇東鈞來談彼事，尚未發表，致手中據乏云云。

廿九日　早小雨　陰　十月十日　星期二

早起，欲赴烈士祠致祭，以天雨予又畏寒，新痊之體不能去也。十時賓先生來云各事，幸予未去。午飯後至成大處略坐，談四時半，至鶴樓。五時到張公祠，六時半奉約者到八十餘人。子恒、梁瑞堂年長者均到。予與賓先生、范瀛槎同席，鄺林請老同志演説當時事實。李書城首發言，極奉承共産黨之語。對起義各事時，略點綴而已。耿伯釗發言則駡辛亥起義諸人，謂受政府之請宴爲有忝未免對當局過火且多肉麻難聽之語。噫，政府吃飯，何苦自貶自駡耶？後經政府聶鴻鈞答詞，仍推重辛亥革命極有意義，不然十桌到客赧赧然矣。吾鄂人之無品格、無羞惡之心乃至此耶。予席未終回家，懼夜寒發病也。

九　月

初一日　小雨　十月十一日　星期三

早起，清理筆墨等件，檢清案上雜物，調墨補寫日記。自七月廿七日補起，八月初一日傷寒病作，此一月中並未寫日記，僅用紙草草記大略。蓋此月餘日記皆根據此稿補寫者也。

初二日　陰　十月十二日　星期四

今日病已大愈，早點後雇車至文保會。車夫路不熟，誤拉至千家街，轉彎復行四里矣。經參事室，遂到室略坐談。晤劉禺生、盧志泉、傅慧初，便談數語出。至文保會晤馬西藩，談一時許出。晤李匡甫，談一刻鐘。至周鵬程略坐。晚至成大處談甚久歸。

初三日　陰　陽光一現　午後雨　十月十三日

早起，九時雇車送金錶、小鐘二架與黎君修整，言定十日去取。至玉兒處坐片刻出。午後胡林邦金送行李衣服來省，便詢鄉間各事，無變更。

初四日　早雨九時忽放晴　天空無雲　熱燥如夏　十月十四日

早九時，蔣笠庵來坐談甚久去。午後至成大家遇劉世孝，云即往廣州。予托帶葡萄乾及線香，以一萬八千元與之，六天可回武昌云云。向韓英華借二萬，連日油米均拉借，零帳已十六萬餘。今日熱甚，着單衣，粗人赤膊作事。約同學十八人明日聚餐。

初五日　晴　熱甚　晚轉鐘一時大風忽起　十月十五日

早起，病體可望復原，連日飲食已如從前一樣。周小坡來，十一時半即與同往鵬程家，張肖谷等三人因事不能到。漢口同學僅來杜衛初一人。下午一時至大成路酒館聚宴，酒肴豐盛，價亦不貴。食畢談一時許，往黄鶴樓、奧略樓下層照相，共十一人。予亦另照二寸相一張，誌病後消瘦容貌也。傍晚方歸。

初六日　晴　大風　午後四時息　十月十六日　星期一

早起至參事室取款出。至文保會與馬館長晤談字畫古玩鑒核之事甚久，便至鵬程家一談。

初七日　晴陰　十月十七日　星期二

今日下午一時去看電影，片子不佳，不足觀也。連日予食量大增，可望復原氣。

初八日　晴陰　曇　午後四時現陽光半時許　八月十八日

早起。九時渡江至曹漢丞、李瑞球、魯文卿三處，均坐談半時出。下午一時至新市場看漢戲及魔術等等。五時渡江歸，便至顯真樓取予照相歸。病後之相較之從前瘦削難看也。范尚立晚七時來坐談，謂張難先被刺事，未證實。

初九日　陰　下午五時雨　寒　十月十九日　星期四

連日飯量加，然非肉不飽，益信《禮記》之言不謬。午後訪張肖鵠不遇。至雲海霞、楊子明家略坐。至成大處詢各事。今日重陽，未能登高。設在前清時，今日登黃鶴樓者不知多少人士。候張肖鵠不來，所備酒食自己享受之。

初十日　陰　大風　寒　十月二十日　星期五

早起，十時閱報，周恩來又向國聯提抗議，美機經過東三省某縣上空，已三次犯國際憲章矣，不知國聯安理會有無答復。晚間熊子吕請吃飯。至則有周某、涂某與子吕爲葉子戲，劉伯陽在林淵泉家爲葉子戲。公安局去年禁牌嚴，今年鬆矣。候張肖鵠久不至，遣人問之，則云隨同省主席渡江看戲去矣。予遂未吃飯歸，恐新痊慮發舊疾也。

十一日　陰　小雨　十月廿一日

早起，九時至梁維亞、李伯良二家尋泥瓦匠。午後打電話向李瑞球借錢。晚遇胡雲卿談片刻，向之賒米二斗，近日窘甚。范老六來看予，未晤去。

十二日　陰　寒　十月廿二日　星期日

早起。范瀛槎、尚立同來談甚久去。十一時飯畢，予帶定生渡江，先向瑞球取借款十五萬元。午後到一女中去看洛陽發掘古物，軍隊佈置不善，未能進去，乃帶定生至新市場。今日適爲招待軍人，遊藝看戲又不能進去。遂與定生觀楚戲，即花姑戲也。十餘年未見此戲，今日已改良矣。五時歸。

十三日　早雨　寒　午後雨　十月廿三日　星期一

早起，飯後至成大處借三萬元，湊還房捐十萬零二百元之數。便訪孟迪甫，談半時歸。今日閲報，美蘇感情惡劣。閲陸氏藏書志，起首數頁記於另本，備知宋元刊本之數也。今日爲先母冥生辰，往歲具酒麵致祭，西遷至今未能每歲舉行，以阨於環境也。連夕睡後發咳嗽疾。

十四日　早小雨　午後雨　十月廿四日

早起，九時半至人民銀行還房捐八萬七千三百元，尚有後宅一萬三千元未繳，錢不夠也。前日取回菱湖同學照相二張，題詩一律，分寫寄鵬程、華甫等。晚寢後咳嗽時作，鼻涕多，睡亦不安。

十五日　終日小雨　寒甚　十月廿五日　星期三

早起，十二時飯後至成大家取衣箱歸，托其賣去金戒指，從前彼爲予賣去三枚矣。此月以病中用錢多，加以完地價税十六萬元，又房捐十萬零二百元。住客不付租，如楊老幺、田茂林二家欠至十八個月，朱哲先未付租金，計先後所送，月平均不過一萬元。如此情況只好聽之而已。

十六日　陰　小雨　晚晴　月色　十月廿六日　星期四

早起，十時閲報，美侵朝鮮，飛機經中國領空放槍掃射云云。晚寢前服順氣粉，已兩夜未咳嗽。

十七日　早陰　午後陰晴不定　十月廿七日　星期五

予未起床，李愈友來，在室中坐，予乃起與談往事。因十餘年未見面也，留之午飯去。今日無一元零用，晚間向胡松山借得二萬元，備明日又繳房捐之用。此屋累人不小，以後必益受窘。

十八日　晴　十月廿八日　星期六

早起，九時到銀行去繳房捐。下午又至成大處借二萬元，明天開火食。此月以地價税、房捐逼得厲害。住客不付房租，税務局則不理也。羅資生來談片刻，留之食麵一碗去。據彼云，月薪水僅得粗米價一百一十斤云。

十九日　晴　十月廿九日　星期日

早起。昨夕展轉不寐，想去想來，以至雞聲四唱時猶未睡熟也。飯後和衣睡半時許。金明山來談各事，彼年已七十一，患痢新痊者。其長子不肖，將彼財産耗去不少，致今日困難云云。二時乘車至孫祖培家略坐。至圖書館晤馬、李、柯、劉諸人。至周鵬程家略坐談。至高運籌家談甚久，並取回印色備應用。訪黄文卿，知其受訓後派往鄂城縣政府充書記去矣。其妻做工去亦未晤，乃其子告余者。則其窘困不待細問矣。此人有骨格，故窮而能忍受，能受訓，能到外縣去就小事，實可欽佩。再訪周漢三不遇。訪劉伯剛，見其家紮有解放軍，予未進去，因不願與彼守門者説話。欲訪程少松，以足疲腹餒，遂乘車歸。今日在曇華林土司營一帶走來走去，彎路不少，而蔣立庵未尋着。蕭液垓來，送洋果一盒與予。知予病後以相貽者。聞張深庵、陳穎蓀來，值予出，未晤。

二十日　晴　十月卅日　星期一

早起，上午未作事。閲報，美機飛入山東高空已數次，周恩來又提抗議。似此情形，美在挑釁矣。晚間孫祖培來，予囑其以葡萄糖鈣第三號代予换補丸。

廿一日　晴　十月卅一日　星期二

八時起，八時五十分到上海銀行開大會。到參事四十九人，帥和甫今日初晤面。九時半韓君講現在大勢，至下午十二時四十分乃畢。散會後至大成路聚餐。

廿二日　晴　十一月一日

早起渡江，因昨取回十九萬九千元，開消欠賬不足，乃至瑞球處，請其代换金戒指一枚，二錢六分，瑞球給予卅七萬元。遂至戴志强處爲予取牙齒已活者，一旬來苦楚不便飲食也。擦藥後約明日去取。五時渡江回家，得遲生來信，謂本月十九日卯時又添男孫，於晚間即夭云云，此殆轉劫者也。

廿三日　晴　十一月二日

早起，竇衡之、吴師聖先後來坐談半時去。予遂渡江至戴志强處。十時半，上麻藥取去痛牙三枚，皆下齶一連排列者，覺上藥時甚痛，取牙後不甚苦楚。至曹漢丞家吃午飯。下午一時半遊新市場，看漢劇三齣。五時回家。明日仍須渡江上藥。連夕無事，時看《烈皇小識》，即《明季稗史》也。此書廿六年前曾向圖書館借閱過。

廿四日　雨　十一月三日

早起，九時半渡江至志强處上消炎藥，與坐談甚久出。彼前年爲人治牙，上下午均無暇與人談話，求治者在室外坐候，以先後爲次序，今則冷淡非常矣。以天雨路滑未至他處，就一經濟飯館午餐。燒魚一盤，湯一碗，飯二鉢，頗可口，能食飽。去價三千六百元，真經濟矣。食畢，渡江至成大家略坐談歸。晚飯後閱《兩廣紀略》《東明聞見録》已畢。明末人心之壞，與現代無異，可慨也哉。夜大風。

廿五日　雨　晨至晚　大北風　寒甚　夜雨甚大　十一月四日　星期六

早起，寒甚。午後外出一次，風大極寒。連日閱報，朝鮮戰事似未大作，美軍已在鴨緑江邊挑釁。晚八點半即寢。

廿六日　早晴　旋陰　午後四時晴　十一月五日　星期日

上午寫一報告與區署，討前重楊姓租金，未遞去。晚至翟竹如處坐談半時出。至成大家略坐出。晚間寒甚，過張深庵宅又坐談一時許。彼告予以當陽朱均香者一百歲，祝壽時彼親至其家，晤均香談甚久，其相無異人處，惟兩耳較常人長一半耳。又述及該縣王老人壽至百八十歲，清代皇帝賜一宅，名老人府。此老眼觀七代，其末孫名致祥，曾從深庵讀書云云。噫，四川周老人百四十歲卒，見於官書。此百八十歲老人，予則聞所未聞者。

廿七日　晴　陰　十一月六日

早起，訪范坤侯、吴師聖，皆晤談。訪蕭液垓未晤。程竹廬已搬家。至劉伯剛家，軍隊多，正在集合。上月曾訪之，見其家軍隊多，予遂未進去。甚哉，屋之不可太大也。十二時在成大家吃飯，酒菜均多，同席九人，爲彼向李恢先借款也。下午二時渡江至戴志强處，又拔去門牙一枚，備再安。旁晚歸。今日至市立醫院訪楊光第，上下尋之，未見其人。

廿八日　晴　十一月七日

早起，九時渡江至戴志强處洗牙並具模範，共須上下安，約以後天再去。便訪杜衛初、石仲章。至影劇院看所謂《攻克柏林》者。五時回家。晚寫信三件，復遲生函。阮華甫、紀雪昉二函約以聚餐時日也。今日訪楊光第，彼爲予開一藥方。

廿九日　晴　今日立冬　十一月八日　星期三

連夕咳嗽睡極不安，氣管炎感寒即發，今秋總算發病遲也。九時至參事室會熊晋槐，欲爲遲生寫薦信至鄂城。值本室開會，乃加入聽報告，延長至下午一時四十分方散。此等事予前在報紙閲過者，不必再聽當事人報告。會散餒甚，雇車回家。吃飯畢又至天保元及趙科長處，爲説楊幺欠租事。連日心煩甚。

三十日　晴　十一月九日　星期四

早起，咳嗽未愈，昨夕麻黄片似無效力。午後擬渡江鑲牙，以身疲困遂止。晚至成大處坐談，知其販柿油，托人往皖出售，完全損失。彼不信予言，故遭二次失敗，又耗去五百餘萬元矣。歸後閱《嘉定屠城記》已完。此爲予第三次看過之書。此圖書所藏當日原刻本，似爲清初版。其間指滿洲爲胡虜或曰寇，稱豫酋虜酋，知當時文字獄尚未緊嚴也。卷首以下俱稱《烈皇小識》，藏者深匿此書迨康乾間未搜獲者耶。大凡當局搜查愈急，而藏者藏之愈秘密矣。此殆天留此書，遺漢人勿忘種族之念也。憶辛亥以前，予在湖堂肄業時，閱史閣部與其母遺書，黃淳耀自盡時題僧舍壁間語，未嘗不墮淚也。

十　月

初一日　晴　十一月十日　星期五

早起，九時半渡江至戴志强處，以火漆融軟印牙模，極麻煩。至十一時畢。餒甚，至小館中吃飯，用去五千，菜好，並不貴。至柯竹蓀寓談半時出。至新市場聽打鼓書三折，滑稽相聲二次。五時渡江回家。在輪中晤及周漢三，年七十三，顔色紅潤，甚康健。田小章、程鵠年均同輪。今日購張氏止咳丸，試再服之，看有效否。晚閱《烈皇小識》各篇將畢，明季文武官吏可殺者真十之九矣。

初二日　晴　十一月十一日　星期六

早起，仍服張氏丸，上午似咳已減少，喉痛亦愈。此丸去年不靈，今秋靈歟？閱報，中華共和國可派代表到安理會陳述，將來不知若何。晚閱《明季稗史》已畢，明天當送還圖書館。

初三日　晴　十一月十二日　星期日

早起，囑夏成清補房内望板脱紙，並糊堂屋格子等等。竇衡之來談文保會事，將來必縮小範圍。又云王嗜古、楊某已被取消。應該如此，政府以餘款濟老弱，總算美意。如不願就，先何必不辭去耶？今日統戰部當場宣布其無狀之事，亦酷矣！

初四日　晴　大東風　十一月十三日　星期一

早起，九時渡江至漢陽門，見東風甚大，輪舟巔播殊甚，遂未去。至黄鶴樓，看菊花展覽會。菊花雖多，僅白黄紫三種，無特殊種類可賞。至顯真樓取得予前次在漢口所照二寸相，不甚佳，一時歸。飯後似受風寒，咳嗽昨日已痊，今日又加重矣。傍晚會馮亞夫，談半時出。至成大處談片刻歸。龍智仙在此候予，談話知其已典得成大房屋住家。今晨阮華甫來予宅，是兩次未晤矣。彼送還予詩文詞稿一册，並爲予作序言，推重似過火。蓋菱湖誼重，不覺譽之高。然反觀近世以詩文稱之新人物，則予文集似有價值者。

初五日　晴　大北風　寒甚　十一月十四日

早起，韓英華來，請書證明其年齡事，談片刻去。柳少華又來談過去事，並云柳少丞去年已被胡姓殺害，殊爲可憐。九時飯畢，渡江至志强處，又安牙齒模型，須後天方可安上。予因此事過江九次，用去交通之費八萬元矣。而安、取、補手續用費尚未開出，但至少亦十萬元。今夏看病，秋間又患時瘟，用去醫藥費不少，加以地價税、房捐三十萬，前後共用去六十萬矣。今夕龍智仙請予在致美樓吃飯，同席者五人。

初六日　晴　十一月十五日

早起，上午未作事。午後閱報，朝鮮战事自解放軍加入後，美軍敗退三十里云云。今夕到糧道街取手錶歸。行路多，疲甚。飯後汪幼丞來談片刻去。早寢。

初七日　晴　十一月十六日

上午到圖書館與曾、李、崔三君略談，便向參事室取款。又至鵬程家坐談片刻出。訪陳暢如，請其寫介紹函與遲生。午後渡江，志强將予門齒安就，下齶三枚後天方可安。此次渡江前後九次，交通費已耗去九萬，取拔牙手續工價尚未計及也。寢後僅咳一次，多噩夢。

初八日　陰　寒　十一月十七日　星期五

早起，七時清理各事，十二時午飯間張深安來，談及黄稷丞在川去世，係中風症復發。黄好酒，年七十三，好酒之人復中難治矣！午後天氣轉寒，予久擬洗澡，今日乃至武昌浴室洗盆盪，較從前潔淨甚多。惟價昂耳，洗澡、擦背、修腳、酒錢共用一萬元。噫，公務員終日勞動，每天不能得八千元，予誠不能節約矣。咳嗽以出汗爲愈，今夕洗後手足和軟，腹背舒適，飯後寫古詩一首，甚佳。

初九日　晴　十一月十八日　星期六

早起。九時渡江至志强處，因牙齒下三枚太鬆，未安妥，須下星期二去，真是麻煩之事。此爲第十次渡江，用錢在十萬上下，而牙仍未安好也。就漢口購得醬油二瓶歸。飯後訪周鵬程並至圖書館。晚間胡林邦元來，知鄉間近事，並帶來予之舊大衣一件。九時寢，十時半疲倦甚，以下能安睡矣。

初十日　陰　晴　十一月十九日　今日禮拜

九時起，疲甚，足軟未能出門。晚間羅資深来予寓，其調絃彈《平沙》一曲，音甚小。閲《皕宋樓書志》，此等藏書不知歸安陸氏尚保存否也。

十一日　陰　小雨　十一月二十日　星期一

早起，九時食豆皮，似過飽，胸中難過。十二時午飯僅食半碗，自是胃中極不適。午後夢閑至法院爲討房租事，六時方歸。

十二日　陰晴不定　十一月廿一日　星期二

早起，飯後伯陽同高畏之來談，去後予渡江至志强處將下齶三牙安就。下午四時渡江歸來。至成大家略坐談，雇車歸。飯後整理癸卯日記，並閱《皕宋樓書志》第七本。如此藏書不知陸氏當日得讀書之樂否也。昨夕通知來，税務局又索地價税，十二月底止者，提前征收。噫，此是何政策？與去年所説又相反矣。

十三日　雨　十一月廿二日　星期三

今日閲報，美朝戰事未熄，似有擴大之勢。近時各學校團體等等喧唱援朝仇美自衛等等，學生在各街鬧市集體演講。午後三時整理舊日記，晚間仍咳嗽，此旬内咳疾並未愈也。

晚涼如水坐庭蔭，知景生香兩不禁，就裏有誰能領得，绿槐風静一蟬吟。

此清人詩也，庚寅十月十三夕九時半用破筆默寫之。峙三繼昌。

十四日　晴　晚小雨　夜間起風　十一月廿三日　星期四

今日在家，仍整理舊日記。午後接玉虚函，已爲遲生寫介紹信與蕭科長。晚至朱成大家坐談，買官堆紙歸。今日又無錢用，向胡雲卿賒米五斗。

十五日　北風　雨　寒甚　轉鐘後風怒號至天明　十一月廿四日　星期五

今日咳嗽未愈，仍整理日記，補綴各本子，粘舊書，至晚十一時。寢後多夢，咳嗽不能止，奈何。

十六日　晴　風未息　寒甚　十一月廿五日　星期六

昨夜睡未安，九時起，咳甚。陳邦南持函來見，係陳坦寫，向予借川資者。連日自己無錢用，乃以二千元與之，略談即去。午後外出行至街口，風大折回。今日張深菴來談，帶來唐亞生、張世驥等，爲發起書畫會募捐事。今日報載法軍在滇桂邊，迭次有飛機數架，偵察、掃射、投彈等等，似在向吾國挑釁；東北邊地迭遭美軍投射數十次。周恩來提抗議，並未有一次答復。

十七日　早陰　午後大雨　晚大風雨　寒甚
十一月廿六日　星期日

飯後往朱成大借款五萬元，備繳地價税。聞成大轉述李亞清語，傅幼虚前日已病故，遺言火化矣。幼虚病甚久，予以其耳聾不便談話，此數月亦未過其家，不料其一病不起也。前去年彼曾病，咳甚劇。今年五月間幼虚與陳豫生、亞清、運籌四君同訪予，於成大家中暢談甚久乃去。傅、陳作官久，亦未有蓄積，惟近三年來以環境惡劣，嘔氣時多。去冬傅之嗣子死，從前售屋之黄金八十餘兩亦用罄。陳子則去春往渝轉廣，久無音信，今夏又爲佃户所逼三次，均憂能傷人者也。此兩友年皆七十，死本非夭，特以非其時耳，擬補挽詞送之。前以挽陳語久綴未遂，遂至今置之，每睡後未嘗不以此事縈懷也。今日又聞文保會裁卅人，韓英華亦在其列。名爲挑取受訓，不受訓即停職。值此隆冬裁人，吾知有許多受困窘者。晚寢寒甚，兩脚終夜不熱。

十八日　早陽光一現　旋陰大風　晚下雪子　十時半雪大終夜
十一月廿七日　星期一

早韓英華來述各事，垂首喪氣。予十一時方起，欲慰之。只有勸其不就事，因其子月可得一百卅萬之薪也。閲報，國聯政委會已通過蘇聯提案，准我國參加討論美侵略案。此因政會以卅票對八票通過者。會中有廿二票棄權，投贊成票者有下列諸國：蘇聯、烏克蘭、白俄羅斯、波蘭、捷克斯洛伐克、薩爾瓦多、海地、英、德、阿富汗、澳大利亞、緬甸、加拿大、哥倫比亞、丹麥、厄瓜多爾、阿比西尼亞、冰島、印度、以色列、印度尼西亞、黎巴嫩、南斯拉夫、荷蘭、挪威、巴基斯坦、瑞典、敘利亞、烏拉圭、也門。投反對票者係玻利維亞、國民黨、哥斯達尼加共和國、古巴、多米尼加共和國、尼加拉瓜、巴拉圭、土耳其八國。其他棄權者除美國外，餘均小國代表。又載國聯秘書長賴伊已正式通知周恩來派代表去開討論蘇聯控美國侵略中國案，中國已派伍修權、喬冠華等出席云云，晚十一時寢。

十九日　早晴旋陰　午後陽光一現　十一月廿八日　星期二

十一時半起，昨睡未安，早須補睡二小時也。今日報載征糧，辦理土改諸事，無新聞。予畏寒，亦未出門，晚寢仍咳嗽不安。

二十日　陰　午後微雪　寒甚　十一月廿九日　星期三

十一時起，飯後自去完地價稅，銀行未辦事，須候。二時起，完稅者女子多，予以不能久候，乃托文運昌劉老板代完。匆匆歸後囑夢閑再至法院與楊老幺結案。此子真流痞之不可理喻者，將來必受天報，不知死所也。聞從前在武勝門亦騙房東租金年餘，後房主賣屋，乃搬至予宅者也。十二時寢，展轉難成寐，咳嗽時作。

二十一日　陰　寒　十一月卅日　星期四

韓英華下午一時來，予尚未起床。昨咳難安，晨間竟睡三小時未醒也。與韓説片刻去。飯後至阮華甫家略坐。至朱成大已四時半，坐片刻，許厚生尋來，問予致海濤函已發否。此人少不努力，壯年發財不存錢，今則老而有四子不養彼。每日煙酒費不少，致無棉衣穿，真不知死活之人。黄海濤即令救濟費來，亦未必有多數，何濟於事耶。五時半至陳豫生宅吊唁，詢知其媳，云六月初八尚坐談如昔，初九日云心痛，遂卒云云。豫生害心病，受刺激過多，六十九宜其死也。又至候補街吊傅幼虚，晤其妻，云今年咳嗽不斷，惟進飲食甚少，又係胃病狀。去年其嗣子死，今年受刺激多，死有遺言，須火化。南湖田穀不能收，現有房産尚可勉强支持家用云云。又到盧智泉家坐，談一時許歸。今日報載美機近六天又在遼東省一百英里之縣偵查、掃射、投彈，至四十餘次之多。

廿二日　晴　寒甚　大霜　十二月一日　星期五

十二時起。昨夕仍咳嗽，今日飲梨子汁，合半夏飲之。午後至參事室領款，便過成大家坐談，送還圖書館《明季稗史》及《皕宋樓書目》二套。與周鵬程談半時歸。

廿三日　晴　寒　霜重　十二月二日　星期六

十一時起，至孫祖培家，請爲予配藥。連夕咳嗽未愈。欲用楊光第所開方治之。午後呂壽圖、朱成大先後來談去。晚十一時寢，仍咳不已。

廿四日　晴　霜厚　寒甚　十二月三日　星期日

十時起，又至孫祖培處，昨日藥方未配成。予遂順路訪陳志純談半時。陳坦至其家，予遂出。送小鐘與黎君再修整。便訪廖伯泉，談片刻出。今日報載中國志願軍加入朝鮮作戰後，大勝利云云。

廿五日　晴　寒　十二月四日　星期一

早起，九時半至參事室開會，延至午後一時半散會。予回家，飯後渡江，在華成藥房配藥歸。九時整理舊日記。十二時乃寢，沖今日所購藥水服之。睡四小時乃醒，口乾，以糖果止之，仍睡熟。終夜未咳一聲。此藥甚效，惜未早服也。

二十六日　晴　寒　十二月五日　星期二

早八時半范尚立來，予請其先到會，不必候予也。早點後雇車去，人早到齊。有陳志五、劉達九、范瀛槎等發表意見。繼由省府二人説話甚長，延至下午二時半方散，各人餒甚。至致美樓吃飯畢，予至成大、英華、予佛三處略坐談歸。今日會議中晤及陳子雲，年六十九，民四在北京見過後，别已廿六年矣。

廿七日　陰　午後三時雨　晚雨達旦　十二月六日　星期三

早起，昨夕續服藥，一夜未咳。早咳四五聲，吐痰不多，此藥已見功效。予最怕爲夜間之咳，倘一星期不咳即痊矣。昨接遲生函，云家中窘困，余昨已發函，囑其將住宅前重賤價出售。午後渡江遇柳少華亦面托之，四時歸。今日飲止咳藥水三次，寢後甚安。已三夜未咳矣。以後可望全愈。連日報載中國軍勝利。

廿八日　陰　寒　北風　十二月七日　星期四

十二時起，昨晚睡甚恬，僅醒一次，咳一二聲即止。晨間又咳三四聲，有涎痰，自是睡熟未醒。正午乃起，未做事。晚間仍補舊時日記。晚寢未咳。

廿九日　晴　寒　十二月八日　星期五

十一時起，飯後至銀行繳房捐。此次共數九萬四千五百元。四個月一次者，繳者不易。住客不付租金四個月者，由局派人來查實，要住客出錢。煌煌文告貼了半月，予已報告該局，並無人來查。此一種表面欺人文告，説得好聽。在無房捐者觀之，以爲税局真體貼人情矣，豈知無信義多類似耶。

冬　月

初一日　晴　午後陰寒　十二月九日　星期六

十一時起，午後至張深安處略坐談。報載無新聞，僅云伍修權在國聯開會而已。夢閑定明日回胡林，取契約等等來登記。政府又要換新所有權狀，又需繳費。計今年公債、地産税、房捐先後共繳四次。去年七月驗契貼印花共用去人民券一百餘萬，所收房租尚不夠相抵也。此屋害人不淺，連日心煩意亂。十二時寢後展轉難寐，覺腹餒。

初二日　霜　晴　十二月十日　星期日

晨六時夢閑起來，呼余云去搭汽車。予以香生未醒，乃八時半起。定生亦未起。洗漱畢，周淬成來，耳聾甚，予與語似未聽見，蓋覺其精神病太大，坐一時許去。閱報無多事，美控中國、蘇聯控美國案，國聯尚未審查。今日已還勝興米錢八萬元。

初三日　晴　下午陰　十二月十一日

十一時起，連夕未咳嗽，早間咳三四聲，有痰，無甚苦。夢閑在鄉間，小伢余須照料，未能出門一步也。晚間仍補舊日記。今夕止咳藥水已服完，無款未能再購。

初四日　晴　十二月十二日　星期二

十時起，午後五時久候夢閑未歸。七時韓英華來談半時去。郵局胡志忠來請予寫紅對，以久許之，今日不能推辭也。七時夢閑方歸，述鄉間各事。

初五日　晴　十二月十三日　星期三

早起，十一時至銀行補繳房捐。午飯後至王伯彥家略坐，問房子變賣新規矩。又至成大家坐談歸。晚飯後胡志忠來請寫對聯，亦談甚久去。

初六日　早陰　午後雨大風　十二月十四日　星期四

早咳嗽十餘聲，有涎痰甚多。因前夕起未服藥也，以無款致未續買。飯後渡江專買前藥。江上風寒，過江者仍多。遇李國香，知石幼平、王楚材等又解回黃安去清算矣。便至四季美食湯包，以牙痛未食完。遇詹旭東，知陳暢如地點，就公路局再問清楚，明日當發函去。四時半渡江歸。

初七日　陰雨　風寒甚　十二月十五日　星期五

十一時起，昨夕服藥未咳。今早咳三四口即止，似較前日已愈矣。午後伯陽、畏之來坐談半時去。余爲胡志忠寫紅白對二付，自磨墨。因前曾允之，未推卻也。晚寒甚，早寢，寢後未咳嗽。

初八日　晴陰　寒　十二月十六日　星期六

十時起，十一時至室取款。便至鵬程家略坐。爲韓君事至文保會晤陶懋緇，談片刻。與心如、小山談數語出。至韓英華家回信，值其出，遂以會中事詳告知其母出。余買零物遂歸。

初九日　晴　十二月十七日　星期日

今日未出門。午後羅資生來坐，並彈琴二操。王小齋來借款，予許以廿六號來取。此人糾纏不清，不知余之困難也，已允付二萬元津貼之。

初十日　晴　霜　十二月十八日　星期一

八時起，九時至室開會。彼此説來説去，咬文嚼字，何益也。延長至下午一時半方歸。晚寢多雜夢。

十一日　晴　下午陰　十二月十九日　星期二

十一時起，飯後至成大處二次，未晤。晤韓英華談片刻歸。今日報載一圖，示美帝對瀋陽及北京並上海等地進行轟炸之標目。午後金明山來述困狀。今日晤沈碧舫、紀雪舫，俱談片刻。晚補寫舊日記，十一時半方寢。

十二日　晴　下午陰　十二月二十日　星期三

今日飯後渡江買藥，四官殿起坡時正值抗美援朝遊行大隊過此。武昌各大中學男女學生俱參加。有武漢文藝界、報館、戲團、藝術人才團體、軍隊、軍樂隊，分十四大隊。每隊每間以軍樂、腰鼓隊跳舞，各種音樂、軍樂，各色旂旗，各民族相片，大小約百餘張，高舉迎風，至少估計有五萬男女之譜。余乘車候一小時許方通過。此則未見過之大遊行也。三時買藥畢，渡江至成大、予佛、厚生、智仙四處坐談，至五時半回家吃飯。

十三日　陰　夜十二時大北風　十二月廿一日　星期四

今日咳嗽二三次，似藥不對耶。飯後往郵局發信。因陳暢如來函附教廳通知，約遲生談話也。便訪運籌、亞佛，坐談片刻。至玉笙家，知其於初三夜兩點半鐘又産一男矣，大小均安。傍晚歸。十時邦生自鄉間來，予問以各事。

十四日　晴　十二日廿二日　星期五

十一時起，午後外出一次。至成大宅談半時歸。連日牙痛甚劇。

十五日　晴　大北風　寒　十二日廿三日　星期六

十一時起，遲生來一信，附匯票十五萬。知本邑後宅樹料已賣去百萬元，以之度陰曆年關柴米費或可過去。又云次孫眼疾甚劇，似與予所寄函相左也。明日當可來省，今晨曾以電話告知暢如。今夕牙痛甚。

十六日　晴　寒　十二月廿四日　星期日

今日閲報無新聞，已一星期如此。朝鮮戰争竟未談及。晚間牙痛甚，吃飯困難，買包子三枚當飯。咳嗽亦未全好。今日遲生竟未來省。

十七日　早晴　午後陰寒　十二月廿五日　星期一

早起，咳嗽喘氣。十時雇車至參事室開會。今日牙痛甚，會畢十二時半矣。歸家午飯畢，至銀行取回款，欲還成大六萬餘元，至則彼不在家。予遂渡江請戴志强檢看牙疾，上藥後匆匆渡江，歸已六時矣。晚飯不能食，遂吃麵一碗，遲生今日未來，不知何事耽延。未就事求事，既有教廳約談話，彼又不來，此子性情不定如此。

十八日　晴　陰　十二月廿六日　星期二

十時起，咳嗽不靈活，喘氣。正午飯時又值牙痛，飯硬，僅食一碗，再煮麵一碗補之。午後王小齋來取二萬元去，前日來糾纏不已，必欲予借二萬，不借似不行者，允以今日，竟來取去矣。三時仍不見遲生來省，大約家中賣樹之款未盡，現又不願謀事矣。四時去還成大之款六萬元，前借以買腊肉者。就其家閱今日報，無多事。此旬内新聞沈寂矣。途遇智泉，遂同往其家取《洪憲紀事詩》一本。劉成禺邇時在京，眼見耳聞勸進時奇雜諸事，紀之以詩者也。惜予半年前未見之，不然可以補入民五日記中也。

十九日　晴　十二月廿七日　星期三

近兩日晨咳嗽痰多且有氣，不知係氣候有變或藥不靈。今日報上無多事，惟載土改事甚詳。鄧子恢已在廣播告民衆，此即由廣播詞登出者也。

二十日　晴　十二月廿八日　星期四

連日咳嗽、牙痛俱未愈，心煩甚。午後遲生來省，囑其持條往文教廳報到，未會着人。晚寢後牙痛甚。此數日食飯有礙，令人煩惱。

廿一日　晴　十二月廿九日　星期五

會中已發薪。今日將朱成大款還清矣。閱報無新聞。晚仍咳嗽牙痛不安。多雜夢。

廿二日　晴　十二月卅日　星期六

晚寢不安。早間同屋小孩多鬧雜，欲睡不能，此爲極煩惱之境。遲生今日在廳已會見負責人，無肯定之答復。閱報無多事。今日同成大、遲生渡江訪滌新未晤。

廿三日　晴　陰　十二月卅一日　星期日

今日寫信致滌新，侯陳恒亦未見來家。午後三時半，心煩意亂，出門緩步行，看祝新年者。滿街張貼學生所繪畫，抗美援朝各圖樣寓意等等。以牙痛不能吃飯，在省府附近小店食小包十枚歸。晚寢仍咳嗽不已。明日省府通知團拜，在公共體育場，未能往也。

廿四日　晴陰不定　晚八時小雨一陣
一九五一年元月一日　星期一

廖白泉來請出證明書，予未起床，以昨咳甚劇也。彼自寫就，請予蓋印去。飯後外出，由保安門至長街司門口約五里之遠，自朝至暮絡繹於途者。男女學生、男女工人、各商店中小倌學徒等等，裝故事，踩高橋，塗面以紅黑油三色作奇怪狀。打腰鼓、采蓮船等雜要，鑼鼓龍燈，予途見者十餘起，人數則數萬計。較之民十六國共未分時，打倒軍閥，剷除貪官污吏、土豪劣紳口號時之雜要，其鬧熱加二倍矣。人行擁擠，各機關、大商店均懸“慶賀元旦”燈彩四字。予便訪成大一談。至糧道巷訪張朗丞，至候補街訪蔣立安，各談片刻歸。牙痛未能多食。

廿五日　晴　元月二日　星期二

廖白泉早來，請改證明書，蓋印。飯后與陳暢如通電話。至文保會，值其開會，未便會各友也。至鵬程家略坐談即歸。今日咳嗽又似好些。晚間整理舊著，一一重寫。草稿多且雜，愈積多則難寫矣。

廿六日　晴　元月三日　星期三

十一時起，連日咳嗽未愈，西藥又無效驗，殊爲焦灼。午後陳生來談遲生事，予便問渠過去事頗久，金湖中學師生存者甚少。殊爲慨然。

廿七日　晴陰不定　元月四日　星期四

昨夕睡後，咳嗽痰多，似西藥又不效矣。緩三四日再過江請楊光第診之。閱報，見越南法軍已敗退，朝鮮志願軍又有進展云云。

廿八日　晴　午後九時小雨　夜十二時大雨數次　元月五日

昨夕咳數次，睡亦不安。十時半起，飯後訪熊予佛開方，服藥僅配二味，未用麻醉，去價六千元，便宜五分之四矣。閱報，漢城解放。今日各學校小學生遊行慶祝。又載美機在安東市轟炸平民，毀房屋卅餘間。晚寢前服藥，咳稍輕。

廿九日　陰　寒甚　小雨　元月六日　星期六　今日小寒節

昨夜咳嗽較前夕輕。以睡未足，十二時方起。閱報，載漢城美軍退卻時將居民數十萬人攜走至南邊，仍做防禦工作。所有漢城房屋悉以火焚，其煙三公里之地仍見之，可以想見軍民死亡之狀也。

三十日　陰　小雨　寒甚　元月七日　星期日

十二時起。昨夕咳稍輕，惟睡中氣管時時充氣，奇癢不可耐。無法忍之，痰仍多，時時吐出。午後欲出門，懼寒而止。閱報亦無多事。

臘　月

初一日　陰寒　小雨　晚九時半大雨　夜大風
元月八日　星期一

今日畏寒未出房門。午後厚生來坐談甚久去。晚間補作筆記十餘則，皆戊寅以前存稿也。有堪爲史料者一一録出之。十一時寢後咳稍好，展轉不成寐，思過去未來事，心煩亂更甚。十二時後大風忽起，小雨及雪子聲數次，聲愈大則風愈勁也。天將曙時聞雪聲。今日胡焜來函談分田事，據次山云須有遷證。

初二日　雪　風　結冰奇寒　元月九日

今日大風雪，結冰。室内外寒度想在零點下四五度矣。從前大冰雪年，窮人佔十之七八，今則中等、中上之人佔十之八九矣。此時快樂飲酒看戲、大吃喝者盡属男女工人及所謂店員、小商家，得十分之四五也。然飽暖思淫，如予宅前重楊、劉二木匠，近半年來無日不在快樂中。既均入漢流會，稱小流氓，更横行無忌。而政府亦利用此等人爲小組長以查户口。噫，此可靠者耶！

初三日　大雪結冰　元月十日　星期三

十二時起。陳坦來似又欲借款，予明白拒之去。予醫藥現時亦無款，油米亦缺乏，病未愈，嘔氣之事多。此人每月得七十分，獨人無侶，尚處處向人借錢，今則人人皆困，誰有乞諸其鄰者耶。遲生今日欲回縣，予開條向成大借二萬元與之。此子前接信不即來，失機會之處甚多。從前作事無一次認真。仍是從前眼光，以爲靠予顔面即有事有飯吃，誤矣。

初四日　陰　終日結冰未解　奇寒　元月十一日

早康雲卿引劉姓來談房子事。雲海霞來請予做保事，陳坦來借錢事，朱賢守來請做保事。予未起床，均一一答復去。今日奇寒，冰結地凍，未解融，不能做事。以必要寫信與陳暢如、阮華甫，備明天發出。

初五日　晴　寒甚終日未解冰凍　元月十二日

天寒甚，未解冰凍。予十一時方起，香生今日患咳嗽。

初六日　晴　陰寒甚　未解冰凍　元月十三日

十二時起。香生咳嗽加重。今晚尤甚且發熱。阮華甫來談各事。午後陳榮廷來談，並爲予作中賣後重屋。晚寒早寢，展轉不寐。聞香生咳嗽甚苦，心實不安也。

初七日　晴　寒甚　仍未解冰　元月十四日　星期日

今早接太和嶺六區第一小學霍秉槐復遲生信，對於袁養田出離職證件不能辦到。請張永年來看香生病，係出麻疹，甚順，囑勿服藥，三日後可收功，再吃解毒藥云云。惟香生咳不停聲，幸今日吐痰二次，泄痰二次，内火已清。

初八日　晴　寒　結冰　下午陰　元月十五日　星期一

香生昨夜咳嗽甚重，紅疹已出甚多，咳重氣喘，夜間更重。内子呼予起數次，以保赤服之，稍好，至天明乃安寢。予則寒不可耐矣。

初九日　晴霜　結冰　元月十六日　星期二

六時起，迭看香生病狀。七時半似稍安。八时半予乘車到參事室晤蔣立庵，問香生出疹應服何藥。彼謂順症勿藥，只時時以開水或梨汁喂之，不吃飯不要緊，惟不宜半夏、保赤散、萬應錠诸藥，最忌用羌活等藥。予以不能開會，簽名取得此半月薪水以歸。香生似漸好，仍不吃食物，僅飲藕粉二瓢而已。今晏睡時多未咳嗽，晚間眼靈活且呈笑狀。手間亦出紅疹，上身出齊，唯腳心尚未出。醫云不出亦不要緊。

初十日　陰寒　元月十七日　星期三

晏起，香生病已轉好象。今日略進藕粉，惟仍咳嗽，晚尚安睡。

十一日　陰寒　元月十八日　星期四

十一時起，飯後至玉生家，便訪馮亞佛。至文保會晤賓衡之、梁鍾漢，知同志會明日開會。接受張難先、熊晋槐等通知，各單位領救濟米事。予等已有職務，不願受政府救濟，主張多分與無辦法之首義同志可也。明日開會含有争執性質，可不往也。歸後吃飯，並以四千元買咳寧藥水一瓶。晚試服之，似有效。

十二日　陰寒　元月十九日　星期五

今日渡江，買達仁堂膏藥一張，治寒咳者。又保赤散、萬應錠各一包。膏藥八千元，萬應錠十四粒四千元，似不貴。保赤散一包二千元，較之去年漲三倍矣。看曹漢臣，知其已帶輪船應差去了，其鄉來八人，聞爲地主案，已調一千四百萬元。又訪瑞球，知縣中朱大麻爲地主案，已調二千萬元。訪子祥未遇，聞其妻轉告胡劍侯自盡事。五時歸，閱報無多事。今日開同志會竟未往。明日當知分米内情也。

十三日　陰寒　大風　晴　晚月色佳　元月二十日　星期六

七時半起，九時至湖北劇場聽報告，二時半乃已。下午一時電影未畢，予遂歸。四時半遲生來。尚立來談，肖鵠已被拘鬥争矣。七時肖鵠之三女自葛店來，述及肖鵠所求事，予一一告其女以近事去，但有效與否不能斷定也。服咳寧藥水已三日，咳嗽似轉好。再看幾天當續服之。

十四日　陰寒　晚見月色　元月廿一日　星期日

昨能安睡，今日仍服咳嗽藥水三次。此藥廉價可常服也。香生疾已愈，進飲食少許。

十五日　陰寒　元月廿二日　星期一

今日外出購物。陳暢如來信，已爲介紹遲生證明事。咳嗽似減輕，晚間安寢時多。

十六日　陰　寒甚　結冰　元月廿三日　星期二

早起，至參事室開會，車行寒甚，烈風聒耳。十二時休息，予遂回吃飯。午後未去，寫函三件。向李曉波、劉九經、萬隆焜各借四萬元，不知彼等能照借否。現時情形特殊，無論何人皆處窘鄉也。今日爲先君忌日，連日以心煩意亂愁腸百結，竟忘之矣，罪甚罪甚。十八日補記。

十七日　晴　寒　霜　大霧　結冰　元月廿四日　星期三

九時起，十一時周淬成來，神精病如前狀，留飯去。遲生写自傳送廳，不知將來如何。往返川資用去不少，現在謀事之難，較從前百倍，且不得其門而入者多。晚間因今下午已洗澡，將達仁堂治咳嗽膏藥貼胸之上部，照仿單所指穴位也。仍服咳寧，以連日有效，寢後不咳，似已愈三之二矣。今日發胡林復函並抄土改法三條與次山、胡昆。

十八日　晴　大霜　元月廿五日　星期四

九時起，飯後過漢陽。因予乙酉東歸後並未到漢陽也。約記似廿四年過去一次，屋宇毀者甚少，小巷僻街污穢猶昔，與廿年前予在晴川中學教書時相同，此縣真未能進化者。遇易修樂。至第六區政府訪朱和甫未晤。予今日渡漢，原無訪友目的，信步看市況而已。在錦春雜貨店購糖食二件。此店予於民八教學晴川中學時，聞为著名醬園已廿餘年。錦春店在清代極著名，其屋猶是而生意冷落矣。三時乘原輪歸。客少，聞每天僅開往返十六次，公家折本，生意不大願做。因迫於輿論，渡資一票八百元，較渡漢口貴一百。乃恢復此航線也。三時回家。

十九日　晴寒　六月廿六日　星期五

十二時起。今日水清來述及鄉間事。午後張寶亭來訪，並檢予琴一試音曲，彼謂不如黃伯薌之琴者也，彈一曲去。介紹予會陳樹三，名振綱者，即前買黃伯薌之琴者也。晚寢極不安，咳已愈而復發，起坐一次。

二十日　晴　元月廿七日　星期六

早囑遲生去北城角邵啟鈿家。訪水清細問各事歸，予心乃安。午後渡江訪陳樹三未遇，與其父某謀談半時出。陳父年七十五，頗康健，知其曾爲新隄商會會長者。四時訪陳暢如，以雇車至流通巷。下車誤聽陳叟言也，由漢正街二千餘號門牌步行至四百六十三號，約五里餘，足力疲矣。至則暢如已外出。想聽電話者，未預告彼以時候予也。心煩甚，腹餒，留字歸。渡江後食小包子十枚。至成大家坐談，今日未着大衣，回家飯後咳嗽又作矣。

廿一日　元月廿八日　晴

早起，昨寢又咳。早亦咳數聲，頗多痰，受昨夕寒冷影響矣。飯後訪蔣立庵，值其出。訪張寶亭，略談，彼爲予介紹訪蔣玉伯，蔣醫有名，予欲請其治咳嗽。至彼宅，值其渡江開會去矣。乃與其子名瓊林者談片刻出。歸途又晚，在車中即咳，到家飯後又咳數聲，喉痛。此疾真畏寒冷，與氣候有關矣。

廿二日　晴　燥　晚仍寒　一月廿九日　星期一

昨夕咳甚，今晨稍好。疲倦甚，未出門，腳軟難行也。下午四時松林妻自鄉來，予便問各事，留之飯去。晚十時半寢，足仍酸軟，較上半年更甚。寢後頗安，僅雞鳴時醒一次。此月内之美睡也。

廿三日　晴　燥　一月卅日　星期二

八時起，九時至參事室開會。正午休會，予與華甫至小館吃飯。下午二時仍到室開會。四時至鵬程寓略坐談，聞胡劍侯之次子逼其父，宣其父罪惡事。自身不正又教子無方，致受今日之禍酷矣。今日與暢如通電話一次，並懇托其對遲生事，總以有成爲感。竹虚予亦面托，不審將來果能如予之期望否。途遇葉丹曦、張金光，各述各縣鄉間事，愁歎殊甚。予歸，心煩，十二時半方寢。

廿四日　晴燥　一月卅一日　星期三

九時起，昨夕未咳，能安寢，是以能起早也。上午未出門，飯后將恩施旅寓時詩文稿一一整理裝訂之。東歸後所作詩亦有百六十餘首，文三篇。近年所作筆記、聯語、題畫文及雜稿一一並合裝訂之，分爲六本，較易檢閲，免散佚也，均就書面記數語。噫，此予之心血，以後傳不傳則聽之而已。遲生來省又逾旬矣，所謀事展轉波折，尚未發表。前日廳中云省事不易就，小學教員只能派外縣。亦未見派出，彼心不安。歲□□暮，予近數日更窘困萬分。傍晚通電話與陳君，並至廳一探訊。遂欲即時渡江回家，予又以二萬一千元給之，回家候廳中信。謀事之難如此，外人何能進步？可慨也。憶去腊在胡林尚怖置過年，灣中各家亦安定如常，今則不可説矣。今年小除，武漢安静，又非予前年在武昌渡小除夕，驚惶不定者迥異，惟今日心緒不寧。前年有餘，去年不足，尚有鄉間各家接濟。今年困窘過難關，今昨兩日惶惶如有所失，心臆抑鬱不可解。白晝裝訂各文稿本，藉此以忘胸中之鬱也。聽鄰家送竃放炮竹聲，令人念及吾父母在堂時，值清季承平氣象，又增一番感想。而歎六十以上之朋輩生存者，同處此艱苦之地，真有傷心流涕而説不出無限痛苦者。晚十二時心煩意亂，轉鐘半時方寢。未久忽聞拍門聲甚厲，問之爲統戰部送公文來者。細閲明晨開會改期，另至漢口開會，聽李某報告土改云云。

廿五日　晴燥　氣候似變態　二月一日

早起。七時半乘車至上海銀行，到時聞同人已至江干搭輪矣。竹虚亦到，繼來錢君，謂漢陽門有專輪渡江，予遂同往，乘專輪抵漢，有專車接同人至楚劇院停。各機關及商人到者約四百餘人。李某自稱湘潭人，云在湘耽延一月餘，辦理土改有經驗，以告鄂人參考。講兩點鐘尚欲有言，因該院已購下午戲票之人擁入，乃停止，結束矣。予等出院，仍乘原車到江干，坐專輪到漢陽門，歸家飯後外出買茶葉。萬炎午自樊城匯五萬元來，借予度難關也。胡信山來，晚間予問以鄉間各事，彼云七天前大冶地委會已有工作人員到鄉駐紮，現在政策又改了，對地主不打不吊云云。

廿六日　晴燥　風　午後大北風　晚轉寒　二月二日

早起。有風。今晨晴燥如三月天氣。午後三時北風愈大，沙塵蔽天。予往參事室，領提前借發二月份上半月款，廿一萬一千二百元，得此舊年關可安然渡過矣。晚補寫筆記之零碎者，皆從前讀書得聞之事。又服咳寧水，寢後甚安。連夕如此，咳嗽則集中在次晨，五六聲即止矣。此藥水之功效也。

廿七日　大風小雨　極寒　下雪子三四次北風甚緊　二月三日　星期六

七時起，九時乘車至上海銀行開會，已到同人卅餘，予爲後到者。十時由省府韓君、統戰部鄺君作報告至十二時止，專提出土改問題，並云本市已成立聯絡處，武昌爲分處，本室錢參事加入爲委員。以後鄉間農會來傳提地主者或於土改有關之公教人員等等，須經過省農協調解之，不能直接拘拿到各縣鄉間也。午後至致美樓午餐。今日備有酒栝，菜八味一湯，頗豐盛，藉以作舊年結束之宴也。二時飯畢再開會，分別各組報告去年八月至十二月工作，今年新工作表亦列出报告。繼由耿、杜、賀三人又作土改關於本室與土地有關者，須一一據實陳報，其現有土地報告不實，則必有重大之危險云。五時廿分散會。今晚甚寒，寫信與陳恒，備明日發出。舊除夕應辦之物今年免去，現在以食米爲重。予之困窘較去腊更甚，去年未賺錢尚有鄉間農會之助，以予家作無産階級看待，魚米均分與予鄉間四口。今腊收入月止四十二萬元，以之養大小十口，更兼予醫藥之費，前已扯欠百卅餘萬元未還，則此爲有生以來之困境也。各處知交同一困窘，奈之何哉。

廿八日　大雪　極寒　三時雪愈大　結冰　二月四日　星期日

昨夕睡不安，展轉難寐。十一時交子初矣，似立春。直至轉鐘二時方睡熟。天明，又不能睡，展轉無奈。午後周淬成來，説話聲低。予在床上未起，彼徘徊片刻遂去。二時半予方起床，四時出外，至郵局已關門。向張大興、鉅源二家買物，以人多難候遂歸。路濕雪寒，朔風撲面，難受。今年年底窮苦無告之民衆，已百分之九十五以上。蓋今臘孤苦之人無施錢米之慈善家也。推想鄉間借貸無門，其窮苦更甚矣。十時半寢，竟夜未咳，惟時時口乾無液。

廿九日 晴 二月五日

十時半起。午後一時方吃年飯，不似去年在鄉間之愉快。人生無慧眼，能看後來事，豈料今年如此困窘耶！今日路濕未出門，在家抑鬱萬分，回思往事，感慨甚多。晚九時閱《長江日報》。十時裁紙辦明年日記本，並檢出光緒甲辰至清末辛亥日記材料。明年當急急補書之，不求詳細。十一時食餅二枚，飲湯一碗。十二時已交子正，屬明年元旦矣。除夕祀祖典禮未舉行，一切儀注無有也。此則六十五以前未遇之清冷除夕，真予夢想不到者。前重楊姓小流氓今年收入多，嫖吃而外欠人錢不還，正在高興酒食間，與其妻大鬧，痛哭、争吵半時許。十二時半，予欲睡，囑内子早寢。而同屋劉姓小木匠又與其妻爲銀錢争吵，兩方不休。兩口子亦大哭失聲，約二小時猶未止。予囑内子勸止，三次乃已。此等小人有錢就忘本，酒煙嫖賭俱作，飽煖思淫，聽其妻訴於衆人，蓋不止十次以上矣。政府提高工人待遇，而流氓常態卒不可改也。雞聲四起，街前後鞭爆聲漸作，予遂上床寢。而劉姓夫婦尚在争吵哭聲中，可恨也。今年除夕，香燭、楮帛、鞭炮未購買，致未遥祀祖宗，即孟夫人牌位亦不能焚香楮具供祀之，傷哉！

辛卯（1951年）日記

七月初四以後，至廿七日爲最熱。酷熱時期，氣候反常。至九月十八，天熱如伏，尤爲奇事。五月初十至九月廿日，整風學習，填表始告結束，但尚有三分之一同人未結束也。計五月初起，此等會議，討論研究鬥争，至四個半月未了結。予今年自六月起病，咳嗽，頭目暈眩。而七月至冬月廿九以前，其間氣喘病重者已逾六個月，爲今年最苦之疾。腊月初三以後，至十八日，氣喘甚，重者十五日，廿三日方愈。朝鮮事，美與中國和談，自八月起，迭迭改期，至腊月杪，仍是無誠意，牽延戰局而已，逆料明年仍不外玩弄拖延。那有誠意？可惡哉！

本年自十月以後，開始作書畫，蓋自解放期至今，實無心緒作書畫也。

辛卯腊月廿二日復閱後記

正　　月

初一日　陰　丁丑水觜舊元旦　二月六日

昨日心煩甚，蓋以同屋前重楊某、中重劉姓，俱夫妻吵哭百端。予以病體上午二時半方睡，四時醒一次。記夢中爲解釋李明澈爲李匡甫之官名，住黄梅大河鋪云云。四時半至六時半方醒，又記一夢甚晰，即予與定生經過水堤旁，雇一民船有弓篷者，載予父子至一古廟燒香。舟抵岸，猶見湖中風起，各樹摇動，至古廟旁門進，見佛像海島等等。予謂來此進香，未帶香來。忽一廟祝以三根小香借予，另持一香似欲給予點者，又見一人亦送已燃之香一根來，似謂可以趁此供佛者也。予心感謝此二人，但欲言已醒矣。視時計六時半，天已大明。予頻年日記，元旦必有夢，以後事證之，似不應驗。去年元旦所夢糢糊，故未記。今晨則清晰甚，或者天示予誠心念佛歟？今日於開筆寫日記後，再立志書《心經》。

今晨同住數家在房門外叫拜年，予未起，僅應之而已。十一時起後飯畢，來賓惠質夫、胡鳳祥、白家穀，號練香，三一學生也。仍爲謀將前重房子賣去，知予窘困甚。去臘此屋久托售不成者也。陳坦來坐甚久去，請予爲熊鏡懷説謀事，云彼除夕萬分困難，係周鵬程及同屋救濟之。此人有錢時浪漫殊甚，自作之孽也。晚陳心楚來，坐談片刻去。

初二日　早陰小雨　午後四時雨　八時雪子二次　二月七日　星期三

十時起。昨夕多雜夢，未記也。廖白泉來坐片刻去。趙哲卿、蕭液垓、范尚立來，俱未晤。予午後至陳稟純、張春廷、朱成大家，俱坐談久出。遇羅耀卿、李開鳳、楊雨廷，各談片刻。五時半雇車歸，便在尚立家談半時許乃歸。飯甚晚，寫《心經》四頁，以後能否長寫則視心境環境如何耳。晚寢已十二時，甚安。

初三日　陰　午後現陽光片刻　二月八日　星期四

九時起，因内子須往李廉方家，並玉兒家吃午飯、晚飯也。竇恒之先生、饒校文、阮華甫、羅資生、黄鋆章先後來，均坐談甚久去。内子不在家，予囑毛女招呼。予飯畢已過午矣。鎖門出，至鳳祥、松山二處答謝，街上泥深難行，在松山家坐片刻即出。四時半程少松來，予留之久坐談，因久欲約其來爲予看脈也。細診脈理甚晰。予前以立庵、和甫二人診脈不能談所以，彼二人醫藥方均效，看脈則草率萬分，蓋脈理須世醫家傳者有經驗也。從前石砥中同學爲予看脈即細膩、過細。予前三年患病，皆其過細診之。乙酉東歸時，大病幾至不起，約廿餘日方痊，皆砥中同學救之者也。解放前一年，彼回天門，至今未通音問。設彼尚在武昌，其聲譽必日益高明矣。今日少松談脈理，與蔣相反，謂痰飲内而肺熱不重，脈不洪大且有力，雖細弦無礙云云。飯後再談一時許方去。予十二時寢，今夕耽延，未寫經。

初四日　早風　午後雨　雪　晴片刻　二月九日　星期五

十時起，天氣暗沈。昨夜半大風，今晨風寒甚，終日則風晴雨雪俱備矣。天氣乖如此，何也？高運籌來，未談即去，此老康健如此，可羡也。今日爲先祖母晏孺人忌日，從前有祭典，近三年環境不許可，致未祭祀，亦隱痛事。

初五日　霜　陰　微雨　微雪　夜轉鐘後雪
二月十日　星期六

十二時起，身疲倦甚，足軟及腰疼。飯後未出門。原想今晨到參事室與同仁一見面也。閱報一小時。晚以家人補綴破衣襪佔住電燈，予遂早寢。多雜夢，與張少白同學似在湖堂樓上，飯後尋臥具不得，十餘人乃轉至他處。予以心緒不寧，身體多病，頻頻作夢。前十年患過此病。古人云智人無夢。噫，予非智人也。以理推之，則睡熟後靈魂不守舍，則浮蕩無休息耳。

初六日　雪　陰寒　二月十一日　星期日

十一時起，腰疼以久臥稍愈，足力亦復原矣。飯後胃虛，外出至熊予佛、韓韻蘭、朱成大三家略坐談歸。閱報，已登載中南軍政委會，對於省農協、城鄉聯絡處，所載各條，現在鄉間農會不能在武、陽、漢三地直接拘捕地主、富農等，諸事由三處處理云云。便告知張深安此事，張病已二旬，尚未愈，彼亦有土地關係者也。

初七日　早陰寒　小雪　午後大雪　嚴寒
二月十二　星期一

今年自正月朔至今，七天天氣沈，時陰暗，無好氣象。俗以今天爲人日，可想矣。十時郵局送來暢如函，閲後知廳事可成。而遲生尚未來，不知何意。去冬謀事至今，用川資不少，彼又不能耐苦，殊可恨也。予再寫函催之，不知明日能到否。晚九時寫《心經》一遍，目力較差，電燈下寫字傷目力，以後當白日書之。寢後多雜夢。

初八日　陰　寒　西風　二月十三　星期二

九時起，漱後乘車往參事室開會。所聞報告皆係土改學習等等。十二時畢，即歸。吃飯畢，寫《心經》三頁半，正文共二百六十字，因係楷書，須一小時乃已。四時遲生自縣中來，述各事，聞陳恒囑其逕往廳請發表，不知如何，且看明日。此事往返數次，究係派何職何處，均係隔一層。懸揣甚哉，謀事之難矣。

初九日　二月十四

十時起。遲生至廳，十一時攜歸，已派漢陽小學教員。予寫信與朱和甫、易修樂關照一切。午後彼歸，云是縣府文教科。縣府在蔡甸，此事又一麻煩。乃囑之逕渡江再覓陳恒，進一步向教廳謀事務員，或調武昌縣屬之小學教員。費月餘工夫，用十餘萬川資，有直接與廳長説話之人，尚且如此，其他無門徑找事者可知。噫，此和三年前講情感者可同日語矣。晚間遲生歸，云已在漢口晤陳恒，約定明日渡江再向廳長請更調，但不知可能做到否。

初十日　晴　二月十五　星期四

九時起，十時暢如來，云廳長已住東湖醫院，人事室云遲生已派就，不能更調，留之便飯，談一時許别去，同遲生渡江。晚歸，云蔡甸輪船每日開三次，予囑其仍帶行李往蔡甸，候分發何校。此事牽延，説話甚久，一悮再悮，至得如此結果。不知到縣府又如何耳。

十一日　晴燥　二月十六　星期五

早遲生外出，飯後予坐室中無聊甚，乃出門，經文昌門、平湖門到黃鶴樓一遊。便至成大家略坐談。今日曾到醫學院内一看，其前門未改，兩斜壁仍存。兩湖總師範學堂，爲予光緒丙午迄辛亥五年半讀書處，今僅此百分之一古跡，不勝感慨。屈指四十年，變幻固如此也。晚六時歸，大約行路約共十五里，足力疲矣。遲生今晚未歸，大約在淬成家宿。予以行路過勞，十時半即寢，之後甚安，直至天將曙時乃醒，亦無夢境。

十二日　晴燥　二月十七

今日未至中華大學聽講土改申報，因予家三代無田地，且約胡林邦元來談話，又慮遲生回家取行李赴蔡甸也。飯後往許保成、胡雪卿二處打聽蔡甸人士有無熟者。四時遲生歸，云明日同孟建明渡江，孟已考取會計，明日赴北京轉瀋陽就事。此人有志氣，彼家衰落以後，竟能吃苦，較之遲生高出其上矣。晚補清代日記之偶憶及者。

十三日　晴　二月十八　星期日

七時半，遲生自淬成家來，謂即往搭輪到漢陽蔡甸。予囑其小心忍耐。九時起，邦元等三人來談。松林自漢口來，留之談一時許，吃麵去。午後成大來談片刻去。予往草鋪門看朱敬臣，談一時許。往程少松家談甚久，就其家晚餐。今日行路往返，未坐車，共約行廿里之遥。予病新痊，足力尚好，亦以無錢坐車也。途遇玩龍燈、打腰鼓者，男女十餘起，以人數計，當在四五萬人以上。尚有四鄉來城市區者未計也。鄉間貧農翻身，市區工人翻身，歡樂已達極點。予六十六以前未見之熱鬧歡樂也。較之十六年冬武漢農工會玩燈，熱鬧加十倍。滿街貼懸各種抗美援朝圖畫，行人擁擠甚。晚十一時寢，以今日行路多疲，尚能安睡，一夜未咳，天曙乃醒。

十四日　晴　二月十九　星期一

九時半起，飯後換棉袍，渡江至劉九經、李曉波二處略談，告以遲生往蔡甸就事，便至子祥家問各事。五時渡江歸，見遲生又回家，問以蔡甸各事，知該地人已派就，得縣府證明函，又回文教廳再候調他縣。

此事牽延，錯誤用錢，僅川資一項已逾十萬，而謀石米之待遇尚未覓得，可歎可恨矣。十二時半方寢，至下午一時半猶未睡熟，三時大風忽起。

十五日　晴　午後陰　六時小雨數次　大風
二月廿　星期二

八時起，九時乘車至參事室開會，仍報告關於土改事。關於各縣左右偏向應改正諸事，省農協已説明晰矣。十二時會中有聚餐之舉，每人五千元須繳現，予未加入，遂歸家，吃喝安適。無錢何必牽就衆人耶？今日街上龍燈花鼓、男女腰鼓，擁擠過市，不下萬餘人。予以心緒不安，午後未外出也。晚寫《心經》全文，十一時方寢。

十六日　早雨　十時以後晴　二月廿一

今晨腰疼，十一時方起，疲倦甚，未出門。聞街上路濕，亦不願出也。晚寫行書四張，未寫正楷，《心經》暫停一日。十一時寢，寢後夢，似入場過院試覆試者。主試與予同姓，亦熟人，竟不能構思作文，繳白卷，從試院旁門出場。同試者卅餘人，予一人先出。

十七日　早陰　晴　午後陰　天氣不正　晚七時大風
子正大雨　二月廿二　星期四

九時起，飯後至省立醫院訪韓大載，略問佛法入門、《心經》念法，再談予過去、現在之狀況及晚間多夢之故。彼一一告之，頗有道理。約一時許方出。欲至成大處，以足力不健遂折回，至人民戲院看電影。近事甚多，如政協會議、反攻海南島是也。四時半出，至張春廷先生寓談甚久，借得《心經》詳注一本歸。今日與韓、張談及夙慧投胎及王夢樓、梁節庵、梁任公、張文襄夙慧早達事，均有證明，即俗所謂前身修到者也。春師十四歲以縣首、院首入學，作八股文中舉時亦僅廿七歲。自云前世四川某縣僧。予今乃聞之，從前余並未問及此事。

十八日　早雨　風未息　十時以後陰寒　夜大風又起雨達旦　二月廿三　星期五

昨寢後甚恬。上午一時雷聲二次，予未聞也，今日内子告知。真所謂夢不聞雷矣。十時起，遲生飯畢至教廳。予復胡鳳喈函。因志純寄來胡前次原函，並挽陳豫生詩，情詞摯切，不愧老手。當將陳寄原函退郵。午後三時，遲生歸，云已晤見專署蕭科長，將公事交閱，已派鄂城，仍回縣就事。爲此事往返三次，牽延時日至月餘，用去川資十餘萬，火食尚不在内。遲生去年不到苻位鄉小學，顛倒錯亂如此，不知回縣後又如何也。給以川資，明晨令之回縣，各小學已開學，遲則又生變化矣。此子自大性拙，累予嘔氣之事不少。從前作事恃情面，今非其時，彼尚不能看環境也。今晨醒後再睡熟，夢予似居小南門張宅，家人料理酒席，來客廿餘人，李曉波夫婦來謁，先母之狀如生時之好客。又胡同盛挑來衣箱，大小數口。挑子索酒食，予敷衍數語。醒時已六時半，不知主何兆。

十九日　早風雨　寒甚　午後陰　晚九時雪子數次　寒甚轉鐘後大北風又起似下雪聲　二月廿四

今日十一時方起，以畏寒也。范尚立來，云會中已發薪。飯後欲出門，以小雨寒甚未之行。昨寫復胡鳳喈函，命遲生發郵。午後四時，將殘舊書仍置樓上。晚飯後遲生渡江搭輪回縣。彼此次又用川資不少，累予寫信説多少話，仍回本縣教書。去年到差，則不至閑半年，用許多錢也。十二時寢後聞大風聲兼雪子數次。念及遲生搭輪受凍情形，難安也。

二十日　昨夜積雪　十時陽光片刻　午後陰　晚雪子數次大雨　極寒　二月廿五　星期日

十一時起，飯後陰寒，欲外出未果，以路濕風烈，予以病體初愈，未敢出門。在家閲《心經》解釋，惟解釋太多反不顯明矣。《心經》予已念熟，字句經義不明瞭，他日必向韓、沈諸人問之。惜老友黄稷丞已故，而鄧正夫又不在武昌。以二君知予環境，又能相見以誠，此復員後所交老益友也。傷哉黄君，貧哉鄧君，倘能歸鄂，予當詳詢之。今日寒甚，早寢，展轉不寐，至十二時半方睡着，轉鐘二時又醒。

廿一日　陰雨　雪子數次　極寒　晚十二時又大風　二月廿六　星期一

早醒後屢欲起，以畏寒又恐發咳疾，十二時方起坐，食早點又睡去。下午二時方起。此四天内天氣陰沈黑暗，愁慘萬狀，風雪雨寒併作，城鄉人之無食無衣者甚多，而貧窘之境大家共之。噫，何時解此愁悶之境耶？四時郵局送來鄂城信，係媳周氏所寄與遲生者。一爲陰曆十六夜所寫，云第二孫細曾本月十四夭折。正月初八以後不吃多飯，口痛，生泡子，不能食物，肚子發燒不治，於是日午時死了。第二函十八所發，云行李一捆及衣服托朱少昆之侄孫帶省，還未帶上，要他在省安心工作，不知遲生前夕回縣，昨日應該到家了。遲生自去春在段家店離職後一年來，顛倒錯亂，乖僻自是，不聽予言，而今日所受乃至於此。去年添第三孫，一日而夭，皆自作之罪過也。此次再回縣，又不知學校事已就妥否。托人寫信，說好話，花盤費，行行做到，顛倒數次，至累予身心不安，皆此子乖僻之罪致之。十一時寢後大風又起。

廿二日　早雪　寒　午後仍小雪　二月廿七　星期二

八時起，九時大雪，坐車到會。今日人數甚少，所報告仍爲土改填報告單諸事。予幸三代無田地，少此一番麻煩也。領得薪水，入合作社股去四萬八千元，餘數十六萬元，僅夠還萬隆焜、劉九經等去臘借款之數，柴米之費無着，轉瞬四月份房捐地價税齊來，又無辦法矣。去秋有李瑞球、盛龍軒等之佽助金飾之换錢，以貼濟用百七十餘萬，今年將以何法填補歟？“傷哉，貧也”之句又見之，奈何奈何。晚間煩悶之至，十二時寢，寢後夢先君着黑毛短襖，與予語舊日事。

廿三日　早雪　午後陰　北風　奇寒　二月廿八　星期三

昨睡時時醒，不安也。十二時起，畏寒竟不能出門一步。愁抑不可止。念《心經》廿餘遍，晚間餒甚，頭暈。後寫萬隆焜函，明日還彼五萬元。

廿四日　陰　晴　寒　結冰　大風　三月一日

十一時韓英華來，談甚久去，彼又上書政務院，已批示交中南區登記云。似欲予寫介紹函，予不願也。傍晚許厚生來，請作證明寒溪畢業事，予亦拒之。此等事無效，且惹人注意予姓名也。十時即寢，多雜夢。

廿五日　晴　午　後陰寒　結冰　大風　三月二日

十一時起，飯後至李愈友處略坐談，至文保會知有通知送參事室，便訪馬館長，知五號約予至文教廳，審查各處土改時所得古物也。問予有他人介紹否，予以沈碧舫通古篆金石，囑其添簡，約之談半時出。晤李、阮二君，談近事約半時，至鵬程家略坐談出。便至紫光閣買小雞毫一支，價三千八百元。稍佳者須六千八百元或萬餘元，真奇聞矣。晚飯後十時即寢，疲甚，足軟。

廿六日　早晴　午後陰寒　三月三日　星期六

早腰疼，十二時方起，衰老象日增也。飯後欲外出，以足軟未能行，小臥室中靜默而已。李恢先請予明日下午吃飯，談半時去。周淬成來，並示其婿章建甫已抵瀋陽原函，得悉該地工廠發達，從前當局無辦法者，專在貪污而已。晚補寫日記。十二時寢後夢先母逝世未久，先君又逝世，家中開吊，來賓極多。予則謂相隔七日，而父母俱逝，心傷無已。醒後記此夢甚晰。嗚呼，吾父歿已卅七年，母歿亦十七年矣，頻頻示夢，何也？豈靈魂欲下界投生耶？

廿七日　早陰晴不定　午後小雨　微雪　三月四日

昨睡甚安，十時起，午後二時成大來談甚久，約予至李恢先宅午餐。同席者李若泉、柯某等八人，俱陽新籍。肴菜極豐盛，此席在酒館中需十六七萬元。五時席散，歸途遇雨，買傘不成，着新靴，底濕矣。七時鳳祥來談各事，甚久去。十二時寢，寢已過時刻，竟展轉不成寐，轉鐘二時半乃已。

廿八日　早陰小雨　午後又雨　三月五日　星期一

早起，九時半到文教廳開會，予與沈肇年係文保會、代約者，餘則爲文保會圖書館兩機關，出席者共十五人。中南派方壯猷，文教處由唐某主持，説話甚長。中間李君、沈肇年與予均發言，最後由柳副廳長説明一切，大約共佔開會時間，自上午十時一刻至下午四時一刻。中間午餐佔一時半，廳中備菜甚豐，與昨在李宅之酒席相同。政府屢云節約，此則非節約也。今日往返俱未坐車，可省三四千元矣。

廿九日　晴　今日驚蟄節　三月六日　星期二

早起，九時到參事室。今日開會人多，並簽名二次，仍辯論土改事，但俱係咬文嚼字，真正與題無涉，其狀態可哂也。十二時半方散，予即回家吃飯，下午未去，蓋去聽此幼稚語過多。下午二時小睡，至四時醒，外出一次，無目的，經津水閘等荒僻之地，居民少，荒涼殊甚，氣候已轉寒，恐受寒發病，遂歸。晚飯後整理詩稿雜文，十二時寢。

卅日　晴　三月七日　星期三

昨以睡遲，展轉難寐，轉鐘一時半方熟。今日十時起，飯後外出訪熊醫不遇，在成大家坐甚久，取小字筆四支歸。晚間整理各文稿之未成者。

二　　月

初一日　早晴　午後陰　三月八日　星期四

早起。今日理髮换衣褲，被臥則未浣已二月矣。處窘困中凡百不能論清潔矣。余未出門一步，蓋欲出門又無可坐談之地。陳坦來，又借二千元去，受梅東租屋，予辭之。晚仍補舊日記，至十二時寢。

初二日　陰晴不定　三月九日

八時起。九時到永安鄉新千家街訪周淬成，坐談二時許，食麵半碗。此地距予宅約六里餘，與前清之陸軍學堂相隔一小河，平素未到之地也。十二時出周宅，行二里許，遇便過之馬車，乘之歸。飯後再出門，至首義公園一遊，至曹祥泰購零物歸。

初三日　晴　午後六時燥甚　轉鐘二時風雨交作　三月十日

早起，飯後乘車至大成路轉至中華大學，時間已一時半，聽何定華報告浠水土改事。三個月在浠與民主人士及革大學生卅餘人，其間經過詳情細細説出，約四小時乃畢。會散，聞華甫告知各事。晚飯畢，予以行路多，今日上午胸悶未吃飽，晚間未作事。十時寢，寢後轉鐘四時，大風暴起，氣候變寒。

初四日　大風雨　寒甚　三月十一　星期日

枕上聞暴風雨頻作，遂再臥數小時，以補前夕睡未安之時間也。十二時乃起，吃飯後以寒甚未作事。下午風雨更大，三時雨止風烈，寒如隆冬。傍晚羅資生來談，余便令其調弦彈《漁樵》《平沙》二操。彼未忘卻此曲，特囑其時來予家練習，勿忘也。羅去，予仍補寫癸亥日記。此年日記補抄畢，則自民國元年起銜接甲子起，爲完璧矣。

初五日　大風　陰寒　三月十二

十一時起，飯後至尚立家中略坐談。午後四時至華甫家坐談，聞前日室中各事。五時歸。十一時寢，以今日寒如冬季，不能久坐。睡後展轉不成寐，咳嗽時作。

初六日　陰　雪子　雨　寒甚　三月十三　星期二

八時起，九時乘車到參事室開會。主席錢君報告學習時事，問題十個，須寫出。午飯後渡江至民樂園看抗美援朝展覽。圖畫、照片約四千件，陶磁出土之照片卅餘件，長沙所得新出土之物也。男女觀者擁擠不堪，空氣惡濁難聞。予匆匆出，天寒無他處可坐談，在後花樓食小包子十枚，遂渡江至成大家，談甚久歸。十二時寢，展轉不寐。夢伯彦與其母并坐，予問其境遇佳否，均云不佳，并愁眉狀。醒時記甚清。

初七日　陰寒　三月十四　星期三

十時起，飯後至華甫家坐談，至予佛處請配藥與香生，值其未歸。今日途遇伯彦，立談數語。詢之，彼已就事可成，因思昨夢，不便問其工資也。下午六時再帶定生去看病，予佛云須先除蟲，再診痞塊云云。取藥去價五千元。至成大家略坐，彼云各事。

初八日　晴燥　三月十五　星期四

十時起，飯後至華甫家，約之同往大東門外車站一遊，在茶肆中略坐談。下午二時半緩行至參事室，取本月上半月薪，順至成大家，談一時許歸。胡林右清帶來太杏、水清之函。予問灣間各事。晚寫復函，并另函太寅撥穀。十二時寢後，又記起一事，起床改函中一段，自是難成寐也，雜夢多。天欲曙，呼内子起，造飯與右清食，令之回去。

初九日　晴　三月十六

十時起，飯後至華甫家略坐，至亞佛家略坐談。至運籌家談半時，知其第四孫與其長子相忤事，彼甚嘔氣，據稱已二次嘔氣矣。第四孫惡其生父，並大呼運籌爲貪官污吏。晚間至深安家，其病雖痊，近又爲農會及鄉長所窘，要彼出穀百石了事。今日遇二老友，其環境可憐也。途遇育華，立談數語。晚歸，十時寢。

初十日　晴燥　夜轉鐘三時大風暴　三月十七

早飯後原擬過漢陽會梅先林等，嗣中途改車行，渡江至松林處説交穀款事，以予甚窘，彼清明須回鄉購穀也。至曹宅未晤，遇龔君告予以縣中近事甚多云云。至譚則家問訊，值其已歸，遂坐一時許。欲至新市場未果。至子祥處，值其出，僅與其妻談數語，遂雇車至碼頭，渡江歸。便至成大家坐一時許，談鄉間事。

十一日　大風　陰　三月十八

三時枕上聞風暴起，八時起，欲不往成大處，以昨有約不可失信也。九時至其家吃飯，十時與同渡江。大風，輪摇動，幸船大。到漢後乘車，與同訪朱宅未能晤，遂與同遊新市場三小時。今日途中遇工商業界分隊遊行，絡繹不絶，大約在十萬男女之數也，四時半未畢。五時渡江，在漢陽門吃飯，見武昌工商界亦遊行不絶，大約亦在五萬餘人也。再至成大家中，坐談一時乃歸。

十二日　陰　午後大雨　三月十九　星期一

八時起，九時至人民劇場聽演説，約三小時，乃知近況。午後外出買物，遇雨，并買傘歸。行路艱難，長衣下半盡濕，沿途看報歸。

十三日　早小雨　午後大雨　寒甚　三月二十

八時起，九時乘車到室開會。李、錢二位報告至轉鐘一時方畢。又乘車歸，餒甚。飯後未出門。今日賒米二斗。連日來零用甚窘，衣物出賣無受主，甚悵然也。晚九時寫雜記、閱報，寢後多雜夢。

十四日　晴　三月廿一　星期三

昨雞鳴後即醒，自是不能睡。天曙時又睡二小時乃起。飯後以在家無事，心抑鬱。下午二時乃約華甫遊鶴樓，茶敘二小時乃歸。

十五日　晴燥　午後陰暗似有黄沙霧　今日花朝　未見月色　三月廿二　星期四

飯後至大成處略坐談。彼自東門車站買板炭歸，述各事，歸後訪尚立又述室中事甚多。

十六日　陰　午後東風　三月廿三

八時起，飯後晤華甫述各事。至圖書館晤阮兆康，談片刻，借范文瀾所編《通史》及《近代史略》，已悉其内容矣。出館後途遇鵬臣告予近事，又少筆述各事。四時半歸，飯後向成大借四萬元，備數日買菜用。發錢在月底，米已賒得二斗，零用不夠此八天之數。外出時聞王雨香來訪，未晤。去年予與小坡、鵬臣等約彼未至者，推想已回鄉矣。今日内子未在家，不悉來意。

十七日　陰　小雨　三月廿四　星期六

飯後外出閲報，便訪生安，談數語。彼病未復元，以路濕未能往訪成大。今晨陳坦來，必欲借錢，予實無可借，以渠前屢借屢來，難於應付，僅三百元付之去。午後無聊，至鶴樓一遊，遇雨香，與談近事，便約其到包子館食小包，並以鵬程告予者告之。雨香連年甚困，無一時有佳況也。又述在鄉被困事。

十八日　陰晴　三月廿五　星期日

午後至鶴樓，因成大已先出門，未能同遊也。遇雨香，誤書昨日，係今日事也。精神不佳，致腦筋昏昏矣。晚間補癸亥日記。惟大部分信劄材料存鄉間，不能即時補入。此則根據癸亥詩稿中摘出。因壬癸兩年詩草均記有日月也。

十九日　陰　午後五時小雨　七時又雨　夜轉鐘大風雨　三月廿六

今日爲觀音大士誕辰。予去夏寫《心經》，冬季始念《心經》，今春則虔誠寫《心經》與念《觀世音菩薩咒》，以祈趨吉避凶也，行之久，心坦坦然。九時起，十時出門，至武泰閘，行五里轉回午飯，沿途默念《心經》。午後獨至鶴樓小憩。欲渡江向松林借款，以時晏未果。晚仍補癸亥日記。

二十日　早大風雨　寒甚　午後陰　三月廿七　星期二

早三時聞大風雨，氣候轉寒。七時半起，九時冒風雨雇車至參事室開會。今日李瀾主席、錢、羅、范等均發言甚多。十二時半畢。予仍雇車歸，以風大不易行，往返去價四千元。歸後飯畢，欲小睡不能着，心煩甚。晚飯後又欲睡，竟不能也。補癸亥日記，前日已另記稿一次，寫時較方便。

廿一日　陰　三月廿八　星期三

早起，十時外出至武泰閘，便訪李醫生看病，托其售前重鋪屋以清積債。午後至成大家坐談甚久。歸後大長伢來説各事去。今日松林未送款來，不知函已接到否，甚盼錢買油米也。連日心煩意亂，又念及家中須繳房捐事，不知遲生如何對付，其學校事安穩否。連日武昌事未記。

廿二日　晴　三月廿九

早起渡江，取得松林款四萬元。十二時轉至成大，吃飯畢，與玉階、成大同行至沙湖街，經小東門、大東門一遊。三時半到圖書館看書，便訪鵬臣、華甫略談，晚再送畫與成大存之。

廿三日　陰　風寒　三月卅

早至成大寓，飯後與同至公園觀戲，五時回家。連日無事，然抑鬱不快，以後日記當簡記。

廿四日　陰　夜轉鐘三時聞雨聲　三月卅一

十一時至參事室領薪訖，與華甫同至城外一遊。午後予獨至鶴樓飲茶，坐二小時。適成大來，與談半時，遂與同至家，再談一時歸寓。

廿五日　大雨　寒　夜雨至四時乃已　四月一日

十一時起，今日未能出門。正午偶至街上看報即歸。五時憶及母親謝世爲二月廿六丑時，今夕忌日。以環境不許可，未能焚楮帛、具供品祀之，心傷無已，只有念《心經》爲吾母求超昇也。寢後多惡夢，頻聞風雨聲。

廿六日　雨　午後陰寒　四月二日

早以夢驚起，十一時半早飯畢。至成大家坐談，並小睡片刻，就其家清理雜稿，約二小時，未完。

廿七日　晴　四月三日　星期二

早起至室開會，今日發給友好證。午後一時渡江取松林錢，知其前日已回鄉矣。心煩甚，枉費川資五千餘元。回後至成大處小睡，六時回家吃飯。成大約明日渡江。

廿八日　陰寒　小雨一次　四月四日

早起至成大家，早飯後同渡江至漢正街略坐，至美成，約三時即出，以予不耐久坐也。渡江後又至成大家晚飯歸。八時寫致朱局長函。明日清明，未能回家祀，今已三年未親祀祖。中心愧怍無限也，環境阻人，奈何。

廿九日　陰雨　午後略晴　旋陰　四月五日

十時起，今日又雨，煩悶之至。十一時半午飯畢，仍往成大家坐談。補寫日記，小睡一時，甚安。

三　月

初一日　四月六日　星期五

今日下午訪華甫，問各事，欲約過漢陽未果，發漢口函。

初二日　晴　四月七日　星期六

早起至武泰閘馬路處一遊。下午一時至成大談，約定明日渡江。

初三日　晴燥甚　四月八日　星期日

早起至成大處，飯畢渡江至朱宅略談。至中山公園遊憩約三小時乃出，至小館吃飯後訪松林，知其尚未來漢。回家後見徐庶生留字，內子略問以各事，未詳答也。

初四日　夜雨約二小時　四月九日　星期一陰

早七時起，匆匆渡江，以舟車便利，到漢甚早。晤庶蓀問以各事，坐半時出。訪暢如，談一刻鐘出，便訪静山、薦生，知各窘狀，予不能久談，忽大風起，遂回家，正午十二時也。飯後至成大家告以我邑事。小睡未着，起補日記。

初五日　陰　東風　寒　晚小雨　四月十日

七時起，八時至室開會。步行緩緩，遇華甫，與同至小館吃飯，又至圖書館閱畫片，遇穎生，未多談，九時到會。十二時步行歸。松林自鄉間來，述及各事。

初六日　晴　四月十一　星期三

早七時起，足軟身疲。午飯後乘汽車至成大家補舊日記。寫字多，目力受傷。六時半乘車回家，飯後晚九時又補寫癸亥日記三小時。十一時乃寢，今夕睡熟時多。

初七日　晴　午後陰　小雨一次　四月十二　星期四

早起，寫信與瑞球，問借款事。未發，先用電話問，三次乃通，彼已允借，明早往取云云。在家午飯後，仍乘車到成大家補癸亥日記，至五時已成。惟各信件在鄉未能取填之。是年七月七日以後，俱有信函可考證也。此記總算完成矣，心中一快。

初八日　晴燥　午後陰　六時大雨　四月十三

早起，八時渡江，九時至瑞球家，聞已另做貿易行矣。晤其妻，將借款十五萬取歸。以予之舊夾、金錶與之，作爲前次未還之款併價，或質押品亦可，總之予不願拖欠彼之借款。彼雖賣屋得鉅款，予從前對渠無甚好處。去年、今年得彼資助及幫忙賣物爲醫藥費用，應該感彼爲人能濟人之急也。此季房捐可以繳出矣。渡江歸，仍至成大家補日記。以下補甲辰至庚戌七年間日記。只有甲辰材料存留甚多，乙巳所存僅三分之一。丙、丁、戊、己、庚五年間，則僅寥寥，覓偶記者録存之。而此六年中信函及家中存賬，均於辛亥起義時散失，當時又將存留信件焚去，預言抄書亦以當時清代忌諱，先君命毀之矣。惜哉！如熊開元詩抄及太平天國檄文等。

初九日　晴陰　午後二時小雨　四月十四　星期六

早起，十一時半飯畢，至成大家小坐一時。卧半小時，至湖北劇場聽講土改。有二人報告，無精采，同人聽者已倦。四時開電影，予以久坐頭暈困乏甚，五時即出場，在漢陽門小館中食餃子六枚，乘馬車歸。晚飯後寫參事室通知、愛國公約，擬題三項，十二時方寢。

初十日　陰　夜十一時大雨至四時半　四月十五　星期日

早起，七時至尚立家略坐，其次子昨自鄖陽押糧來漢者，述及途中各事，頗有膽量。尚立喜笑顏開，謂其已爲青年幹部也。

十一日　陰　四月十六　星期一

八時半起，十時至參事室取款歸，途中閱報。十二時飯畢。二時至銀行完房捐十萬零三千八百元，候甚久。出至成大家小睡半時，補寫日記。聞二分所姚户籍警請予寫履歷一份，送所存之。

十二日　陰　下午二時雨　夜雨達旦　四月十七　星期二

早起。至會開會，十一時即散，因到曇花林一中去聽公審也。年老者未開名，僅愈友、采堂加入。予回家飯後又出，遇三時大雨，予已至成大家坐定，因思飯後不應再出外也。

十三日　陰　早小雨一次　天氣轉寒　四月十八

今日未出門，借對門看過之報，載事，敵機多架威脅閩海邊各處，雖未投彈，實可惡也。

十四日　早陰旋晴　午後一時大雨　晚似現晴狀　四月十九

昨夕寫經歷一份，因分所姚君來説要予補寫者。早送去二次，無人收。九時到室開會，十二時畢。回家飯後再送去。下午三時仍至成大家中一談。

十五日　四月廿　星期五

今日未出門。晚祀孟夫人，彼明日冥誕也。

十六日　夜轉鐘二時又大雨至五時止　四月廿一　星期六

五時公安局查户口，在前樓楊家檢查甚久，並帶楊和師去。九時本街各家出一二人至體育場開會，予家派内子去，下午四時方歸。所言防特務及清查户口事，至爲緊要。

十七日　早小雨　陰　午後二時晴熱　四月廿二

今日中華大學聽土改報告，聞已改期矣。十二時飯畢至汽車站，久候不至，步行至成大家，彼已外出矣，予遂小睡二時許。連日報載梅蘭芳、蕭長華來漢演戲，票價自一萬至四萬元，想亦有觀者。如此環境，優人尚來漢斂財，可鄙可恨。

十八日　晴　四月廿三

早起，渡江至松林處取得八萬元。便訪曹家未晤，詢其廚伕，云鄉間罰款未交清。予遂出，以無多事。十一時半渡江至成大家，小睡一時許，食包子二枚，與同至鶴樓茶敘。臥二小時不能熟也，又與同回。聞其鄉間有電話來，爲土改事，其侄須罰款百萬云。晚寢多惡夢。

十九日　早晴　下午一時半雨四時乃止　晚又小雨　四月廿四

起甚早，步行至東廠口，食豆漿油條出。圖書館晤李匡甫，談近代史事。九時至室開會，遲至十時舉行，自是指定老者講各事，牽延至下午二時乃出。遇雨，與華甫至一飯館吃飯，用去六千元未飽也。雇人力車去二千五百元。今日太不遇機會，惱甚。鞋帽受雨濕，歸家晚飯亦未食飽，九時半遂寢。

二十日　晴　陰　夜雨　四月廿五

早起至合作社購物，買得糖、鹽、洋火、紙煙等等，較之各店不甚便宜，布價亦須四千元，劣者二千八百元，予亦無錢購得。晚寢不安，計至天明僅睡四小時餘，多惡夢。

廿一日　陰　晚雨　四月廿六　星期四

上午在家，飯後在家小睡一時半乃醒。午後三時半至玉生家，值沙市來陳君約之至沙市，謂鄧婿派其來詢各事者也。歸家後，六時晚飯，以昨睡不寧，九時半即寢。

廿二日　早小雨　午後大雨　四月廿七　星期五

昨睡甚安，七時起，天又下雨轉寒，再過八天即立夏矣。今春氣候如此變態耶，自正月初二日起，計雨雪風寒者三十九天，陰晴無雨者僅四十一日，整整晴者止廿五天。近時江水高漲極速，上下遊雨水過多也。午飯後冒雨乘汽車來成大家，坐談甚久歸。

廿三日　陰　小雨　夜轉鐘三時雨達旦　四月廿八

上午在家吃飯，下午無事，四時取甲辰日記存家者補書之，晚寫至十二時止。

廿四日　早雨　午後二時晴　四月廿九

昨睡尚安，九時起，十一時借報閱之，十二時仍至成大家，談二小時歸。

廿五日　陰　小雨　午後陰　四月三十

今日各機關團體民衆至公共體育場編排演習，參事室去者十餘人。

廿六日　晴燥　五月一日

五時各街居民俱起造飯，六時即出發，男女列隊，各街戒嚴。聞正午在體育場訓話後再分道遊行示威，呼口號，至下午三時方散隊云。

廿七日　晴燥　夜三時大雨雷電　天明未已　五月二日

早至成大家，飯後與同渡江至漢陽，先訪黄、劉未遇，遇張璋，立談數語。十二時至歸元寺，余已十餘年未至者也。内部一切如舊，羅漢堂進香者不及從前人十分之一也。在正殿海島見各佛像，仍與去年在鄉所夢者同。約遊一時許出，又與渡河至漢口一遊覽。

廿八日　大雨　午後陰　晚雨　五月三日

今日雨大天陰未出門，家中又無書看，時時小睡亦不安穩，想遊洪山者，無人也。

廿九日　早陰　旋雨　午後一時半大雨如注平地水深六寸　夜間又雨　五月四日

六時起，七時乘車至司門口，轉至文華聽講，久候主講者未至，十一時半歸。飯畢至室補領欠薪，雇人力車，行至中途，大雨如注，大約此雨爲今年最大者。余以衣濕乃至圖書館休息，看書二時而雨未止，至參室又坐二時，雨略小，沿途無車，步行歸家，衣履俱濕透矣。此吃虧不小。設今晨不往文華，下午不至冒雨至參室補領此九千元之數，不致受濕换衣服，逢此數月間未有此猛雨也。夜寢亦不安。

卅日　陰　五月五日

九時乃起，今日又有通知至文華聽講，余今日不去。午飯後至成大家述昨日事，余擬以後不到其家，免其麻煩也。其子又不肖，好亂言之。

四　月

初一日　晴燥　夜十一時半雨　五月六日　星期日

早至華甫家，又至鵬程家，各談半時，再至華甫家，飯畢與同過漢陽，至歸元寺一遊。四時歸，約用錢五千元，兩人共萬元之譜，交通茶飯在内，總較過漢口便宜也。九時寢，心不安，夜聞雨聲。

初二日　雨　陰　下午又小雨　五月七日　星期一

上午未出門，下午二時至成大家坐至五時歸。彼有生客，三人在鋪房内談話，予遂出之。

初三日　晴熱　五月八日　星期二

早七時起，八時至室開會，十二時方畢。

初四日　晴　極熱　五月九日

早至玉兒家，午後一時至圖書館看書，五時又至玉兒家吃晚飯。

初五日　晴熱甚　五月十日　星期四

早起至鶴樓獨遊。午飯後渡江至漢陽中學訪黄、劉、梅三君，均晤談。途遇宋星恒，知其已調文德女校負責矣。至歸元寺敬謹祈禱，又至羅漢堂許願。四時渡江，天熱甚。晚飯後細思近三旬中事，當檢報記之。

初六日　晴熱　五月十一

早飯後渡江晤石仲章，問松林兑之錢，未交來。三時半就飯館吃飯，今日用去七千元。

初七日　晴極熱　五月十二　星期六

今日未出門，在家補習文件等等。

初八日　晴極熱　夜十二時雨　自後大雨
五月十三　星期日

早起至成大家取扇骨子，至程少松家談甚久，就其家午飯。一時至仲章家看甥女病，知其吐血甚多，向無此病也。甥女自言彼於民國十年正月廿六日于歸石家，並述予縣宅窘困之狀，及遲生去臘廿四在漢搭船事。四時半至玉兒家吃飯，七時歸，今日佛生日。

初九日　陰小雨時作　大風寒甚　五月十四

下午二時出門買三溴片，四時吃一次，晚九時寢吃二片，睡三小時餘未醒，此片之功也。

初十日　晴熱甚　五月十五　星期二

今日上下午俱在室開會。

十一日　晴熱　午後二時大風小雨寒甚　晚又雨　五月十六

早七時起，八時訪韓達齋，彼提示扼要念經法。下午三時遇傅慧初，在吃食館與談片刻，以天欲雨即歸。

十二日　陰　時有小雨　寒　五月十七

今日着棉衣，早至華甫家，午後至玉兒家又至甥女家，知病已愈。晚寢不安，片藥以過性亦無益，仍展轉不寐也，心煩意亂。

十三日　陰　午後晴熱　五月十八　星期五

早至圖書館看書，午後與華甫至城外車站一遊，茶敘至四時。彼歸，予至玉兒處吃飯，至成大家取本子，至熊予佛家談數語即歸。晚九時寢，吃藥片仍不安寢。

十四日　晴燥　五月十九　星期六

早起。午飯後至成大家立談數語。至甥女家，值其嗣子病，坐片刻。至玉兒家靠臥一時許，不能安睡，五時半歸。今日借尚立錢二萬元。

十五日　晴熱　五月廿　星期日

早起，步行至少松家談舊事。十一時與同看竹如，十年未見者也。彼現在以子在銀行作事，生活不愁。晤雲生夫婦，年老矣。十二時半就其家飯畢，轉少松家。二時至仲章家，其子已病，予未久坐，至玉兒家晚飯歸。

十六日　晴熱　五月廿一　星期一

早至室開會，講話甚多。

十七日　晴　極熱　五月廿二

七時起，八時至室開會，十一時半先退，因公安局通知今日午後查户口也。候至下午五時竟未來，予頭暈，晚寢不安。

十八日　晴　極熱　五月廿三　星期三

早起，十時公安局來調查户口，談話半時乃去。一姚姓户籍，一新來者。

十九日　晴　極熱　五月廿四　星期四

上午四時半聞驟雨聲，未久即止。五時路上似聞行人聲甚多，蓋今日上午各機關到體育場聽朝鮮回國代表報告情形也。午後予往華甫家談一時許出。至成大家談片刻，至石家，知甥女已聽講去了。至玉生家晤及鄧賓，尚未往沙市。至漢陽門吃點心，後搭汽車即回家。

二十日　晴熱　五月廿五

內子往玉兒家借款，作回鄉之費。十一時到參事室取信紙信封，寫信回鄉。

廿一日　晴熱甚　五月廿六　星期六

八時起，足疲軟，頭暈。午後乘車至汽車站問開車情形，到段家店須錢多少。

廿二日　晴熱時有北風　夜轉鐘四時雷雨大作　五月廿七　禮拜日

五時呼內子起，六時半飯畢，內子出門搭車，定生送之至站。八時予至成大家，彼今日爲其添孫請客，予辭之，並借洋一萬元作零用。晚間周嫂引小蘭，睡甚安。

廿三日　早雨午後晴曇　夜十二時以後雨達旦　五月廿八

今日午後外出一次，欲往仲章處，又以小蘭在家時時要招呼，不能往各處也。參室通知明晨渡江，予未能去，因小孩無人引。食後睡眠也。

廿四日　天雨八時更大　五月廿九

四時小蘭啼吵甚，室内又漏，予起數次。五時半以後予睡熟一時餘乃起，心煩亂殊甚。

廿五日　晴熱　早陰有風　午後熱甚　五月卅

今日內子未歸，予盼望甚。小蘭思母切，予時時着急，幸周嫂善於招呼也。

廿六日　晴熱　五月卅一　星期四

上午十一時半太寅送内子歸，係在葛店搭輪船，所帶衣物均到。問以鄉間各事，甚安。太寅當晚渡江回去。此次共用錢十四萬元。

廿七日　晴熱甚　六月一日　星期五

今日上午出門一次，午後在家休息。頭暈時作，傍晚乘車送朱成大紅緞四尺。

廿八日　晴　酷熱如伏　夜轉鐘三時雷風暴雨一時許　六月二日

今日熱甚，上下午不能出門。夜十時予即寢，寢之未能安。轉鐘三時聞雷聲，繼以暴風大至，雨聲來矣。天氣變涼，予起閉窗户。幸前天已檢瓦，不然今夜不安矣。

廿九日　早小雨　大風　寒甚　六月三日　星期日

今晨起，着夾衣。蓋早三時大風雨後天氣劇變矣。氣候無常，其不可測如此。近卅年無此變態甚急之氣候也。晚寢蓋棉被。

卅日　陰寒　六月四日　星期一

早起外出一次，十時歸。復睡至十二時半醒。飯後至玉兒、成大、仲章三家略坐。晚歸，飯後未作事。十時寢，十一時疲甚，睡着一時許，乃取棉被蓋之，腿已酸楚。

五　月

初一日　早陰寒　小雨片刻　午後四時晴曇　六月五日

早起。足酸軟，雇車至參室開會。正午與華甫就小館吃午飯，去價七千元，華甫付款，予帶錢實不夠也。下午二時半，韓大載講西藏解放事，述西藏歷史至二小時半，述正文甚少，聽者倦矣。五時半乃散。

初二日　早陰　小雨　午後三時又小雨　六月六日　星期三

今日下午擬至合作社購毛巾，行至中途遇雨，向文運名借帽子帶歸。另在小店買毛巾二條，較之合作社便宜也。合作社從前對公務員有便宜物也。上午至成大家送去皮鞋、緞鞋各一雙，請他便宜售去，以濟家用。鄂城家中更窘困，此四個月中不知如何支持也。

初三日　晴熱甚　六月七日　星期四

早起，渡江至瑞球店中，知已出門，與周華琴談片刻出。訪仲章，在李寓吃飯。下午三時半渡江至鶴樓飲茶二小時，五時方歸。今日午後訪楊光第診予疾。彼勸易他宅乃得安睡，徒服藥而室外環境喧鬧，服藥亦不易睡矣。此旬内午睡時，而劉、楊二家小流氓及小伢喧鬧，至午飯後休息小睡亦不能安。

初四日　晴　午後陰　六月八日

早起，渡江至歸元寺祀觀音，祈予疾愈并許願解厄也。正午歸。晚間各街有售端午禮品者，不似去年之多，可以想見景象。

初五日　端午節　晴熱　六月九日　星期六

早起，九時去聽講時，遇鐵柵已關，予未進去乃歸。各校未放假。正午予飲酒半杯，與家人吃飯，定生先吃，仍去上學，興趣索然。回思曩昔端午節則生感矣。下午六時至成大家略坐，彼贈予香蕉一提，無錢買物，只得受之而已。

初六日　陰　晴　六月十日　星期日

早起八時半至少松家，乘車至司門口，爲省錢計行三里，頭暈痛，至其家九時半。彼方起床，可見能静卧，較之予居早晚不能安睡者，天淵之别。予以不能多睡爲苦。同屋前重二家小伢六人吵鬧不能禁止，時勢所造若輩勢力也。在少松家午飯後静卧一時許。出至仲章家坐談一時許，再至玉兒家，知其患傷寒，予勸之延醫治之。五時雇車歸，去二千元，以身受熱不能行也。如能省車費，只有不出門在家悶坐而已。

初七日　晴熱　六月十一　星期一

早到會問學習，係不得要領。問蔣立安未來。余頭暈，十一時歸家，飯後休息。

初八日　晴　晚轉鐘二時風雨達旦　六月十二

早到室開集體會，發表學習。自十一日起，兩星期完畢，開應購之書八種。十二時回，吃飯，又再去。下午四時仍未有具體方法，予乘車回。夜十一時，香生咳嗽大作，擾擾至轉鐘一時再睡，難成寐也。予今日生辰，六十六初度，思之心煩殊甚。記去年今日在此，家春尚未來，是時文保會無多事。

初九日　早大雨　終日雨　天氣轉寒　夜間又雨　六月十三

早起，八時到會，途中大雨，寒甚。予着衣少，又慮水濕，乃以千元雇車，僅半里未能達到。到會人少，其實今日可不去也。歸又雇車，去價二千元。飯後睡三小時未醒，可補昨夕未睡時間。五時半命定生去買各書，歸云一本無有，遑問八種耶。今日學習之書，真無從看起。目漲字小，閲後不能記憶，真以爲苦。

初十日　陰寒　午後似轉晴旋又呈雨狀
六月十四　星期四

早起，着夾衣。到會，學習計劃尚未定出，看報至十一時半歸。飯後小睡，以劉姓小兒喧鬧，竟未睡着。挑溝水者來，予以紙煙二包給之，彼乃挑盡而去。同住女人極壞，不講衛生，不顧人家，只圖自便，説勸均不信。如此女人，真禽獸之心也。

十一日　晴　六月十五　星期五

早到室，今日所擬學習計劃又未定出。予以頭暈，十一時歸。下午二時至韓達齋處坐談一時許，因散會後面約，二時去談話者。夜寢仍涼矣，似他處下雨也。

十二日　晴熱　六月十六　星期六

今日頭暈思睡，未到會。下午寫信寄胡林稚山，請他代討錢匯來，並問舊房約數張是否存彼手中。予作事廿年來極精細，不知去年何以將郭姓老約又分開存之。

十三日　晴熱甚　六月十七　星期日

今日星期，未到會。下午至成大、華甫二家略談數語，買得電水小册，并在華甫家取筆記稿子歸。晚較昨夕更熱，轉鐘二時乃睡熟。

十四日　早陰晴　午後晴熱　六月十八　星期一

今日室中開學習會定規矩，予聲明有病不來時必請假。今日香生吐痰多，又泄三次，黄涎痰甚多。十二時起，予起二次，室内又熱甚，予心煩亂無已。

十五日　晴極熱　六月十九　星期二

今晨起去開學習會，十二時畢。歸途熱甚，到家汗透衣服，食亦不快。午後又睡，不成寐，室内如烘，心煩甚，不可形容苦狀。連夕月色佳，予亦未出門散步。噫，此與去夏鄉間安住五十餘日之狀大異也。

十六日　極熱　六月廿　星期三

今晨到會，天甚熱，步行又遲，討論時間又長，逼人人説話，甚以爲苦境也。予頭暈未愈，行路時時發暈，無錢坐車，車價又貴，身體吃虧不小。晚寢又不安，近添一家來住，人口多，更煩亂不可説矣。新住客董連浦，鹽城人，在水産局充技術員，月支五十餘萬元。

十七日　晴　酷熱　大約百度上下也　六月廿一　星期四

今晨七時半步行，八時半乃到會。頭暈悶，在座已不可耐，與耿主任説明必請假。十二時歸，途熱甚，到家飯不下咽，愁苦不可耐也。下午五時半，熊國華來，予細問鄉間及遲生在縣情狀，略告予不詳也。彼欲借宿，以無竹床而室中又新進一家，實無空床也。彼於十時去。予終夜以熱不能安枕。

十八日　晴　酷熱　午後四時陣雨　六月廿二　星期五

今晨托范尚立帶條子去請假。昨睡不及兩小時。十二時後小睡一時即醒。汗出如浆水，手不停扇。午後四時半陣雨二次，晚早寢尚涼爽，睡能安枕。又夢，似兩湖應補畢業狀，此夢已數次矣。又似就寒溪中學事，此亦夢過數次，不知何以頻有此境也。

十九日　早陰涼　十一時大雨　午後二時晴　五時大雨數陣　六月廿三

早起到會，步行雖涼，足軟無力。十二時半方散會。歸後食不飽，小睡亦不着。劉姓四小伢與楊姓一劣兒吵唱不停，致不能午睡，心煩亂殊甚。晚飯更不飽。幸五時雨後天氣轉涼，身稍安耳。九時半即寢。

二十日　陰　雨　晴　小雨　晚十二時大風氣候寒
六月廿四　星期日

今日星期，未出門，晨臥尚安。午後二時出外，未遠即歸，賒米亦未就。晚小雨，氣候涼，早寢。十二時大風忽起，氣候變寒，予起閉窗户。轉鐘後聞雨聲時作，睡熟後多夢，未記。醒則念六字真言，倦則又睡去。

廿一日　早陰雨　大風　寒甚　午後七時又雨　六月廿五

七時起，八時步行至室，途中着夾衣仍寒甚。天氣寒燠不可測如此，卅年前未見此氣候也。九時開會，一題争論至五十分鐘，不知此等人心理也。十二時歸，餒甚，飯後一時方睡，至四時醒。今日睡足矣。起後坐車至成大處，僅借得八千元。買書去二千五百元，坐車共一千六百元，書價甚廉。六時半歸。飯後抄書二小時，目疲乃已。此名詞名曰學習文件，或曰文件學習。

廿二日　大雨　午後陰　時有陣雨　夜小雨
六月廿六　星期二

早起，雇車至參室開會。今日到者甚多，聽賀、杜二君報告各事，十二時一刻方散。予以足無力，下午請假不去，仍乘車歸，用去四千元。連早點等則每日非五千元不可，奈何，奈何。晚九時半寢，氣候寒，尚能蓋棉被。

廿三日　晨陰　午後晴熱　六月廿七

六時起，連日早晨同屋擾鬧不能睡，其處此苦境也。八時乘車到會，頭暈痛，坐不安，予又不能多説話。問題之來，照字面答之而已。十一時半以不能耐即歸。飯後小睡一時許，五時去二分所换户籍簿，上名字。晚早寢，十一時醒。香生咳嗽大作，擾擾終夜不安。

廿四日　晨六時大霧　七時以後陰　午後晴熱　六月廿八　星期四

早頭暈痛，昨已請假，今日未去，午後三時至房産處問出售本宅事。在玉兒家略坐，晤亞佛，略談出。至成大家，值其事多未能談。至司門口乘汽車歸。今日兩次去車價一千六百元，足軟無力致不能省此費，然較之到會往來費五千元，比例甚少。

廿五日　晴熱　六月廿九　星期五

七時到會，八時半開會。今日題目又改了，發言者三人，十二時歸。晚間陳坦又來借錢，此人真屬無耻矣。晚寢，十時至轉鐘三時尚安，以後不成寐。

廿六日　晴熱甚　六月卅　星期六

五時醒，不能睡，六時半起，七時到會。今日報告，張、辜二人甚長，以後又變爲漫談，予與阮、李諸人未準備，亦未發言。十一時半散會，歸途熱甚。飯後小睡半時，不成寐也。下午六時至蔣立安家，請其診予疾，並談各事。兩次往返乘車行其半，去價二千元。九時半歸。

廿七日　晴熱甚　七月一日　星期日

今日未出門。

廿八日　晴極熱　七月二日　星期一

早起，八時至室開會，報歷史。予以二組中已報過三人，華甫報畢，予即詳述政學界經過。凡屬人知者、不知者一一詳述之。十二時半方歸。熱甚，餒甚，飯後疲臥一時許。所謂歷史交代清楚矣，然尚待三查也。

廿九日　晴熱　七月三日　星期二

早起，八時到室，今日爲集體會報，詢至第二組時，張輝禧忽將予作報告向衆述之，界説不清，不知彼對予用意何在也。繼以熊君再報，似稍明瞭，唯聽者三分之二同事莫明真象。予不能向聽衆解釋經過。張年六十九，遇事似裝前進份子，又爲民盟中堅，然予未敢信其爲真前進者。

六　　月

初一日　晴熱甚　夜間涼矣　七月四日　星期三

早乘車到室，繼昨日報告情形。劉、傅二君詞長，至十二時半散會，改爲下午續開。予遂請假，下午未去，神疲頭暈，不可耐也。晚飯後熊君來談，謂問之晋槐，始悉予詳細歷史，今日特來相慰問，且視予疾也。

初二日　早陰　八時半大雨　十時以後晴熱
七月五日　星期四

今晨似有雨狀，予匆匆步行到室，乃雨。九時何主任來報告解釋各事，約二小時。十一時半仍補學習，蔣立菴補報歷史。十二時一刻未畢乃止。歸途仍熱，飯後小睡一時。晚飯後涼風乍起，遂早寢。

初三日　早陰　午後晴熱　下午大雨一次　七月六日

六時起。昨夕九時半寢後甚安，以天涼爽，竟三小時僅醒一次，旋睡至六時乃醒。此二旬中無此美睡，特記之。八時乘車到室，繼昨日開會時提出問題，時間長。予頭暈不能支持，十二時半方歸。胡樹生在此，予與説各事，不能寫信，另書條囑其歸後告鄉人寄匯款來。

初四日　早陰寒　十時陣雨　午後晴熱　晚間涼甚
七月七日　星期六

八時到會，今日頭暈甚，坐不能耐。各人補述歷史，十二時半歸。午後小睡一時許。晚涼，早寢，十時半方以疲倦甚睡去，自是甚安。今日下午二時半乘車至成大家未晤，仍乘車歸，花費二千五百元。

初五日　早陰涼　午後六時小雨　七月八日　星期日

早陰涼甚，似昨夜附近之地下雨矣。今日星期，予以足軟身疲遲起。飯後未能外出。胡林樹生又來，予以開條交之，囑咐各事。松林自漢口來，托彼帶錢回鄉，予便借十萬元，俟鄉款兑撥。今日精神太差，執筆寫自己歷史，三次乃寫畢。明天開會，歸家再謄正。

初六日　陰　晴熱　晚涼　七月九日　星期一

早起到室開會，下午未去。

初七日　陰　正午晴　悶熱　午後小雨天氣忽涼　七月十日

早起，八時到舊大公中學聽報告，朝鮮停戰和談事。十一時回，飯後樹生來，將應托之事寫條交與之。午後二時又到室開集體會，報告雜事甚多，延長時間，出門小雨。予今日下午以熱，穿衣甚少，忽轉涼難受。華甫借短褂一件與予歸。

初八日　早陰　十二時歸途忽小雨　午後涼甚　有陣雨
夜間大雨　七月十一　星期三

早起，到室開會，時間爲報告佔去。十二時半歸，餒甚。午後小睡一時起，寫年表，會中所催填者，晚間再寫至十時，目力已疲遂寢。轉鐘一時醒，聞大雨如注。

初九日　早雨甚大　正午晴　午後又大雨　晚大雨如注直達旦　七月十二

早起，雇三輪到室開會，仍詢問各事。十二時半歸，疲甚，飯後小睡未安。起時補寫年表，直至夜間十時方畢。神倦目痛，不能支持，遂寢。十一時以後大雨如注直到天明，視時計已五時。

初十日　早大雨如注　直至下午七時未止　七月十三

早起，雨大未止，着長衣至郵局門口，雇三輪車，去價三千五百元。到會雨更大，幸乘車，衣濕不重。九時開會，今日有數人未到，予組中聞歷史注意辜君。十二時散會，又遇大雨。予行至法院門前乃雇得一車，去二千元。到家衣濕半截，急換衣，休息片刻吃飯。玉生來家，云外孫女已參軍，今日來送行者云。外孫女指其思想未通，不應流涕云云。予留之在此坐二時乃去。今日三時以後大雨如注者五六次，滿屋俱漏，地板濕氣難過。各鄉從前望雨，現在又慮積水淹穀矣。

十一日　早陰　午後小雨時作　晚十二時以後小雨天未曙大雨　七月十四

早起，八時步行，由正街到會，多行一里半。今日開會，逼在辜、劉二君身上，劉詞多閃爍，以後由大組討論。十二時半回家吃飯。以疲甚，難下咽。予以開會事，此四個星期中未請假，帶病到室，用去車費猶小事也，而受熱受雨濕，精神疲憊不堪，飲食不進，睡不安，真苦境矣。晚以前室繁鬧，十一時半方寢。

十二日　四時聞大雨如注　十時雨漸小　午後仍小雨　七月十五　星期日

九時起，十一時半早餐，未能出門。下午小睡數次，室內外濕氣特重，鬱悶難過。五時半過范宅，閱報片刻歸。晚飯後早寢，轉鐘二時又聞大雨聲。

十三日　早大雨至午後二時方止　七月十六　星期一

早起小雨，步行到會，小組上對劉君追問，已指出事實，對辜君稍輕。十二時散會，至閱馬廠又雨，乃雇車歸。衣濕數處，何日天氣轉晴耶？予以無錢，又每次開會須乘車，取償於何處耶？地價稅又加一倍半，即令發薪，半月不夠其數。住客萬惡，均係工人中最壞者。自以爲政府寬大，爲之提高，豈知其劣性仍不改，表面對公安局守規則秩序，其内心較前尤壞矣。前重楊老幺作惡多端，從前劉户籍警與之相好，致長其勢。至姚户籍察其爲流氓，實爲蝴蝶黨之著名者，其勢焰稍低，不然彼不獨不給租金已也。

十四日　陰　七月十七　星期二

早到會，今日集體討論改爲李瀾作典型報告。自上午九時至十二時半止，午飯後自下午二時半至六時半止，詳述彼做特務經過。其重要點由國民黨轉共産黨，又轉入藍衣社、復興社、三青團種種特務工作與事實，又聯係思想，其間又與特務來往，其報告作六小時之久，尾述媿悔無地之狀，請人指摘。僅易、帥、馬等六人質問，先含混，後正當解答。予等門外漢，不知反動黨團内幕之複雜如此，今乃聞之。惟先僅見其爲精幹前進之人，而不知何以能被選爲第一組組長也。

十五日　晴極熱　七月十八

早起到室，九時忽聞改爲整隊到文華去聽講。予以病體畏熱請假未去。十時至鵬程家談一時許，以久未晤也，仍回家吃飯。午後二時再去聽范瀛槎報告，述過去惡行，以得錢爲目的，以故中統開山大爺均做過。報告三時之久，以後述悔恨語，大家都代他諒解並鼓勵之。六時散會。今天受熱，疲乏甚。晚熱不能睡，一夜僅睡約三小時而已。

十六日　陰　悶熱　晚陣雨　七月十九

七時起，八時出門。王伯良引人來看房子修整事，予未能與之多談，匆匆出，雇車到會。今日劉鳳靈報告彼與特務及共産黨經過事，甚詳。惟錢、賀諸人對之極不滿，不似昨日耿伯釗對范瀛槎之報告特別維持與幫助也。今日午飯在李愈友家，吃過匆匆仍返室。午後二時半再開會，劉君報告後仍受攻訐，改爲明日結論，再送學委會審察，似對之印象不佳。

十七日　晴熱　大雨數次　七月廿　星期五

早起到會，今日劉鳳靈仍報告，前後矛盾之語甚多。正午未完，值大雨如注，予遂就會中午餐。每人三千元，共五桌，廿四人，未能歸去。午後三時又開會，延至下午五時半仍不能解決。此人不知作何打算，不説真話也。今日錢、熊二人對之惡語甚多，賀、易二君勸之説真話，留待明日討論。

十八日　晴熱甚　午後小雨一次　七月廿一　星期六

早起到會，今日爲劉鳳靈報告之第三日，上午對彼質問者甚多，錢、賀二人攻訐較昨日更甚。彼亦不相讓，又加以彭伯勳、張耀禧之加倍攻訐，熊更面罵之。十二時天熱如蒸，散會後，予至愈友家午飯，其室甚涼，飯畢小睡半時，仍與之同到會。劉君繼續報告，攻者、答者俱有成見，旁人更不耐坐，人多天熱，悶不可耐。和甫大聲勸之坦白，先離去。繼又有勸者多人。韓大載提出意見，星期一讓別人報告，囑劉考慮二日再答復。六時散會。疲甚，予回家飯後早寢，十二時未睡熟，繼起，疲倦甚，再睡。

十九日　晴　極熱　七月廿二　星期日

八時半起，足軟身倦，未出門，臥時多。

二十日　晴熱甚　七月廿三　星期一

早乘車到室後，聞已改爲到文華聽報告。予請假未去，歸家午飯後再乘車到會。下午係劉達九報告，牽延甚長，六時半方散會。

廿一日　晴　酷熱　七月廿四　星期二

早乘車到會。自前日起，改爲上下午均有會。予以病體更加重，晚間必發病一次，天欲曙時方轉，又須到會，長此以往，奈何，奈何。今日仍在李宅吃飯。今日上下午均爲大會，仍劉君報告。下午六時半散，錢秘書見予病體難支，囑予明後天請假。予當書條，自明天起請二天假。六時半歸。

廿二日　晴酷熱　七月廿五　星期三

今日在家休息，可省車錢四千，早點一千。兩日可省萬元矣。

廿三日　晴熱甚　七月廿六　星期四

今日仍舊在家，時臥床上，又熱不可耐，欲起又無處可坐。

廿四日　晴熱甚　七月廿七　星期五

今日到會，仍坐車去。上午李子奎報告中大鬧一次，午後再開會，又大鬧。劉鳳靈附和之，秩序大壞，無人制止，李竟出門去矣。何主任來罵了劉鳳靈一次，此人罪加重矣。噫，參事整風乃有如此現象耶，可恥之至。

廿五日　晴熱甚　上午十一時陣雨　夜間十時半猛雨四小時　七月廿八

早起到室，途遇賀葆三，談數語。予以不能快走請渠先行。到會後報告昨日處理李、劉二人情形甚長，餘時討論各事。自下星期一起，每日仍爲上午開會，下午除星期二集體報告外，各小組會議解決各事。不能解決者，報學委會云云。予以病體，由耿主任報告中，可與七十以上之參事看待，不到會，可請假休養。下午一時半方歸。晚飯後往朱成大家略談歸。寢後十時半雷聲作，猛雨驟至，傾盆不歇，約四小時乃稍止。滿屋大漏，起數次，又以疲倦之後，時冷時熱，起换簟子、衣服愈疲，而足無力也。

廿六日　早雨旋陰　悶熱　七月廿九　星期日

早八時起，寫公安局報告。囑夢閑至伯良家問整屋情形。連日爲前重屋心煩意亂。去今兩年均受此流氓脅制，不付租金已三個月，還要面子。設非公安局前二月數次檢查其臥室，彼狂妄當不止此也。今日未出門。

廿七日　晴極熱　七月卅　星期一

早起，乘車到會，今日小組會議。彭伯勉報告歷史，詢問者甚少。十二時通過，下午半時回家吃飯，身疲目眩，臥床休息。二時，本街余組長來調解前重整屋事。劉姓狡滑，不出一語，僅自私言予有理，别人無理。楊姓狂妄，最後承認實欠租金三整月，余調以再加一月半，將此四個月租金付齊。彼首肯，然其言不可靠也。總之此屋楊流氓不搬家，又有劉祥發陰險流氓，同惡相濟，遇事要挾，予真恨入骨矣。

廿八日　晴極熱　七月卅一　星期二

今日乘車到會，楊松如報告歷史。彭君詢問最多，係輕點非重點也。揆之大勢情形，不願尖刻。十二時通過，但其身份仍爲地主也。午後歸途極熱，到家疲甚，不能食，臥床時多。夜寢咳嗽甚劇，前日受涼傷風不覺矣。

廿九日　晴熱甚　八月一日　星期三

早起，乘車到會。昨夕寢後咳甚，今日身疲力欲竭。小組長張君忽指定傅鹽梅報歷史，是出有意。傅説話甚長，熊迭止之，認爲規避。十一時止，彭、張、熊三人指摘甚尖鋭。十二時止，囑其明日再答復。予歸後以受熱甚，食不下咽。今日本欲提先報歷史，竟不可得。大約明日再看情形。以現狀況論，彭、張係一致對傅者，熊則以重言出之。傅已改態度答復，或可再減尖鋭之問題。晚飯後天氣愈熱，夜間不能安枕，予又時時咳嗽，真苦境矣。

卅日　晴　悶熱　下午一時陣雨　以後又雨　氣候轉涼　八月二日　星期四

早起。今日去來俱未坐車，歸時受熱甚。飯僅吃一碗，因連日牙齦疼痛未消，吃飯極艱難。天熱多病，益以牙痛，嘔氣心煩。噫，如此苦境，何日消除耶？予擬予報告後請假三星期休養，醫囑不休息病難愈。前與賀葆三言之，承其同意以養病爲要。今日又遇熊鏡懷，又言之，彼願爲予向耿伯釗等言之，以予病與彼今春相似也。上午八時開會，由傅君答復昨日事，但未久，又由熊、張、彭變更，另有四問題，致時間不夠，傅未能完全答復，須俟明日上午再解決。十二時步行歸，汗出如瀋，身力不支。牙痛，吃飯一盂。洗浴後臥床未能成寐。三時天氣轉涼，似別地已下雨矣。

七　月

初一日　晴　極熱　八月三日　星期五

早起到室，今日乘車一次。八時仍由傅君報告一小時，忽又生出統戰部關於大冶專署問題，致不能解決，改爲大會去報告。十二時半予回家吃飯，以疲甚不能食。昨請李君浩診疾，謂肺間有結核。晚寢亦不安。

初二日　晴　極熱　大約九十六度以上　八月四日　星期六

早到會，今日由錢君報告歷史，係組長指定者，有意思的。十一時完畢，十二時半歸。今日飲食不當餐，晚寢亦不適。

初三日　晴酷熱　八月五日　星期日

早鄭陔香來，刺刺語不休，予臥床上略答之。彼坐一時方去。午後至熊予佛家看病，至朱成大家略坐，至王伯良家問整房子事。歸後疲勞萬狀。洗澡後臥床上一時許乃復原。人生世上，此際受苦難者固不止予一人，然予處境尤難堪也。往事哪堪回憶哉？

初四日　晴酷熱　大約百度以上　八月六日　星期一

早起乘車到會。今日爲予報告歷史，約二小時方完。彭、楊、蔣等照例詢問，予一一答之。結果張、熊等提議大家可否通過，乃鼓掌通過。歸家已十二時半。今日去車價四千元，到家以氣促身熱，疲乏不能食。臥一小時。回思往事，則感傷無已。憶及清代祖父冠群公事，晚間致不能寐。天熱如蒸者三日矣。余室内外熱度均高。每年逢夏秋酷熱者經旬，極難受。孟夫人生時每以此季爲苦，嘗助予在牯嶺購一宅，以爲歇暑之計，思之惘然。

初五日　晴酷熱　百度上　八月七日

今日往返到會均乘車，赤日當空，天熱如火，真難受矣。今日阮華甫報告，本無多事，以其發言欠工巧，致尾段反爲熊指摘，前事雖通過，後事則保留。噫，出言不可不慎，事未來而生恐懼，恐懼説出反爲人所疑矣。此一會議，竟不歡也。十二時歸，受熱不能吃飯，晚熱如烘，室内外均睡不安枕，雞鳴後始合眼而已。

初六日　晴酷熱　今日立秋　八月八日　星期三

今日往返均乘車去。蔣樹人報告歷史時間閑話太長。熊未到會，張主持會議。衆人對蔣以醫生之故，時有求治診母，詢問策略，答非圓滿亦模糊通過。蓋亦人情佔大多數也。不然蔣亦曾任二次縣長者，以彭之尖利竟恕之耶？熊今日未到會，則機巧矣。此記事熊未到會爲初五日之誤，初六日則阮華甫事也。特改正之。晚間熱甚，不能睡，時而室内，時而室外，至雞鳴三次方合眼一時許。轉鐘天欲曙時似睡熟矣，夢先母狀如平時。噫，近三月中心亂如麻，未見夢也，今晨夢母，因補記之。

初七日　晴酷熱　午後五時半大雨如注約一小時　八月九日

今晨請病假未出門，臥室内地板上者十小時。此日爲最熱矣。午後五時半天起雲，六時大雨。七時半改凉。寫信請假，預備明日不去。寢時細思今日爲七夕，幼年辛丑七夕賦詩，中年癸亥七夕在上海，可紀念者也。去年七夕在胡林，今年七夕在武昌，感想前事心中難過者一小時。轉鐘後夢先父狀如平時，但醒時將見父時，諸事忘之矣。噫，節近中元，化袱祀祖之期，予已四年未回鄂城舉行祀典，真罪人也。近兩年環境已變，祀祖反爲人揶揄之。直言之不講孝字。

初八日　晴　熱極　八月十日

今晨囑内子送條子交范尚立，請代爲請假。午後一時至其家問請假准否。彼已將原條帶回，謂忘卻矣。此人之不可靠如此，予前爲彼兩次代請假，歸爲告之。設予今日不去問彼，竟模糊了之，且無悔語，不知其何心也。勉與談數語出，人而無信，其心可知。三時與張祖培談片刻出。

初九日　晴　酷熱如火　八月十一日　星期六

早起，到會，今日往返俱乘車。組長張輝禧報告歷史，熊挺生請假，彭伯勉代熊。彭、張同鄉，交情好，故今日報告問者少，輕輕通過矣。歸後足疾大發，心臟痛甚。晚熱如火，睡不安枕，百病俱發，明晨當渡江治之。

初十日　晴　酷熱　大約百度上　八月十二日　星期日

早起，渡江訪楊光第二次未遇，過京漢旅館休息二次。食粉半碗，心煩亂殊甚。訪杜君武醫生，承其治予病，驗血壓，照X光，予左右肺均有病，須休養打針。抽左肺水液，蓋與十年前在同仁醫院之疾相同。下午一時歸家。今日用去舟車費八千元，人亦疲乏萬分。晚睡不寧，天熱甚，真難受。予性畏熱，今夏爲此整風學習，加病不少，用錢最多，現在無處可借矣。回想中元節四年未回家祀祖先，真不孝，罪通於天者矣。心傷之至。

十一日　晴酷熱　百度以上　晚間尤甚
八月十三日　星期一

早起，乘車到會。今日仍爲李子奎報告，受盡衆人挖苦，不敢出聲。此人恐是無血性、無心肝之人也。不知何方介紹到參事室。下午半時散會，無結果，累衆人受熱。又問劉達九、劉鳳靈，均爲公安廳捕去矣。歸後飯不能食，病狀愈多，擬明晨送條請假二天。晚熱如蒸，不能寢，足疼痛異常。

十二日　晴酷熱　百度以上　報載漢口百零二度
室外百零八度　八月十四日

今晨命大毛送請假條去，並向朱成大借得二萬五千元買米油之用。連日困甚，又前重打點整屋用去十萬元，心煩甚。足疼痛，食不能進，晚亦不安枕，在外在内室不能安。回想每年七月十二日，予家必祀祖先，今四年未歸，心傷無已，思之竟不能寐。此次所謂整風，恰遇此天氣酷熱，而本室中又多虚僞之人，冒充前進者多，致弄成此局面，可惡，可惡。

十三日　酷熱　大約百度以上　八月十五日　星期三

今日仍在假中，未去。張祖培來談熊軒青事，半時乃去。予臥地板上，足疾不能起。晚間因同屋小兒啼哭、腹泄，擾擾數小時不能寐。轉鐘三時以後，夢見先母及胡林桂堂兄，又城内洪英，請予立據向某處借錢應用，先母謂須替彼借一千元云云。噫，七月半已臨，未必幽冥中尚缺錢歟？桂堂、洪英是否尚在人世？以借錢事推之，或亦索冥錢歟？予醒時極難過。

十四日　晴　酷熱　晚有北風　稍改涼
八月十六日　星期四

聞今日參事室休會一日，予是以未去。午後問阮華甫及范尚立，知明日仍爲大會，李子奎事亦未解決。擬明日再請假一天。北風涼，囑定生明晨考二中事。早寢。十時月色大佳，中天忽大雨二陣，繼又大北風兼暴雨三四次，天明乃止。予擾擾起數次，竟難安枕也。今夕以風大，致祀祖錢楮亦未焚燒。

十五日　晨四時大雨乃止大北風未息　晴
八月十七日　星期五

五時半定生即起，六時去考二中。予乃再睡二小時，九時醒。飯後命大毛接孫醫生，並送信華甫，問室會事。今晨已托范君請假，是以未去。晚間張永軍、孫祖培先後來診予病，均詳細研究病根及治法，甚久乃去。晚十時即寢，以天氣涼爽，睡甚安然，至五時半方醒。

十六日　晴燥　八月十八日　星期六

六時半起，七時乘車至參事室開會。今日仍爲李子奎事，討論至十一時仍未解決，予遂出室先歸。過二中學，便訪張昊，爲定生考學事請其關照。歸家飯後又睡一小時，傍晚朱源滔來，談半時去。九時又寫信與陳暢如，爲定生考學校事盡人事而已。以現在環境，不似從前可順人情也。今日《大剛報》載美機於十四日三百五十架濫炸平壤，第二次又有三百架噴氣再炸一次，兼炸元山等地，和談恐無希望。

十七日　晴燥　有北風　八月十九日　星期日

今日未出門，腳疾稍減，心煩甚，臥床上時多，起坐時少。靜臥中思往事，真愁如織也。下午張祖培同熊軒青來，談一時許去。接楊光第函並介紹予至省立醫院驗病，出證明書。晚涼，擬明日仍到會。今日報載，美帝及其僕從國將擬九月四日在舊金山召開大會，蘇聯亦允許加入，惟英、美、法三國未示驚異云云。

十八日　晴燥　有風　八月二十日　星期一

早起，乘車至室開會，今日辜仁發報告。十二時詢問未畢散會。下午囑大毛同阮先生去領薪水，歸還各處急欠之款。晚間甚涼，十時半寢。

十九日　晴有風　晚間甚涼　八月二十一日

今日已請假未到會，予病未愈，足腫甚大，不能行動。思念鄂城老幼，已半年未通信，前月周開昌回縣，不知將予近狀詳告家中否也。借報一閱，和談無誠意，美機時時到開城附近轟炸，殊可恨憤。一面和談，一面轟炸，則和談真僞與否，可推想也。

二十日　晴燥　八月二十二日　星期三

今日仍請假，足疾更甚。午後閱報，開城時有美機轟炸，前日炸死中國警長並傷警士，周外長已提抗議。又載連日中朝軍隊擊落美機，數日内共卅六架云云。

廿一日　晴燥甚　晚間悶熱　八月二十三日　星期四

今日到會，往返俱乘車，去四千元。約計此兩月餘開會，除步行外，大約乘車時間占半數，用去廿六七萬元矣，傷心哉。爲此吃飯，顧及老幼計，不得不如此。回念設無此職，予之窘困更不堪設想矣。明日又須繳納房捐十萬元。前重楊姓小流氓不給租金又逾四個，無臉之人，更難理諭。晚間早寢。不成寐。十二時後，以身疲倦甚，足軟目疲，乃得成夢境二次。甚奇又可笑。記昨午寫信與遲生，囑其告之家中近狀。

廿二日　晴　悶熱　晚間悶熱未雨　八月二十四日　星期五

今晨已請假，疲臥不能起。九時勉强起床大便，足痛稍減。下午閱《大剛報》，和談已停止二日，候美國答復。其他所載美、法、英均無誠意，似在備大戰也云云。今日原擬至省立醫院挂特别號檢查身體，以疲倦不願起床中止。二時以後天悶熱，欲雨未成，室内外極難過。昨日上午傅鹽梅報告，經多人幫助，已通過矣。今日應爲辜達岸報告。辜事雜，似難了結者。經延長時間，不知此次能通過否。

廿三日　晴悶熱　正午小雨二次　八月二十五日

五時起，昨睡遲，有連續三小時未醒者。今日又未能至醫院看病，借來《大剛報》閱過。北京廿四號電，美新聞界拼命製造戰争空氣。又載從開城開和談起，美機炸平壞已二百五十次，投彈五千餘枚。又八月一日至二日晚及天明炸平壤房屋一百八十餘棟，死居民百六十人云云，似和談不足信也。

廿四日　晴陰不定　悶熱　下午五時半大雷雨二小時　八月二十六日　星期日

今日足痛甚，未出門。定生看榜，學堂未考取。平時不用心，毫無所得，難徼倖也。囑其再報名考安徽中學，因與家較近，吃飯便利。下午至范尚立寓問會中情形，似辜達岸報告，兩日尚未通過者。借來《大剛報》一閱，和談恐難成功。美帝仍然狡滑，鼓吹作戰。連日報均如此説法。予以足痛，臥床未能行動。今日思及亡室孟夫人過去諸事，令予有無限悲痛難除耳！

廿五日　晴燥甚　悶熱　大約九十度以上　八月二十七日　星期一

昨睡尚安，惟多夢。八時起，足疾稍減。午後一時胡林松林嫂來，帶來存鄉之紙三卷，予問以鄉間諸事，云天順被舉爲副鄉長，正鄉長爲吕國民。今年收成減，棉花乾枯，不及去年年成也。一時半乘車至省立醫院看病，挂特别號一萬三千元，較之去年加二倍。現時錢難賺，用錢多，可奈何。候二小時乃得看病，醫生董姓，寧波人，曾與楊光第同過事，治予病甚過細，彼云肺似完好，無結核，惟已有心臟病，血壓爲一百七十度，此與漢市醫院有異。囑以静養，服藥無甚功效，爲予出證明休養書。五時歸，再囑大嫂各事，囑其回鄉轉達各人。晚熱甚，十時半寢，多夢。

廿六日　晴燥　早即悶熱　午後熱度約九十以上　晚間更熱　八月二十八日

今日函約華甫來家，問會中近事。晚六時華甫來述各事去。今晚熱甚，不能睡，至天明時乃改凉，略合眼耳。

廿七日　早熱甚　午後熱如蒸　八月二十九日

晨七時半，竇秉鈞先生來，坐談半時去。彼已病二月矣，近更衰老可見。平昔身體剛强者，今年上季大病後即衰矣。此老可憐，文保會待彼亦不好。其婿曾握大權者，近已到廣州去矣。今早來看予病，予不能起與詳談近事。今年天氣驟改，自陰四月初一起即熱甚。中經酷熱者廿一天，檢查日記，至今日止，四、五、六、七，一百十六天中，共患酷熱、熱甚者八十三天。噫，此氣候真曠代所無矣。蓋以前卅年中，天熱極不過十餘日或一月，今則熱到近三個月，寧非奇事？自初六立秋至今，酷熱者廿天，晚間猶不改凉，則尤奇矣。將記之，不知明日如何熱度。今日下午阮華甫來談各事去。

廿八日　晴酷熱　晚更熱　八月三十日　星期四

今日仍在假中。午正華甫送表來，談半時去。下午六時以後酷熱，九時以後室外無風，室内難睡，甚以爲苦。予寄信與遲生，今已九日未見回信，不知此兒何意。

廿九日　晴酷熱　午後三時有北風　晚稍涼
八月卅一日

今日步行到會，問之無多事，僅説填表大意而已。午時遂歸。下午胡林老四來，予問以鄉間各事。晚石勳丞送農林試驗場豎匾請予寫，談半時去。今日李潤舫來談，其子往渝做生意，半年無回信，本人困窘甚，屋亦未售出，彼已七十四歲矣。

八　　月

初一日　晴熱甚　午後五時有風改涼
九月一日　星期六

早起，房中日光甚强，不能作事。午後填表，起稿字過多，約三千字，須再省去。六時石勳丞來，請寫試驗場大字，求書顔體及北碑各一套，予心煩甚，又不能拒之，忍氣書之而已。

初二日　熱甚　九月二日

今日天熱未出門，借來報一閲，美帝無和平誠意，仍時時飛機威脅中朝中立區地。晚寢後多夢，夢蔣立菴、范實等廿餘人着孝服，似在某喪家坐談。

初三日　晴　極熱　下午更甚　晚無風　九月三日　星期一

今早到會問明情形，云明日送所填表討論，予即歸家。下午汪幼丞來，云彼已派往鄂城花紗布公司工作，予囑以必到予家問遲生不回信的原因。晚改罷表稿，至十一時方寢，神倦目疲矣。睡甚熟，多夢境。今日往成大家略坐談。吴醒臣在其店幫貿，想係生活無辦法者，可慨哉。

初四日　晴　熱甚　晚九時有北風　九月四日　星期二

今日上午到會，填表事又改辦法矣。討論問事耽延二小時之久。十二時半予遂先歸。以步行甚緩，一時方到家，吃飯後疲乏甚，又睡不寧，仍改正表中事實並填自我鑒定，又經三小時之久，心煩亂殊甚。晚間又謄正一次，至十時半乃寢。

初五日　晴　極熱　九月五日　星期三

早乘車到會，今日填表，報告又有變更。此三月中第二組與他兩組辦法總不同，張某實無組長職權也。予十二時先歸，彼尚在漫談辦法。閱報，和談恐難成，美機美艦時時挑釁，可慮也。飯後又將年表及鑒定語重謄一次，約寫六千餘字，到晚方成功，手目俱疲，此所謂爲生活所迫。今日下午接遲生來信，知家中近事，感慨甚多，亦無可如何者。

初六日　晴　極熱　悶熱　晚間尤甚　九月六日

早起，乘車送所填表稿到會，交張君收存，予即歸。便訪成大，約定明日渡江至中山公園看物産會。訪朱、趙二君。晚間熱甚，轉鐘二時聞雷聲，自後大風雨。枕上憶及遲生昨日函，述洪英於七月杪已故事。七月十三夕，夢胡桂堂、洪英向予索款，予疑其死矣。得遲生函知洪英故在七月半後，桂堂，死在此月初三，奇哉！初八日補記。

初七日　早風雨九時陰　旋又陣雨　氣候改變　九月七日

上午二時以後，大北風，雨旋止旋作。五時天氣涼爽。予八時起，原擬今晨渡江，遂中止。午後天已放晴，遂乘車至成大處約其渡江。先晤朱局長，談半時，遂與成大同至中山公園，看中南六省土産交流會存列各品。先至一館，存有東北出土之周盤，有字，銅色，確爲古器。又漢鏡五枚，有二枚花紋，有字銘。其餘十五館匆匆觀之，二小時乃畢。其間工業品，科學各器具，繡品，綢、毛、布諸質品料，各科學模型等，應有盡有之物，未能一一記之。回憶清宣統二年，南京所創辦之中國南洋第一次博覽會，各省陳列品所佔之物質，館址分别部居者，以今日所參觀者比較，僅及當時十分之二而已。當時中國偉大之第一次博覽會，四千餘年未續開也。撫今思昔，感予幸生今日，見此第二次展覽會，止於六省出品，非當時廿一行省，當中國統一時代陳列館之豐富也。六時出公園，乘車至朱令瑞店中吃飯。以着衣少，天氣驟寒，遂渡江回家。十時寢，睡熟多夢。

初八日　陰寒　夜轉鐘二時大風雨數次　九月八日

早九時到會，因熊君不在室，予之來稿未能取回，遂出。下午五時胡魚山來，予問以鄉間各事。晚間吴端偉來，談甚久去。予問以賀采庭病死事，據説檢討時賀曾自認得過二千七百銀元之貪污款，旋嘔氣即病，八天即死去。廳中尚爲之開追悼會。此所謂死得其時者也。今日閱報，和談事開幕二日，似無具體誠意。美英仍似從前狀態，可恨已極。晚十時寢，以魚山在此宿，予時起視，自是未能安睡。彼述劉家衡事，問之難安也。又述南頭桂堂二兄於前五日已故。彼今年八十四歲，則七月十三夕予夢洪英與桂堂向予索燒紙者，證之二人果死矣。

初九日　早陰寒　晚雨　九月九日　星期日

上午二時至五時暴風雨數次。魚山已到漢口去，予囑以回鄉各語。今晨傷風鼻塞難過。今日寫信催太杏還錢，又向成大借六萬元，爲定生繳學費。晚八時范尚立來談，囑予帶信至參事室請假。十時寢後夢雜甚，僅記予乘馬急行至一望五六里之平荒蕪地，手執鞭驅馬行，口念李華之《吊古戰場文》前段。醒時依稀之境尚憶也。

初十日　早大風雨　寒甚　九月十日　星期一

早起寒甚，風雨大作。以病體恐再發重，未到會。寫信由局寄與參事室。晚間補抄丙午日記下册，並爲定生填表。安徽中學不日上課，須繳雜費十一萬元。此等學校以利爲教育者也。聞省立學校亦繳五萬元，政府不能禁止，此之謂教育普及耶？學店之譏，解放前已如此，今日何如耶？學店而已矣。

十一日　陰寒　九月十一日　星期二

八時半到會，會中正討論舒澄宇報告。修圖書館變賣鋼板三噸，貪污風聲甚大，故至今不能泯跡也。予十一時即歸。聞明日可發薪，以公債及所欠油米賬均待此款也。以病又不能下午再去取，看明天情形如何，或逕請假托人取也。晚寢多夢，似予又在湖堂考試，月考者，試卷批及予名聯成文者。

十二日　早陰寒　午後風雨交作　寒甚　九月十二日

九時到會領款，正爲陳志五報告質問案，已印有油印單，與昨日問舒澄宇同，惟陳更嚴重。予急欲取款開消欠賬，未參加會議。續請假四天，交錢秘書出。歸後借報閱，美英不獨無和談誠意，且日日在開城中立區挑釁，對日單獨媾和，蘇、波等二國未簽字。蘇提出聲明，彼亦不顧，可恨也。晚十時寢，疲倦甚。

十三日　陰　九月十三日　星期日

自昨晚十時寢後疲甚，睡熟至今晨四時醒。以疲後轉恬，自是展轉兩小時不能寐。六時以後又睡熟至八時起，以足軟未出門，在家静養。命大毛至合作社買水梨、月餅少數。欲與市面比較，實不及市上便宜。該社先用印刷品宣傳者，欺人也。此與從前政府所辦之合作社何如耶？閱報，和談似難望成功，美英實無誠意。又報載，武昌公安局一分局一分所所長，又二分局中關職員，又某機關二員，俱係共産黨老幹部，犯貪污、嫖妓，與其他女子訂婚各罪，已開除黨籍。公安一分局一分所所長韓義材，共虧八十四萬，又帶去銀元六十元；二分局職員名張士升，山東人。誘奸女犯鄒先禎并嫖妓。三區書記長兼組織部長、名明楓。地房産委員會事務員、名郭錦訓，山西人。武漢市零售公司科長，名陳奎年。共貪污三百三十萬元。此係經中共紀律檢查委員會舉發者。見九月十三日《大剛報》，但《長江日報》與《湖北日報》未載，何耶？

十四日　陰　晴　九月十四日　星期五

今日外出購物二次。一遇傅鹽梅，一次遇羅燦予，均問及會中事，得知舒、陳二人大概報告不容易解決。連日心煩甚，晚間尚能連睡三小時不醒。較從前兩月已稍安矣，惟多夢，如十年前狀態。此則心血虧虛，疾又發矣。

十五日　今日爲舊中秋節　陰大風　寒甚　九月十五日　星期六

天未曙即醒，自是三小時未睡熟，心煩難過。七時起，擬今晨渡江者，風大，心煩，遂止此念。午飯後外出二次，一次至王府口即轉，足力不佳，二次過百壽巷平閱路轉大朝街歸，足力疲甚。歸後聞局有挂號信來，夢閑及大毛俱不在家，郵差將原信帶回去矣。予聞之心煩甚。久候胡林款不到，致省中欠款不能還也。今日中秋，殊多感慨。予生已經六十六中秋。七歲以前之中秋尚能記一二次。此六十年中秋中，以己卯在恩施瓦廟子劉泉隆家感觸最難受。前年中秋在胡林，去年中秋在省宅，值病中亦覺難過。今年中秋，外出時已無聊不可説，歸後更覺無聊。真孔子所謂“予欲無言也”，心煩悶而已。晚八時月出，烏云蔽之，月無光，至天明仍未見明也。

十六日　晴　九月十六日　今日星期

昨夕因前重無知男女吵鬧至十二時半猶未止，予不能安睡，又傷風鼻流涙多，極難受。今日七時起，睡未足也。午後三時韓英華來，談半時去。予屢欲外出，以疲乏竟未出也。胡林太杏匯款來，僅十一萬，連前交松林之款共廿一萬。望梅止渴乃如此耶？四時又改年表等稿，心煩之至。十二時寢後，睡二小時即醒，自是不安，鼻塞涕出，難過。

十七日　晴　九月十七日　星期一

今日九時到會，陳志五補報告，約三小時，衆人無多質問者，或者就此中止歟？今日楊松如已中風，但甚輕。予十一時半先回，飯後小睡，下午三時在郵局取回太杏寄款十一萬元，當還成大五萬，了清前借之十萬數。晚間又補寫鑒定表，至十時半寢。

十八日　晴　九十月十八日　星期二

八時起，九時到室送表稿與張君即歸。今日咳嗽大作兼氣喘，晚寢尤不安枕。眼痛舌枯乾，痛醒三四次，極不安。以捻刺鼻孔，發嚏稍舒。

十九日　晴燥　北風　九月十九日　星期三

昨睡不安，今早喘氣甚，右眼又疼痛，咳嗽不止，痰不得出，極難受。今夕爲亡兒根生十三周年忌日也。彼已轉胎爲人否？不得而知，然幸彼已早死矣，如此環境亦奈何哉？上午送函至參事室請假三日。六時買治咳藥未得，惜從前未多購幾瓶存之。晚寢後咳嗽氣喘大作，極不安。

二十日　晴　九月二十日　星期四

咳嗽甚重，四肢無力，臥床時多，心煩亂。下午候蔣立庵未至。夜間咳嗽更重，痰不能出，夜起服咳寧二次。

廿一日　晴　九月二十一日　星期五

今日胸部爲咳嗽扯痛，胃亦不納食，更以爲苦。下午立庵來診脈開方，以白蛤粉、川尖貝用水梨煮食之，服之似有效。晚寢稍安。積痰三小時後吐一次。四肢軟無力。今日參事室交立庵帶來予之年表照簽，重復改正字愈多。細數之，已逾四千餘字。此予仍縮減尚有此數。又自我鑒定未再改。此旬爲此年表、鑒定，改過三次，再謄寫共八次，已寫過十餘萬小字矣。目花手僵，改後謄寫二頁，至十一時寢。

廿二日　晴陰不定天似沉悶　晚八時小雨達旦
九月二十二日　星期六

今日咳稍減，惟每次吐痰時極感痛苦，飯食亦減，口舌無味，而舌中已痛裂三日，更不能食飯。今日僅食稀飯二次，晚間寫表已成，計五頁半，約四千字之數。有何意義？晚睡極不安。喉中痰不易出，時時格格作響，真難過。轉鐘一時起，服咳寧一次，自是展轉不成寐。心愈煩亂，四肢軟酸，腳又抽筋。

廿三日　陰雨　午後一時陰　小雨時晴
九月二十三日　星期日

上午咳嗽未減，胃口不開，飲食少進，食稀飯冀其下喉也。舌裂痛比前三日稍好。午後二時阮華甫來探予病，並告會中三日以來情形。以後工作加緊，已分四組，另加者爲編審一組，餘三組仍舊，新加張、彭、陳爲組長，予等意中事也。又耿主任就何部長在場時宣佈，年七十以上之參事十二人以後可不到會，年六十五以上有病之朱樹聲、朱峙三、淩少湄亦同此例，可不到會。凡此示政府照顧老年人之意。此爲廿日星期四宣佈者。廿一日立庵來看病時亦提及之，未詳也。范尚立與予爲鄰居，三年前彼有所求予，必盡力爲之。解放後彼於予無所求也，冷淡之至。爲人不忠，爲友無信，去今兩年對予迭見之，此人心理如何則不可揣。總之對友人無真誠也。三時熊伯炯引一余姓來，稱民政廳請予寫新詩送北京者，略與敷衍而去，謂須買礬絹來，予當寫之。晚間此人卒未來。

二十四日　陰晴不定　九月二十四日　星期一

昨寢後極不安，咳嗽時作，起飲茶數次。早起神疲不清，右肋骨下被咳扯痛，口胃不開，飲食不知其味，氣喘時作。今年八月又與去年同此。予近十年來最怕者，秋境也。下午未見昨日余某來，想絹未買就，或已請人寫矣。予最怕此等應酬。前日農林廳石勳丞必欲來，□要面子，請予寫大字，有何益處？增予惱恨而已。

廿五日　晴　九月二十五日　星期二

今晨命大毛送信二件到室，一請假三天，一請立庵爲予再開方治氣喘者。得復，謂宜用苡米煮粥食之。予以咳傷胃，連日飲食減少，四肢軟甚，疲臥不能動，回思往事，心傷之至。

廿六日　晴　九月二十六日　星期三

病態如昨，手足無力，時臥時起，心煩亂甚。晚間吴醒菴來看予，談半時許去，並知成大近狀，子女不可靠，自己又再做生意，所入復以養子女，不知其作何打算也。

廿七日　晴燥　九月二十七日　星期四

咳嗽稍輕，痰多不能出。四肢仍無力，飲食未進。十一時王小齋來坐，久不去，予留之飯畢，下午乃去。三時竇衡之來看予，彼亦病軀未痊，行步不穩。年七十三，一向未病，今春病乃頹衰如此，可見身體强壯者亦不可恃。晚寢後睡熟二時許。轉鐘三時，同屋董家所抱之小孩，已九個月，病廿餘天死去。董君夫婦極聰明人，抱劉姓子爲己子，計先後用費二百餘萬矣。前次出醫院時，算去醫藥費五十三萬，自己則省衣縮食，艱苦忍受，何耶？此子真乃前身爲董之債主也。

廿八日　晴燥　九月二十八日　星期五

咳嗽稍減，四肢無力，臥時多，坐時少。飲食無味，胸部已咳傷矣，胃更弱，人已消瘦難看。下午五時華甫來，囑予明日到會。

廿九日　晴燥　九月二十九日　星期六

早八時乘車到會。九時張輝禧囑彭伯勳代組長，予念年表、自我鑒定，十人到會通過。十一時半歸。下午飲食未大進。整風學習已告一段落矣。

三十日　晴燥　九月三十日　禮拜日

今日咳稍減，食量不增。聞各街籌備明日國慶日，人多如鯽云云。予久未出門，往長街七時乘車，至朱成大家略坐即歸，仍乘車。到家後，忽左肋骨後面第三四根内氣痛甚，如錯氣狀。翻動、正臥均痛楚，至十二時以後更痛，不可忍，自是至天明痛未減也。恰恰咳已減，而此病又作，更難受矣。

九　月

初一日　晴燥　十月一號　星期一

昨氣痛不安枕，今日飲食更減。下午喝泄藥水一杯，又吃檸檬精一包，欲其止痛。九時寢，夜間睡稍安，天明時似痛已減矣。

初二日　晴燥　十月二號　星期二

早起大便一次，氣痛已鬆。今日未出門，亦無人來談也，予則臥時多。每思寫年表，提筆即倦，且畏寫此類太小之字。

初三日　陰　十月三號　星期三

九時到參事室取補頁年表，晤蔣、傅、魯諸人，略談即歸。今日口胃不開，飲食少進，手足無力矣。欲□生活不能不帶病寫表也。

初四日　陰　下午五時雨　自是風雨達旦未止
十月四日　星期四

今日寫年表未竣，目昏眩乃止。横寫式非予所素習者。民十六以後始有此式，中間不行者十年，今又大作矣。此在清代，予曾有此一段幻想，謂設將來文字要變成英文寫法則奇矣。嘗爲同學所訾，豈料今日竟如此耶？今四十二年，回想當時情形真堪發笑。

初五日　陰雨終日　天氣轉寒　十月五日　星期五

今日補寫年表，三次乃竣。尚有鑒定二千餘字未寫，真令人生畏。手僵目眩，心煩亂無已。約羅資生來代寫一份，今竟未至。他機關只要一份正表，參事室乃要二份，皆張、彭輩所主張者。

初六日　陰　十月六日　星期六

咳疾稍愈，飲食仍未大進，胸部時時作痛，四肢無力，思臥時多，又未能出門一遊，連日窘乏殊甚。胡林太杏、太平欠款，去函二次亦不匯來，尤爲可恨。我去年濟彼之急，彼等竟不還來，初不料其如此也。下午五時，華甫來，云舒澄宇、李子奎已除名矣。尚有鄭甫宣貪污案尚未解決，明天須再開大會云。已寫信二次囑羅資生來代予寫表，彼竟未至，可恨。

初七日　晴　十月七日　星期日

今日未出門，在家寫年表，仍未完。予寫此手無力，横行斜上之字亦不善寫，頭暈目眩，心煩之至。閱報，和談似在玩弄吾國，談判又另在板門店，不知何以吾國如此牽就，美英何曾有和談誠意哉！

初八日　晴　燥　陰　十月八日　星期一

今日病雖減，四肢仍無力，未到會。午後囑内子打聽羅資生地點，在成大處借得二萬元，向松山借米二斗。予在省如此窘困，可以推想鄂城家中情況矣。内子歸，得資生地點，又寫信約彼明日上午十一時來吃飯。世態已變，彼果能來否，則未可知矣。如朱介蕃者，爲予從前提攜之人，十餘年有情感者，一言不合，遽爾絶交，則尤小人之尤者也。

初九日　晴熱　十月九日　星期二

早起咳已減，惟時時有氣。又補寫表，草草完竣，共計有六千餘字，尚有未加入者千餘字，再寫一份已逾萬言書矣，可笑亦可憐。午後悶坐無聊，遂出門乘車至黄鶴樓，以今日重九，憶及庚午在皖及抗戰以後在施南，於重九均有宴集，則不勝今昔之感矣。坐抱膝亭下半時飲茶。紀慎吾同陳君亦來飲茶，與談半時許。饒校文夫婦過其下，予呼校文與坐，又談一時許。今日幸遇兩友，尚不寂寞。夕陽西下，五時仍乘車歸。得詩三首，不願存之。詩不佳，又恐觸忌也。

初十日　晴燥　十月十日　星期三

今日爲辛亥起義紀念日，即舊雙十節，所謂國慶者。予以足軟未能外出。寫年表亦未完。目力已減，奈何，奈何。午後三時半，參事室送來急函，拆閲，知省府仍如去年例，請辛亥同志會到黄鶴樓張公祠。予先不欲去，繼思在家無聊之至，今日尚可與久違之同志見面也。四時乘車去，五時半僅到客五桌，較之去年少一半矣。或者皆下午通知，多有未接到，時間迫促，故到者少耳。梁瑞堂、晏勳甫、喻育之爲久未見面者，與略談。盧智泉與予談甚久。李主席、鄺林、何定華等均來致詞、進酒。六時半席散。今年酒席較去年相差太遠。予七時乘車歸。回思辛亥事今四十年矣，武人存者亦無多。

十一日　晴熱　十月十一日

早起，四肢仍軟疲，思臥。九時半勉强至會問各事。行至體育場外，遇華甫謂會中無事，遂折回，至其家坐談半時歸。連日牙痛，舌面乾裂痛，苔厚，思食而不能嚼，真痛苦矣。虚火上炎，腎氣又漲，睡後涎沫滿口如膠狀，欲吐不下，牙舌不能活，必以手指牽之。如此怪疾，予已經過五年矣。前身罪惡歟？

十二日　晴熱　天將曙大風　十月十二日

早未起，高運籌來看予，坐床邊與談半時許去。高今年七十七，身健如仙，可羡也。彼尚欲謀事以調精神云云。此真諺所謂“八十歲學吹鼓手”者。午後三時周裕家來述其家苦狀。子媳在押，須繳二百萬方解危，已繳百六十萬矣。予以無力助借，留談半時去。彼云今年亦迭夢先母云云。先母明日爲誕辰，設在世，今年九十七矣，與外祖母壽九十七時相同。惜先母八十歲無疾而逝，亦前生所修者。予今年亦迭夢先母如生時。噫，倘有知予之現時狀況，母必下淚也。

十三日　晴燥　大北風　十月十三日　星期六

早起，牙痛，舌枯裂，仍未愈。午後未成多食，腹餒而口不能吞咽，苦境也。身疲倦，上床臥，未成寐。紀盛吾、鐘小山先後來談，予亦臥床上答之，約一時方去。三時以後，疲未起，足軟甚。晚早寢休息，足軟腰痛不已。

十四日　晴熱　今夕月色大明　十月十四日　星期日

八時起，疲倦甚。飯後閱報，和談事愈支離，英美已無誠意。今日候羅資生竟未來。予又補寫表，字愈寫愈壞。此等横行式寫法，更手僵難成也。下午五時，胡林太杏、太平等共匯款廿七萬元來，謂明日還各處急欠，設無去年購存鄉間之穀變價，此時真逼死人。

十五日　晴燥　十月十五日　星期一

早起，九時至郵局兑取匯款歸，便購茶葉、糖食等等。飯後資生來，云事忙，不能爲予寫表字，約以緩日請假來寫云云。予牙痛更甚，飲食極艱。今日途遇王小耕，告予須服金匱腎氣丸方有效。彼病較予重，服此丸今已痊矣。

十六日　晴熱　十月十六日

早起，九時渡江，先向達仁堂買金匱丸。至佘子详寓略坐談，訪韓英華未晤，至石仲章店中略坐，囑其代收松林兄款或買火腿等等。至曹漢丞宅略坐，談過去事。張春圃來其家，余便問鄂城事。至李瑞球家，知其又出門去矣。今日天熱，戴志强爲予診牙齒，甚過細。彼之業務，問之已一落千丈矣。據説生活亦發生問題，可見此時親友中無一好過生活。傍晚方渡江歸，内衣已汗透矣。晚寢前服金匱丸，此爲初服，試十日後看如何。連夕月明如晝，未能出門步月一賞光輝。噫，想及前代予讀書時天氣狀，高月朗朗之夕，真如夢境矣。

十七日　晴熱甚　十月十七日　星期三

今日牙痛稍好，食飯已如常。九時到參事室，仍請笠安爲予治疾，告以服丸藥事，彼堅持欲予長食薏仁米當粥吃，比丸藥有效云云。知室中此星期無多事，可以下星期一再去。訪李愈友未遇，與淩少湄談半時歸。胡林富生又來省，予便問鄉間各事。連夕月光大明，令人遐想前代之太平景象，每有步月之作。

十八日　晴極熱　十月十八日　星期四

今日比前五天更熱，如六月初伏天氣，奇矣。以爲重陽前後之大風兆歟？而竟不驗。下午華甫來談甚久去。三時訪施方白，未遇。閱報，和談如玩弄，又改日期。迭迭改期談判已一月矣，尚有誠意耶？近一旬來，蚊蠅滿室，可厭之至。

十九日　晴熱甚　晚八時大風　十月十九日　星期五

早起，赤日懸空無雲，如六月天氣。九時渡江至戴志强處再診牙齒，便在石仲章店中取到松林款二萬元，在四季美食蟹黄包十個，七千六百元，奇貴而徒有其名。此等奸商應該令其多出税也。下午一時渡江歸。

飯後小睡，牙痛減輕。自八月十三以後，僅風雨一次，餘均晴熱，秋晴時多，惜環境不佳，予又多病，並未到近郊一遊，負此好時光矣。今日遇子祥述及縣中近事，予渡江歸家後吃飯後得羅資生退函，知其不來爲予代筆也。寢後大風，子正以後天氣驟寒劇變。

二十日　陰　大風　寒甚　十月二十日　星期六

早起寒甚，至華甫家久候其未歸。已過午正，予出門立片刻，見其歸仍折轉，取得代領之薪，並知魯頌、祝潤湘已被除名矣。歸後飯畢，小睡再起，囑夢閑還各處欠賬，及添購油米，用去十五萬。借報一閱，知和談又屬縹緲，證以蘇聯駐美大使所談，更屬無和字誠意。晚以天寒甚，八時半遂寢。咳嗽連夕未減，服丸藥及以米湯二日矣，以後如何，再看。

廿一日　陰　大風寒甚如隆冬　十月廿一日

今日以寒甚，十時方起。借閱報，和談似難有效。今日補寫年表第二份，字多，而事實重寫一遍，殊無意味。僅寫得五分之一，目眩乃止。明日如天變即不到會，今秋劇變不可以常理度之。熱如盛夏，冷如隆冬，乖氣也。晚寢鼻涕交作，又似傷風。富生至十二時半仍未睡熟。

廿二日　陰　北風　寒甚如隆冬　十月廿二日　星期一

今日在家寫年表，至晚間僅成三分之二，蓋已逾四千字矣，如此無味之物，寫一次又一次，有何意義？閱報，和談似又拉攏矣。中國讓步太多，不知何以如此牽就，令人莫測也。天氣不正，室中小蠅尚多，何以乖氣至此耶？夕間仍目眩，皆填此年表傷目力，奈何，奈何。十一時方寢。

廿三日　晴　寒　十月廿三日

早起。今日十時起補寫昨日未竣之年表，晚九時方畢。再從頭看一遍，愈看愈心煩。此無味之事，寫至八遍矣。明日當貼相片送去。連日牙痛已大愈，惟咳嗽仍未已。晚間上床咳一陣，天未明時又咳一陣，鼻涕多，以紙塞之，十餘次乃已。吐清痰大半盒，真以爲苦。連日服薏米及腎氣丸未停止，尚未見有效也。

廿四日　晴　晚仍寒　十月廿四日

早起，九時送表二份至參事室交張輝禧，談數語出。因室中辦公人正忙，雖有熟人，均未便與談話，與華甫同出回家。飯後欲渡江整牙，以時晚未去。閱報，和談又接近，可開談判云云。姑聽之，看美帝再安何種戲法。北京正開人民政協第一届第三次會議，出席：各首長、團體、部會、社會、華僑、少數民族等等，一百八十八人。又加列席者一百四十四人。除真正黨人外，其在從前習見之人，録其曾在國民黨得志者，如蔡廷鍇、藍公武、李四光、郭冠杰、張致中、黄琪翔、章士釗、黄紹竑、邵力子、江庸、冷適、夏康農、盧作孚、梁漱溟、賀衡夫、周震麟、柳亞子、龍雲、葉公綽、孫蔚如、馬鴻賓、歐陽武、熊克武等等，尚有梅蘭芳、程豔秋、歐陽予倩三位名旦，特記之。今稱文藝界聞人，梅爲清季，程、歐則清末民初所稱名者。宣統二年，歐陽在漢口初次演文明戲，説白不脱湘音，予尚憶及之。

廿五日　晴　十月廿五日　星期四

早起，八時半乘車到上海銀行，本室開會，團結並報告整風運動結束諸大事。三主任發言，統戰部、省府以後對於七十歲以上參事十一人可以絶對不到會，亦不參加各項工作，完全照顧性質。對於有病、年六十五以上者，予與淩少湄、朱樹森可以照七十以上例，一切不參加，亦係政府完全照顧。朱、淩如何感想不得知，帷予以久病行動艱難，得耿伯釗一再向大衆宣佈，多病可以休養，則感激非淺矣。十二時半會畢，至漢斌樓聚餐。菜多，亦能飲酒。孫寶森戲以各桌參事及職員年齡相加平均計算，每人應在六十三歲。如此年長之職員，從前各機關所未有也。

下午二時再開會，何定華報告本室各同事優點多，劣點少，又講今後各人須赴外縣參加土改，七十以上者仍不去。李愈友、劉采堂以不能參加爲恨事，予不知其係何心理。繼由各人自動寫捐獻大炮、飛機捐款，至少者二萬，至多者十五萬。予與盧智泉等十餘人則折中，各寫五萬元，因居民住户尚要捐獻也。繼由孫君、李伯韓、李健侯報告。至張輝禧、彭伯勳等相繼報告功績或工作時，聽者嫌其冗長無味，鼓掌者寥寥。彭報告長，並無人鼓掌，蓋已厭聞矣。延至七時方散，腹饑脚軟，致令大衆掃興而歸。飯後九時即寢。今日疲乏過甚，上床睡熟，轉鐘四時夢孟夫人着夏季衣褲與予語，予曾戲之，惜夢境不長耳。孟夫人頻頻示夢，或者其靈魂尚未投胎歟？回思癸酉七月所言，令人心痛無已。

廿六日　晴　寒　午後燥　十月廿六日

早起九時渡江，至戴志强處補牙，又取去已活動礙食物者一枚。予現口中真牙已無多矣。雖早年時糖食吃者太多，有此現象，然年逾六十五亦難免此痛病。回想先君、先母生時牙痛之苦，則予尚係好晚境耳。下午二時回家，飯後小睡。今日閱報，和談又接近，已定地點、時間矣。誠耶，僞耶？且觀後果。

廿七日　晴燥　十月廿七日　星期六

早起咳痰仍未愈，心煩甚。今日牙痛已愈，能進飲食。閱報未載和談事，真象不得而知。

廿八日　晴燥　十月廿八日　星期日

上午擬出門，以疲甚又無錢坐車，遂止。午飯後小睡片刻，至北城角訪韓遠齋，談半時出。訪范實未晤。至程少松家談一時許，便請其診脈一次，謂予肝肺俱有熱實，相信左脈弦右脈弦而洪也。四時半歸。今日接暹生函，述藥已收到，家中事如舊。

廿九日　晴燥　十月廿九日

早起，思出門，以足力不健中止。咳嗽雖減，但咳時有氣，咳後又有氣，頗難過。午後至華甫處坐談甚久，與同出，訪覃孝方未遇，值其出門矣。折而至成大家，略坐談歸。

十　　月

初一日　晴燥　十月卅號

早起，爲盧智泉寫六尺聯，彼持以贈何定華者也。原文九字，一邊各改一句，以范君原作欠通，並寫竹石長幅二張，題詩一首，又作蘭柳二幅。予兩年來未寫聯作畫，今日趁興趣爲之，似無所苦。然畫亦非簡單者，真所謂鼓其氣爲之也。詩另録，亦兩年無興作詩。前重九所作三首，頗蘊藉，此題竹石詩則無所謂矣。今日閲報，和談又似接近，可望開會，但敵人又在朝鮮放毒氣，何也？此中内幕不問可知。

初二日　晴　十月卅一號

早起，午後囑夢閑至建設局取拆屋申請書，及所填表。二時起至五時又作長畫二幅，一爲竹一爲長柳，又寫册幅二行，書舊日填詞二首。玉兒來看予，坐甚久，以内子未歸，彼遂去。

初三日　晴　十一月一號　星期四

早起，今日補前日未竣之畫，又畫四尺幅柳枝二，用筆專取秀勁，較之前年所作甚佳。飯畢，盧智泉來坐談約二小時。當將爲定華所書大聯並長條竹石取去。予以所作墨蘭長條書款贈之。智泉從前請予寫過屏對，但未爲彼作畫也。晚至成大處坐談，遇吕受圖，述及伯陽事，甚爲可憐，不知彼何以逕回鄉間也。

初四日　晴　晚寒　十一月二號　星期五

連日咳疾稍減輕，能進飲食，今日又補柳菊幅，已成矣。

初五日　晴　大北風　寒　十一月三號　星期六

八時起，九時至華甫家中，以前日有約，不可失信也。遂與同至參事室略坐，問各事出。下午補昨日未竣之畫，已成。閲報知英美又出新花樣，和談似難成功。前重所住小流氓楊和清今日方搬出，又欠租金三個月，合計去年共十四個半月，此無聊之尤者。

初六日　晴　十一月四號　星期日

早起，外出二次，咳疾稍減。連日仍服薏米，腎氣丸暫停服。自今日起服鈣片，早晚各一粒。晚寢後夢先父母同在一室與予言，謂非親生，生父趙姓。母王姓所出，雙親當存云云。此真怪夢，所謂意想不到者。精神雜亂，血氣之衰如此，乃有此不經之幻境耳。連夕醒後口乾甚，無津液，極難過。前三年偶有此症。

初七日　早晴寒旋陰　午後五時小雨　九時大雨　十一月五號

九時起，予畏寒甚。飯後爲前重房子事出外三次，不知劉姓流氓肯聽從解説否，盡力托人説之。晚寒甚，早寢。今早托胡鳳祥向劉姓説拆房屋，請他搬家事。聞此流氓陰險甚，未能搬出。

初八日　陰　寒　大風　十一月六號

今日午後胡鳳祥來回信，謂前重劉姓小流氓不願搬家，是希望此屋倒塌。此子真可恨！陰壞不自今日始，得楊小流氓之助，故敢如此也。下午發出三函，向成大、玉兒各借六萬元，爲後天還房捐之準備，恐税局未到期即追索也。夢閑今日爲定生糊窗子，舉手搭紙，予甚慮之，説之不聽。

初九日　陰寒　十一月七日

夢閑早起，云已動紅，腰痛，予甚慮之。至天保元問藥方歸，九時彼竟小産，出血多，而衣胞未下來。擾擾至正午，王女醫生來，仍稱以送醫院施手術爲宜。遂請松山之妻覓人，抬至醫院急救之。五時打針施手術，七時聞已半愈，衣胞已下，囑九時半再去抬回，因醫院無住房也。董太太、周嫂、松山嫂，今日均能重感情爲之送醫院、問訊。八時半，周嫂與定生再去，則云已有住房，明晨再回爲好云云。予今日着急，心煩亂一日，增予病也。

初十日　晴　十一月八日　星期四

早起，周嫂至醫院，云夢閑昨晚較好，今晨九時須回家，予托松山嫂到處覓人。十一時乃歸，給抬人以九千元紙煙費。除董宅借五萬元外，又向對門陳宅借二萬元，隨手用去。聞醫院記賬須十四萬餘元。此一筆臨時費非意料所及也。

十一日　晴　十一月九日　星期五

連日心煩意亂，房子拆卸事尚未遞申請書。下午至參事室，請出醫院證明書，記賬廿一日須向醫院繳六十二分折錢事。訪熊晋槐未在家，無從探問北京事。錢遠釋請予打聽洪裕鍇事。予送證明至醫院繳費處，值其下班未晤。今日予親繳房捐九萬元。

十二日　晴　十一月十日　星期六

今日上午賣去印花新臥單一床，得四萬元，又賣去青線布一丈八尺，得十萬元，均爲醫藥費及零用。十一時又去繳二萬元房捐，候一時半，不得繳上，仍歸，候星期一再繳。銀行人員習氣遲鈍，殊堪痛恨。蓋有鵠立二小時而不得繳上者，此與從前國民黨銀行敗類辦事有以異乎？如此惡習竟無人批評。晚早寢，展轉至十二時半仍不成寐。連夕咳嗽不愈，心煩亂殊甚。今日午後三時晤熊鏡槐，詳談北京事甚多。

十三日　晴　十一月十一日　星期日

早起，九時乘車至司門口下車，至盧智泉家坐談半小時出。便訪石仲章家，問甥女以各事。十二時歸，飯後又再出訪李希平、劉凱南等，未晤。閱報，和談似難成。晚寢後仍咳嗽不已。

十四日　晴　燥　月色大佳　十一月十二日　星期一

早起。上午九時到銀行去繳款，擁擠不堪，立二小時之久乃得繳上。銀行如此辦法真令民衆痛恨。予則以住客不給房租，受年餘之損失，以房捐、地價税兩項繳去，所得租金不及十分之二也。午後疲甚，小睡一時。晚寢甚早，轉鐘一時咳嗽大作，二時以後乃睡熟。夢予又在某機關供職科秘，第五科。日之所思，夜有所夢。予近三年實無此種怪思想，此真妖夢矣。

十五日　晴熱　晨霧甚重　晚月色佳　旋小雨轉寒　十一月十三號

八時半起，飯後渡江整牙，左齲齒久痛生膿未愈，右下門牙一排已做假牙，又活摇易脱下，請戴醫師爲予治之。五時渡江回家，飯畢，十時寢。今日在漢口京漢旅社與厚生、海濤略坐談，訪杜衛初未遇。

十六日　陰　午後晴　晚見月光　十一月十四日

早起。昨寢後咳稍好。午後至房産處請驗所有權狀，蓋印後以便遞工務所，鵠候一時半乃得蓋印證明之。晚飯後與范尚立談及劉祥發搬家事，彼輩小流氓只有公安局能管理之。予請范先爲地步，范雖許予，終疑其不可靠也。

十七日　陰　十一月十五日

今日到建設局工務所遞申請書，總務科負責人姓石，談一刻鐘出。下午五時，錢君來看此屋頗危險，但以房荒故，勸予與住客商議，小整尚可住且無礙云云。彼負責找住客協商辦法云云。晚睡極不安。

十八日　陰　十一月十六　星期五

上午十時錢君來徵求予同意，謂薦正下瓦費力不多，嵌接的柱子六根，只添二根襯樹，尚可過得幾年。彼爲工程師，曾估計修理費約六十萬元，由劉、田二家各墊出廿萬，予須向田家討欠租十一個月，出廿萬可以成功。彼云再次協商後明日定奪云云。

十九日　晴　十一月十七　星期六

今日因候工務所信，未出門。

二十日　晴　十一月十八日　星期日

今日上下午均出門一次。閱報無新消息，和談恐未能就緒，吾國讓一步，美英則進一步，此可見無誠意。且前日報載英軍又放毒氣彈二次，敢違國際法，其心可知矣。

廿一日　晴　十一月十九　星期一

早至工務所打聽，謂仍請予與劉、田二家協議修整前重屋。午後至阮華甫處請渠明日代予領薪，略坐談即歸。連日爲此屋事心煩亂殊甚。予前遇事容忍此兩家，至有今日，是此二家其險惡不減於楊姓小流氓也。

廿二日　晴　燥　夜轉鐘小雨　十一月廿日

早起，十一時至華甫處，聞未去取款。午後三時又再去，云今日不發薪，須待明日。予恰此數日最困，待解危也。今日出外數次，均不遇緣，焦灼萬分。傍晚工務所錢君來回信，云田家與劉小流氓已應允合作修整前重，俟與李開發再商并請木工估價，及再請執照修理云云。

廿三日　陰　小雨　午後陰寒　九時大風起　雪子
十一月廿一日

早十時至參事室領款歸，當即還各處急賬。閱報知北京氣象臺報告有寒流從西北來，今日到新疆川邊一帶，明日即到武漢云。晚九時大風，轉鐘以後時有陣雨，至雞鳴時風更烈，爲復員回武昌以後所僅見大風。予慮前樓危險，終夜未睡熟。大風震動屋瓦，墮聲時聞，雪子打窗聲不斷。堂屋一格子爲風吹倒。予起二次視之，寒甚，莫可如何，天明風仍未息。

廿四日　陰　大風怒號　雪子六七次　夜大風雪
十一月廿二號

早起，風未息，朱成大派吴先生來索還借款，真逼人矣。予乃以九萬元付清，致欲還阮華甫、勝興米賬共四萬四千元，不能付。午飯後予外出二次，還賬並至工務所。下午五時風更烈，屋宇震動。予八時即寢，聞風雪聲不止，展轉至十二時以後乃睡熟。轉鐘五時乃醒，尿多至五次。前四時心煩雜念多，不能安枕，心胸極難過。想及房子及近事，心更煩亂也。

廿五日　晴　寒　十一月廿三

早起，見瓦地雪厚寸許。午後至省銀行換去金戒指一對，此爲民國卅六年八月最後以法幣所購，欲爲玉兒訂婚者也。近來各處借貸絶望，柴米之費日日困難。前日發薪，還醫藥米炭借款，尚欠十餘萬不能圓，設不換此金飾無辦法矣。除前賣去青布、襪子、臥單等廿餘萬外，尚欠十餘萬不能解決，整房子款在急，不能不有準備也。換金在今年三月，應得四十二萬元，今乃價跌爲九萬五一錢，又打九八折扣，仍是從前除毛惡習，官家亦如此，乃得三十八萬七千，恐以後更跌矣。換銀元與金飾者人多，擁擠不堪，可以想見情況，可憐哉。

廿六日　晴　十一月廿四日

連夕失眠，思房子修建事，心煩亂甚，至工務所探問情形，又與李開發談各事。

廿七日　晴　十一月廿五日　星期日

今日上午十一時至包頭堤現稱三烈士街。卅九號訪錢君，請其今晚向劉、田二家説定修理繳款事，晚間彼果來與劉等商定。劉泥瓦匠亦送包單來，計可於此星期内完工也。黄鋆章之夫人帶其子來送禮物食品等，並借五萬元。此人在民國廿三年予交卸後所認識者，以其妹與夢閑相熟同學，乃以其子女拜予夫婦爲義子女者也。其人重感情，對予禮貌無缺，亦猶清季鄧心田先生與先君爲乾親家禮貌相同。先母嘗謂鄧家對予家極盡禮。後鄧親母及其子落拓時，予周濟之，所以報前輩人之感情者。世風日下，如黄家夫婦尚能行舊禮教者甚少，因記之。

廿八日　晴　十一月廿六日

今日至契税處登記契約，幸未挑剔。予見挑剔者甚多，皆無理强詞也。又至工務所晤錢君，買申請書辦修理手續。途遇石玉階談朱成大事，溺愛幼子實以害之。但友誼直言者也，彼不愛，真溺愛不明。所謂人莫知其子之惡者，可慨哉。予雖久窺其父子之意，必無好結果，然不忍言也。今日遲生來一信，閲之甚恚。

廿九日　陰　十一月廿七日

今日爲建房子事，田茂林仍卸韁，無錢待借。而劉流氓則久未見面，亦未付錢，仍暗中抵制。予有此宅，真受累也。

卅日　陰　晚有小雨　十一月廿八日

今早在工務所取回通知及完税單，乃知請執照尚須先完税四萬元。

此真無事不稅也。午後田某來，仍云無錢。細閱工務所批通，包工七十萬元，乃誤填爲七百萬元，亦殊怪事。予連日咳嗽未減，且時時氣喘，遇此等事又時時在嘔氣中。世間報應事甚杳冥，惡人當道，故劉、楊二流氓得以行其志矣。然幸楊爲公安局監視之人，不然如前年狀態，更無法對付之。

冬　月

初一日　陰　午後五時雨　十一月廿九日

早起，至工務所改數字加印，後田茂林與劉包工當面言定，今日付十萬，完工時付十三萬三千。晚約劉流氓來面談，許以陽曆一號廿三萬五千全付無問題，姑聽之而已。連夕閱《閱微草堂筆記》，此爲重温第三次。第二次係癸酉在黄岡署内孟夫人故後，重温時久，今則瀏覽甚速。述果報，係帝制時代，禮教嚴、人心正，則果報顯。今則人心已變，果報恐難驗矣。劉包工取十萬元去，作開工準備。

初二日　陰　晴　十一月卅日

早向稅局繳修造費四萬四千三百元，又去領執照去三千元。從前修葺房屋那有如此費用，如此公文麻煩耶？付劉包工十萬元，已共付廿萬矣。

初三日　霧　晴　十二月一日

八時起，泥木工俱來下前重瓦，十餘人工作，午後二時已畢，建屋架子，六時已建正。劉姓款未交，改爲第三日交齊。此人向無信實，目動言視，心術極壞，暫若聽其言，俟三號再説。

初四日　霜　晴　十二月二日

今日泥木工仍加建正工程，午後整屋内部。予外出二次，爲借錢事。

疲乏甚。晚間又付工價十萬元。寢後咳嗽甚，不成寐。

初五日　陰　晴　十二月三日

今日泥木工僅五人，已將瓦安上。晚間劉姓流氓，竟以渡江取款爲名，實則一元未交也。寢後咳嗽大作，未成寐。

初六日　晴　十二月四日

今日屋修理已大致成功，餘需零補。田姓款僅交十萬，泥工討賬不知説了多少好話。晚寢後心煩亂殊甚。劉、田兩住客如此陰壞，真可恨也！今日渡江一次。

初七日　晴　十二月五日

今日下午屋已成功。田姓欠款未清。予外出數次，所約之款，周、阮、韓、朱等諸人俱照數送來。地價税八萬五千元已繳去。日用所需均由借貸而來。晚寢咳嗽未愈，金匱腎氣丸已服一月餘，無甚效力。改服參蘇理肺丸，連日打麻黄素針二次，欲止喘也。喘仍未止，心煩甚。但九時以後睡甚恬，天明乃醒。

初八日　晴　十二月六日　星期四

今日屋上下完全成功。田姓款仍欠七萬元未交，可恨已極。晚九時寢。連日無電燈，晚間未能多作事。爲此屋事嘔氣多，心煩無已，終夜未寢。

初九日　晴　十二月七日　星期五

九時起，昨失眠，今日未補足。十時出門至長街早點，十一時找熊予佛打針，十二時半歸。昨今兩日爲黄海濤事訪李西平、江炳靈，均未晤見。至朱成大取款亦未取得。房中自初三日拆電錶起，已七日無電燈，未能寫信及補日記，至爲懊惱。連夕只有早寢。

初十日　晴　十二月八日　星期六

今日至參事室一次。早六時夢閑回胡林鄉間，命周嫂送之搭車。八時半周歸，云現在車票對號，有座次。甚安適，每車三十客位云云。木匠今日來做後院廚房。

十一日　晴　晚月色佳　十二月九日　星期日

今日未出門，周嫂在此引小蘭，小蘭尚不思母。

十二日　晴　十二月十日

今日出門二次，爲借小款柴米零購，極煩惱。晚間咳嗽未止。

十三日　晴燥　晚月色大佳　十二月十一日

今日未出門，望夢閑歸竟未歸也。小蘭思母甚，時時念及之，殊可憐也。

十四日　晴燥　晚月色大佳　十二月十二日　星期三

今日至參事室換購物摺子，遇張輝禧留予開會至十二時半方歸。午後二時半夢閑回家，所帶衣物、文契俱取到，予當即去换銀元，還急欠之款二十萬元。所帶來銅元容日尋購者。夢閑此次川資用去九萬八千元。

十五日　晴燥　晚月色佳　十二月十三日　星期四

今日出門二次，購零物。連日咳嗽未止，時時喘氣，此疾何時可痊耶？心煩亂殊甚。連日閱報，和談似無希望。下午渡江，帶皮袍子去訪馬漢三，值其已過武昌。

十六日　霜　晴　十二月十四日　星期五

前街挖深修水管，予從後門出入，但不久可挖至予前門口，則難行矣。幸天未下雨，室中電燈仍未安得，晚間不能作事。咳仍未愈。

十七日　晴　十二月十五號　星期六

今日出門二次，熊子雨已允借款，仍未至，不知何意。程少松不借四萬元，亦不回信，此人用心如何，不得知也。

十八日　十二月十六日　星期日

今日渡江訪曹漢臣、黄海濤，均晤談半時。曹、黄均在着急嘔氣。

十九日　晴　星期一

今日訪阮華甫，談半時。便至長街，心煩亂，借散步遣愁而已。晚間咳仍未愈，幸連日能進食。電燈仍未接火，致晚間未能多寫日記。

二十日　晴燥　十二月十八日

今日寫信三件，胡林、馬漢三、盧智泉三處。修挖街者已過予門，以後前門不能走，幸天晴。今已十八天，如再晴十天，不致行路難也。

廿一日　晴燥　十二月十九日　星期三

連日閱報，和談旋談旋變。交換俘虜事仍無誠意。中國愈牽就，美帝則愈變花樣矣。以此證之，和談實難有望也。

廿二日　晴　極燥　夜七時小雨一陣　十二月二十日

今日下午一時至參事室取款四十三萬四千元，當即與華甫出，還周鵬程借款四萬，華甫五萬。便至合作社買糖三斤，去洋二萬零四百元。晚七時小雨一次，此月廿天未下雨，天燥，患眼疾者多。

廿三日　陰晴不定　十二月廿一日

早起，飯後渡江還韓英華四萬元，訪李瑞球家，知已遷至方正里。

訪朱敬未晤，聞其妻述宋聖逸事，予早知其不能幸免。今日誤由民權路轉彎，致行路太多。回時在後花樓食小包，二千元。乘車至四官殿搭輪渡江，到武昌起岸時，予媳帶同長孫自鄂城乘輪來漢，呼予，予見之，遂乘三輪車帶孫至家，細問縣中各事。晚飯後以天時晚，未能至其父母家，留住此一夜。予孫已五歲，頗靈敏，惟縣宅窘困不堪，真借貸無門矣。

廿四日　霧　晴　十二月廿二日　星期六

早起，囑夢閑送周嫂及長孫搭車至南湖周家。香生連日患眼疾，須每晨至醫院診治。予咳疾稍輕，飯食尚佳，無錢吃藥，只好不醫也。已定《大剛報》一份，無事細閱，可知近時政情，較勝借他人之報也。和談似難成，牽就甚則波折愈多矣。吕受圖爲予借款跑路多次，熊子雨竟未借予，未免滑稽，此等人不可交也。

廿五日　晴　十二月廿三日　星期日

早起，十一時訪吕受圖，不晤。午後又外出一次。閱報，和談愈奇離，國聯大會亦未閉幕，所議當然於中國不利也。晚至對門張君處，托其爲予代薦住客。

廿六日　晴　小雨　十二月廿四日　星期一

早起，香生仍去診眼疾。午後阮華甫來約予同出，至周小坡家略坐談出。四時與華甫至大中華酒店吃飯，五時半畢，歸家。今日居民小組來索予與夢閑經歷表去。予寫表不知多少次矣，新法令如此，誰敢抗拒？

廿七日　晴　十二月二十五日　星期二

今日閱報，和談愈支離。交换俘虜事，中朝軍隊有四萬餘人，美方未列入數字，囑他答復究在何處。餘爲響應中央號召之精簡節約，及反貪污、浪費、官僚主義三事。漢口市屬機關有數人被檢討貪污浪費，數字驚人，皆幹部所爲也。可嘆可恨。

廿八日　晴　燥　十二月廿六　星期三

早起，寫信一件，寄遲生，告知周嫂長孫已來省。午後阮華甫來，約與同至李愈友家略坐談出。再至熊洗銘家，托其賣皮袍子及沈香等物。今日閱《大剛報》，交换俘虜事，始知在第四項小組委員會上，我方繼續要求釋放我方俘虜下落一段云，對方不僅擬正式通知我方，一共俘虜我方十七萬六千七百三十三名戰俘後，扣留了四萬四千二百五十九名，而且還要公開聲稱將再扣留一萬六千二百四十三名戰俘。對方這種扣留俘虜事實與企圖是見不得人的云云。我方被俘人數，從前實未正式登載者。

廿九日　陰　午後有風　十二月廿七　星期四

早起，十時看報，所載皆反貪污、浪費、官僚主義三事。而《湖北日報》載統戰部副部長何定華，即參事室副主任也，該部王薦生、何在賧、蔡子耀等八人攻訐他浪費、官僚主義事實甚多，何答辯不足。和談事，美方堅持干涉朝鮮内政，有意拖延停戰談判，對我方要求迅速釋放戰俘原則，更表示拒絶態度。噫，有誠意與否，現在國人應該知之。午飯後至南湖千家街周親翁處看予長孫及媳婦，四時出門，行一時半方到家，足力疲矣。晚九時寢，剛睡熟，喉癢咳嗽遂醒。起坐，展轉至十二時方睡去。

臘　月

初一日　陰　午後大北風　寒甚　下雪子　十二月廿八

早起，十時閲報，滿載反貪污浪費材料。北京公安部長勸人檢舉各省市公安員警“三反”事，洞見舊時公安員警已受訓者癥結，屬人民檢舉公安員警故態復萌者。又和談爲雙方釋放俘虜事愈支離可笑。午後二時出外，因大風折轉。寫一函與吕受圖，問子雨究竟能否借五萬元，如不借，可將原借函退回，以免口實。我想熊某借款不可靠。

初二日　雨　大雪半時　寒甚　十二月二十九日

九時起，十時大雪，甚寒。午後吕受圖來，云已至熊子雨處，款未得，借函亦未退還。此人用心不可知矣。五萬元借款，已二旬未借得，尚云須來日，殊可笑可鄙矣。閲報，“三反”運動愈擴大。漢口百貨公司崔明卿大貪污案，已宣佈公審，共産黨幹部作事如此，無怪近日發現貪污者，如漢市企業等公司，已有七十餘人之多，可歎。和談事愈支離，即交换戰俘一事，已不能解决，何況其他?

初三日　雨　雪　晚下乾雪　寒甚　十二月卅號　星期日

十時起。此星期内以天寒予咳嗽甚劇，亦未服藥，只好聽之，惟時喘氣難受耳。閲報無特殊情形，和談無進展。“三反”時時鬧得火，以理度之，大約尚有三旬，看如何變態。晚間周姓剃頭匠來定立租約。

初四日　陰　寒　陽光一現即收　十二月卅一號　星期一

今日爲一九五一年新除夕。遊戲點景諸事寂然，以政府正號召節約也。聞禁牌，聚者亦少。中朝戰事未停，美英正趁其凶焰以威脅，和談遂無好轉之希望。四民窮困，予日日在籌鹽米之費，心緒紛亂者恐不止予一人一家也。

初五日　晴　寒　元月一號　星期二

今日放假，各商店休息者十分之九，一切點景牌樓紮彩之事俱無。較之去年，天淵之隔。此則中央號召節約之效。下午予外出，乘車至司門折轉，所得實況也。

初六日　晴　寒　元月二日　星期三

今日咳嗽未愈，下午忽轉爲氣喘，夜間更甚，起坐二次乃鬆。服康福脱藥水，痰雖易出，之後仍喘一刻鐘。

初七日　晴　星期四

咳嗽氣喘甚劇，飲食已減，不能出門。夜間起二次，痰出後喘氣約一刻鐘乃睡。

初八日　晴　元月四日　星期五

今日咳嗽氣喘更劇，晚間必起二三次，靠坐棉絮，俟氣平後再臥，真苦境也。父母曾患氣喘多年，今日推想中知當日父母病受苦，令予流涕也。

初九日　晴　元月五日　星期六

昨夕苦甚。今日下午囑買香燭錢紙，在孟夫人太主前默祝，佑予痰疾與氣喘早愈。九時以後寢，咳時少，睡熟一時多，竟未起坐。

初十日　晴　寒霜　元月六日　禮拜日

昨睡較安，九時遂起，至范尚立家中略坐，問及各事。下午接遲生來信，謂曾過黄州，遊赤壁一次，見黄州城尚有數商店爲予甲戌春所書市招，及家懸予之書聯畫蘭等等。

十一日　晴　寒　霜　結冰　元月七日　星期一

今日早晚氣喘仍如前狀，已二日未大便，小溲深絳紅色，或胸腹部有火歟？心煩亂，不愛飲食。周媳帶同長孫及親母來家，述及遲生信中無狀。發遲生一函。

十二日　晴　霜　結冰　元月八日　星期二

昨夕氣喘，仍起一次，以後睡尚好。九時起，十時大便已通暢，胸膈稍好過矣。下午約張祖培來，托其賣存二樹及荐房客事，約華甫竟未來也。寢後氣喘甚，起二次。

十三日 陰 元月九日 星期三

十二時方起，喘甚，大便又不通。午後華甫來談一時，予與商借十萬元，爲長孫做棉襖等件。請分商鵬程，阮未推辭，約明午命大毛去取。

十四日 晴 元月十日

予病未減輕，處此環境，思慮又多，歲暮天寒，較去腊境況轉劣矣。午後命大毛取款歸。當作函與淬成，約其明日來取之。傍晚淬成來，並未接予函，予僅以舊制服一套，請其先帶去。晚咳喘甚，連日飲食大減，胸胃悶，時時作異狀之疼痛，難受。

十五日 晴 元月十一日

十一時起，正午周親母來，取款去。談話每惹予傷感流涕。如此情況，在恩施病中見過。連日思父母及亡妻孟夫人，時或提及當日事，不禁涕下。真所謂老來思骨肉也。予自根兒亡後，心灰甚。四子遲生待予無禮時多，忍之而已。五子定生，年已十五，不知孝字如何講。六子香生如無知之蟲。清夜自思，遂動佛念。視此等兒孫，前生債主而已。

十六日 晴 陰 寒 小雨 小雪 元月十二日

昨夜氣喘如前，念及先父係今天忌日。嗟乎，父殁已卅七年矣。予東歸武昌，今已七載。近三年，父亦頻頻示夢，予孺慕之心未已。而吾父靈魂果尚存耶？午後三時，淬成送其女與予孫來，急欲渡江搭船。天雨未止，又慮大雪耽期，只好命媳、孫回去省其親，送渡江搭輪回縣亦好。呼媳略囑各語出門去。夜七時，天氣更寒，雪子、小雪頻作，予心念及媳、孫二人在輪船上景象也。九時具香楮祀先君，予三揖，未能拜跪也。以現時踞地彎腰，即氣喘不止。如此怪病，可恨。轉鐘二時醒後，似聞小雨聲，念及媳與孫在輪船上受冷情況，心爲惻然。

十七日　晨大雪半時以後雨　元月十三日　星期日

早醒氣稍平，較昨減輕矣，或者先君佑予耶。九時起，正午吃飯一碗，頗有味，食下亦相安。予勉强不睡，支持精神而已。至下午五時，喘象未見，以後可望減輕痛苦。檢出未寫四天日記補之。小字筆太壞，此前年整購之筆，毛穎俱劣，直不成字，非予精神與目力之劣，特補記之。

十八日　晴　元月十四日

今日氣喘已止，咳濃痰仍數次，精神稍好，飲食略增，夜間仍起坐一次。

十九日　晴　元月十五　星期二

今日病已減，氣喘未作，或者可以不發矣。飲食更進，腹中時時感餓狀。

二十日　晴　元月十六

今日閲報，和談事與前三日相同。美方無誠意，拖延而已。晚寢較昨夕更好。今午得遲生來函，云媳與孫於十三號正午平安到縣。家中前重房屋有人要典押云云。

廿一日　晴　元月十七日　星期四

連日極困。昨日領薪，將急欠開消，餘款十萬元，須補還小菜雜欠等等，恐無餘者。夢闲準備明日再回胡林，以五萬四千元作往返川資。彼前回鄉，不一次帶款來，致今日再用去川資，不知是何打算。

廿二日　晴　元月十八日

今晨夢闲回鄉，予八時即起。九時半黃立生送租字及租金來，補六萬元，今日即完全買油米及雜用，用盡矣。下午一時李愈友來，云淩少湄於前日胃疾死於醫院。淩君自去春到參事室即多病未愈者也，景況不佳。今日已火葬，其妻與孫在寓。李來商問善後事，予謂有黄炳蔚之先例在，可向室中同事寫捐，可得四五十萬元。惟前日薪水已發，又值歲暮，恐未必如黄君死時之易籌也。傷哉。李去後，予對於此事多感慨。

廿三日　晴　燥　元月十九日

早起，咳嗽連日已減輕，氣已平矣。痰則濃者少，以後可望痊愈矣。下午二時仍未見夢閑歸，予遂外出一次。

廿四日　晴　燥　元月廿日

早起，咳已漸愈，痰甚少。午後一時夢閑歸，常回物件三大包，並兩口袋銅器等等。虧彼一人能帶多物也。晚寢甚熱，多雜夢。

廿五日　晴　燥　一月廿一日

九時起，咳已大減，連日飲食漸增，可望復元矣。今早夢閑渡江去，予兩次至銀行，方換得紙幣，人多擁擠。推測貧民男女財政乾矣。在合作社買毛巾一條，九五折，尚去七千七百元。

廿六日　晴　一月廿二日

連日病已退，咳時甚稀，飲食已增，從此可望復元矣。午後外出一次，早十時欲訪施方白未果。年下開消尚缺款十萬元。

廿七日　晴　夜轉鐘二時半大雨　一月廿三日

早起，十時訪施方白，借得五萬元歸，並請其轉達李、劉、江三君，與方白同住者。各借五萬，以二月廿號發薪還款，此移挪辦法也。十一時歸。開消泥瓦匠欠賬。晚十時寢。轉鐘二時半聞雨聲，約一時許乃止。

廿八日　陰　小雨　午後陽光一現　二時以後大北風寒甚　一月廿四日

早起，飲食大佳，咳已減少，午後寒甚。不敢出門。命大毛持函向施方白問江等是否可借款。施答函，謂彼等並未拒絶。連日閱報，和談愈奇離，似難成功。美帝使日本與臺灣訂立雙邊協定，其勢已不能和矣。

廿九日　晴　一月廿五　星期五

上午訪施方白後，即訪李西平、江慶林，表示借予之款一二天不能交付，須開年。訪劉逸菴未遇。午後外出一次，略補購各物。歸時内子云范尚立已代予取款廿萬元，蓋省府已預發二月份薪小半數也。此年關内不爲難，且可到明年初有柴米之資也。今日黄立生家眷已搬來。

卅日　晴暖　夜見星斗　元月廿六日　星期六

連夕能安睡，咳嗽已愈十之八九。氣已平服，以後可望全好。下午出門遇熊伯炯送來五萬元，謂劉逸菴借予款囑其送來者。得此又少籌五萬，李、江之借款可以不去取矣。夜八時出門一次，看現狀，滿街燈火與去年較繁榮。天氣亦不寒。雜貨店所藏之物，已售一空。人民窮者仍窮，買魚肉雜貨者皆工人及小商人。若公務員則買物者少。幸前日各借支半月薪，不然更窘矣。

去年除夕尚具供祀祖宗，今年得款遲，内子又病後不能勞作，遂致此禮廢，有愧人子矣。十二時寢，直至次日七時方醒，中間有夢無夢則未能記憶。

壬辰（1952年）日記

正　　月

初一日　晴　元月廿七日　星期日

昨睡甚恬，早起僅咳六七聲，腹餒甚。飲湯食春捲。九時出門，與各街之來者答拜。至阮華甫家約其同往參事室拜訪晋槐，立談數語出，因彼處有坐客也。再至高運籌、耿伯釗、盧智泉、賀葆之、杜季書等處，僅在耿、賀二家略坐，約華甫至家便飯。今日步行共約八九里，坐車一次，與阮開車費，共去五千元。晚飯後韓英華來，坐談甚久去。今日街上遊人多，人力車甚少，汽車仍通行。

初二日　陰　元月廿八

今日有報來，僅半張，所載仍爲“三反”運動，和談未載。香港英警驅逐中國電影公司工作者司馬文森等八人事擴大，中國各方抗議，英政府不理也。質夫、鍾守元來拜年，杜季言來談甚久去。玉兒來，夢閑至李宅拜年歸，與玉兒談半時別去。羅資深來彈《平沙》一操去。

初三日　陰　早五時大風　轉鐘二時聞雨聲自是達旦未止　元月廿九日　星期二

八時半起，夢閑往王家，王幼良來拜年。午後賀葆之來略談即去。吴丹佛來談甚久。晚鄭蕘夫來談。今日風寒，予未出門。晚間調弦彈琴慨古，引短操亦忘卻數段。三年未理絲桐，真所謂此調不彈久矣。閱報，

“三反”運動兼及工商界之“四反”以後擴大，且牽及國營各公司。大商賈如賀衡夫之流，自認爲行賄偷稅，數目甚巨云云。明晨爲先祖母忌日，今夕未能焚香楮紀念之，環境如此，禮節可廢矣。

初四日　雨　寒甚　元月卅號

十時起，飯後以天雨風寒不敢出門。午後王珍來自鄉間，留談各事。四時邦元來，予略問鄉間事。今日報載和談支離，聞廿九號再開會，逆料明天報載必無好消息也。

初五日　晴　元月卅一號

九時起，昨睡甚安，夢平地大水，已激而上西山，予所行則在陸地，有數人肩夯予行，目所見水急流，幸未及予身也。上午王珍未來辦午餐，只好停止俟下午也。今日報載和談换俘者，果不順利，以後更可推測矣。

初六日　陰寒　午後三時雨　二月一號

早起，十一時至施方白處略坐談。午後約王珍與邦元來吃飯，詳談鄉間事二小時。吴醒臣來談，並帶點心一包，又薯粉二斤。知成大去腊甚困，然亦彼自取也。

初七日　雨陰　晴陰　寒甚　二月二日

八時半起，連日咳嗽減少次數，寢後並不咳，飲食大增。午後閲報，停戰談判雙方對於軍事人員輪换辦法，又遣返平民辦法，仍無誠意，拖延而已。“三反”運動，大貪污案出在中央貿易部、中央公安部、農業部、中央軍委後勤部、空軍司令部、財政部、民航局，如薛崐山、宋德貴等處死刑。想此等大案，醞釀已久方辦者，不然老幹部盡變成從前貪污份子，此非所謂習俗移人者，享受安樂，誰不欲之？豈真若輩真能守廉潔哉？

初八日　晴　星期日

今晨内子帶同兩兒渡江至譚、黄二家去，午飯後予以坐室中無聊，亦出門乘車登鶴樓。人山人海，因天氣晴和，且值星期日，漢口過來男女尤多。人衆中僅遇王裕稱一人，五十年前同邑老友，聞之年已七十三矣。彼晚景不甚好，其子以作軍官故，曾受公安局管制。女則爲醫生，尚可津貼彼之柴米。其妻年七十一，尚存云云。三時至成大處坐談，彼告予以去年除夕武、漢、陽三處警士組織發雙餉事，又其妻自漢口歸，云今未見着朱局長云云，蓋拒之也。

初九日　晴　二月四日　星期一

予早點後，以天氣晴和，咳疾已愈，帶同定生往漢口。先至韓英華寓吃午飯，午後二時至方正里李家，知瑞球已歸，略坐談即出。至新市場看漢戲，所謂《野豬林》者，從前見過，此劇名今日乃知，劇情内容係林沖投梁山事。意義、唱做殊無可觀也。五時半渡江乘車歸，餒甚，食飯二碗。

初十日　陰寒　午後四時小雨　今日立春
二月五日　星期二

昨十時寢後醒時少，至今早六時方醒。咳十餘聲。午飯後原擬過漢陽，以天陰寒有風，遂至水陸街口群衆樂園看京戲。此園開張已兩年，予未一往，今日乃去。買特座需四千五百元，聞前三日座滿無隙地，今日人數僅三分之二也。名《包公案》，自二時演起，至四時半止。先唱《吊金龜》，次則《打鑾駕》，再次則《接李后》而止。尚演《天雷報》及《打龍袍》，恐尚須三小時也。歸時餒甚，吃飯畢，看《近百年史》半本，費三小時目力。

十一日　陰寒　夜雪子三次　二月六日　星期三

今日無事，作畫三張，皆菘與萊菔也。近見齊白石作畫多畫蘿蔔、白菜，所謂海派者如吴昌碩、王一亭輩，或以年老不願作畫，取菘與萊菔，便於急就，且可藏拙耳。予作此類畫，每小時可作八九幅，如寫工筆植物類，恐一天難成二幅矣。並將前數日所畫作詩補題之。

十二日　晨微雪　午後陰寒　二月七日　星期四

今日《長江日報》載和談事交俘無誠意，總之和談難望成也。前聯大通過國民黨控蘇案又表决，以後如何則難測矣。午後二時至華甫家略坐談，便至紫陽湖看新修二亭，一曰勝利，一曰和平，四時半歸。

十三日　陰　晴寒　二月八日　星期五

早起閲報，仍如前日新聞"三反""五反"諸事，聞本段二分所所長將某宅捐獻之狐皮袍子收存未列賬，經居民組質問乃坦白承認。又警士亦貪污數事，經婦女質問乃承認云云。午後張深安、張祖培先後來談甚久去。

十四日　晴　二月九日　星期六

早起。連日咳時甚稀，食量已增，飯後步行至熊予佛處，其家無一人在家，敲門三次無應者。至成大店中略坐談，遇石玉階，坐談久，與同出。予至玉兒家未遇，五時歸。閲報，和談事希望甚微，"三反"運動又牽出奸商甚多。《湖北報》載鄂城談少清、王香山等四人因偷税被押，亦正在舉行"五反"。

十五日　晴　燥　二月十日　星期日

早起。十時至華甫家約其下午來吃飯。午後一時華甫來談甚久。候竇衡之、曾心如不至，或者信接遲耶？三時半乃同華甫至衡之家，約其來酒飯，去已五時半矣。今日報載和談事仍奇離難信也。

十六日　雨終日　二月十一日

早五時聞小雨聲，九時起天氣因雨變寒矣。閱報仍如昨日狀，載聯大已閉幕，餘爲“三反”“五反”等事。午後周淬成來，云昨晨即出外，故未閱予函約，吃飯後坐半時許去。

十七日　早陰　午後晴　二月十二日

九時參事室送來通知，請到蘅青中學聽報告。本室明日上午起學習“三反”“五反”。午後予乘車去，四機關合並聽講，民革、民盟、文保會、參事室約三百餘人，由聶國青、胡伊默分講要點，共爲二小時。予與徐蘭如先出，徐云徐煜華參事於元宵已作古人矣。

十八日　雨　寒甚　下午陰　二月十三日

九時起。今日原擬到參事室開會，以雨寒未往。且病初愈，懼寒氣，又無錢乘人力車也。閱報，和談事變更多，逆料美英不得和，朝鮮事如何解決，不可樂觀耳。餘事則“五反”運動中又發現貪污份子多，其數甚巨。幹部受賄者，都自上館、送禮、跳舞、看戲等過程中來，其貪污至少者二三百萬元。

十九日　早雨雷聲始作　午後大雨　夜十一時大雷雨　二月十四日　星期四

九時半起，今日寒甚，時有北風，未能出門。本街係新做之路，泥深三寸矣。晚寒，早寢，至十一時半仍未寐，大雷雨北風並作。

二十日　早大風微雪　午後四時大雪　二月十五號　星期五

早大風，寒甚，十時方起。以咳嗽，昨晚多痰，畏寒甚，不敢出門一步。午後寫信問華甫，請告以參事室開會情形，并請代領補薪。今日報上無多事，兩日未提及和談，恐無佳象，是以不載。

廿一日　大雪　寒甚　大北風　結冰　二月十六號

十時半起，天寒甚。午後閱報無多事，寫信送圖章，請華甫代予領補薪，不知今日可領否。晚范尚立來云，補薪恐在星期一領方妥，因周君代理會計，不會算賬也。十時寢，以寒甚，早上床，不曾睡熟。

廿二日　早雪午後陰　時時小雪　奇寒　結冰　晚大風　二月十七號　星期日

十一時起。閱報，載和談事不得要領。“五反”事漢口亦在辦理，貪污皆工商業者，受賄者老新幹部黨員，不知何以墮落腐化，竟被人引誘耶。則平時之强硬、守正不阿，皆虛僞也。今日各街積雪三寸，可以布鞋行路。

廿三日　晴　二月十八號　星期一

十時半起，早飯後至華甫家取補薪廿三萬八千餘，除前借廿萬外，此月分數價低於去年一萬五千餘。物價愈貴，分數愈低。遇陳敏生來，坐談約半小時出。余至横街買物，至成大店中略坐歸。今日報載和談事完全兒戲，前載議第五程，今則二三四階段未解決也。餘則載“五反”事。天氣晴，化雪，各處路不好走，晚六時即結冰。此次嚴寒是去年冬臘所未見者。

廿四日　晴　二月十九號

今日報載漢口市長吴德峰，武漢市人民政府監察委員會主任謝邦治，撤銷本兼各職。公安局長朱滌新記大過一次，以李先念兼任武漢市政府市長，王任重兼副市長，係爲處理武漢市立第二醫院王清盜竊公款案、冤押紀凱夫八個月種種錯誤也。又中南公安部長卜盛先、副部長錢亦民貪污腐化，同日撤職。工業部副部長王盛榮貪污違法，已逮捕法辦。此二萬五千里長征之老黨員也，此舉可快人心。

廿五日　晴　二月二十日　星期三

今日報載無多事。晚間張祖培來坐談，黃立生亦來談甚久去。周淬臣父子來談。

廿六日　二月廿一日　星期四

九時起，十時外出一次，還施方白五萬元。在張深安家借《聊齋》。午後淬成來，取去《辭源》款五萬元，候嚴立常來再賣去。今日報載李爾重、曾惇等檢討，皆對於王清盜款案有所説明者。又載十九日朝鮮談判會議情形，總之對方無誠意和談也。

廿七日　晴　大北風　二月廿二　星期五

八時起，九時半到參事室，正在開會，聽彭君轉報農林廳趙會計貪污案。十一時半余先出，訪李匡甫，知圖書館近事，彼正在嘔氣。時勢如此，哪有正義可説耶？談半時出，訪周鵬程，知其媳於正月初二卒於醫院矣。飯後又外出一次，今日閱報，仍如前三日狀。

廿八日　晴　午後陰寒　夜轉鐘二時半雪子數次　二月廿三日

早起。閱報，載朝鮮前線廿一日電，敵人於一月廿九日起至十七日止，其間五天在伊川、鐵原、市邊里、金化、平康北、漢江以東等處上空，飛機撒放黑蠅、蒼蠅、跳蚤、螞蟻、蚊蟲等類小蟲甚多，以便傳佈細菌云云。似此已背公德，不擇手段來殺中朝兵士，可恨已極，但此天氣嚴寒中撒下之小蟲能否生存爲害，則係一問題。

廿九日　雨　陰寒　上午二時半雪子數次
二月廿四日　星期日

早起。閲報，各地人士抗議美國用毒氣，違背國際公法，請民主國家主持正義。午後一時韓英華來，述其子在中南郵電管理局爲“三反”事爲同事喻某等威脅數日，於十五號在該局墜樓而死。面色淒慘，余慰之，坐一小時方去。

二　月

初一日　雪數次　陰寒　二月廿五日

予畏寒，十時尚未起。鳳祥來請予寫信至胡林向王珍籌借款，予許以代寫方去。今日報載和談事，有新華記者評述朝鮮停戰談判症結甚詳。

初二日　陰寒　夜十二時以後大雨　二月廿六號

早起。閲報，與昨日情形同。午後外出一次，聞“五反”運動鬥争中，已有周興發、裕豐、和成、協興麵廠四家店主自殺。聞漢口自殺者多。各學校亦在嚴刻檢討，貪污者令其跪地陳述，有至三小時者。此不知“五反”條文中有此條否。晚晤范尚立，云參事楊松如前日病故。自去臘淩少湄而徐煜華，今又至楊松如矣，傷哉。統戰部已給六十萬元，較之淩、徐二君多給十萬云。晚寢後多夢，奇離。

初三日　小雨　陰寒　上午二時至四時大雨　夜轉鐘奇寒
二月廿七日

十時半起。閲報，仍如昨狀。午後陰寒甚，剛風襲人皆寒，極難受，未能出門。

初四日　上午二時起大雪　寒甚　二月廿八日

十時起，屋瓦積雪三寸，地面雪約二寸，天氣轉寒。閱報無多事，載“三反”“五反”文漸少矣。下午五時出門一次，正街雪已掃淨。此街泥深二寸，極難行。武昌全城以此保安街、糧道街爲最壞，久雨則行不得也哥哥。建設局所施工者如此而已。

初五日　陰寒　二月廿九號

今日飯後出門至高運籌家借書數册。便至鄧堦家，知已愈起床矣。訪阮華甫未遇。爲韓韻蘭事訪李俊千，談片刻出。途遇徐集紳述參事傅鹽梅、傅慧初二君事，又述陳竹虛事。晚晤尚立，又述及馬漢三借款與帥和甫事，皆牽及貪污者。

初六日　陰　三月一日　星期六

今日閱報無多事。午後外出訪華甫未遇。轉而至長街，見各家生意極冷淡，甚至無人上門。見銀行專换金銀者，仍人山人海。噫，湖北銀元金飾何以有如此之多耶?

初七日　陰　三月二日　星期日

今日閱報，又載美帝在朝鮮放毒菌蠅蚤諸事。午後訪愈友未晤，訪饒校文談一時許歸。飯後問范尚立諸事。

初八日　陰　午後七時小雨　夜大雨達旦
三月三日　星期一

早起，十時閱報，朝鮮和談支離愈甚，能成功與否，現已經過三個月，仍是奇離變化，則其結果可推測矣。飯後至黄鶴樓一遊，四時半歸。行路多，足疲乏，無錢坐車，致不能强勉行路。晚十一時寢，甚安恬，多夢。

初九日　陰　大雨終日　寒甚　七時下雪子片刻即止
三月四號　星期二

晨以寒甚，七時醒後又睡熟，至十二時方起。下午一時飯畢以室暗，未能閱寫，僅持報至堂屋閱看。今日載“五反”事亦少。越南戰事法軍大敗。九龍英軍警禁止遊行，傷中國十餘人，捕百餘人去。事情先未載過，含糊殊甚。晚補抄戊申日記大事前記條。

初十日　今日驚蟄節　陰寒　三月五號

十一时起。閱報，和談愈支離，以我推測似難成功，美帝那有誠意對中朝人民耶。今日無聊，於宣紙畫白菜、萊菔三張，又題詩六首。

十一日　陰雨　寒甚　三月六號

九時余未起，尚立來，云今日在上海銀行開會。余畏寒未去，午後畫松一幅。

十二日　陰寒　三月七號

今日閱報，美軍又在放毒菌，仍是黑頭長翅蒼蠅云云。午後又將前四畫並詩寫其上。

十三日　晴寒　午後五時大雨　晚雨至十一時
三月八日

今日閱報，瀋陽六日電，美帝又在朝鮮放毒菌。自上月廿九至三月五日止，在中國撫順、新民、安東、寬甸、臨江、鳳城、大東溝、長甸、河口、輯安、九連城、長白、浪頭、安平河、渾江口、通化，每次或共六十八批四百四十八架，少亦十批或卅八架，大量傳播細菌、毒蟲、蚊子、蒼蠅、蟋蟀、跳蚤，并施轟炸掃射。其情形如此，安能望其和談停戰耶？晚間寒甚，早寝。

十四日　陰寒　三月九日

十時起。今日報載朝鮮前線七日電，美軍繼續放毒。二月廿五日起至廿九日止，此電專指朝鮮地帶如平壤以南九龍洞一帶，九化里、南陵洞、金城、泰川、谷山、渭川里、伊川以東、定州、鐵山西南、平康以北，文川以西，兔山東南、順川北、漢江等地，投下蒼蠅、螞蟻、毒蟲、蜘蛛及有毒菌之樹葉、宣傳品等等。噫，報載此事已五次。此蒼蠅、蟋蟀、蚊蟲投在冰雪地面上何能生存？既如此之多，則此等細微之物得自何地産生者？此時何有蠅蚤？熱帶地或可生長。我國東北及朝鮮，此時何能生此物耶？或者科學所製造歟？今日周外長抗議，詳述美軍一月廿八起施毒情形，經我軍實地調查後，尤爲確實。又載政務院處分違法失職人員，如中南公安部長卜盛光，兼最高人民檢署檢察長。又公安部副部長錢亦民、工業部副部長王盛榮、民政部副部長周季方，或以腐化墮落、目無法紀、盜竊資金、侵犯人權種種罪狀撤職或交法院。此四位大人物皆老幹部也。

十五日　陰寒　三月十號

十時起。昨夕多夢，今晨又有夢，真亂雜無章之夢也。飯後將昨日、前日所畫顔色條幅補綴完成，題詩署款其上。今日天空時呈欲雨狀，是以未出門，看雜書遣悶而已。報紙上所載仍如前三日一樣。

十六日　陰寒　三月十一號

今日閱報，和談换俘事支離愈甚。以常理度之，難望有成。午後一時半出，途遇華甫，遂同散步。遇曾雨村談數語，知彼校與陽明中學合併，改爲郵電學校云云。至横街買食物遂歸。

十七日　陰寒　晨五時半雨一陣　五分鐘即止
午後見陽光片刻　三月十二號

早起閱報，午後學習。晚十時寢，至天欲曙時醒。六小時未醒，頗爲美睡，然夢多未停止，腦中有一部分未停，佛家所謂意室離腦而遊玩也。

十八日　晴　晚有月色　三月十三號　星期四

早起。九時外出買食物。閱報，政務院對“三反”“五反”已定處置辦法公佈矣。北京五萬商户，按市長彭真所公開報告者，有三萬户均犯行賄、盜竊、偷漏、偷減，是以有五分之三奸商。如此之多，則可以推想從前。噫，此所謂中國人之特性也。

十九日　晴　三月十四號　星期五

早起。閱報，和談事益支離，此可推想者也。以後如何，支離更甚，亦可推想者也。飯後出門二次，欲走遠，以足力不健，一時許即歸。無聊甚，在室中小睡一時許，多夢。

二十日　晨一時雷聲殷殷　四時大雷雨　六時以後陰
午後陽光半時　三月十五號

九時起。閱報。無多事。武昌曹祥泰勝興、鼎昌兩米廠貪污偷漏均逾數億萬，僅鼎昌解決，但須繳款十餘億云云。午後補抄清代己酉日記，已完竣，小睡一時許。

廿一日　陰　晚小雨一陣　三月十六日

早起。閱報，青島十四日電，美機在青島市郊太平角浮山所撒布細菌毒蟲，如蜘蛛、蒼蠅、甲蓋蟲、土蜂、螞蟻等等。又載三月六號、八號又在安東、永豐、大東溝等地撒下黑蓋蟲、壁虱、白蛉子、虱子、黑色等小蟲。并在黄柏、甸子等地投彈六枚，用機槍掃射。又載西南少數民族團一百七十餘人來武漢參觀，共有卅六個民族。今日予乃知各民族之名也。特記如下：藏族、苗、回、摩西、侗、仲家、羌、擺彝、阿卡、攸樂、琮、羅伍、花腰、山蘇、佤家、土家、撒尾、阿西、倮儸、山頭、僰、傈僳、儂、愛尼、切弟、□、摩蘇、沙、卜拉、西番、怒蘇、俅、勒墨、水家、僮等卅六族。噫，如此民族，予當年未聞其名，今日甚有其名字亦不認識者，非看報那能知之。下午未出門，補抄庚戌日記，在南京參觀博覽會考查教育時各段。

廿二日　陰　晚小雨　三月十七日　星期一

早起。閱報，無多重要事。午後仍補庚戌日記南京參觀時各段。原本當時記載甚詳，於福建館泉州古泉會事，費一日之力，與張君耀甲同鈔者，可惜辛亥失之。晚六時范尚立云，參事傅君以貪污案未坦白，已停職反省，自明日起。劉禺生先生昨夕以中風病故。禺生晚境甚壞，貧困交加，今年七十八歲，爲參事中第二年老之人，光緒乙亥生人。統戰部今春以其窮也，加分卅撥，在文保會開支未久，惜哉。參事室去腊淩少湄，今正徐煜華，月初楊松如，兹又劉禺生死，已去四人。楊六十四年，較小。徐年七十三，一生享福，死亦中風，未受貧窘之苦，可謂有修行者矣。

廿三日　晨四時大雷雨　天明未止　九時以後大雨如注
晚九時大北風　寒甚　三月十八日

今日閱報，中南局令湖北政府決定舉辦荆江分洪工程，又本市資産階級解放以來偷税漏税總數已達三千餘億元。又開城十七日電，停戰談判第四項談及三月十三日對方在巨濟島屠殺戰俘事，二月十八日亦有屠殺戰俘事，已提抗議書。又載美機在朝鮮咸鏡南道高原撒佈細菌，自二月廿九至三月初所撒爲蚊子、蒼蠅、甲蟲、蜥蜴等毒蟲。又在永興、宜興、龍南里等地，亦同。又在平壤投下炸彈，中均是傳染的昆蟲。又在我國安東、寬甸、夾皮溝等地所投亦同。此爲報中今日重要記載。今日大雨未停，余晚飯後至華甫家取回代余所領薪，并告余以傅鹽梅貪污事，已受停職反省處分，傅慧初亦受反省。又告余以劉禺生病故前一日，還在文保會領薪五十餘萬，渡江一並遺失，乃嘔氣以致於中風，且死尤爲可憐也。又談彭伯勳爲李瀾摹捐藥費事，當就各人領薪時，近於强迫扣薪水捐款。彭去年兩次爲黄炳蔚募捐，無人免者，昨日又爲李瀾募捐。噫，黄、李、彭皆沔陽人也。

廿四日　晴　北風　寒　三月十九日

早起。十時閱報，已刊印美機投下細菌彈殼及彈殼散開分辨菌蟲由内飛出之狀，又小蟲在顯微鏡中示出情狀，又有一種小蟲能飛能走，能入水中，又有類似蚊子、毒蟲照片。是美帝利用此科學殺人之菌，以毒朝中軍民，真堪痛恨者。不知軍事當局將何以消此毒菌也。午後外出購物，取錶歸。

廿五日　晴　三月廿日

早起。閱報，今日無多重要事。午後華甫來約余外出，至首義公園遊覽。在茶肆飲茶，少息半時。園前所見近來老少所謂打康福球者，又稱克郎球，擔子十餘桌，每次取租錢三百元，每人日可得萬元，亦新謀利法也。吾生所見怪事殊多，昔在恩施作感時詩有，此後更有奇中奇，如近月美軍投毒蟲，於飛機下投之。“五反”運動婿控其岳，子女證其父，妻訴其夫，以及侄控其伯叔，孫控其祖父，報章所載已數十起。此與孔子“吾黨之直躬者，父爲子隱，子爲父隱”之事相反，亦奇中奇之類。不過冠裳尚未到奇中奇之一步耳。華甫又述，傅鹽梅在室受懲事，亦奇中奇也。晚間胡魚山來，予問以灣間各事，麥菜俱受大損失。

廿六日　晴　燥　三月廿一日　星期五

早起。閱報，瀋陽十九日電，美軍自三月九日至十二日，又繼續在我國東北地區浪頭、龍王廟、鳳城、長甸、長白、輯安等投下蒼蠅、蚊子、小黑蟲、蜘蛛、蟋蟀、跳蚤、雞鴨鵝毛等有菌之物。近兩月來報載如此，所謂和談寧望有成耶？自誑自己而已。予連日目力不佳，眼已退光，以後日記宜改大字簡略書之，不求詳瑣。噫，瑣屑之記載，觸目皆古怪，見之生氣者也，又何必記之？

廿七日　晴　燥　三月廿二日　星期六

早起，今日胡魚山到海口去了。閱報無多新聞，晚早寢，疲甚，能安睡。

廿八日　晴　極燥　三月廿三日　禮拜日

今日腰痛足軟，昨已發函與竇衡之，云今日往其家，則不能不去，以重信諾也。下午一時緩行，足仍軟，約半時至其家，坐談後與之至門外小立。蛙聲則以晴繁響，菜花甚少，以前旬風雨摧折甚，料今年菜籽不豐收也。再談片刻遂歸，小臥，足腰俱酸痛。

廿九日　陰　下午三時大北風　五時小雨一陣
夜十二時以後大雨　三月廿四日

今日遲起，昨睡甚恬，然腰仍痛。午後二時聞試警報，昨報紙嘗載及者。三時出外購物，并在成大家略坐，五時半歸。補抄庚戌日記，已成三分之二矣。以後零稿不能搜集，亦不復追憶。余之日記自光緒癸巳迄現在，可謂無缺。民國己亥下季缺四個月，因底稿不知在黄岡失去，抑係家中失去。庚戌八月以後亦不能補出，殊爲憾事。

卅日　早小雨　晚九時大雨　大雨至天曙

早起。十時閱報，無多事。敘“五反”，不知何日可完。總之吾國奸商賤工貪污性根，自有遺傳性者。武漢財閥最著名者，如賀衡夫、周蒼柏、曹祥泰輩，解放後一以中南局委員，一以省政府委員，一以民盟及民革組長，即俗人稱羨，所謂有顔面者，今乃貪污至卅億以上，則推想此事，似政府欲擒故縱，欲取姑與之策耶？余定爲明日起，改寫稍大之行書，以簡而又簡爲主，如須詳載之事，列入筆記可也。

三　月

初一日　陰　寒　三月廿六日

十時起，閲報，朝鮮廿四電謂，卅九天中毁傷敵機三百八十六架。又載中南委員賀衡夫貪污數十億，已鬥争，結果交法院嚴辦云云。

初二日　陰　晴　三月廿七日　星期四

早起。閲報無多事，與昨日同。餐秋菊之落英，殆與騷體同句也。下午訪華甫未遇。自上月廿日起，向鄭陔香借來顧氏《日知録》，今日已閲竣第十本。顧先生於書，無所不窺，無所不記，真通儒矣。

初三日　晴　三月廿八日　星期五

早起。九時閲報，朝鮮已獲有美機。三月十五日上午，降落傘兵來刺探細菌效果的特務王志嘉，廿二歲，諸暨人，爲臺灣反共抗俄團團員，身着志願軍軍服，冒充中國測繪員，另外九個特務尚未尋得，均是中國人，帶有僞造公章及通行證、通信鴿等云云。十時予外出至長街、先賢宫街等地，步行以試足力。十二時歸，飯後小睡二時，甚恬。起後補畫未竣立軸之紙。

初四日　陰　晴　午後小雨　仍陰　晚十二時以後大雷雨北風達旦未已　三月廿九日

早起，九時乘車至西街借書歸。飯後寫字課二頁。余於本月朔訂一大本子作爲字課，每日須寫二張，不論正草隸篆，蓋常課也。憶民國二年在黄安署中所書字課一大本，丁巳夏爲程松師索去以後，不知彼處如何散失，今四十年矣。不知少松及良孫尚檢得否。閱報，和談又生支離，此中情狀，當可推想。晚十二時寢後，夢先母回外祖母家，以泥雨所隔，輿不能行。

初五日　雨風陰寒　三月卅日　星期日

十一時方起，天寒如冬，節近清明，乃如此氣候，勿乃怪事？閱報，瀋陽廿九號電，自三月十三至廿一，九天中美機先後犯我領空，撫順、瀋陽、吉林、四平、安東、輯安、齊齊哈爾等十餘處，投下白色小鼠、跳蚤、虱子、蚯蚓、蜈蚣、蒼蠅、蚊、柞樹葉、雞毛等等，又散發污蔑我軍傳單，又在輯安車站投彈二枚，炸傷人民十六，宿舍、民房十二間云云。似此情形，和談尚可望耶？

初六日　晴　三月卅一日　星期一

早起。閱報，與前昨日事相差不多。此旬中補抄庚戌日記已竣。閱涪陵陳嵩泉所著《騃癡譎談》畢，陳爲光緒己卯間遊幕川滇各大邑衙署中，以諸生久試秋闈不第者，其書仿《閱微草堂》《聊齋》二書體例，記事過繁，述事太怪，記中喜用古典、古字以炫博，又多敘儒理佛理，詩詞均嫌冗闒少味，此其所短也。全書計一百餘則。其子鸎仙、鵜仙均秀才，陳故後乃刊行此書者，余昔年未見之。

初七日　陰晴不定　四月一號　星期二

早起。連日飲食大進，咳已漸稀，從此可望全愈。下午華甫來，與談片刻同出，至平湖門外及黄鶴樓一遊，午後三時歸。

初八日　晴　四月二號

今日報紙所載無特殊消息，和談總屬無望。渡江未遇戴志强，仍回家。

初九日　晴陰不定　四月三號

早起。閱報，仍與昨日相似，無多新聞。“五反”已到最後關頭矣。

初十日　晴　熱　四月四號

早起。閱報，無新聞，滿紙習見，無非“打虎”，報上當“腐蝕幹部”“搞好春耕”等名詞而已。《長江日報》載，湖南長沙近郊，自去冬十月起迄現在，掘發戰國時古人墳墓一百廿餘處，其間多陶器殉葬物、石器等等。中有一棺未朽，外有四槨，其骷髏骨尚完整，此二千年來最古之歷史矣。晚飯後疲乏欲睡，八時半即寢，被厚甚熱，時醒時夢。

十一日　清明節　陰　小雨　四月五日

早起。閱報，無新聞，所記皆習聞厭聽之語而已。今日清明節，予已五年未回縣祭祖，環境使然，則傷心者不止予一人已也。近三年間，寄居省漢人士，如稍有良心者，對於清明祀祖墳，不無今昔之感，而後生小子飲狂泉者，皆主張非孝者，真禽獸之不若矣。

十二日　晴熱　四月六日　星期日

早起。九時閱報，無可注意之事，真所謂明日黄花者。予以無事又怕熱，遂未出門。將癸卯至辛亥日記檢視裝訂之。午後又將近旬所作畫幅補成。淬成來，便留與茶點去。晚間補作題畫詩二首。十時寢，自是恬然，惟近來雜夢多，存亡朋輩或時見夢中。

十三日　晴熱　晚月色大佳　四月七日　星期一

六時半起。九時閱報，無多事。此數日事可以不閱而推想者也。今日將畫件補完竣，題詩亦改正就緒。晚七時出外買零食，便至成大處略談歸。天上月明，人影在地。今日着夾衣，令人想及《春江花月夜》《試帖詩》《春夜宴桃李園序》，皆太平時代予童年讀過者。近年環境如何耶？

十四日　晴熱　晚月色佳　四月八號

早起。九時閱報，漢口國藥奸商壽而康、九千年、劉有餘六家於明堂均出售假藥，售高價，如沈香、麝香、羚羊魚、犀角、阿膠、參桂鹿茸丸等等，均能害人。至於以浙貝母充川貝，尤小事也。經此次各該店員揭發黑幕，看政府如何處理。十一時半渡江，至戴志强處取右腭上大牙一枚。此牙痛已二年矣，取下有一半漆黑，有小孔一，蓋蟲蛀已久，取後已無痛苦。出門後經四明銀行，見换金銀者排隊已至街口，約計之有二百餘人。三時半渡江回家，飯畢疲甚，已受熱矣。

十五日　晴熱　晚月色大佳　四月九號　星期三

早起。閱報，中央政務院周恩來下令，將大盜竊犯賀衡夫逮捕法辦。以賀任中南委員及漢市政府委員也。晚七時訪蔣立庵診予病，仍是老方子，用薏米。便至成大家坐談，九時半歸。

十六日　陰　早小雨　午後三時大雨如注　四月十號

今日報載賀衡夫貪污、盜竊，販賣黄金、嗎啡、白麵等毒品罪案，一一列出。噫，此人欲發大財，所以敢如此。更以爲彼爲中南委員、市政府委員，所謂憑藉地位者也。似此等人，無論在何時代均應該嚴辦，以其所得充公者也。

十七日　晴　午後陰　大北風　晚無星月　大風寒甚　四月十一號　星期五

早起。閱報，無多事，仍載賀衡夫貪污檢舉信件等等。彼輩事先何以不檢舉耶？總之都非善類，皆奸商之爪牙而已。天氣不正常，可與人事相感應。此月十七日中天氣劇變，是其例也。

十八日　陰大風　三時起大雨　五時乃已　晚晴
四月十二號　星期六

早起。閱報，仍如昨狀，攻訐賀衡夫者多。不知此輩何以事先不檢舉賀，必待政府清理出來始投函向報館聲明耶。晚早寢，疲甚，腰痛。

十九日　晴　四月十三日　星期日

九時起，足軟身疲，十一時小齋來告貸，留之飯去，許以十七號交之。今日報載與昨同，無新聞可記。晚間腰痛早寢。

二十日　晴　四月十四號　星期一

八時起，九時報來，閱後與前四日同，簡直無新聞。除零星記載“五反”信件外，國際新聞無有也。薩鎮冰九十四歲以心髒病又值肺炎復發，四月十號下午十時在福州卒。此老現爲閩政府委員，前清辛亥起義，彼後投降。民十二予在福州時，彼爲省長，總算官星長現之人，亦馮道之流也。僅此爲今日報上新聞而已。

廿一日　晴熱　四月十五號　星期二

七時起。九時閱報。近郊各區正在土改，已組織人民法庭，賀衡夫大貪污案，其所雇用之人又補檢舉。安東十三日電，美機又在中國境内投細菌彈，皆新聞也。下午四時訪華甫，請其代予領薪水，昨借施方白三萬元，明日可還也。

廿二日　晴熱　四月十六日

今日閱報，無新聞。午後外出至公園一遊。四時到華甫家未晤。傍晚華甫爲余送代領之薪四十三萬六千元來，談片刻去。當即還各家急借之款。

廿三日　晴熱　晚大風　四月十七日　星期四

早起。九時閱報，無新聞。“三反”“打虎”“五反”等名詞漸漸稀少。此旬内未載和談交俘之事，此則予早料者。午後熱甚，未外出。晚七時出外買茶葉、點心等等歸。再還各處借款，施方白三萬，予親交孫君代收。

廿四日　晴　東風　四月十八日　星期五

早起。八時閱報，無新聞，並未載和談事。前五日黄岡人民政府縣長程某，新洲人，老幹部也，以貪污案撤職。大冶、武昌兩縣長均於前兩月貪污撤職。鄂城縣長韓光去冬被人檢舉，以貪污調任。此事在未舉行“三反”之先，韓已輕輕逃過矣。噫，大冶專署所屬十縣見報載貪污者已有三人，皆老幹部也。以腐化如此，可哀也已。

廿五日　陰　下午五時雨　晚大雨如注 四月十九日　星期六

早起。九時閱報，瀋陽十七號電，美軍用飛機十三日上午九時又侵入遼東寬甸者四架，被我軍擊落一架。賀衡夫之孫賀錫勤在華中大學投函《武漢報》，攻訐其祖貪污無恥各行爲。今晨腰痛疲勞，飯後遂未出門，時時小睡休養。

廿六日　晴熱　四月廿號　星期日

早起。閱報，無新聞。午後訪華甫未晤，予遂一人至鶴樓茶館小憩，約一時許乃歸。在途閲《湖北日報》，載美機在黑龍江省城投細菌彈，該地尚在天寒結冰，投蟲菌何用耶？晚寢後多雜夢。

廿七日　陰晴不定　四月廿一號　星期一

早起。九時閱報，無新聞。十時半至華甫家未晤，約其於午後一時候予。歸家飯後届時再往華甫家約之同出遊，並至公園觀漢戲，僅見《龍舟會》與《大審玉堂春》二齣，蓋時已過也。《龍舟會》及前三日所觀京戲《四進士》等名，曩只知戲名，未看過此二齣者也。晚九時寢，睡甚恬。今日予外出後汪敬源來，云伯陽於前月瘐死縣中，可歎。

廿八日　早陰小雨　午後三時大雨　大風寒甚　晚更寒　北風更烈　四月廿二號

五時天已明，予以昨睡甚安，六時起。稅局來索房捐，此季須九萬餘，向何處施借耶？住客劉、田二家均不給房租，後宅朱哲先又□殊可恨也。稅局只知索款，住客不給房租不過問。憶去年二月，曾有一次佈告敷衍房東，可哂之至。今日報紙無特别情形。午後一時看京戲，所謂《武昭關打嚴嵩》，與予幼時所看者，僅一半相同。所謂《瀟湘夜雨》者，則從前並未見也。四時半歸，寒甚，加衣服，晚大風雨，早寢蓋厚絮。

廿九日　早陰大風　午後大雨　晚八時半大雨乃止　寒甚　四月廿三號

九時起，今日天氣更寒，風雨未息。閱報，無新聞。午後大雨時作，寒如初冬，天氣之乖戾如此，可歎也。晚寒早寢。

四　月

初一日　晴　四月廿四號　星期四

早起，今日報上無多事。《長江》《湖北》兩報均載和談事，美帝反復消息一段，而《武漢報》無之。四月一號起，予曾注意及之。此與《大剛報》較之退化矣。此報自三月漢市府接收後，何以如此？無事載耶？外出二次，並至公園遊覽。

初二日　晴熱　四月廿五號

早起。九時閲報，仍無新聞。至街上閲《長江》《湖北》兩報，均載有我軍獲美國特務事，而《武漢報》無有也。午後至公園小坐。予前月失款一萬元，前日又失去七萬元，留以繳房捐不足者。思向施方白借五萬湊數，乃檢箱失之，可恨之至。晚深安來，未晤予，爲其子問診肺病藥也。九時予乃至其家告以藥，並借得《清史演義》二册歸。

初三日　晴熱　四月廿六號

早起。九時閲報，無新聞。十時外出就閲街上《長江》《湖北》兩報，載獲美特，有四人，均朝鮮人。而《武漢報》又未載，僅載不相干或已過時機“三反”之事而已。似此難測該報主筆之心理矣。予下月如籌得報費，決計不訂閲新《武漢報》矣。

初四日　晴熱　晚十一時半雨　轉鐘一時以後大雨如注　四月廿七號

早起。九時向施方白借五萬元，乘車至漢陽門買醬油一瓶，新秤爲一斤四兩，去價三千五百元，較之解放前貴一倍矣。途遇何君，云朱成大對梅竹齋須賠一千萬元可了事。成大溺愛其子，應賠此款云云。閲報無多事，歸後飯畢，小睡一時，甚恬。

初五日　晨二時至五時雷風暴雨三小時乃已　九時以後晴陰不定　四月廿八號　星期一

早起。今日仍换棉衣。九時閲報，和談果有變，廿七日之會議改期。午後閲《清史演義》，字小刺目，又無他處可借閲者。晚十時寢，睡至六時方醒，已睡足。

初六日　晴熱　晚燥熱　四月廿九日　星期二

早起。八時半閲報，開城廿七電，在廿六日對方同意開代表大會建議，美方又玩弄拖延花樣，延期再開會云云。總之玩弄中朝軍民而已。

初七日　晴　下午小雨一次　夜十一時半雨　三時以後大雨　四月卅日　星期三

昨夕以天氣悶燥，睡後時時起，似感寒。七時頭暈甚，勉强起後又卧下，心胸難過，食蘇打略鬆。頭暈不能止，乃以手摳舌間，大吐，乃稍好。遂睡至下午三時乃醒，已足六小時矣。自是再食薄粥，晚仍吃飯。今日報紙更無多事，僅載明日爲五一大遊行各種條文而已。

初八日　晨三時以後陣雨數次　七時大雨如注　午後三時晴　晚又雨　五月一號　星期四

七時起。今日五一節，各機關、團體、學校、軍隊，六時即集合體育場，大約三萬餘人。午後三時自聽講及遊行，時間約九小時。大雨中自頂及踵，衣帽履襪雨水浸透，又以體温吸乾，再經烈日曝之。男女身體之强健者，足以抵抗，老弱者恐此次必生病矣。予途遇隊伍團體，親見狀態者也。晚九時半寢，今日天氣極不正，悶極。

初九日　早陰　小雨　午後大雨　八時大雨如注　五月二號

早起。連日窘甚，外出欲借款，遇小雨仍歸。午後再出外，至成大家探其欠款及受罰事。至高運籌家坐甚久，料彼示無款借予也。五時寫函向華甫借二萬以還黄宅。又函知鵬程，約以明日派人來借二萬。又約玉兒借二萬，竟未取得。前後租金住客過期尚不付款，男女皆流氓，可恨也。晚十時寢，大雨時作，熟睡後多雜夢，多有不可解者。近三年來皆作此等夢境。

初十日　早現陽光　十時以後仍大雨滂沱　街上水深三寸　五月三號

早起。天氣極悶，室内外濕氣上升，致地面地板上滑而難行。天意如此，令人想及前清太平之世風調雨順者矣。今日報紙無新聞。

十一日　陰雨終日　五月四號

早起。午後仍雨。借報閲，美國已换去李奇微，另换克拉克爲侵略朝鮮司令，和談又延期。總之玩弄中朝而已。晚囑大毛向陳暢如借得三萬，此星期内零借得九萬元。

十二日　陰　小雨時作　五月五號

早起。九時半出門買茶葉一兩，泡出糊味，霉天茶葉起潮，各店烘出此味。便至成大家，知“五反”結果，彼須填出一千萬元。彼過江去借款去了，此則其子在梅竹齋管事之成績也。不理生意，去冬跳舞樂事已去六七百萬云云。成大近兩年稱其子有能力。噫，如此真溺愛不明者，自作之孽而已。

十三日　晴　五月六號

早起。九時帶同大毛至參事借支本月薪十萬元，當還鵬程二萬，予親送去。其餘未還，以此款急買米也。閲報，僅有美空軍被俘二人供狀，無其他新聞。

十四日　晴　晚月色佳　大西南風　五月七日　星期三

早起。九時外出閲報，載和談事仍屬兒戲。午後渡江至民生路一五八號土産處，購得荔枝、桂圓、香腊等，比武昌各雜貨店所售者便宜一半。晚九時外出，看月色半小時歸。

十五日　晴　午後陰　五月八日　星期四

早起。連夕睡甚安，惟多夢。七時起，八時外出一次，午後至公園看戲《紅書劍》，昔日僅見短齣，今日乃唱至《三鼎甲》而止。其餘《南陽關》《殺舟官》《大登殿》，皆看過數次者。四時半回家，六時飯畢，檢查前清日記有無錯落之處，如讀舊書，恍如舊時環境也。今日過西街東巷，入巷内視之，則沈師舊宅片瓦無存，不知何時拆毁矣。

十六日　晴　陰　晚十時雨　轉鐘一時大雨　五月九日

早起。飯後出門看報，和談事不成功，拖延時日，暗中備戰。美軍在開城附近，此五日内有廿次小進攻，均被擊退。午後黄立生眷屬已遷出。晚閲《日知録》，預料五天内可看完全部。顧亭林之學術考據，經史百家，真博大精審，後之人那有集畢生之力以求真學問者哉。十時寢。

十七日　小雨　陰　五月十日　星期六

早起。十時閲報，和談事美强硬至極。南日與喬埃晤面，美方僅讓步限制朝鮮設機場事，其餘重要如換俘數字，則更强硬，不服説理。真言之，一味横蠻，變相拒絶和談也。往下推想，此和談能成否耶？牽延七個月，吾國何以尚忍受之？又載美機前日兩次來炸昌城俘虜營，彼對於自己被俘於朝鮮者亦轟炸之，不知是何心理。

十八日　陰　五月十一日　星期日

早起。十時至華甫宅，便約之訪穎生、小山，問文保會事。十一時出。午後二時陳坦來，云蒲圻中學事，又云汪書城年七十六尚康健。汪爲壬寅科解元，年僅廿六，我縣張季馥爲其同科，則僅廿四也。晚至成大家坐談，知其欠外債有把握填還。

十九日　晴熱　十二號

今晨又向參事室借十萬元，持條至銀行取款，該行云要明天上午取，下午“三反”，不兑款。晚十時寢，疲倦甚，轉鐘以後睡熟安恬。

二十日　晴熱　月色佳　十三號

早起。足軟，乘車至銀行取款，立候一時許，腰痛足軟，手續多，仍是從前習氣。閲報，和談拖延，似不成功。晚寢多雜夢，奇離。

廿一日　晴熱　十四日

早起。送還施方白借款五萬元，交沈維爲收。閲報，和談美帝以無限期休會爲要挾，遣俘事須留我被俘者十萬人。如此尚可忍耶？晚寢多夢。

廿二日　陰　熱　十五日

早起。閲報，美方不斷襲擊我俘虜營，自炸其國兵士。又於十二號上午向平壤駛開城汽車掃射，我代表團工作人員李東洙中彈死。和談事美方在會議上採取拒絶協商、拒絶討論、拒絶説理，似此和談尚有望耶？又載宋慶齡、郭沫若、李四光等十一人發起召開亞洲及太平洋區域和平會議。

廿三日　陰　夜小雨　十六日

早起。閲報，美機違反和談協商，十四日上午二時在開城投照明彈廿五枚，盤旋至五十五分鐘之久，開城市如同白晝，美機并低飛掃射云云。則其迭次拒絶説理、拒絶和談，可推想矣。晚寢後十一時聞警報聲，以後電燈總門熄。

廿四日　陰　悶熱　午後五時雨　十七日　星期六

早起。閲報，與前三日相似。午後至首義公園一遊，四時半歸。

廿五日　晨三時大雨　九時陰晴不定　午後大風　寒甚　十八日　星期日

早起。今日未出門。清出舊畫稿一閲，擇人物數張填重，準備各畫一幀存之。噫，此抗戰前予所鉤畫稿，僅存十分之一者也。前清所鉤畫稿，花卉人物約百廿幀，辛亥失去無存。

廿六日　晴早寒　十九日　星期一

早起。九時出門至朗丞家略坐，至成大家談片刻出，下午補畫未成之件。晚飯後至愈友寓坐談，遇國驤來，又談片刻歸。十時寢，疲倦甚。

廿七日　陰寒　二十日　星期二

早起。疲甚，昨夕曾飲酒一杯，腰痛竟愈。今日未出門，在家補作畫件，用書畫箋着色不沁，連日計共成山水花卉數件。

廿八日　今日小滿節　陰　時有小雨　廿一日　星期三

今日閲報，與昨前日同，會議上仍指斥美方虐待中國俘虜事。午後作畫四幅，皆予卅年前所鉤人物稿，久欲畫成自留者也。

廿九日　晴　燥　廿二日　星期四

五時醒，七時起。九時閲報，與昨相似。十時補畫各件，午後四時停筆。晚飯後到華甫家，彼談杜季書致死原因甚詳。杜君家境饒裕，乃以其女自哈爾賓來函訐問，服安眠藥以死則未免輕生矣。

卅日　陰　小雨　廿三日

五時醒，七時起。九時閲報，仍載美帝殺傷巨濟島及釜山我俘虜事。

南日將軍迭提抗議，美方無答復。午後將前數日所畫人物補填顔色，並加畫没骨花卉，因僅有洋紅，只能寫花瓣。買花青、藤黄，竟不可得矣。卅年前所鉤人物之佳者，予一一畫出。昔年不喜作人物，每視爲難事，今則易之，豈習畫天分大進耶？

五　月

初一日　陰晴　小雨　廿四日　星期六

今日仍作畫。傍晚至華甫宅，請其明日代予領薪，談半時歸。范尚立借予以會中討論杜季書印本摘録日記，彼自前年底陽卅一日寫起，實自前年寫一整年，去年寫四個月即停止者。其女寄函并彼之遺囑等約九頁。閱竣以理推之，僅有一王女士與彼有曖昧事，餘則敘事無反動情形。中有學佛、引佛典、做詩、録格言、談進步及會議發言諸事，無可指者。雖多病，不劇，而環境又好，不知何以尋此短見而求速死，至令今日被人研究與臆斷也。

初二日　晴　陰　曇　小雨　晚雨　廿五日　禮拜日

早起，近三日天寒，仍御棉衣。十時閱報，和談事仍如前六日狀。午後至華甫宅略坐談，尋曾心如住址，竟不可得，上下山二次。前年曾至彼宅一次，今竟忘之。途遇紀盛吾、藍文蔚，均談數語。至高運籌家略坐，訪李愈友并遇耿小堂談片刻，又遇志純談半時，以久未見也。今日無錢坐車，行路最多，足力尚不覺疲，豈連日沈香三七酒之力歟？

初三日　陰　雨終日　晚雨較大　雨終夜　廿六號

上午未出門，下午三時至華甫宅取得代領之款十三萬六千四百元，不夠還欠賬。至長街買零件歸。各合作社持折買物，只鹽蛋比外面便宜，餘物相當外邊之價，蓋僅有福利之空名而已。晚寢後夢在某學校應試，人數約卅餘，出題後尚燃殘燭，天未明也。周月亭借予書二本，同試者有蔣立庵。

初四日　雨　廿七日　星期二

早起。八時半高運籌來，托予與方白説薦函事。此老年已七十八，尚在謀事，謂此身無寄托。其實彼不愁七事者，可以休息而不休息，真不知其心理矣。

初五日　舊端午節　陰晴不定　廿八日　星期三

早起。十一時午餐，飲酒一杯。流光如駛，又屆端節。今年端節較去年更冷淡，“三反”“五反”以後人人困窘，除得高薪資技術人員及省市府委員，各高級軍政幹部負責者外，敢説無人不窮。予昨預借薪水未得，急欠之外賬，只好對折相還，尚有講信而數未失信者三處，致昨日不得不失信用矣。悶甚，今日未出門。下午尚立來談一時許去。

初六日　晴　廿九日

早起。至華甫家問各事。至百壽巷買勝蘭齋衛生香，無有也。午後閱報，朝鮮前線電，朝鮮北部基地，五月八號，美機上午分一二批共二百九十二架轟炸，下午一次二批敵機，在三千公尺以上投彈，先後二百餘架，空戰十三小時之久，被我高射炮擊落九架云云。又載開城談判，南日將軍曾指出，美方在巨濟島及他地俘虜營中，二月十八日殺傷我俘二百餘名。三月十三又殺傷卅餘名，四月十日又殺傷六十餘名，五月廿日又殺傷八十餘名，皆係事實，提出質問後，對方無可答復，仍堅持休會，拖延停戰協議云云。下午五時半，泮香來談半時去。彼來省籌款，開消鄉間者也。

初七日　晴　午後四時雨　晚大風　十時雨　三十日

早起。外出爲高運籌謀事事訪施方白，談半時即往運籌家詳告知，十二時半歸。連日甚窘，無他處可借錢者。午後二時至五時補畫各件，均成，只待題款即完璧矣。有人物三張，係三十年前所鉤稿，餘三張亦二十年前鉤稿。久欲臨過自藏者，而苦無暇，今乃成之，心中快慰之至。晚十時一刻聞警報，約五分鐘乃解除。

初八　晴　卅一日　星期六

早起，今日為予六十七初度。去年窘困，今年則更窘矣。買米二升，去錢三千四百，餘六萬作零用。下午四時，玉兒攜外孫兒女來祝予，真多感想也。昨日下午，淬成送其女自縣宅來函一閱，知予四月十六日辰時又添一孫，大小皆安。遲生忙得不能寫信云云。兩地貧困，遲生不以生子告予，其媳乃以生子而告其父母，亦奇聞也。今日下午將昨畫題款，爲今日自祝之物，蓋臨畫題名一爲《福禄壽》，一爲《壽星見》，一爲《禮佛圖》，舊時代作畫代告語者也。昔有深意，今時則目爲陳腐藝術，不敢示人者。近三年要作漫畫爲時髦。

初九日　晴　六月一號　星期日

四時半醒，天已曙矣。陰曆五月朔起，天氣增長，白天有十五小時，下午七時半方黑，夜間只有九小時，與秋九月相反。曩昔先君在時，每謂予之誕日爲初八亥時，是日之末也，過時即爲初九子時。聞母親告予時辰，以近廿年鐘錶之時刻相對，則予生時在夜間十一點一刻，已交初九日子初矣。六十年前錯誤，必正之。蓋一刻而日干已變，則從前推予造者不準者多。午後閱報，和談支離不能生效。四時英華來述各事，聞醫院院長爲之照顧云云。

初十日　晴熱　六月二日　星期一

早起，今日將各畫題款畢。自上月十八起，無事時除看書報外即作畫。截至今日止已成山水、人物、花卉共卅八張。總算予今年最努力而快慰之事也。午後參事室送來借薪廿萬元，時晏，準備明晨還急欠之賬。

十一日　晴熱　三日

早起，張深安來談半時去。十一時王小齋來借款，無法應允。上月已給一萬元，眞是無法中設法者也。前年秋間彼亦借二萬去。予去年外債多，真乞諸其鄰者。午後一時渡江，至戴志强處將牙齒削去其尖破處，乃得無痛苦。設予有錢，該早減去此一旬牙痛也。在淳輝閣買得花青、藤黄二膏，去價七千五百元。此店純爲敲竹杠者，因武漢各紙店無此物，較從前已增價二倍。細看其生意不佳，顧客全無，存物非近日需要故也。

十二日　晴熱　四日

早起，今日閱報，和談事與前兩日相同。美國仍殺傷俘虜營中中朝被俘。南日將軍質問已六次，對方無答復。午後未竣之花卉十二張，書畫箋所畫者，顔色最佳。此十二幀中有六張最得志，自留之。

十三日　晴熱　五日

早起，今日還陳暢如書及錢三萬元，未遇即帶歸。午後補填色，足成未竣之花卉，已成者六幅，餘俟明日再補。晚寢後夢，似在籍，非予舊宅也。養有猛虎一只，見予來噬，幸未受傷。又見先母如昔時狀，亦以虎不馴可慮。連夕又多夢，牙痛又起，下齦已浮腫，僅十一日整牙後未痛。

十四日　晴熱　六日

今日仍補畫，又成三幀，只候題款。午後至公園一次。五時閱報，和談支離愈甚，美國又殺中朝被俘者，已三次。亞洲和平會已開幕，餘無新聞。

十五日　晴熱　七日

連日閱鐘表，上午四時天即明矣，下午七時四十分方黑，一天至十五時半之長，益證予丙戌生辰當是五月初九子時。

十六日　晴熱　八日

早起。十時閱報，和談事仍如前狀。

十七日　晴熱　九日　星期一

早起，十時閱報，新華北京，法帝國主義又在挑釁。自一九五零年四月十七日法飛機犯我領空，共有一百九十三批、二百八十六架。五一年二月十六日又犯廣東防城縣，炸死老婦少女各一人。五月十七日一架犯廣西水口關，傷人一，毀屋六，又以機槍四十挺、炮十一門、迫擊炮五門，分次接濟中越相界之敵人。二月五日又投子彈十六箱。今年四月十六，在麗江縣、靖西縣投彈掃射，傷四人云云。各報何以當時不分次登載耶？下午六時，范尚立交《詞源》款，余遂還施方白五萬元。

十八日　晴熱　十日　星期二

今日閱報，和談事美方前日拒絕協商，拒絕説理，不得我方同意，提請休會三天，説罷即出會場。昨爲三天期滿，我方首席代表約彼方開會，則竟不來矣。似此玩弄中國，可惡極矣，安能和談？今已逾七月餘，何曾有進步耶？

十九日　晴熱　夜月色佳　十一日　星期三

早起閱新書三小時。十一時閱報，朝鮮談判愈支離，美方前日不經我方同意，擅自説明休會三日，已滿三日，我方約他來開會二次，今竟不來矣。南日將軍説理無效。又載朝鮮俘虜自巨濟島致函金日成，詳述美方傷殺北韓俘虜事。予連日牙痛甚劇，下齦腫，齒突起，稍一拌動，痛徹腦筋。晚外出一次，晚寢多雜夢。

二十日　晴熱　十二日　星期四

早起。飯後閱報，仍如前二日，談判事不成。今晨六時牙痛未減。

廿一日　晴熱　十三日　星期五

早起。不能外出。午後華甫來談甚久去。予以晨六時疲倦腰痛不願外出。華甫約予往訪張春廷也。今日閱報，談判事無進展。晚閱《庸菴筆記》。此書筆墨雅潔，已閱至四次矣。晚寢多雜夢，大概此三旬中無夕不夢。

廿二日　晴熱　十四日　星期六

早起。十時閱報，談判案仍如前三日狀。今日天氣熱，未能作事。晚閱《庸菴筆記》已畢。

廿三日　晴熱　十五日　星期日

早起。十時閱報，美方仍强硬。午後將連日畫件補齊，又得七幅，只待題款題詩而已。天熱不能外出，新書看完，舊書又無處可借閱者。晚寢後仍多雜夢，予牙痛仍未愈，食物仍囫圇吞棗。噫，何時可愈耶？

廿四日　晴熱　十六日　星期一

六時起，七時華甫來約同渡江，乘汽車搭輪船，未耽延時間到漢口，乘三輪車到中山公園看“五反”展覽會。一至五場匆匆畢，以天氣熱未能細閱也。其事實與前月漢口各報所載同。荆江分洪模型甚佳，奸商賀衡夫之罪案，如黄金、白銀、鴉片、嗎啡、金磅、金條、港幣等等俱陳列。十一時閱畢，吃麵點，再在各陰樹中小憩數次，二時半渡江回家。華甫用去一萬四千餘元，予用去八千餘元，蓋五千五百元之車費例外也。

廿五日　晴　熱極　九十度以上　十七日

早起。至華甫家未晤，午後熱甚未作事。

廿六日　陰晴　悶熱　晚五時半大風雨　夜大雨如注
十八日　星期三

早起，今日將舊棕綳子整理，先將裏面棕繩緊束，再將正面藤綳四周緊束加釘、換壓條，用小釘加布密釘之。華甫來坐談，予便談便陪，仍整理棕綳，費時至九小時之久乃得完成。雨後天氣已改涼，九時半即寢，魂夢皆安。噫，此亦小事也，設非自己爲之，雇匠修理，一萬元工資恐彼不願做，求人不如求己，天下事均可作如是觀耳。連夕牙痛仍劇。

廿七日　陰雨　十九日　星期四

早起。連日困甚，無零用錢不能出門。前重劉姓流氓不給房租已兩月。現中間鄒姓亦欠租二月。予以陳恒之款未還，又無處可借者，焦灼之至，牙痛甚。苦飲食冷熱甚痛，又不能嚼菜蔬，食時一吞下咽而已。午後五時范尚立告知，范瀛槎今晨四時卒於省立醫院，十一時即火葬矣。范今年七十，遇事恃身體强健，有病不懼，一中風再中風，聞廿五日復中，則一晝夜未醒，故難愈也。范爲人心直口快，亦居文武官十餘年，惟模糊浪漫一生，得此結局，亦係好人之報。去年此際，正是彼在參事室自行檢討之時，同事均能諒解之故，得無罪，亦倖也。予於卅三年在施南始與往來，以後深知其人，特記之。

廿八日　晴　晚涼　夜十二時雨　二十日　星期五

早起。牙痛未減，極礙食物，心煩亂殊甚。午後一時，陳穎生、鐘小山同來談舊事，湖堂同學今存者不過什之一，然皆當時年最少者，相與感慨而已。傍晚尚立談參事室今年不利事，去腊淩少湄謝世，繼之今春楊松如發中風症死，徐煜華、劉成禺均中風卒。未幾杜季書服安眠藥自殺。未幾李瀾病久，死於醫院。前日范瀛槎復中風死於醫院。追憶去春之趙南山，及秋間之黄炳蔚，已九人矣。晚寢甚涼，雜夢多。

廿九日　晨三時大雨　今日夏至　廿一日　星期六

早起，昨夕夢甚雜，夢三次。計此三個月，幾於無夕不夢也。神經已壞，腦力愈減，故有夢，致腦筋又不能休息。昨夕夢及章振旅，此則自蒲圻别後未見過者。又夢嚴立三，爲維持許君作文相告於人。章君是否健在，無人可探問矣。嚴已故八年，未嘗見夢。章君則别已廿四年，未通音問者。予今年每夢必有存亡者相雜，甚有奇離而難以筆墨狀者。解夢之書多不可信，西人不信夢，認夢境爲神經已亂也。午後檢齊近畫山水花卉十一張，補填款及詩稿。連前兩月所畫共大小四十七幅，亦予之心血。近世唯心説出，認此等爲不當，然予又烏能辯之？

以後接寫閏五月初一日，仍將陽曆寫在陰曆之下，以便檢查也。五月廿九日峙山老人記。

歷年日記，自民國甲子起，每年分上下二册裝訂，至庚寅年止，以後日記力求簡括，改爲每年一册裝之。

閏五月

初一日　晴　晚十時雨　六月廿二號　星期日

早起。九時外出，閲報畢，訪成大未遇，訪范寄滄談半時出。訪盧智泉談片刻，詢以參事室近事。便遇嚴吉齋，借得《聊齋》一部。歸後飯畢小睡，牙痛稍減，食飯仍不便也。連日報載，黄梅、大冶、隨縣、漢陽、漢川等縣發蝗蟲甚多，嚼害苗稼之地甚廣，正在集民衆捕蝗，並附照圖片。

初二日　晴熱　六月廿三日　星期一

報載各事，無新發現者。談判事，美方未經協商自休會三日，亦未見復會。中朝軍隊打死敵人近萬云云。晚早寢，因食粥後倦，眼合，七時上床，至十一時半醒，以嬾起又睡熟至次晨六時方醒。中間做夢三四次，未記憶。記曾今年第一美睡矣。

初三日　晴熱　六月廿四日　星期二

昨睡甚恬，可記也。早起後步至長街，經西街歸。午後一時獨至公園一遊，觀漢劇《遊園》一齣。廿年前看過者，唱詞已變矣。又《金釵記》，即舊稱《西門慶》者，唱做亦有更改。今日又向陳宅借五千元，用去二千三百元。以予此二旬心神不安，思舊事，真所謂愁如織，乃爲此苦中尋樂之意耳。蒲留仙所著，昔年看過四次均忘，其句句有典者，今見詳注乃知其用筆時運典，無一句非斟酌者。飽學如此，在清代僅以歲貢終，冤哉。

初四日　晴熱甚　六月廿五日　星期三

昨寢後仍多夢，睡熟僅四小時而已。早起閱報，仍如昨狀。午後三時熱甚，華甫與愈友同來談甚久去。晚寢不能蓋夾被，睡熟後夢雲妹來談，此則廿年未入夢者，又孟夫人亦來就予，此則生死者均入夢矣。

初五日　晴熱極　六月廿六日　星期四

早起。至五億豐、同興等店買麻油、醬油等件，又買米及還各處賬。昨華甫代予領薪，上午已用去十三萬元，明後天即完矣。下午還挑水欠賬三萬零六百元。積欠在先，發薪在後，到手即罄，長此以往，將奈何？

初六日　晴熱甚　九十度　六月廿七日　星期五

早起。十時閱報，談判事又出花樣矣。補題前星期所畫山水三幅，心緒寧時再補題詩三首。傍晚熱甚，未作事，九時半寢。

初七日　晴熱甚　午後三時陰　六月廿八日　星期六

早起。十時外出一次，聊以練足力而已。閱報仍如昨狀。午後二時胡老四自鄉間帶來銅鐵盤及路菜盒各一件，並述鄉間太平之妻與賢遂之媳及松林之妻淫亂亂倫諸事。鄉間老年不敢説，鄉政府亦不敢問訊，各以爲亂倫事不可做，則淫者謂："爾等欲阻撓婚姻法耶？"如是鄉間任其所爲而已。今日在長街聞蟬聲，初次也。

初八日　晴熱甚　晚酷熱　九十六七度　六月廿九日　星期日

早起。午後悶極，談判事與前數日同，戲弄而已。晚間熱甚，不能寢。室内外均無風，臥室如烘，汗出如瀋，皮膚漬痛。又五月八日有錢可以補祝予初度之辰，以吉語解之。癸酉予長黄州時，值閏五月，今再見則廿年矣。增一紀耶。以後再見，奇中奇之事耶。

初九日　晴　酷熱　上午有風　晚熱甚　今日聞一百度之熱　六月卅號　星期一

早起。九時外出，遇成大借二千元買茶葉及白糖。午後熱甚，借報閲，談判事仍如前狀。向嚴吉齋借得《寄園寄所寄》來閲，字稿大，錯訛多。此書閲已三次，亦係寓懲戒者也。

初十日　晴　酷熱　一百度以上　七月一號　星期二

早起。今日滿街插旗紀念建黨。午後天熱如蒸，未能作事。夜間尤熱，予以無事早寢，又不能安枕。年年六月鄂東南兩部人民受酷熱必一旬餘或二旬，暑期四十餘日，年年過關，且病人多，傳染甚。近已二旬，鄉間望雨甚切。

十一日　晴熱　早八時以後大南風　七月二號　星期三

今日酷熱未作事，午後在房内地板上小臥而已。晚寢後仍多夢。

十二日　晴熱甚　時有南風　晚九時以後有北風改涼　七月三號

早起。上午酷熱如伏，以有大南風，予遂外出，至華甫家坐談，便在其家午餐歸，在地板上臥一時許，汗出如瀋。晚九時北風忽起，轉鐘三時陣雨數次，天氣改涼。

十三日　晴曇　悶熱有風　七月四號　星期五

今日作畫二件。談判事，閱報美國似活動，可以和平解決釋俘事，然余未敢信也。午後華甫來談，並約至愈友家一談。

十四日　晴極熱　七月五號　星期六

早起。閱報知附近各縣望雨甚急，再遲下雨無效矣。人定勝天，政府現發動各縣農民抗旱。報載已五六日矣，其成績如何尚不可知。

十五日　晴酷熱　午後六時四十分大雨如注　約半時止　晚間又有陣雨　七月六號　星期日

早起。飯後補昨日二畫俱成，頗淡雅，近戴文節筆墨也。午後六時半似有雨意，迨四十分時大雨如注，惜僅半時即止。晚間又有陣雨數次，太小，無濟於農事也。

十六日　晴　熱甚　小暑節　七月七日　星期一

早起，十時閱報，十一時約華甫至參事室同借薪。下午送合作社摺子去換。晚寢後甚適，夢孟夫人與予俱在本籍，似初婚時也。今歲夫人見夢僅三次。

十七日　晴熱甚　七月八日　星期二

早起。十時閱報，和談接近，予未敢以爲信。十一時在外購物件，以借薪買應急之物。至陳暢如處還借款三萬元。遇黃盧生，知其已調建築公司科長已久，陳亦爲副科長也。今晚寢尚不甚熱，多雜夢。

十八日　晴熱甚　正午約九十度　時有北風　七月九日

飯後將連日所畫補款，另分新舊所作畫山水、花卉、人物三類，以便贈友，佳者自留。今年自二月起至現在，所作已卅餘幅矣，亦温習舊筆者也。

十九日　晴　悶熱　晚八時以後時有微雨　七月十日

早起。十時閲報，無多事。閲《寄園所寄》約盡一本，扼要者數則抄之。此書閲過三次，均爲劣板紙者。此次所借字稍大。以無書可閲，炎夏中消遣而已。晚飯後至翟竹如寓中談片刻。閲其所購《飛鴻堂印譜》十册，洋洋大觀。九時半歸。

二十日　晨三時陣雨片刻即止　九時以後陰晴　七月十一日　星期五

早起。今日天氣不甚熱，時有小風。午後六時至華甫家略坐，九時寢。夜涼多夢，未能詳記。和談事，兩日報紙未載。七月四號所載，美方能和平釋俘，未可信。

廿一日　陰晴　風　晚陣雨　　七月十二日　星期六

早九時訪竇衡之，談一小時，詳訊其十二歲至十八歲間遇狗精事。狗飾爲狐身女性，然非真狐，吸人精以采補，六年餘乃脱此患。蓋當時骨疲，神志已昏，無生人望矣，後精怪自去。又問及辛亥起義實況，云漢陽失後，彼方就第三師長職。前師長成某某爲劉廷璧、胡廷翼兩團長所逼，未能久於職，故彼得以安就此職。其參謀有夏占奎及某某。彼接事後並未與滿兵作戰，旋即議和停戰矣，亦幸運云云。

廿二日　陰雨　七月十三日　星期日

早起。午後閲報，未載和談釋俘事，則前十日之和平接受南日將軍談判者未可信，且恐彼方又生詭計矣。翟竹如引一宋君同來看予今年所作書畫，廿餘幅，約二小時竣方去。今日雨，早涼甚，午後大雨，惟時間甚短，總之於旱災有益也。晚寢甚涼爽，如深秋。

廿三日　陰　時有小雨　七月十四日　星期一

今早搭汽車至漢陽門買醬油、糖果雜件歸。午後將翟君所借中華書局陳志憲編纂《西廂記箋證》閱之，但改原詞句甚多，無多佳處，反不如金聖嘆評點者有真味也。閱報，和談變化，美機又在我國東北邊境來八架，傷射平民四十餘人，又在巨濟島殺戰俘云云。此和談無異掩耳盜鈴，自欺自誑而已。

廿四日　晴熱　七月十五日　星期二

早起。九時送圖章與翟竹如家，便訪李愈友一談。午後閱武漢報，載北京十二日電，七月十一日美機又對朝鮮平壤，在是日下午有八十多架延續兩個半小時之久，轟炸掃射，投六百餘炸彈，又投下大量延期爆炸彈。和平居民住宅與一個醫院被轟炸。又在墨峴里我方九號戰俘營炸死美俘十三名。又十九名重傷，五十三名輕傷，廿五名無下落，已由南日將軍提出抗議云云。據此則七月四日，美方忽願意和平説理談判者，矛盾太大，總之彼惡意，在圓桌席上談判是假善意，願和平談判亦僞也。吾不知何以南日將軍尚在周旋其間，勿乃説夢歟？

廿五日　晴熱　七月十六　星期三

今日閱《長江報》，英人在香港又驅逐並打傷七十餘中國人，一律出境，皆電話局員工也。胡亂加以罪名，此又爲香港英政府第四次與中國挑釁也。晚間尚不熱，可安寢。

廿六日　晴熱　七月十七日　星期四

早起。今日閱《湖北日報》，載開城轉平壤十一日電，此次美飛機於十一號上午起，有四百架至平壤城郊各處投六千餘彈，僅西城一區即投一千餘彈，至下午六時止。晚間又有五十架噴氣機來炸，至次日三時（上午）止，共死傷人民四千餘名，尚有失蹤之三百餘人不在內。房屋全毀。但《長江》《新武漢》兩報今日何以不載此電文耶？下午吕景芳同劉烈五之子來談半時去，接中聯制藥公司函復，可賣沈香、麝香，擬明日渡江。

廿七日　晴熱　時有北風　下午三時極熱
七月十八日　星期五

早起。渡江至中聯公司，麝香彼嫌潤油又不便出低價，以予攜有户口册去，知予身分也。沉香是好的，彼又嫌四錢太少，不便作價，即太低恐予不願意。且自吹云，彼公司買沈香又論斤買。噫，何處有整斤沈香歟？公家用若輩作欺人語，何益耶？設果整斤沈香到，彼又不知如何説法耳。然彼公司不回信，予不得過江，物未賣去，已用去舟車費七千餘元。今後只有自己留用，總有益處。沿途閱《長江報》，和談判前日休會兩日，應十六號再開，又延會兩日，至十九再開云云。又載，美軍又殺傷中俘十餘人，又自動撥俘三千餘人送南朝鮮。李承晚又宣言，仍要扣留十萬俘虜不交中國。舊調重彈，與七月四號各報所載美國對交俘有和平再談之事，矛盾太大矣。

廿八日　晴熱　七月十九日　星期六

早起。出門一次，十二時方歸。今日報載，和談未舉行，所謂休會，一而二，二而再，各準備而已。和平談判已滿一年，誠僞二字恐婦孺亦知之。晚寢仍涼爽，近一旬能安睡。

廿九日　晴熱　七月二十日　禮拜日

早起。趙少卿來，吴端偉來，途遇之，未多説話。予與華甫同訪鍾小山，談半時出。與同訪楊玉如，彼耳聾，用筆談半時許，詢以辛亥起義軼事也。彼編有《辛亥武昌革先著記》，所謂“先著”者，先一子棋耶？原稿余未請其交閱。

三十日　晴熱　下午有北風　七月廿一日　星期一

上午仍出門一次，此旬均如此練習步履之健否也。便閱街中所貼《湖北》《長江》《新武漢》三種報紙，已成習慣，亦是佳會。今日報載，美機於十五號又炸平壤，未載架數，只云死傷平民多及房屋不少。此電含糊其辭。晚涼睡甚安。

六　　月

初一日　晴熱　天空多黑雲　七月廿二日　星期二

早起。外出閱報，今日和談，美方仍要扣留中朝俘十萬云云。可以推想以後如何結果。晚早寢。十時以前重工人爭西瓜，鬧半時。又王姓與劉田二婦爭吵至十一時，不能安枕睡。轉鐘以後半時三刻，本街男女調查沙水、防火，組六七人來查水缸，又擾擾片刻去。自是不能睡，以法抑置，勉强合眼。自是頭暈足軟甚。睡熟二小時矣。四時醒，聞驟雨一陣即止。

初二日　陰　晴　悶熱　七月廿三日　星期三

今日閱報，南日將軍又向美方索戰俘名單，一百零一名未交待，並聲明連前三次，美方共有中國解放軍被俘者五千餘名未列入單，囑其據實交代云云。予以足軟，今日未能外出。張深安來談朱文公白鹿洞與胡女結婚事，不可信也。

初三日　陰　晴　悶熱　陣雨甚小　七月廿四日　星期四

早起。閱報，無多事。午前十一時至公園，以熱不可耐，坐一時許即歸。遇小雨急風，約半時，乘車歸。連日始食西瓜。

初四日　晴熱　七月廿五日　星期五

早起。今日報載無多事。予在家亦未作事。

初五日　晴熱甚　七月廿六日　星期六

早起。九時至華甫宅，約之同往參事室，值開會，亦參加聽講。十二時取得補薪廿二萬九千元，歸後買應用米油，及還各處借款，餘三萬元。

初六日　晴極熱　七月廿七　禮拜日

早起。外出看報，和談仍有變，美方所説，總之不可信也。

初七日　晴熱極　大約九十八九度之熱
七月廿八日　星期一

今日報載和談，美方又要休會七天。南日將軍不允，美代表竟退席矣。前次所提遣俘數字，愈報愈少愈支離，總之不願交俘也。微論十七萬、十一萬、八萬餘、廿二萬餘，談者自談，聽者愈玩弄而已。不知南日尚何時時聽彼方翻花樣而忍受之也？又《湖北日報》載新華社廿二日電，美海軍近在臺灣海峽連日演習，并猖狂發言，海軍奉令可以隨時達到何地云云。晚極熱，不能安枕。

初八日　晴極熱　約百度上　七月廿九日

早起，連日熱不能安睡，白日神疲不能作事。回想予童稚時讀書狀態，恍然夢也。噫，承平之世，四民安業，都無妄想。予家非素豐，邇時父親醫道收入以養八口而有餘，真所謂生活安定之時也。午後閱報憤甚，和談事不可説。

初九日　晴酷熱　百零一度　七月卅日

早起。送款七萬元還施方白。午後閲報，美又殺傷我戰俘十一人，和談已休會七天，美方片面宣佈者也。和談可能成功歟？誰欺乎？

初十日　晴酷熱　百度以上　七月卅一日

早華甫來略談，同至春廷先生家談半時。遇張昭麟，前在復員期巴東見過者也，年亦五十矣，在漢陽教榮譽學校云云。與華甫同訪愈友，談甚久出。閲報，我方因殺俘案提抗議，計其先後次數，似已殺傷八百餘人矣。又載遣俘數字，美方忽言遣返七萬，又時言遣返八萬，又時言須扣留十一萬或十萬。此中情形則非閲報者所能揣測也。究竟中朝軍隊被敵俘去者共有若干耶？晚間熱甚。

十一日　晴悶熱　百度上　八月一號

早起，今日爲政府建軍節。午後閲報無多事，未提和談。二時滿街軍隊，戲園門前尤多。聞體育場有各區專署所召集之運動會，遠如鄖、施、襄屬等縣，均來與會。近日重體育，各學校或團體來賽跑、武術者萬餘人。惟天熱，恐因過激運動生病耳。晚至華甫寓一談。

十二日　晴熱　今晨四時有北風　十時前仍涼爽
八月二號　星期六

早起，今日閲報無多要聞。

十三日　晴極熱　八月三號　星期日

今日報載，英政府已令香港督，將中國中央、中航兩公司在港所存飛機四十架（連前有七十架），已交與美國陳納德接收去，又毆打守機者員工數人，并拘押廿餘人至二天之久。此又挑釁行爲也，外交部已提抗議云云。

十四日　晴熱　八月四號　星期一

今日報載，和談參謀會議修理條文，漸漸接近，除遣俘暫置外。噫，中朝美和談大争點就在遣俘數字十一萬餘、七萬、八萬等等，不能解决，其他條文有何研究耶？姑誌之，以觀其後。

十五日　晴　熱　八月五號　星期二

今日報載，美機四次飛過板門店和談會址上空，朝中警察約美警察來查看，詢問情形，該警察竟拒絶之，中警無如何也。日曆及連日報載，今晚及明日上午二時二十三分月食初虧，又載三時廿三食甚。予今晚起視，自二時十分起至三時五十分止，不見月食，以後則烏云乍起，四時以後情況不可見矣。曆書與報所載時間不准矣。昨日購得絡絲娘一枚，轉鐘後清悉可聽。

十六日　晴熱　八月六號　星期三

今晨向參事室支借廿萬元，開消借債與買油米及雜用。近已月餘僅小雨二次，大雨一次，時間甚短。各縣遭旱災者多，棉地又發現紅蜘蛛損害棉苞云云。接袁燕青自鄂城暑期講習會來信，知其已受優待，受訓後可充小學教員，其子次璋已在港商會就事。袁夏生亦在鄉間種地云云。晚涼，疲倦殊甚。

十七日　晴熱　今日立秋　八月七日　星期四

今日閱報無多事。午後華甫來坐甚久去。予以足軟腰痛，未與同至穎生家一談。寫函復。芷青、朱益民，當陽人。夫婦同來租房間，言定十號搬來。

十八日　晴熱　八月八日　星期五

今日報紙無多記載。昨以腰疼，今日當休息。

十九日　晴熱　八月九日　星期六

報載美機又在東北邊境攪亂，和談虛僞，已逾十三個月。真所謂掩耳盜鈴，心知其妄，姑自欺也。附近各縣如黄麻等縣，望雨甚急。

二十日　晴熱　八月十日　星期日

今日熱甚，補畫未竣之件，十一時以後，秋陽甚烈，不能出門，在家藉畫以自遣而已。晚寢連夕夢見先母及亡室孟夫人，醒後念及舊事，傷感殊甚。

廿一日　晴熱甚　八月十一日　星期一

閲報，美空軍揚言要轟炸朝鮮北部七十八和平市區，和談似絶望矣。今日午後仍補未竣之畫，以消暑氣。

廿二日　晴熱　午後極悶　黑雲蔽天僅小雨一秒鐘　今日爲末伏　八月十二日

今日仍作畫，午後風雷聲，狀似，未幾小雨一秒時間而已。四鄉望雨，已呈荒象。四時譚菊畦來，留之飯去。晚間聞武勝門外大雨，漢陽門亦大雨片刻。一紗廠附近電觸死嫗並幼孩一人，而保安門及長街未有雨。古諺所謂“六月落雨隔牛背”是也。十時寢，天氣已涼，轉鐘一時身體疲倦甚，自後多夢境。

廿三日　晴熱　午後雨　八月十三日　星期三

和談事早知不可信，未閲報已可推測明天情況。午後補作前星期未竣山水條幅三件。晚作題畫詩二首。予近五年作畫成必題詩一二首，已成癖矣。

廿四日　晴熱　午後陣雨片刻　八月十四　星期四

今日閲報，載和談事似無希望，以後如何？美國不畏人言，何畏《日内瓦條約》耶？徒世界人民憤怒等語以脅之，無用也。總而言之，須有實力備戰也。

廿五日　晴熱　午後五時北風甚涼　八月十五日　星期五

今日閲報，新華社平壤十一號電，美空軍又於十號晨轟炸平壤西區和中區，由上午一時半至四時止。此爲美軍繼七月十一、八月四日大轟炸後第三次投炸彈五百餘，又兼投殺傷彈、定時炸彈甚多。據不完全統計，居民房舍和土窟有六百七十六所，居民死一千餘人，老弱居多云云。近三天中見街市上著大紅花衣之男工商人甚多。

廿六日　晴　早涼　八月十六日　星期六

閲報，長江、漢江水位上漲，因上遊已連續下雨，餘爲抗旱等等。

廿七日　晴　涼　八月十七日　星期日

上午閲報，無多事。十時以後補前數日未竣之山水着色，畫條七幅。今日在梅竹齋購得朱磦、胭脂、赭石四盒，高興歸來，遂補色渲染，已成七幅。近一月來予喜畫山水，蓋前三年畏難，以花卉易成也，晚補題畫詩六首。

廿八日　上午陰　晴　八月十八日　星期一

上午閲報，未載談判事，惟載周恩來率同中央黨政部各首長赴蘇聯會商世界和平事。莫斯科俄首長來，歡迎云云。下午補畫六件俱成，並將昨夕題詩六首書之。華甫來談一時許，予與同赴愈友、大載寓一談。

廿九日　晴　八月十九日　星期二

下午補畫未竣之畫二件，補款補詩，計此暑期中作畫已卅幅矣。去年暑期正整風學習緊張之時，三月餘方竣事，無一時之閑，無一日不在病中也。心焦灼，志昏惰，愁鬱萬端，無可言喻。然當時受此困境者，不獨予一人已也。今日閲報，無多事。晚間又作詩五首，十一時乃寢。近旬來，夜涼甚，可安睡。

七　月

初一日　晴　八月二十日　星期三

六時半起，今日各報無新消息。午後又作畫，初起輪廓。予今年夏季喜作山水長幅，着色水墨均爲之，漸知古人畫道。四王得高名，以石谷作畫最多。吴歷稍後成名，道光間戴文節集山水大成矣。推想王、戴作品，均在三千幅以上，蓋愈畫愈熟，愈老愈渾然超脱矣。王、吴壽至九十以上，得煙雲供養者也。使戴公於洪楊之亂不殉節，則畫道更深。壽亦與王、吴埒，壽亦可登大耋矣。君主時代，文節當然以身殉矣。反之，恐後人以趙松雪畫品誚之。

初二日　晴　八月廿一日　星期四

早起，午後補未成之畫。近日花青色不佳，又檢出天藍新色一小筒參用之，快甚。晚寢後十二時半開燈起，作詩六首，皆題近日所畫山水，仿倪迂醇士而作，詩亦仿之，肖其體也。昔人謂取法乎上，僅得其中，洵篤論哉。

初三日　早陰午後晴　晚雨一陣　八月廿二日　星期五

早起。八時半外出，值華甫、愈友來家，遂折回留談一時許去。檢舊聯條三件分贈之去。今日仍補未竣畫，又成三幅。晚十時大雨一陣，一刻鐘即止。

初四日　早陰雨半時　夜大雨如注　八月廿三日　星期六

早起。十時仍作畫，午後又補成二幅矣。閱報無多事。夜十時雨，十二時以後大雨如注，房中大漏，擾擾不能睡，至轉鐘二時乃睡熟。

初五日　陰　時有小雨　八月廿四日　星期日

今日閱報，美機於二十號夜間九時，卅架炸平壤，至六小時之久，居民死者二百餘，毀屋及土窟九百餘處云云。則美軍前次宣言欲炸朝鮮北部七十八個和平區，彼必實行，無所畏忌矣。推想朝鮮之平壤市恐存者無多。

初六日　晴　八月廿五日

今日閱報無多事，周恩來在蘇聯已見斯大林云云。華甫來談。

初七日　陰晴不定　八月廿六

早起，八時王小齋來借款，謂已登記求事矣。予許以小助。彼前二月已借去一萬，去年所借未計也。王與予同年，小於予一月，以前賺錢不存，浪漫無度。午後閱報，和談不絕望，恐亦無善果也。同華甫在參事室領得補加之薪水。

初八日　晴　涼爽　八月廿七日

連日氣閉咳嗽。一星期前貪涼，不慎至發氣管炎。今年四月至七月朔，均無病，且健啖矣。今後希望此疾不加重乃萬幸耳。補一旬來未竣畫件俱成，又寫王夢樓體行書數幅。王字媚而潤，且有力。張廉卿體剛而拙，有古味。予六十七以前寫此二體已四十年，謬自許者。噫，以書畫名家者，非一日之功所能到，蓋天分、學力須兼而有之，否則學古人者，皮毛而已。晚寢後憶及明日爲亡室孟夫人忌日，舊事不忍言矣。

初九日　陰涼　八月廿八日　星期四

閲昨日各報所載，美機十餘架，廿二晚十二時再炸平壤市西區，投六十餘重磅炸彈、燒曳彈等，死六十餘人，毁數百間屋及石穴等等。噫，平壤市區何以不及人民及屋耶？報與電文匆乃矛盾耶？平壤大炸已數十次，何以尚有人與屋？午後小睡二小時方醒，起爲成大添上下款，舊畫也，明日當贈之。晚飯後憶及亡室孟夫人平時事，今日爲其忌日，感傷未能去懷。夫人慧甚，年僅四十四歲卒，轉瞬廿年，再來之語不驗也。

初十日　晴　八月廿九日

早起。閲報，仍如前日狀。新華社載廿二號，美機又炸平壤西區。夜十二時起，轉鐘二時止，死六十餘人。投彈、掃射、毁屋種種如前三次。和談騙人，以後尚不知出如何滑稽也。午後遲生自縣中來，問以家中事未畢，王小齋來借款，給七千元去，不給不能了事。彼實告予亦無錢。晚間問以縣中各事。周斗臣年逾八十尚存，渠祖父某清秀才，年八十餘方卒。八十歲時予尚見之。後聞重遊泮水，典禮舉行後乃卒，蓋已八十五矣。

十一日　早小雨片刻　夜轉鐘一時半陣雨甚短
八月卅日　星期六

晨遲生至淬成家。午後閲報。今日至省立醫院求診，已時過九時半不發號碼。午後又不看病，問之傳達等人，無理由，真官醫也，可惡之至。昨以睡太晚，與遲生問縣中事，耽延時刻，遂早寢。轉鐘一時半聞驟雨聲，一刻鐘即止。

十二日　晴　八月卅一日　星期日

早閲報，無多事。午後淬成與遲生同來，坐一時許。遲生引之同往書店取書，晚歸，寢時又與談各事。此子去年正月來住數日，今已隔一年半方來。予只接其一函，小學事本忙，問之，彼云不敢寫信也。

十三日　陰　曇　時有小雨　晚月白風清
九月一號　星期一

早八時予再至醫院挂號看病，取號碼得登記，又轉免費處，再轉内科診治室。病人内科有一百八十餘人，醫生只有兩位，每次看二人，計今日上午，予從八時至十二時一刻止，尚未一百零九號，予之診證爲一百六十六號，尚不知下午何時可到。舉目觀之，尚有四十餘人候診，蓋不能候者已十餘人。予以餒甚遂歸。國家照顧公教人員免費，省醫院乃如此辦法，官僚特甚，何以無人檢舉耶？晚飯後遲生回縣，給以破舊衣褲，並小孫紅被面四尺。予檢近作及前年佳畫十五張，山水人物花卉俱有，又對聯四付，大小字條十張，存家中，囑其保貽孫輩也。字畫不提倡，則消沈已耳。如有轉運之日，則予此種書畫有重價值矣。六時半遲生歸，予囑以數語，明後天須照舊例祀祖。

十四日　晴　北風　九月二號　星期二

早起，八時至醫院，轉展取號條蓋印，先命定生去挂號，九時半乃得診治，十一時歸。取回藥水一瓶，當即服之。晚間服後即寢，轉鐘三時疲倦殊甚。

十五日　晴熱　九月三號　星期三

早起，服藥，昨夜僅咳一次，藥似有效。今日未作事，閱報亦無新消息。午後華甫來約予至陳穎生家一談。予以足軟不良於行辭之，改爲星期五下午去。今夕月明如晝，動鄉思也。

十六日　晴熱　九月四號

今日閱報，美軍又殺傷巨濟島中朝戰俘。和談自彼休會後，一休再休。南日將軍任何質問，彼亦置之不理。想我方亦知其内容矣，然破裂之期究在何時？破裂之後如何對付耶？

十七日　晴　極熱　午後五時小雨　九月五日　星期五

今日極熱，八時至醫院診病又折回，因手續預約通知未蓋印也。麻煩如此，病人又多，該院下午又不應診，只好候星期二再去。下午閱報無新消息。

十八日　晴熱甚　九月六日　星期六

今日閱《董文敏筆記》三册俱竣。昔年未閱此書，文筆雅潔，記字理畫法，有獨到之處。文敏書畫冠絶當日，流傳後世。其卒也在崇禎之前，值承平之世而又享天年，真福人也。下午一時與華甫同觀劇，四時半歸。

十九日　晴熱　九月七日　星期日

今日補畫三件俱峻。寫字條四張，摹夢樓體。予臨夢樓十餘年，近五年未嘗效其體。

二十日　晴熱　月色佳　九月八日　星期一

今日閱報無多事。午後仍補作畫件。連日天熱如伏，晚間月色甚佳，惜非曩昔景況，可以步月吟詩也。晚寢後仍多夢。

廿一日　晴熱　月色佳　九月九日　星期二

早起七時半至醫院看病，候二小時乃得診治，即前次醫生也。診後予請其換一通知，俾星期五再復診。下午閱報，和談事仍休會，又出新花樣，總之候破裂之機。美國正在準備大選總統，下月十日以後選總統，選定後再看情況如何耳。今日服藥水二次，晚寢不甚適，起二次。

廿二日　晴熱如伏　晚間尤熱　九月十日　星期三

早訪華甫、愈友，談片刻出。午飯後在室作畫，俾忘酷熱也。今年天氣不常如此，晚寢以熱甚，起二次。

廿三日　晴熱甚　如伏　午後五時大風改涼
九月十一日　星期四

早起。今日閱報載平壤九日電，美機六日下午九時至九時四十分又轟炸該地北部，共九次投彈六百，毀屋百餘間，死廿四人，傷十餘人，醫院、劇場建築物均炸毀云云。平壤自和談休會後，美軍宣言七十六個和平市均須大炸，此爲其宣言後之第六次也。噫，平壤人與屋，田與地，不知尚有若干存者，是和談一日不得解決，此禍無已時矣。午後補畫，完成三件，又有三幅。五時北風大起，天氣改涼。

廿四日　雨　九月十二　星期五

早起，至醫院看病，另換醫生，樊姓，山東人，略改前方。十時歸，囑定生至參事室借款卅萬元。午後雨甚大，天氣已涼。晚早寢，轉鐘後倦甚，再睡。

廿五日　晴　九月十三日

早起，十時出門買得戲票。今晨足軟尚能步行。午飯後至群衆戲院看京戲，四時半歸。晚間未作事，十一時寢，甚安。

廿六日　晴　九月十四日　星期日

早起，十時閱報，無多事。今日請張先生告知熊正興，仍定《長江報》，自明日起。下午仍補畫一件。

廿七日　晴熱　九月十五日　星期一

早起，飯後閱報，新華瀋陽十三日電云，最近半月來，美空軍又犯我東北領空。自八月廿六至九月十一日，美機共一百卅批、七百四十架次先後侵遼東省安東市和莊河、寬甸、鳳城、安東、輯安、臨江以及吉林圖們市、琿春縣等市上空，狂妄挑釁云云。

廿八日　晴熱　九月十六　星期二

早起又至醫院看病。午後華甫來談，一時許同至鶴樓茶館小憩，四時下樓，至成大家略坐談。遇咸寧人劉問山，云前十年與予見面者，面請寫大聯一付，許之，四時半歸。

廿九日　陰　晚雨至轉鐘四時大雨　九月十七日

早起，午後陰雲密集，似有雨狀。閱報，美又殺傷戰俘十餘人。晚寢後小雨，至轉鐘四時大雨如注。

卅日　陰　寒　雨　晚小雨　九月十八日　星期四

早起，十一時閱報，無多事。午後清理書畫數起，分贈亞佛、愈友、成大、智泉諸人。予已先許者也。前三年字畫，予不願贈人，今則無所用也。前者遲生來省，予檢字六件，畫十五幀，山水花卉俱有，留與後人保存者。國畫如不提倡與保存，則將來只有漫畫流行，光怪陸離，必至怪到不可收拾之境矣。

八　月

初一日　陰　時有小雨　九月十九日　星期五

早起，連日咳嗽已愈。此次病發甚輕，醫院藥水服三次已全好。予續往診治者，請其驗脈搏與血壓也。十一時閱報，新華社平壤十七日電，美機再次炸平壤水豐發電廠。本月十二午夜至十三日晨三小時內，以卅餘架再次向廠瘋狂轟炸，被解放軍高射炮隊擊落三架云云。

初二日　晴熱　九月二十日　星期六

早起至醫院診病，仍爲原醫生樊君所開藥，仍前一次藥方也。出院途遇張春霆先生，立談片刻。歸家閲報，無多新聞。周恩來等尚未回國。午後補畫中詩數首。晚寢後又似傷風鼻涕多，極難過，起數次，口乾渴甚。

初三日　晴熱　九月廿一日　星期日

早起，十一時閲報。午後仍補寫題畫詩。現又成山水條十四張矣。楊玉如來訪，與談甚久。彼云編辛亥起義史已十六萬言，豐富之至。請予閲其初稿目録、體例及扼要事，予許之。楊已七十六歲，爲辛亥同志之純潔者。民國元年任省議會第一次議員。辛亥以前，彼與予同爲《中西報》主筆，作社論。予實與彼未謀面，僅知其爲真實排滿份子而已。其筆名古復子，予爾時筆名再三四易，曰素秋，曰愚谷，曰鵠，曰谷子，曰半湖居士，皆懼學校當局覺察故，同學中知予在報館作文字者，除張肖谷、牟鴻勳、劉菊坡、蔡良忱四人外，餘均不知也。今日喜楊見過，談甚久。彼耳聾，累予説話吃力耳。四時玉兒來看予，留之飯，並以畫三張、聯一副付之去。予作畫五十餘年，此月方以字畫給兒女保存也。晚至華甫家略坐談歸。連日又發咳嗽。

初四日　晴　九月廿二日　星期一

早起，七時半至參事室開會，候至九時一刻人到齊乃開會，報告座談司法改革。據八人所談，舊司法人員壞者多，而新幹部亦不少皆在漢口法院。李伯韓所報告各事，且曾告以陳志純，仍然半年無下文，無批答，奇矣。概自民二以後，司法界中仍守廉潔者不過百分之一耳。十二時猶未散會。予下午未去，然司法人員舞弊可推想也。

初五日　晴熱甚　九月廿三日　星期二

早起，至參事室，聞今日不開會，予遂回家。午後仍補畫一件未竣者。

補初五日　晴　極熱如伏　午後四時大北風起　晚間轉寒如初冬　九月廿三日

今日閱報，與前三日同，無多可記。旅大延長租期與蘇聯，可停海軍。周恩來一行八人已回國，與蘇關係益團結，從此可對美帝亦給威脅打擊也。看美英再如何來法耳。聞近三天江水甚大，予至新橋看水則已上街二日矣。今日秋分，何以水勢如此耶？晚以天寒早寐，疲甚，連夕咳嗽，但尚輕微。

初六日　寒晴　九月廿四日　星期三

早起，頭暈體疲，八時清理各事。飯後二時至上海銀行聽報告，關於太平洋區域和平會議。講話的人多，無非摭拾報章所載，敷衍延長時間，久聽令人生厭矣。予歸後午餐小臥一小時，以恢復昨夕精神也。

初七日　晴　九月廿五　星期四

今晨囑定生至參事室取補薪卅萬零七千元歸，分還各欠款及購柴米等等。

初八日　晴　九月廿六　星期五

今日又繳房捐八萬六千，尚有二萬未還清。上海銀行又有報告，予未出，久坐頭暈腰痛，恐仍是前日情狀。晚間因連日發咳嗽疾，心煩甚。

初九日　晴　九月廿七日　星期六

今日閱報，美機又在我東北遼陽、瀋陽等處偵察，已半月矣，並時時掃射。北京和平會議，日本、美國均有代表參加。

初十日　晴燥　九月廿八日　星期日

今日又完房捐二萬元。閱報無多事，和平會議已到，亞洲各國連美、日、德、意共卅餘國，十月一號可在北京正式開會云。前日張祖培向麵廠購得《四庫全書總目》一套，計一百零八本。予家原藏有半部，已失去，久欲購此備參閱者，去價三萬元，真廉價。在昔寫此書根，以字數計，三元不夠，得此書亦快意事。此與丁亥在横街得《淵鑒類函》同一快意。但此書去銀元十二元則貴矣，今日並記之。

十二日　晴　熱　九月卅日　星期二

今日補畫件，已成六幅，並題詩，當書此六件之上。聞街上籌備國慶甚熱鬧。下午六時約華甫同觀之。今年籌備極熱鬧，盡量布置。去年以正值精簡節約時期，於國慶日僅具松枝於門楣，亦未舉行各遊藝會也。

十三日　晴　十月一日　星期三

今日爲新國慶。上午各機關團體、居民等等，集體育場聽訓後遊行，聞約三萬餘人。十時戒嚴，以後四時方散，歸者疲甚。晚間各街燈火電光如同白晝，予曾乘三輪遊至司門口止，人多如鯽，頗難行。十一時公安局指令各户關門息燈，似前半時已聞警報者，敵機尚未淩空也。晚寢仍咳嗽，氣閉難受。

十四日　晴熱　晚間月色大佳　十月二號

今日作畫一件，欲以贈翟竹如者。午後閱報無新聞。蓋連日所載爲亞洲太平洋區與全世界和平事。予連日大腿似感寒，酸痛極不適。

十五日　晴　晚間天空多雲　月光時隱　十月三號

早起，連夕咳未愈，寢極不安。午後華甫來坐甚久，欲約予外出，乃至愈友寓，未晤，遂折至華甫家休息片刻即歸。足無力乃寢，亦不安。晚飯後在家休息，因室中大小盡看電影去矣。月光今夕不圓，層云又蔽之。

十六日　晴　晚月色佳　十月四號

連日閱報，皆太平洋區和平會議，已到卅餘國代表，美、英、德、日均有人來。

十七日　晴　十月五號　星期日

連日咳嗽未減，予亦未到醫院去診，想若輩醫生經驗淺，事務又忙，草率中不暇細診。予前日連診，只是一樣西藥服三天，價三千元而已。此有何功效耶？午後補前日未成之山水條三件俱成。閱報，美國又在巨濟殺中國俘兵五十餘人。此一月事，謂俘群不應中國國慶歌也。和談又延期十日，蓋每次延期中必殺俘。以後諸事可推想也。晚寢咳愈甚，不安寢，起三次，心煩亂甚。

十八日　晴　十月六號　星期一

六時即起，以咳甚，早起尚可舒氣，否則氣喘難受。午後三時又補畫一件，二幅已成功。今年所作山水多，戊子以前所作花卉多。展覽以後是否能開，國畫是否能爲世所重，則成問題矣。前給遲生十五幅，及贈成大、亞佛、智泉、運籌、愈友、華甫、寄滄、吴端偉、康雪青、劉問山、陳繼渠、孫鴻儀各一幅二幅三幅不等，則山水花卉兼施也。淬成、衡之、深諳三人均給以大幅，計今年所散去畫件已廿餘幅，連遲生帶回縣者約四十幅。此則予從前所不願者。今並宣紙亦贈之，又以行書直條或小對共廿餘件分贈之。月前玉兒來，予亦付花卉三張、字對一幅與之，囑其保存之。另檢舊畫近畫及字條楹聯等件廿餘，備寄胡林分贈族間侄孫輩保存之。廿年後全邑全省必有知予書畫奇貴者也。

十九日　晴　十月七號

昨今兩日以咳重未出門。晚間范尚立送來通知，明日須到室舉行思想建設大組會議云云。此殆與去年整風學習同一嚴肅。九時以後咳愈甚，遂早寢，展不成寐，起四次，咳愈甚。飲茶稍止一下，極以爲苦。轉鐘三時方睡去。

二十日　陰　晴　燥甚　十月八號

六時起，七時乘車至平閱口下車，緩行至參事室。九時開會。今日止孫鴻儀一人未到。聽錢、耿、賀三人説明挖思想鬥争辦法。十二時就室中吃飯一頓，下午二時半又開會，説明七十以上，在家填表；有病者，如帥和甫及予、李博仁，以業務所關，均照七十例在家填，免得當面鬥争。予遂與阮華甫先歸，已三時半，便約其食餅四枚。晚飯僅吃半碗，咳嗽不已。夜間竟未安枕三小時也。

廿一日　雨終日　晚北風大起　十月九號

今日咳未愈。閱報，新華瀋陽七日電，本月一號國慶節，美機來侵我國東北領空，并在長甸區農村濫施轟炸，計共來卅二批一百廿架次。安東、寬甸、鳳城、輯安、通化五市縣，在喇叭溝投彈卅二枚云云。

廿二日　風雨終日　十月十號

予連日咳未愈。今日下午五時，省府主席、副主席等六人公讌辛亥首義同志於張公祠。此爲解放後之第三次也。予恐累及咳嗽，是以未去。

廿三日　晴　十月十一日　星期六

今日報載亞洲各國代表發言全文，以此推測，恐十天内尚登不完也。予咳病未愈，腳酸手軟，不思行動，飲食亦減，晚寢不安。

廿四日　晴　十月十二日　星期日

今日未出門，在范尚立家略坐即出。街政府催填房子估價表甚急。有此破屋受累不淺。推想三年以後，有屋者不知如何受苦矣。

廿五日　晴　十月十三日　星期一

今日閱報與昨日同。予足軟，屢思出門未果。晚至華甫家略坐。

廿六日　晴　十月十四日

咳疾時輕時重，令人生愁。省立醫院醫生不過細診病，總是那三樣藥。名爲照顧公務員，所謂照顧者如是而已。晚睡後以咳甚，起坐三次，不得已。補作舊日詩。

廿七日　晴　午後大北風　寒甚　十月十五日

今日閱報，仍是載亞洲會議發言國家全文。又載蘇聯共産黨開會全文，已五日矣。

廿八日　晴　十月十六日

今日予疾仍未退。午後閱報，敵機又在東北各地窺伺并掃射，已卅餘次。蓋挑釁也。和平談判無限期休會。此後美方仍須另耍花樣，此其慣技也。且看中朝如何對付之。

廿九日　陰晴　十月十七日　星期五

今日咳稍減，惟飲食不能增加，胸胃鬱閉殊甚，手足無力。閱報，聯大已在紐約開會數日，美英集團仍佔優勢。蘇聯有所提議，俱遭否决。以後如何，可推想矣。

卅日　陰　雨　十月十八日

昨寢不安，六時即起，起早則咳減輕，且可免氣喘。此近兩年病中所得經驗也。七時雇車至鄭大，又買康福多一瓶。此藥水較去腊已減去三千五百元。奸商暴利，今年“五反”鬥争後乃得藥價下降之效果也。至晚寢時已服三次，似痰易出，倘如去冬功效則幸矣。

九　　月

初一日　雨　十月十九日　星期日

今日再服藥水，似有效。午後補寫畫款，又已峻三幅。計寓存者尚有花卉大小廿五件、山水大小廿二件、人物六件、翎毛一件。此月及前次送人者七件未算。今年作畫之多，自知筆力已深，非自誇語。現時之漫畫，予望之刺目，若云此等畫爲佳品，予欲無言矣。

初二日　陰　時有小雨　天忽燥　十月廿日

今日閱報，美方另有函致南、彭兩將軍。而南、彭前三日致美方請其考慮，仍繼續復會。彼則未提也。巨濟島前星期仍殺傷中朝戰俘百餘人，此尚可望和談成功耶？各説各事，愈談愈遠，此真奇談矣。

初三日　風雨　寒甚　晚五時以後大風終夜　十月廿一日

今日氣候變換如隆冬矣。閱報無多事。咳嗽自服康服多藥水後，已減輕三分之一。檢其配藥方再閱之，並記其成份如下：復方次亞磷酸鹽糖漿 18.000 公撮，維他命 C112.000 公絲，木溜油 0.125 公撮，瘉創木酚磺酸鉀 0.400 公分，貝母流浸膏 2.500 公撮，麥芽糖 30.000 公分，矯味糖漿加足 100.000 公撮。説明謂治感冒咳嗽、久吐濃痰、食欲不振。恰與予相合。此藥上海正德藥廠出品，發行所在上海淡水路五十號。氣候變，晚早寢。寢後醒三次，均咳十餘聲，然不甚吃虧。

初四日　陰　風未止　寒甚　十月廿二日　星期三

九時起閱報，朝鮮外相樸憲永致電聯大主席，要求派遣代表參加討論朝鮮問題。十月十七發出，廿二日聯大並無回答。又開城廿日電，十月十九日上午十一時美方破壞朝鮮停戰談判會場區協議，炮擊板門店會場區，炮彈在區内炸裂。廿日調查後，我方聯絡官向對方提出抗議。此爲本月份第二次炮擊云云。美方既宣示無限期休會，此等事彼必不理矣。又鄂城銀行樊口分所載，樊口分廿二個，一個鎮有四萬五千一百九十三人。此爲最近調查之數，可信也。全區産稻穀二千四百九十九萬斤，小麥一百四十五萬斤，棉花二百零九萬斤，菜籽七十三萬斤，蠶豆六十九萬斤，街市上有工商業二百廿户。國民黨時代調查人口物産都無一定數字，凡事憑意造而已。今日乃知樊口近來實況也。

初五日　陰雨寒　十月廿三號　星期四

連日均六時即起，慮咳喘也。早起則咳喘稍平，不吃虧。昨今兩日痰無多，或者已吐盡耶。閲報，美方克拉克拒絶金、彭兩將軍恢復停戰建議，其大意不同意《日内瓦公約》，更不願根據公約規定再行談判。重新提出條件要中朝接受，並且還要以書面方式接受彼方所提扣留戰俘的哀的美敦書，才能恢復談判。噫，是可忍也，孰不可忍？寢後稍安，咳亦較好，似無多痰。

初六日　陰　寒　十月廿四號　星期五

六時起，今日較昨日好，咳時痰少。十時閲報，美機又繼續犯我領空。瀋陽廿二日電，自十月八至十七日，美機出動飛機九十二批五百七十一架次，安東、寬甸、長白、吉林等處均有美機。最多以十二日爲多，出動廿二批，一百零四架次侵入安東、浪頭、輯安、寬甸等等。又載美機自十六、十九等日加緊炸平壤、元山等和平居民區，十三至十五日炸元山，投三百八十餘炸彈，毁民居土窟一百八十多所，又毁大片田地，殺害居民尤多云云。午後二時，予以久未出門，遂乘汽車至黄鶴樓一遊。各處樓閣俱已見新，添種花木，清除穢物，地面缺破均修補完好。因各國代表須過漢一遊，觀瞻所係，省市當局督工，連日夜，窮一旬之力而成者也。五時仍乘車歸。

初七日　陰　小雨　十月廿五日　星期六

早起，咳稍減。午後閲報，聯大會議關於朝鮮戰事，蘇提議須邀請北朝鮮派代表到會申述，而未提及南朝鮮附議者白俄等五國、泰國提議請南朝鮮派代表出席説明，但亦未提及北朝鮮附和者八國結果，投票表決南朝鮮加入代表。蘇俄所提北朝鮮派人加入則否決矣。此何理耶？且看將來如何解決也。

初八日　陰雨　十月廿六日　星期六

早起，咳似減輕，仍服藥。午後閲報無多事。以昨領薪，分付内子買米還賬，定生補繳學費半數去四萬四千元，餘俟下月再補。此三十萬薪水所存無幾。

初九日　陰　時有小雨　十月廿七日　星期一

今日欲上鶴樓登高，上午雨未止，下午一時到華甫家，欲約其到鶴樓，又以雨阻，乃折而至愈友家略坐談歸。興趣索然，途中得詩一首曰：“經旬寒雨晝沈沈，露冷霜嚴直到今。氣候已乖人事改，重陽佳節變重陰。”時時一笑，然亦實事詩也。

初十日　晴　十月廿八日　星期二

上午外出散步，久閉斗室中，陰氣鬱沉，煩悶無已，欲出外一吐而已。午後一時去戲院觀京班，約四時半歸。閲報，美國又打傷戰俘九人。

十一日　晴　十月廿九日　星期三

早起，外出一次，午後閲報無甚新聞。予咳嗽雖減輕但未愈，而身疲，四肢無力。以致參室中，囑填之思想檢討諸事，未執筆也。

十二日 晴 十月卅日 星期四

昨睡較好，早起仍咳。九時外出一次，欲填表，竟難執筆構思。

十三日 晴 十月卅一日 星期五

咳仍未愈，又購康福多一瓶，白松糖漿無科發藥房所製者，故未買。今日先母九十八歲誕辰，寓中未能祀祝，心不安也。參事又送幹事表二份來，囑三日内填交。予自就文保會及參事職務後，填此等表類已三次矣。每次二張或四張，部門欄又多，時有變换，大概每表需小字二千字也。

十四日 晴 月色好 十一月一號 星期六

今日閲報，瀋陽廿九號電，美機又侵我東北領空，廿六日上午五時四十分在石湖上空進行掃射，投彈七枚，炸死平民死二人、傷十七人。被我軍擊落敵機一架，生俘拉爾卡麥隆一名。又美方廿六號在巨濟打傷我方被俘七十六人，廿七日又在永川打傷七名云云。大約以後和平談判是長延下去，但下文如何耶?

十五日 晴 月色大佳 十一月二號

咳疾稍好，飲食如常，但胸膈時時作痛，四肢仍無力。今日出門一次，乘汽車便訪翟竹如，請渠爲予刻章子一枚，並借回于佑任詩一册。于詩昔年見過，閲其全集則瑕瑜互見者。但至俄都及庫倫外蒙等處之作，足可爲史料。而於蒙俄貝加爾湖等發墓考古事，閲之令人增歷史興趣。且遠在漢代匈奴帝王諸墓可證明也。卷首有柳亞子題詞，八首七絶，超脱如香山，真不愧當代名手也。亞子，吴江人，清諸生之有才名者，曾爲江蘇通志館編纂，年近七十，尚黑頭也。

十六日 晴 月色佳 十一月三號

咳疾似減，且看以後如何耳。每年秋末，予懼發病。今年則八月朔就發咳疾，足證體質愈弱也。閱《長江報》，美國於前三天中共打傷及死亡朝中被俘者一百八十人。《武漢報》新華電云，十月廿七至廿九日，美機又一次炸平壤郊區，死亡人數甚多，民房土窟，大片土地莊稼悉被炸毀。又廿三日美機對黄海道鳳山郡山區農村，炸死正在割穀的農民數十人，民房卅六所及大片土地云云。噫，和談尚可待耶？不速備戰，何以徒存？

十七日　晴　十一月四號　星期二

早二時身體稍舒適，三時以後睡恬熟，氣已舒矣。八時半起。午後閲報無多事。晚間寫行書長條二張。

十八日　晴　十一月五號

早起足稍疲軟，在家休息一天。因華甫約定明日過漢陽也。

十九日　晴　十一月六號　星期四

早起八時，華甫來，與同乘車至平湖門渡江，到漢陽東門起岸步行，至歸元寺。寺已洗刷裝修油漆峻事，焕然一新。聞政府撥款三億萬元爲之也。去年今日冷落殊甚，佛教又轉運矣。寺外鄰近在大造房屋，聞爲五億萬元之代價。參觀畢，與華甫乘人力車至積稼咀渡河。渡船先買票，較去年秩序好。乘三輪至中山公園，約遊二小時出。在漢陽吃飯，在漢口吃麵點。下午四時至江漢關搭輪回武昌已五時。今日遊兩地，計舟車吃喝之費共用去一萬六千元，華甫所用同計三萬餘元。在薪水大者用此款算不得什麽，然回想武漢平民，日排路攤謀不得三四千之利以圖生活者何止萬人？則予等今日所費又過分矣。

二十日　晴　十一月七號　星期五

昨遊疲乏咳嗽，寢後甚好。今日休息一日。看報無多事，蘇聯今日革命卅五年紀念，各機關正在熱烈懸旗開會講演。予曾至文保會訪沈碧舫未遇，僅晤陳子輪、李俊千、楊錫玖三人，略談而已。

廿一日　晴　十一月八日　星期六

連日未寫日記，今晨補寫之。咳已稍好，昨日楊子明爲予診脈甚過細，云有內熱未除，非實熱也。

廿二日　晴　十一月九日　星期日

咳嗽仍未愈，濃痰近日已少，但有痰時仍有氣喘也。

廿三日　晴熱甚　十一月十日　星期一

今日閱報無多事，聯大會議如有蘇聯提案，總遭否決。此次會議中又三見矣，不知以後如何。

廿四日　晴　極熱　晚五時大風起　天轉寒　十一月十一日

咳仍未愈，殊可厭。今年下季病發甚早，計已五十餘天矣，幸此一旬間能安睡四小時或連續至六小時，飲食能進，尚能抵禦咳疾耳。夜轉鐘四時夢閑即起，赴漢口考試，走時風已息。

廿五日　陰　大北風　寒甚　小雨　十一月十二日

早七時大風又起，以後漸次增加。午後二時更大，夢閑一時即歸家，云僅應口試而已。

廿六日　陰　晴　寒　十一月十三日

今日外出一次，久悶家中於病不利也。閱報無多事。晚寢多夢，總是在兩湖未畢業或須補兩個月再發文憑，又或予已請假回縣，而學堂考試在即。如此等夢境，去今兩年見過四次，何也？

廿七日　晴陰不定　十一月十四日

今日至李愈友家坐談，華甫同往，探問填表事。

廿八日　晴　十一月十五日　星期六

今日九時至省府大禮堂看電影，僅看得半截。午後滿街居民執小旗立長街兩旁，歡迎蘇俄劇團及文藝工作者來武昌，予亦立而觀之。上午十時至圖書館閱太平天國完全史料，計八厚本，真採取無遺者，上海神州國光社出版。天國在南京十三年之軍事、政治、民間習俗，應有盡有之材料在焉。此則予久欲睹之史料也。在清季所聞所見者，一一在此八册中，快哉。明日當續往一閲，惟此書太貴，須十萬八千五百元，予不能買也。

廿九日　晴　十一月十六日　星期日

早起。外出一次。予連日咳嗽，仍似前狀，何時可愈耶？在家悶坐煩甚，只有出門徒步當車，求耳目之娱而已。

十　月

初一日　晴　十一月十七日　星期一

昨晚將思想檢討稿寫成，午時自送到室，途遇本室傳達交與之。途逢華甫，亦係送稿去者。今日便訪孫鴻儀，送自書畫三件。因彼前兩月索寫三件。值其出，與其同居彭君談甚久出。至司門口搭車，遇孫君自漢口歸，立談片刻，予乘車歸。晚寢仍咳多夢，近一旬來均如此，夢境奇離不可記。

初二日　陰晴　晚大風　轉鐘一時風雨交作
十一月十八日

今日閲報，無多事。以電話問參事室，二時囑大毛去取稿件。晚九時起寫正稿，至十一時畢，約一千二百餘字。寢後不甚安，夢閑於一時去守夜，風雨時作。

初三日　陰　寒甚　晚小雨　十一月十九日　星期三

今日寒甚，予起遲，僅在房中寫昨取歸之稿，費二小時之力成之。字小又係横行式，下午四時已成功，尚有二份，不知何以要許多。問之負責人亦莫明所以。各機關只二份，此則倍之。去年整風各拟一份，参事室倍之，怪哉。詢之管卷者，去年填表亦未送出門，尤奇也。傍晚張深安、張祖培來，談甚久去。

初四日　陰　十一月二十日　星期四

連日陰寒，咳嗽未愈，不能出門。下午在室内開燈寫鑒定册，已成二份，每份一千三百餘字，旁行斜上，真以爲苦。噫，世界之變，真予住兩湖時妄言之事竟實行也。戊申在湖堂向同學云，將來如果中國文字要如英文横行一樣寫法，那就奇了。寫至目力模糊時乃止。晚寒早寢多奇夢。總是兩湖須補習後再發文憑。

初五日　陰雨寒　十一月廿一日　星期五

今日又寫鑒定書一份，胡林鄉間邦元來，予問以鄉間各事。華甫來談半時去，謂彼之鑒定書尚未填也。

初六日　陰雨　十一月廿二日　星期六

今日又寫鑒定書一份，晚間邦元來，便以給胡林諸人字畫付之帶歸，並囑以各語。前日報載，美機又侵入我東北瀋陽、圖們、安東等處，投照明彈五枚。

初七日　陰雨　寒　十一月廿三日　星期日

昨已將鑒定四份勉强寫成功矣。星期二自交參事室就便領薪也。今日報載無多事。

初八日　陰　十一月廿四日　星期一

咳疾似鬆，惟仍不愛飲食，晚寢不安。予屢欲搜討太平天國史料，前在圖書館見有神州國光社出版之天國史料，明日必請參事室出公函借歸一閱。從前在湖堂肄業時所見天國史料甚少也。時遇而後學，予有志編此十四年洪秀全事跡也。

初九日　陰　下午晴　十一月廿五日

早十一時至參事室領欠薪，并取得公函，向圖書館借書。崔君云須明日方能取得，予乃歸，以領購柴米油鹽等事。晚寢甚適。今日已將鑒定四份交涂君收存。

初十日　陰　十一月廿六日　星期三

早起，足軟甚。十一時至圖書館取書，崔君云尚未尋出，明日下午再去取，身疲坐車歸。今日晤見李匡甫，談甚久。

十一日　陰　下午六時以後小雨　十一月廿七日

今日下午向圖書館將《太平天國叢書》十本取歸，蕭一山所編輯者也。印於民國廿三年，所搜材料多得英法圖書館者，洪、楊書籍文件等等。曾國藩破南京後三年，各省民間存者毀之殆盡矣，使無外國圖書藏之，何處覓之？此蓋有一原。秀全以耶穌教起義，英法美荷所攜歸藏者，皆中國駐久之神父與會長所攜歸各該國者。此書照原印印行，字大醒目，予樂閱之。

十二日　晨小雨　陰　十一月廿八日　星期五

連日陰晦，未能渡江。明日如晴必過訪各處。予已三閱月未渡江。從前與阮華甫雖過去遊中山公園，時間短促即匆匆歸矣。

十三日　陰晴　十一月廿九日　星期六

閲報，聯大開會，遣俘事不能解決。蘇聯提案遭否決，另取印度折衷提案通過。查自有聯大會議，每一届開會，蘇聯無一次不出席，蘇所提案，無論合理與否，一案或三四案，無一次不遭否決者。此種會議，蘇聯必欲出席，何也?

十四日　晴　燥熱　晚大雨　氣候變寒
十一月卅日　星期日

連日咳疾如前，但間能安睡，似爲佳象。設不喘氣，雖咳亦不吃虧。老年得此疾，真令人煩惱萬分也。予父五十以後此疾漸重。予母六十五以後得此疾，七十以後乃劇，然以環境好，醫藥調養，壽至八十。祖父七十三以前，身健如五十許人，一聲不咳，飲酒食肉如常，七十四乃得中風症，延至七十六乃卒。記憶舊事，不勝悵然。

十五日　陰　北風　下午大風奇寒　夜間小雪結冰
十二月一日　星期一

大風寒甚，十一時方起。自是以後，氣候劇變。閲報，北京卅日電，謂有蒙古寒流向中國南部急進，有大風或雪。大風每小時行五十公里，預計武漢今夕必有大風雪也。兩年來北京氣象臺所預告之寒煖流，向無不準者，今日當可證之。下午六時天氣急變，晚九時以後大風摇房屋窗櫺作聲。予終夜寢不安，轉鐘三時聞細雪打窗聲，因推想受饑寒之貧家有十分之三也。

十六日　奇寒　結冰　時見陽光　十二月二日　星期二

終日奇冷，未出房門。今冬體更弱，畏寒甚。閲報，新華社開城卅日電，美國又一次打傷我方被俘人員卅二名，在巨濟島戰俘營。又北京一日電，中央政府有關方面答復新華記者，在我國日本人當有三萬人左右。又云願意回國的日人，只要日本有辦法解決船只，我政府願意此等人回國云云。

十七日　奇冷結冰　十二月三日　星期三

今日未作事，天氣仍寒，改訂大棉絮，着皮袍。晚看太平天國各書，套套不離上帝天父天兄，文字粗俚，可笑之至。

十八日　晴　十二月四日　星期四

早九時華甫來約，予起。以前許以四號渡江，雖畏寒不敢失信也。十時與同渡江，先至京漢旅社，遇厚生、海濤、秉璋三人，問曹、李二家欠款事解決否，子祥、道甫近狀如何，彼等一一答之。又知何梅先中風已故，何年五十餘，在海濤處住廿餘年，抽大煙、飲酒，爲之作事時甚少。噫，此黄欠何前世之賬也。凡事有安排，不然何其有感情如此耶？一時與華甫午餐畢，遊新市場，現稱民衆樂園者，京戲、楚戲及把戲，一一觀之，四時乃渡江。歸家飯後閱報，新華瀋陽二日電，美機上月廿八日侵入我國遼東省施行轟炸，又一次造成損傷我國人民事件也。下云這天美機九批廿架次侵入安東、大東溝、北井子、長甸等處，在九連城區四台子投彈一枚，在九連城投彈四十枚，炸死居民、耕牛、騾豬等等，民房廿四間。又云，統計十一月十二至廿七，十七天内侵入東北領空達二百九十五架次。又開城電，十一月廿六，美機又炸我方順川第九號戰俘營，傷對方被俘人員三名，南日提出抗議云云。

十九日　晴陰寒　十二月五日　星期五

十一時起。閱報，開城三日電，美方又打傷我被俘人員一人。又聯大政委會結束對印度提案及蘇聯修正案，結果蘇聯案被否決，印度案又通過。停戰遣俘和談尚可望成功歟？下午出門一次，以風寒割面，仍轉回家。

二十日　晴霜　十二月六日　星期六

咳疾時時減輕，不時又似加重，惟夜間能安睡四小時或五小時，此則與前兩月異矣。如不加重，可望全愈。午後閱報無多事。晚間仍看太平天國史料。

廿一日　晴　十二月七日　星期日

今日閱報，無多事。出門二次。晚仍看史料。

廿二日　霜晴　十二月八日　星期一

今日咳似大愈，連日飲食較增。下午外出一次，晚閱太平天國史料，知洪氏入南京後從事完全帝王思想，仍以天主教欺小民而已，焉得不敗?

廿三日　晴　十二月九日　星期二

今日閱報，無多事。聯大開會每對蘇聯提案，無一次通過者。朝鮮停戰遣俘事似難結束，而美機尤時在東北大東溝等地滋擾，那有誠意和平解決耶? 晚晤范尚立，知明日可發薪。

廿四日　晴　陰　十二月十日　星期三

早起，清理各事後，十一時到參事室領借支卅萬元。歸即開消欠賬，去十五萬元，餘留爲小瑣細開消。錢一到手，隨手化去，仍是拮據情況耳。

廿五日　晴　十二月十一日　星期四

今日閱報。無多事，連六七天所載，不外蘇聯技術文化團、馬戲諸人來華表示親愛而已。聯大閉幕，蘇聯代表維辛斯基已返國云云。

廿六日　晴　十二月十二日　星期五

今日閱報，無多事。下午外出一次，晚看太平天國史料，快完。予欲買薄紙影印各原刊樣式，以見當時官書式樣，留與後人瀏覽。尚未覓得薄紙，從前之考貝紙爲日本特别，今則不可覓矣。連夕早寢。

廿七日　晴熱　十二月十三日　星期六

早起。十時至房産處取回新所有權狀及藍圖歸，須補貼印花税五千元云云。便訪馮亞佛談片刻。至玉兒家略坐，十二時歸。午餐後閱報，瀋陽十二日電，美機又侵犯我東北領空，並在安東投彈炸傷居民，重磅炸彈四枚，傷四十七人，毁房屋二百四十三間。自十一月廿九至十二月八日，十天同共卅一批一百五十五架次，先後侵入我遼東、吉林兩省七個市的上空進行擾亂，那有誠意和談耶？

廿八日　晴　十二月十四日　星期日

早起，今日約心如、運籌、愈友等六人來便飯，十二時到齊。夏執中來訪，便留加入暢飲。下午二時方散。便與執中至蔣蘭家談半時出。

廿九日　陰寒　大風　十二月十五日

予以畏寒，終日未出門。熱極生風，昨日熱，今日應矣。人亦小測驗表也。予鼻涕長出未止，極難過，恐又加咳疾。晚寢時果咳濃痰，氣喘。

三十日　陰寒　十二月十六日　星期二

晨五時咳濃痰四五口，胸口震痛難受。十一時方起床。閱報，新華社朝鮮戰事，十一月份總計殲滅敵軍三萬餘名，擊落並傷敵機六百八十五架。是前月報載統計，十月份殲敵及毁敵機之數相加，敵軍死十萬餘，飛機共毁傷一千四五百架矣。果如此，則敵人不足平矣。

冬　月

初一日　晴　十二月十七日

十一時起，咳未愈，濃痰不多，似易吐出。予每年爲此病所苦。午後閱報無多事，照片佔三分之一。此旬均如此，皆歡迎蘇聯技術團畫片也。

初二日　晴　風　十二月十八日　星期四

早咳仍如昨，痰不易出，即氣喘，非起坐以紙刺鼻，得嚏而痰乃出。此法減少難咳痛苦，又增鼻之痛苦也。午後欲秉筆於太平天國事，以身疲而止。近一旬均如此狀，無勇氣矣。閱報，朝鮮和談事已絶望，聯大又如此對付中朝軍事，以後難樂觀矣。蒼蒼者果何安置歟?

初三日　晴　寒　十二月十九日　星期五

今日閱報，漢口江岸山海關路三十二號居民産能杰妻子羅桂芳，年廿七，於十二月六號下午在市醫院一胎生三男孩，大小都安。市救濟分會及各民衆機關均送被子衣物等等，並按月補助撫育費廿萬元。又載河南汝南縣第一區霍埠口丁春梅，年四十歲，其妻丁尹氏前曾生過，雙生未育，今年四十一歲，於十一月廿一號早，一胎生三女孩。汝南政府與婦聯及衛生院等送大米及麵各五十斤，棉花布疋等，並送人民幣十三萬五千元云云。在清代太平時，縣官亦有送生雙胎、三胎之家禮物表揚等事，即越生謀生聚之意也。

初四日　晴　十二月二十日　星期六

今日報載仍如昨日。午後外出一次，晚間咳稍減輕，早寢。經旬多奇離之夢，今夕仍如此，並見陳志純自複亂之木梯中自樓上闖出也。

初五日　晴　十二月廿一日　星期日

今日午後訪翟竹如，請其爲予刻石章。訪楊玉如送字畫三幅，均小品，因前月已面許者。並索觀其所編辛亥起義史料，用黄興詩句命名，則《辛亥武昌起義先著》，此名頗晦。黄克强係革命百折不回之志士，詩則非其所長，更何必采其詩句之二字耶？且此非人所習聞者。其文字參用現時名詞，白話亦乖體例。楊今年七十五，長於予八歲，以起義前三年與予同任《中西報》主筆，古復子即楊之筆名也。談一時許歸。晚以咳未愈早寢。

初六日　今日冬至節　進一九　陰　十二月廿二號

閱天國史料，並影畫其刻版式數種。從前滿清禁書，設非英、德、荷諸國圖書館所藏，後人何能見當時原刊原印之本耶？曾滌生既平洪氏，復毁其圖籍，並改竄李秀成供詞，皆所以媚清廷也。然平心而論，洪氏以耶教興，得南京後，又不改其舊習，一派天父天兄天話，驕淫不已，烏能長享其國哉？下午外出一次。

初七日　晴　十二月廿三日　星期二

閲報，無多事。正午至參事室領補薪歸，開消舊賬。

初八日　陰　十二月廿四日　星期三

初九日　陰　晴　十二月廿五日

初十日　晴　十二月廿六日

今日華甫來，約予至大中華吃晚飯。下午一時與同出，並訪孫鴻儀，談甚久。晚歸閲天國史料。

十一日　晴　十二月廿七日

今日還房捐十一萬五千元。此月合前交地價稅共廿六萬元。予房地稅每年必加，並無理由，亦未申述，蓋申述亦無效也。

十二日　晴　十二月廿八日　星期日

今日閱報，無多事，外出二次。晚閱天國史料，多可笑之事，其何能持久以治天下哉？可惜可歎。使清祚得以延六十年而後有辛亥武昌起義也。

十三日　陰　晴　風　月色大佳　十二月廿九日

十四日　晴　風　月明如晝　十二月卅日

十五日　晴　寒風　二九起首　月色大佳　十二月卅一日

閱報，無多事，所記載者與我願觀者極少。今日爲陽曆歲杪，殆除日也。除夕而見月圓，則前人所夢想不到者矣。

十六日　晴　大風寒　月色大佳　一九五三年元月一日

今日爲新元旦。予午後外出一次，街市中大店休假，各機關學校工廠均休假一日，遊人不多，僅熟食店生意甚忙。

十七日　陰　風　元月二號

十八日　晴　晚雨　寒甚　元月三號

十九日　晴　元月四號　星期日

予咳嗽至今未愈，心煩之至。閱報，近旬無多事。

二十日　今日小寒節　晴　元月五號

華甫來談，後宅售與陳穎生住家事，可望成功，大約四百萬出頭。予欲償清舊債，以餘款添置衣物。連日徐裁縫爲予改舊衣服，添買新花二斤餘。

廿一日　晴　燥　元月六號

今日遲生自鄂城匯款五十萬元來，大約鄂城屋已押與某合作社矣。彼無來信不知詳情。得此解近圍矣。兒輩在籍受盡衣食威脅，近已到山窮水盡之境矣。下午至參事室取回借薪三十萬元。

廿二日　晴　燥　元月七日

咳未愈，又服同仁堂之理肺丸。

廿三日　晴　風　元月八日　星期四

今日接遲生信，乃知押屋情形，已照予前函示各條辦理。

廿四日　晴　元月九日

閱報無多事。咳未愈亦未增加，只有聽之而已。分別還各欠款及購應用各物，並買板炭五十斤禦寒。今日陳穎蓀來，決定購予後宅，已起契約稿。

廿五日　晴　元月十日　星期六

廿六日　晴　大風　元月十一號　星期日

後宅經華甫決定價值，明日須同往地産處立約，爲證明人。予連日咳加劇，胸部上已拉扯俱痛矣。艾道榮今晨送來白松糖漿二瓶，上海科發藥房出品，予前月未購得者。漢口新開藥廠所製，亦價格每瓶六千元，予服之無甚效驗。後遇方昌禄云，治咳只有科發藥房出品爲有效云云。道榮又送秋梨三斤，冰糖一斤，彼已能賺錢養家矣。

廿七日　晴　元月十二日　星期一

昨服糖漿，咳略鬆動。下午一時，華甫、穎生同來，予與彼等搭汽車至司門口下，轉至地房産處寫約，彼謂須先辦分割手續，去費二萬五千元。云須候覆測地之大小，五天内可來測云云。等候三小時之久，乃得結論，至穎蓀攜來之款不能取也。五時歸，又服糖漿三次，每次較從前所服加三倍也。

廿八日　陰　寒甚　小雪　微雨　元月十三日　星期二

今日天寒又大風，未出門，閱報、無多事。

廿九日　陰　元月十四日　星期三

予自服松糖漿後，咳已減輕，痰少不易出，出後即胸喉舒暢。蓋此藥水每次須多服也，當繼續服之。今日外出訪華甫未遇，歸後知地産處曾來復丈前後屋基。下午閱報無多事。

臘　月

初一日　晴　元月十五日　星期四

上午穎孫、華甫先後來談半時去。

初二日　晴　夜轉鐘二時大風暴　元月十六日

今日咳似大減，咳時少，惟痰不易出。服白松漿，每日四五次，大約再服二瓶必愈。晚早寢，十二時以後予醒二次，大風忽起，氣候極寒。

初三日　陰　大風寒甚　結冰　元月十七日　星期六

早九時予未起，穎孫來説二十日上午至房地處立約交款云云。予十一時乃起，以寒甚未能出門。補閱太平天國資料，擬即還書圖書館。

初四日　晴　元月十八日　星期日

十時起，連日服糖漿，咳已大減。閱報無多事。

初五日　陰　元月十九日　星期一

初六日　晴　今日大寒節　元月二十日　星期二

十時起，午後一時久候穎生未來，予乃乘車至地產處候至二時半仍未至。説話無信令人煩惱，多花車費一萬一千元。至下午五時立約完畢，而過户手續又須遲到明日也。

初七日　晴　元月廿一日　星期三

今日下午一時，同陳芬之妻至地産科辦過户事，而該科全體開會，去了又枉跑路一次，心煩甚。

初八日　晴　元月廿二日　星期四

下午二時至四時，辦理過户及予再登記産權事。增加費前後計六萬元，以後恐尚有其他各費也。予又購糖漿二瓶，服之有效。此爲對症之藥，繼續服之病可除矣。去年病愈在臘月廿五日，今年發病早，愈亦早也。

初九日　晴　陰　小雨　元月廿三日　星期五

初十日　陰小雨　午後大雨　寒甚　元月廿四日　星期六

早起，换短衣渡江。因連日爲房子事耽延甚久。今日十時渡江，先至瑞球家，再買應用各物。再晤黄海濤，至四時乃渡江回家。用去舟車費一萬餘元。並訪楊克第，開一藥方。

十一日　陰　小雨　寒甚　元月廿五日　星期日

連日咳嗽大愈，再吃藥二瓶必全好矣。十一時阮華甫來，約予與夢閑至穎生家午餐。未坐車，路甚滑，到陳宅坐半時開席。有黄、吴、李諸君同席九人，女客另一席。穎生向拘緊慳吝，今日乃開展如是耶？歸後閲報，晚早寢。昨今兩夕安寢未咳。

十二日　陰　元月廿六日　星期一

早起，十時帶同大毛去買菜畢，乘車至建築工程局晤黄乃真，説明遲生事。陳恒正在開會，未與談，當即再函遲生也。便至成大家略坐談歸。

十三日　晴　燥　月色大明　元月廿七　星期二

今日下午一時至省立醫院，隨同參事室廿餘人集體驗身格。自一時半起，至三時半畢，耳目口鼻胸腹及腎與肛門均驗到。予與馮晏諸人並照X光。予咳疾服白松糖漿已大愈，乃以脱衣服及室中火盆多，寒燠懸殊甚，照光時僅着單衣，晚寢後極不適，又咳濃痰二口，幸不多也。

十四日　晴　下午陰寒　元月廿八日　星期三

今日早起，十時渡江至謙祥益買白綫布、灰色絨、白棉布等等，添换衣被。蓋衣服、被臥裹子均抗戰前所置者，已十年矣。用去十六萬五千元，連同過江舟車費及送劉九經五萬元，共用去廿三萬元矣。

十五日　晴　今夜月食未見　元月廿九日　星期四

閲報無多事，夜間月色昏黄，轉鐘四時天黑，月光不明。以寒冷予未起視。報載明晨五時三刻月全食，不得見也。

十六日　陰　元月卅日　星期五

遲生來二函云，自傳已送省建築局，技術人員歸隊事已填表，明日函知陳暢如爲遲生照顧一切。

十七日　陰寒　元月卅一日　星期六

今晨發出各函，分約華甫、愈友等，明午來家酒敘。今夕粘畫件至轉鐘。

十八日　陰　二月一號　星期日

早起，將各畫訂於右壁。羅資生先來，十一時半愈友、華甫、端偉、俊千、鴻儀、暢如等齊至開席。僅熊予佛未至，不能再候，已下午一時矣。三時半畢，散去。

十九日　陰雨　寒　二月二日　星期一

又發一函與遲生，指示各事。今日閱報無多事，美帝對朝鮮戰事不放鬆，對蘇聯採攻訐態度。三時約校文來酒敘，賀葆三來談片刻去。

二十日　陰　小雨　二月三日　星期二

今日下午外出剃頭，歸後見太銀來，並帶來胡林存物。問以鄉間近事，六時去。洗澡一次。今日兩事用去一萬元，晚間范尚立來問葆三昨談之事，可笑也。

廿一日　陰寒　二月四號　星期三

閱報，美國似在擴大戰争，準備前於侵朝司令已换人，可知其用意矣。

廿二日　陰　午後大晴　晚下大冰雹片刻
二月五號　星期四

太銀今日隨内子過漢陽看歸元寺，並遊鶴樓歸。晚六時太銀過漢口去，予以電話告知松林，請其墊二萬元付太銀帶鄉間。

廿三日　陰　晴片刻　二月六號　星期五

補閱太平天國史料，節抄緊要者，準備即日送還圖書館。下午一時渡江，訪李、曹二家，便買各物。歸後聞華甫來過，予未晤也。

廿四日　晴　二月七號　星期六

早閱太平史料，再抄十餘則。十二時至參事室領二月份全薪，與耿伯釗、賀有年談半時許出。晚至二分局問金姓，均答無此人，不知何意。今日羅國員來，云明日仍回縣去謀工作，予以遲生事告知，並用電話問黄科長，知謀事尚需半月也。

廿五日　晴　二月八號　星期日

上午仍趕閱太平天國史料，又抄寫有關文字十餘則。午後閱報無多事。美帝對戰俘仍施毒氣試驗，可惡也。三時以後仍閱史料，又抄影圖式三則，可見太平原書當時所刷刻之式，真可謂發思古之幽情者也。予兒時喜聞天國軼聞，今則見其原書，心爲之快。擬編天國軼聞，預計明年夏四月可成功。辛亥起義史，予所著《歷變記》亦當於明年三月記畢。遇必要時可募朋輩及學生款印刷之，傳不傳則不問矣。

廿六日　晴　二月九日　星期一

今早閱報，載技術歸隊並受訓法則最詳，當即剪寄與遲生一閱。

廿七日　晴陰不定　燥　二月十日　星期二

今日接遲生函，彼於技術人員受訓事不了解，又問省府工程局事，只好俟其來省時再告知。下午還史料與圖書館，又向其借來天國史料三本，寫畫甚多。

廿八日　晴　熱甚　二月十一號　星期三

連日添置被臥衣服及買應用雜物，用錢太多。去臘困窘不堪言狀。設非將後宅割售與陳穎生，則今年舊年關一切窘象推想矣。金錢萬能，可爲一慨。晚閱天國史，至十二時乃寢。轉鐘三時大風忽起，氣候變寒。

廿九日　早晴　大風　午後陰　三時半大雨　夜大風　二月十二號

早起，以晴曬衣物。午後陰，予外出購物。三時在漢陽門菜場内遇大雨，在梅竹齋久坐，候雨稍小，至司門購得雨傘，五時半乃歸。因沿途無人力車、三輪車，即有經過者，均坐有人，而汽車三次未能搭上。今日行路爲苦，幸着皮底鞋，不然有傘亦無益也。今日天氣陰、晴、大風、大雨均見，奇矣。曾心如晨送板鴨一枚來，謂酬予所贈字畫。蓋卅年前所贈彼之字畫，聞遭三次亂離已失矣。予六十以前爲各地友人作書何止千幅，自經變亂，聞存者不及十分之一，可慨也。今腊與去腊大異，中午魚肉即已售盡。武昌市區窮人得錢度歲，則無處購得魚肉，此何以故？去臘工商業經“五反”之後，追逼欠款，急如星火，十分之八九已遭窮困。今臘則反是。所苦者惟恃薪水爲生活之人耳。

三十日　大風　陰　時有小雨　二月十三號

早起，清理各事，添買各物，但未購得魚肉，晚餐用鹹肉數碗。予今日飲酒二次。連年除夕未在鄂城本籍，祖宗祀典已廢。不知遲生在縣尚點綴此禮否也。八時祀亡室孟夫人香燭楮而已，未擺供也。十時外出，購得瓜子半斤，但只此一家，正煩忙售物者，其他各商已閉門度歲。十一時裝新白紙日記本一本，備明年書之。予以目倦，於十一時半寢，不成寐，十二時以後乃睡熟。得夢未能記，似亦無特殊之境者。三時醒片刻，聞市上有炮竹聲，但不如去年之多耳。旋又睡熟，得一夢境，似在一大宅，房間堂屋極多，似有三四進者，愈高而門限愈高，有多數文人應試，並有女性廿餘人。予則已應試一二次，最後有女子三人扶予過右邊大室中，循石階而上。欲予再試，予謂："予極不會算學，且已試矣，獨算學不佳，何必再試?"爲又有三四青年來問，似予昔時所教學生也。似大冶學生。予則急遽答云："予實不會算術也，且身疲餒甚，須急食。"且内子與小孩似聞飯已熟，急呼之云："予餒甚。"旁三四室中男女應試者呼云："着狐裘者佳。"並給予以青灰色狐毛裘示。予則云："予之狐裘未着也。天氣暖，亟思易一棉袍方好，請勿再言。"促予試者未已，急窘遂醒。此非意所想到之夢矣。三時以後，已是癸巳正月初一上午，特補於除夕後一頁，峙山記。

癸巳（1953 年）日記

前清光緒十九年癸巳，予年八歲，始從程松師讀。吾邑俗語，兒童始入塾曰發蒙。是時同塾有年長者三人：周子書、徐宏恭、皮國棟，皆年逾二十。予與汪小軒、王成章年最稚。默思六十年前長幼同學，存者僅予一人。周子書年七十七，前年冬病卒。徐、皮未逾四十作古人。汪、王未五十以瘵卒。命之修短，果有數耶？敘此一段以誌癸巳，即予於民八追記光緒癸巳日記之意也。程師塾中約學生三十餘人。光緒癸巳，予家值小康，先君子邇時醫道大行，祖父冠群公健在，先叔就貿於四叔祖家，嬸母寄養予宅。予有姊三人，次、三早殤。大姊長於予十二歲，亦先讀書二年，先君授徒時所教者。外家諸舅氏皆諸生，授徒爲業，故先母知書史，且能代父授學生。予從程師時，晨起，母必教予以昨晚所背誦之書片刻，乃由祖父送入塾。《三字經》畢，授上《論》，秋初讀下《論》，皆能全部背誦無遺。師與父俱愛予，謂可英年掇科名也。君主專制時代，予家素無田宅，父師見當時境遇，舍讀書無由求出路。前清光緒癸巳日記，記讀書寫字之類而已。今事隔六十年，予體力日衰，皤然如八十老翁。甲子已周，追憶昔年情景，真如夢寐，倘天假之年，使吾日記得以再續十年，則檢查舊事，記變遷，洵王湘綺所謂自觀日記如讀奇書者矣。

癸巳舊曆正月初三夕峙山老人漫識

弁言前段記述有誤，今改正之。同學周子書前年久病卒，年七十八。徐宏恭年卅餘，皮國棟後經商，年四十，均以病卒。王成章號士宜，南昌人，寄籍吾邑，業藥肆，其父號福堂，即恒泰和主人。當時吾邑藥店以恒泰和爲最大。程師東道主也，其時成章年七歲，廿六歲時患癆瘵不可治，至廿七歲，予於民國壬子春因公過宋埠，尚一見之。甲寅春再過宋埠，彼已先卒矣。汪小軒名訓誥，民廿三年甲戌五月，亦以癆瘵卒，年僅四十八。回想癸巳程師塾中情景，不勝悵然。

鄂城在科舉時代設帳教學者，以稟附生爲最合時，請受業者多。程師以稟生設教，有時名，故從者衆。以係王家停館，拒而未收之生徒尚多，一以塾舍人滿，一慮東道有嫌言也。王福堂先生與先君爲摯友，於程師亦係至好。邇時有舉人資格者必爲縣令聘爲壽昌書院山長。壽昌，吾邑古名稱。如城内之沈超亭，外鄉之夏書林、名燧，庚午科解元，華容人。王秀丹、范允紳諸先生，皆任山長二三年者。偶憶及並書之。

舊正月元宵峙山老人燈下補記

正　　月

初一日　陰　時有小雨　寒甚　二月十四日　星期六

三時醒一次，九時起，早點後鄰居各家來賀年，一一答之。午後與定生至電影院看電影，目力漲痛遂回。晚間閲太平天國史料及金田之遊等書，以目漲遂止。癸巳年爲予在光緒十九年初讀書之年，今逾六十年，又屬癸巳。憶初入塾之事，多可記者。予腦力强，八歲時能憶二三歲之事，至今尚能憶及八歲前後之事。十六歲以前日記皆追憶者。今年六十八，倘能保持予之腦力記憶不壞，則高郵王氏父子、杭州杭大宗輩之文學、經學，與夫梁山舟之書法，王、吴之畫法，予尚可企及之。非誇言也。夙因夙慧或者予亦有耶？

初二日　陰　大風　小雨　夜下雪子片刻　寒甚　九時大雪　二月十五日

九時起，華甫、穎生、熊予佛、鄭萬選先後來。華甫、穎生談半時去，予以大風寒甚未出門。鄧壻、玉兒帶同外孫兒女來。内子先往李宅拜年去，予命大毛辦飯與玉兒等食畢去。晚雪子大雨，寒極。今日閲彭澤益所著《太平天國革命思潮》一書。彭，湘人，曾任武漢大學歷史系教授者。又羅爾綱所著《太平天國史稿》一書，羅，桂人，曾任廣西通志館編纂者。又著《太平天國史辨僞集》一書，均博雅。近代治史者，通才也。又簡又文所著《金田之遊》一書。簡，桂人，號馭繁，其人曾任立法委員，前八年曾編《太平天國雜記》第一輯者。對於天朝事尤詳晰，並親往廣西臨桂、貴縣、桂平、蒙山、平樂、宜山、全縣等實地詢訪故老，其記事皆可徵信。予自去臘至今，閑時即閱，可以助予編天國史料之興趣不少。惜十年前未見此等書籍，解放後則商務書館及上海國光印書局出版之太平天國史料十餘種。清代文字禁甚嚴，私家無敢鈔藏天國文字事實者。此一百餘年之祕，一旦宣露，則大快人心之事矣。先君子於清季每願聞天國史料，惜早歸道山，未之見也。予近兩月來，以去冬填表字細而又旁行斜上，至將目力大減。晚間寫日記，每每目漲痛，以後須極避免之。

初三日　陰小雨　午後下雪子二次　大雨　寒甚
二月十六日　星期一

九時起，天氣甚寒，予今日未出門。午後王幼良來，坐片刻即去。内子與定、香兩兒及大毛看戲去。予在家，閑中閱天國史料，並抄纂摘要，欲峻太平天國史料也。又改詩四首，即頌徐蘭如八十壽者，又作庚戌謁孝陵事詩三首，均成。寫癸巳日記，因感於清代予於是年初入塾讀書，於此日記前寫弁言。

初四日　雪盈二寸　風　奇寒　午後時時飛雪　晚九時見星斗
二月十七日　星期二

九時五十分起。今日時時飛雪，大風，寒甚。予未敢出門，在室中閱天國史料，補抄各事，漸漸有興趣。予編《太平天國朝野雜記》，必可成書。再將前十年所著《歷變記》足成之，則大快意矣。近兩年來，所作畫幅大小九十餘件，皆較昔年有進步。省宅自留五十幅，以十五幅給四兒遲生，五幅給四女玉生，餘則分贈心如、華甫、成大、亞佛、運籌、寄滄諸老友，並配以字條小對。六十六以後之作贈人，以爲紀念，洵屬快事，固不計現時人士對字畫之重視與否也。前年默記平生所作畫件約有大小九百餘幅，書則大小聯及中堂屏條等件已逾八千餘幅，連同十五歲至廿歲間在本籍所作，實有九千之數。此非誇言也。外省之閩、滬、皖、甘、贛皆有予之書畫，外縣之冶、安、江、陽等四縣俱有予書畫，而安、冶二縣尤多。昔何子貞、張廉卿、楊星吾書名滿天下，何與楊所作已逾萬件，張亦八千件，二先生俱年七十六，張僅七十三，使如梁山舟之高年，所作當俱不止萬幅。予兼能畫，以書畫並計，此時已逾一萬二千之數。倘再活十年，則二萬餘之書畫件不難足數矣。丁丑以後，抗日事起，各省各縣遭兵燹，損失者當去其半。戊寅避寇西遷八年中，在宜、施兩地所作書畫亦有百餘件，不得謂非予之習苦。戴文節齋名，予當襲取之。連日咳嗽已愈，今夕拉雜書之，不嫌其縷縷矣。

初五日　早晴旋陰　早結冰　二月十八日　星期三

九時起，昨睡不甚適，二小時即醒一次。午後華甫、愈友同來問及明日聚餐事，予以未得通知不知地點答之。談半時去。本街路濕，予未出門，晚仍研究抄寫太平天國史料。

初六日　晴陰不定　二月十九日　星期四

上午外出一次，食豆皮，見泮香過，呼與在館同食之，給一萬元與之買紙煙。泮香人忠厚，問其子伯堂，近在税局，月可支新分三百之數，衣食不愁矣。午後三時在校文家略談即出。同華甫、愈友至參事室聚餐，每桌八人，共六桌。漢口有五人未來，武昌有三人未來，皆係前次醫院檢查體質因寒受病。此可笑之事，無病者反弄成病，好醫院哉？五時半開席，六時半散出，便與華甫、鴻儀至愈友寓中談片刻歸。

初七日　早陰　午後晴　大霜　二月廿日

今日在家看天國史材料，昔年懷疑事實一旦宣露明白，爲羅爾綱搜尋考證，果無洪大全其人，清代奏議，蓋以欺咸豐帝也。

初八日　晴　廿一日　星期六

早起，連夕牙痛甚，僅食稀飯及麵，左上顎臼齒浮瘇出，致下齒不能合，吃食不能嚼，即舌轉亦不便，真苦矣哉。予三十歲以前，即患牙齒痛，重者數月，輕者旬餘。大約總在卅餘次以上。拔去大小牙齒十餘枚。憶及先父母中年患牙齒痛之苦況真傷心矣。先母六十歲時，口中無一牙存者，以牙齦吃物尤爲痛苦之事。七十歲以後尚安之若素。邇時縣内又無取牙醫生，痛急時則以手拉脱之，其苦何如哉？閲報，朝鮮前線廿日電，美機於去年十月三日，十一月一日、十三日，十二月六日、九日、廿三日，在東北成山郡、平原郡、德山、淮陽郡、蘭谷，又在我東北領空本溪市五區，十二月九日在遼西省黎樹縣十三區進行細菌襲擊，範圍最廣，蜘蛛、黑蟲在大道上、電杆、房頂、野樹均有云云。

初九日　晴　午後陰　大東風　廿二日　星期日

早起，八時半乘車至平湖門。愈友、端偉、鴻儀先在輪船碼頭相候，華甫後至。同渡江至歸元寺。寺門小，男女老幼擁擠不堪。予等至内約遊十分鐘，因羅漢堂路窄，人更多，不能入，乃折回，至大門欲出不能，殆候至半時，猶不能出。予與華甫真進退不得。門外男女持香蜂擁，至門又不得入，皆着解放服，多有挂證章者。内面約有男女着解放服者，萬餘人跪佛前，摇籤者，問卦者，絶無斷續時。噫，迷信不能破，乃至青年男女而不改耶，此又何以自解？與愈友等離寺至西門小茶肆略憩。街上來朝寺者絡繹於途，行路竟難相讓，估計寺内有二萬餘人，進香者佔三分之一數。途中續至廟燒香及遊覽者約七八千人。據漢陽老年人云，近六十年來遊廟燒香者，未見過如此人多也。此則可爲紀念者。輪船已换大者，予等至碼頭搭輪回武昌，躉船上已集有二百餘人，岸上續來皆遊歸元寺者。予等渡畢，至黄鶴樓一遊，惟足力已疲，未上第三層，抱膝一覽，計遊人亦在萬餘。據説上午遊人亦有二萬也。端偉、愈友先回家，予與華甫至小館食蒸餃，畢，予乘汽車回家。淬成來，留與飲酒及食麵去。因内子帶同兒輩往王宅，而同居嚴、董二家亦遊覽未歸。予餒甚，遇客來未食飽也。

初十日　陰　廿三日　星期一

早起，九時帶同定生去買菜。近九天俱吃隔四日之菜，致無菜味也。午後五時程少松來，談半時去。予以前年秋，彼因未借予四萬元爲修前重已傾之屋，覺兩代交情。彼邇時待遇甚好，而華甫、鵬程等八人各以四萬相借，僅熊子雨四萬與彼四萬未交來。未半月即還，彼何小視予也？故今日之來，予未留飯去。予年餘未至其家，亦未與彼相見者，已表示無可交之義耳。

十一日　雨　寒甚　廿四號　星期二

晨五時聞雨聲。昨睡甚安適，今日九時起，未能出門一遊。寫信分致愈友、校文、運籌，并附送徐蘭如八十壽答詩稿四首，又題畫二首。徐年八十而康健，作法官俱係高級者四十餘年。晚景極佳。吾輩六十餘人中，無及之者。予樂爲之祝嘏詩及畫也。午後閱天國史料，簡又文君號馭繁。對太平天國史稿有考證獨到之處，其駁蕭一山、羅惇曧二君所著太平史料諸作尤精審，其證明洪大全確係僞名，無其人，引證至十餘起。但桂林獨秀峰況澄少吴氏和龍瑞丞題壁三十首，一説陳蓮史殿撰作，其第八首第二聯曰："但説先生能下士，誰知小醜竟多才。"自注：獲賊軍師洪大全，小有才，稱賽相爲先生，謂能下士。則洪大全實有人。況居圍城中，有此題句，必親見其人者也。晚間閲至十一時止，目光不清晰，遂寢。連夕多夢，皆不近情理者，殊好笑耳。

十二日　陰寒　廿五號　星期三

今日閲報，無多事，午後仍看天國史料，至晚十時止。幼時聞太平天國事僅僅皮毛，而當時文字之禁嚴，又不敢向老年人多問也。

十三日　早大霧　午後陰　廿六日　星期四

今日爲後重房子搬遷事，至陳穎生家談半時出。再訪朱奐如，請其告知其侄孫女朱哲先速遷出。午後又外出，欲約校文，以天欲雨遂折回。

十四日　陰　時見太陽　時呈欲雨狀　廿七日　星期五

早起，見太陽，未幾陰。九時浵成來談半時，不知所謂。與同出吃早點，便過校文寓及華甫家，約其遊武漢大學。飯後一時，乘汽車至漢陽門轉車至珞珈山。以東門外在修路，汽車係行洪山後小馬路，沿途見新落成西式房屋十餘處。予四年餘未坐長途汽車，不知洪山後邊建築如此之多。車行四十分鐘方到武漢大學，見新成之屋舍有四座，較之予十年前所見已不同矣。與華甫約遊一時許，仍乘汽車歸。

十五日　晴　月色大明　廿八日　星期六

早起，至中原大學聽報告。九時起，十一時半一人猶未講完，予遂歸。下午一時請阮華甫約陳穎生説展期搬後宅事，俟華甫回信後，遂與同乘三輪車至黄鶴樓一遊。聞今早人多，予等到後，遊人已漸散矣。吕祖閣窄狹，遊人亦不多，予略遊即出。神道設教已二千年，迷信至今不能破，此何哉?

十六日　陰　晴　小雨　大風　三月一號　星期日

近五天天氣極不正，礎石街石時時呈清潤狀，甚至有時滑而難行，以理推必有風雨矣。今日之氣候頻頻變化，時寒時熱，頗難受。予以後宅房子事，朱姓、陳姓極刁鄙，而朱女人尤可鄙，近無賴。彼實未看房子，不想遷出，多方譬喻不之省，一味横蠻，無怪與其夫時而離婚時而又私往來也。

十七日　陰晴不定　晚大風　八時以後大雨　三月二號

早起，八時即往文保會、吕景芳、黄湘亭三處，僅吕晤見，仍係爲朱哲先不搬出事。予心煩亂甚。便訪智泉，談半時出。午後南坡來，云即日往滬謀工作，求其戚紀君借款並乞介紹函回鄂，借三萬元補助川資而去。傍晚又至街政府問朱氏搬家事，又托范尚立轉托陶君問朱氏答復如何情形。華甫來問搬家事，陳芬之妻來，當交屋，令人心愈煩。晚寢甚早，疲倦殊甚。

十八日　陰終日　三月三號　星期二

早陳穎生來催退屋事，予臥未起，與敷衍數語去。九時起後用電話通知李俊千，托他轉托黄湘亭轉向醫學校緩期催陳。此事煩惱甚，而朱哲先無恥，婦人故意刁難，可恨也。晚問街政府約她去調解，囑早遷，她堅持此月底搬家具，決不改期。

十九日　終日雨　三月四號

今日早大雨，天氣轉寒，予終日未出門。

二十日　陰　三月五號

連日爲後宅朱哲先不搬家事嘔氣，彼無恥女子，與之計較何益耶？聽其自然而已。乃陳穎生又來催問，許以退予後房暫住。今日報載蘇聯斯大林病。

廿一日　晴　三月六日

今日整晴一天。早九時穎生夫婦來爲屋事，予引之看予退房。華甫亦爲屋來談甚久。予與同出閑步片刻歸。羅國貞來，云明日回縣，予便托各事，並囑其帶丸藥回縣，付一萬元，囑其就漢口購之。今日報載斯大林病仍重。下午五時定生自校中歸，云校長已向學生報告斯大林於昨晚九時五十分已死矣。蘇聯以後繼人是誰，明日當有公報。

廿二日　晴　三月七日　星期六

今日各報所載俱係各黨派、各機關吊唁斯大林逝世事，未及其他消息。各街市爲斯大林下半旗，旗杆纏有青紗帶。中國全民男女俱由公安局指定左臂罩黑紗志哀。

廿三日　晴熱　三月八日　星期日

早爲後宅陳玉璋代賃屋，已與白燕香看定一宅，當約玉璋過來一敘。彼較朱哲先和平且通人情也。各機關學校通知學生、職員及居民等等，一律明至體育場開追悼斯大林大會，云由九時至下午六時散會。其時間之長，爲自解放後最長之會云云。

廿四日　晴熱甚　夜轉鐘二時大風　三月九號　星期一

早起。陳穎生已搬家具來，自予宅前門進。定生九時早飯畢，即往體育場聽報告。十時各街組長要男女居民至體育場開追悼會，要罩黑紗。聞昨日布店賣青洋布大得其利。蓋每人需款二千元，買三寸寬一尺長者，以三萬人計算，此日收入青洋布價逾六千萬矣。實際不止六千萬。紮花圈、平昔業手工紙馬者，花圈起碼數一萬元，佳者五萬至八萬。各紮紙店每家獲暴利六十萬，除去紙價，每家實有六十萬之利。以漢口、漢陽合計之，漢口用費超過武昌三倍，漢陽應當武昌三分之一。紮紙工人及售青洋紗商店兩種獲利可以推測之。斯大林之喪爲全球所未及料，而工商人此一批暴利亦非若輩所及料者。吁，天下事之不可料者，此類而推之也。予今下午三時過長街買手錶皮帶，途遇各工人及省府所屬男女職員成隊者約三萬人。下午三時以後熱甚，着單衣。

廿五日　雨終日　三月十號　星期二

昨夜以被厚熱甚，臥不穩，睡起三次。轉鐘以後大風忽起，乃再换被臥，睡熟不過二小時而已。遲至天明又睡熟二小時。予八時遂起，至合作社購米油等等，遇雨而歸。下午雨更大，胡魚山來一次。今日《長江報》仍載斯大林逝世文電吊唁各事。

廿六日　陰晴　三月十一號　星期三

今日各報所載斯大林病逝事，均相同。下午華甫來約予遊黄鶴樓。

廿七日　晴　三月十二號　星期四

今日爲孫中山先生逝世紀念日，各機關以近學習斯大林逝世文件事，故孫先生紀念亦未舉行也。晚寢甚早，轉鐘二時聞數次小雨聲。

廿八日　晴　三月十三號　星期五

今日外出二次，添買應用物件。聞胡林老四昨來，并帶到鄉間覓得之畫譜與文徵明殘拓小楷等件。予未詳詢，老四已先走矣。

廿九日　晴　三月十四號　星期六

今日閲報，仍與昨所載相似。其標題多悼念斯大林，學習斯大林，餘無多事。晚早寢，足軟身疲甚。

二　月

初一日　晴　三月十五號　星期日

晏起，倦甚。今日目力弱，未寫作也。看《日用百科全書》所載清光緒癸卯以後大事記，其辛亥革命日記大事可與予所著是年日記不少印證，惜字太小，難看。節抄之，可添入辛亥日記。晚早休息。

初二日　陰　三月十六日　星期一

今日出外一次，以足軟未能多走。午後仍閲抄《百科全書》。

初三日　陰　小雨一次　三月十七日　星期二

今日摘抄《百科全書》，由辛亥至民元止。後宅陳玉璋已搬至前重居住，承認五月十五以前再搬出，其理由外面找房子嫌遠，不合式，骨子裏又要予損失四個月租金，以後宅所欠兩個月止四斗米，再加前重兩個月八斗米，並爲一石二斗，實際已送彼六個月租金也。時勢如此，只好聽之。此等人欲翻身無天理矣。

初四日　陰　早小雨　晚小雨　三月十八日　星期三

今日報載，捷克斯洛伐克已故總統於明日殯葬，中國各省須下半旗一天誌哀云云。又載聯大政治委員會阻撓通過蘇聯提出立即在朝鮮停戰，及成立一個和平解決朝鮮問題委員會的提案，通過了英、美、法、加、丹、菲、泰七國提案。這提案規定所謂“朝鮮統一復興委員會”與“聯合國朝鮮復興局”這二個機構，是替對朝鮮人發動侵略戰争的朝鮮美軍司令部服務的。前日載美國僕從各國又否決蘇聯所提案一次。又美機三月十三日晨五時四十分，有一架侵入開城上空低飛轟炸，市民三人受傷，房屋被毁，投彈廿多枚云云。

初五日　陰　三月十九日

早起，借得《日用百科全書》抄清末民初所記大事摘抄，與予日記可印證者，以爲補日記之資料。閱報，仍載斯大林及捷總統逝世事。

初六日　雨　三月廿日

早起，抄《百科全書》。閱報，無多事。今日出門買雜物。晚早寢，疲倦甚。

初七日　陰雨　今日春分節　三月廿一日

今日約鳳祥來做廚房，添買油米，又送對門袁姓結婚，用去八萬餘元。如此用錢，難以爲濟。

初八日　晴　三月廿二日　星期日

今日閱報無多事，仍趕抄《百科全書》，字小，頗費目力。

初九日　晴　三月廿三日　星期一

今日抄《百科全書》已畢。接饒校文函，謂志純約遊珞珈山。晚訪華甫。

初十日　晴　三月廿四日

早至糧道街買物，無合式者。午飯後至漢陽門、珞珈山車站久候，校文、志純不至，竟失信矣。予生平重諾言，從無一事失信於人，固不論事之大小也。候至一點半鐘乃上黄鶴樓茶肆休息看報，小睡半時乃歸。至華甫家坐談片刻，取其代領之薪歸家。吃飯後整理日記，十一時寢。

十一日　晴　熱燥　大風　三月廿五日　星期三

早起，閱報，美帝在朝鮮仍用細菌戰，對於擴大朝鮮戰争企圖未止，又使法國擴大越南戰争云云。又解釋新婚姻法各種問題，其中有一條，寡婦可再嫁，與男子可再娶同，其主權在寡婦，不必强迫寡婦人人必再嫁，其大意如此。似屬近情理。午後寫顔色紙單條三張。明哲來坐談一時許去。遲生調用事因省人事廳未允登記，不准調用，陳恒來信如此説法，囑其再去□登記。今日所寫王夢樓體書，甚得意。

十二日　陰雨　大北風　寒甚　夜風雨更大　三月廿六日

早起。以昨夕大風天氣轉寒，昨着夾衣，今日午後又御棉袍。時序已過春分，寒暑劇變如此。閱報無多事。晚閱天國史料。予急欲成一部《天國朝野雜記》，陰曆此月底必成功也。

十三日　大風雨　午後雪子三次　寒如隆冬　三月廿七日

今日畏寒，晏起。十時閱報無多事。午後室中暗，未閱天國史。手足俱冷，亦未能作事。柳少華來借錢，硬要二萬元。予慮其屢來也，以一萬付之去，剌剌不休。耳又聾，累予説話吃力也。

十四日　晴　寒　三月廿八日

九時起，十時閱羅爾綱所著《天國史稿》。其稿成後附刻有參考之官書，如欽定或奏議公牘，私家文集日記等等，共有一百六十二種，而太平天國所頒行之官書四十種及見於其他公私抄傳之文書十七種尚不在內。以書册數計之，當在二千餘本。使其言非誇，則參考之博、搜求之精邃，豈僅有功於天國十四年之朝章國故，亦前代所稀有之史學家也，予甚佩之。午後三時，抄寫目倦，外出一次，購雜物糖果歸。用去二萬餘，途遇鍾小山同學，立談片刻，一笑而散。

十五日　晴　陰　風　三月廿九日　星期日

早起清理各事。張寶廷、羅資生同來看琴，談半時許，又至王宅看琴，因資生近欲購琴也。十一時龍超群夫婦來，留之飯去。李愈友、陳志純來約遊黄鶴樓，乘汽車去。遊覽及坐茶肆約三小時。今日爲舊花朝節，遊人甚多。予歸仍乘車。晚間寫紅緑蠟箋條五件。胡鱼山今日送來鄉間存物鍋盆等件。

十六日　晴　三月卅日　星期一

今日閱報，周恩來提出先交傷病俘虜，與美國重開談判，以求和平。蘇聯、朝鮮均贊同先交换雙方病俘，以後遣俘事照聯大印度去年提案，交俘事可由美方提出之。瑞典、瑞士二國辦理。此次周外長以求和平乃以此牽就美英也。倘不停戰，則雙方以後流血無已時也。

十七日　晴　三月卅一日　星期二

今日閲報，各民主國及中國各民主黨派，均擁護周外長提案。

十八日　晴　四月一號　星期三

今日在家寫紅藍臘箋小條五張，頗得意。午後補看太平天國史料，晚間目力疲乃寢。連日每飯必飲，食量已增，但時時感覺頭暈眼眩，心時時呈慌狀。惟不是前三年之重耳。

十九日　晴熱　四月二日　星期四

早起，仍磨墨寫紅綠箋。午飯後往漢陽門乘往東湖汽車，二時四十分到東湖。今日一人遊覽，因約人費時間，且無同意之友，只有一人遊，頗自由也。東湖地方水多山少，樹木矮小，新成之病院二座，餘爲茶肆餐館，養魚小屋一棟，皆養金魚爲業者。山水清秀，較珞珈山風景好。面積比珞珈山小，正在建築屋宇。或者五年後有過之。予今日乃見遲菜花開，桃花僅有零落未盡者，數株海棠正開，小柳約百株，初發嫩絲，如可觀則至速亦在兩年以後。信乎，古人所謂十年樹木者也。三時半乘汽車歸。車行三刻鐘乃至漢陽門，轉車至家，身疲足軟。今日之遊必以詩紀之，睡後枕上擬作未成。

二十日　晴　四月三號　星期五

今日閲報，克拉克已允在板門店重開談判，定本月六號開會，先商交换病俘，且看六日開會情形如何。

廿一日　陰　時時小雨　四月四日　星期六

今日擬約熊予佛、饒校文於明日來家午餐，恐信函達不到，乃親往約予佛、翟竹如、饒校文三處面約，易泮香寓明日當命定生送去。

廿二日　陰　時有小雨　今日清明節　四月五號

今日午後一時，校文、志純、予佛、泮香俱來。前半時翟竹如引李、宋二君來看予所作書畫五十餘件。李、宋先走，留之不可，蓋初會無深交也。一時半開席，三時半乃散去。熊、翟各索畫一件，予許之，明日添款交去。

廿三日　陰　時有小雨　四月六號　星期一

早起，外出，並約張深安來便酌，冠候、匡甫、華甫俱來，十二時半開席，下午二時乃散。匡甫并談數理且以地球軌道節氣及立夏、大寒二節駁沫若南方及以政治喻鈴之説爲不可靠，惜彼目力太差，不能寫字。予擬囑羅資生往記載之，三時乃散去。

廿四日　晴熱　四月七日

今日閲報，朝鮮談判於六日復會，首次會議交换兩方傷病俘虜，所提條件，美方允於明日答復。會議時間短促即休會。下午外出購得夾宣紙六尺長者，仍售四千元，似未漲價。至圖書館與崔先生辦理定生借書手續，途遇國師舊同事朱塝、賀良璜，均在訓練班任教員。朱云薪水四百五十分，賀云三百廿分。兩人在國師同爲講師，其資格同，今日何以薪水高下若此？朱説話向不可信，殆吹噓語也。

廿五日　晴　四月八日　星期三

早起，出外買宣紙蠟紙等件。午後渡江，欲買太平天國史料作參考，開列書名十餘種，僅購得高崗前年出版之《太平天國戰争史》。此君亦係久留心太平天國事者，惟攻訐簡又文出版各太平天國史料甚力，蓋彼此書以太平天國革命實爲農民革命，與現時代相合者也。漢口大書店六家俱問過，關於此類書，以係滬、京出版者多，據説前二年雖有代售，今已罄矣。武漢無大印刷廠，又無研究近代史者，亦大原因也。晚寢後腦筋未停，又夢湖堂未畢事、又須補課事。解放後三年中頻頻夢在兩湖補課或回本縣又未向監學請假，在家假滿又不能補函付郵，或在堂中尋同學，多非舊人，而堂址則確爲舊湖堂也。三年中夢此境十餘次，大抵均相同，何也？

廿六日　陰晴　四月九日　星期四

今日閱報，板門店換俘會議已有數字。美方報有病俘六千餘人，我方報對方病俘五百六十餘人，拿、土二國十五人，英國三十餘人，餘均爲美國籍。

廿七日　晴　極熱　晚大北風　氣候轉寒　四月十號　星期五

早起，九時華甫來約予渡江遊民衆樂園，即民九所建築之新市場也。革命軍十五年到武漢後，曾改名一次，改樂園僅三年。場内增加建築已有四分之一。前年遊人尚少，去秋至今，遊人增加二三倍，政府收入亦增加不少。予於解放後已遊過十餘次，從前未略述其修建由來，今日特補之。十時到漢口，十一時與華甫逛市上，吃午飯後乃至該園立候。下午半時開場，一時半方買得門票入内。看京戲約三小時，看藝術及魔術，均進步，又不似予四年前所見之藝術也。五時四十分出場，六時就漢口晚點心。六時半渡江回寓，晚寢多夢。

廿八日　風　小雨　寒甚　四月十一日　星期六

今日閱報，中朝與美方交換遣病俘事已簽字，大約最近可遣返。聯大仍在開會，對調查細菌戰事，美方仍主持五國來朝及北華調查。今日風雨交作，天氣轉寒，予早寢，疲甚。

廿九日　陰　小雨　四月十二日　星期日

九時起，倦甚，在家清檢各事。足軟腰疼未出門。閱報無多事。遣俘事大約不再變更也。

三十日　陰　四月十三日　星期一

早起，九時外出買紙，爲安電燈錶事問黄均章價值若干。添配油花線及盒子零件等等，非廿萬元不可，而押款尚須四十五萬，真不易之事。十一時電廠來二人，又勸予安錶，蓋係爲宣傳而來者，予遂允許之。下午三時去看殷子恒先生，彼臥床不能起近一年矣。前聞其昏迷時多。今日途遇其女，乃知可以談話，遂訪之。因予已二年未與見也。至則神智尚清，詢以光緒丙午受屈諸事，尚能憶及，惟説話聲小，就近乃辨。云兩足因當日受刑重，致天陰發痼疾，不能動彈。彼最恨者，當時承審此案之梁鼎芬、王士衛、馮啟鈞三人，蓋一爲武昌知府，一爲江夏知，一爲夏口廳也。當時熬刑不供出别人，受刑時血濺司刑者之衣。噫，豈知革命成功後，辛亥冬殷安心在漢口做糧行商耶？予恐其説話傷神，坐四十分鐘乃出。彼臥床尚與予握手乃别。

三　月

初一日　早陰　午後雨　四月十四號

今日寫行書三條。閲報無多新聞，以天氣不佳，予亦未外出。

初二日　陰　小雨　四月十五號

閲報與昨日同，交俘事正在準備車輛接收安置云云。

初三日　晴　晚小雨　四月十六號

早點後予約華甫至城外遊。今日上巳，又俗稱踏青之日也。至大東門粵漢鐵路車站，現已改良便利，不似從前之亂雜無章，以後或更有改進之日矣。聞蛙聲，見鄉間田地，惟未見桃柳耳。十一時半乘三輪車至大華飯館吃飯畢，與華遊黄鶴樓。樓後已闢有臨時市場，各物均有售者，人多擁擠，又值展覽一貫道，令男女觀之，以故今日人數特多，四時方歸。

初四日　雨　四月十七日　星期五

閱報，美方一面交換病俘，一面又在平壤等處轟炸平民區，掃射春耕農人，何也？而中朝軍隊又日日與美方爭奪戰，消息如確則換俘以後如何，可推想矣。昨夕傷風，今日又患咳嗽，氣閉不舒濃痰不易出。

初五日　晴　四月十八日　星期六

早起，今日磨墨寫字，計篆聯一付、北魏體一付。久未寫大字，筆不順手矣。古云字無闕日工，信然。閱報，我國爲交俘事，在開城準備各事安適。又平壤十六日電，自上月十七日以來，平壤、南浦、元山、安州、南川等地農村均遭美機轟炸，傷人毁屋不少云云。午後外出購物一次，咳嗽甚劇。晤華甫，約之至大中華吃飯。

初六日　晴　四月十九日　星期日

咳未愈，今日在家寫字，整理日記，清理雜稿，當匯集分類裝訂，以免散失。

初七日　陰　小雨片刻　今日穀雨節　四月二十日　星期一

今日約華甫至鐘小山同學寓中閒談半時，在徐蘭如處坐半時即歸。閱報無更新消息，交俘談判第一次無問題，以後如何，美方尚未答復。予咳更甚。

初八日　陰　風　午後五時雨　四月廿一日

早起至華甫家約之早點，九時半至愈友處略坐談，又在志純家談半時即歸。午後整理雜文稿。咳已漸出濃痰，心胸稍舒暢。

初九日　晴　四月廿二日　星期三

今日閲報，板門店正在接中朝病俘。午後在家整理各抄本及自著述各集。咳嗽較昨日甚劇。

初十日　晴熱　四月廿三日　星期四

早九時華甫來約渡江，至民衆樂園看京劇及中國武術、把戲等等。就漢吃飯，各人用去一萬餘元，傍晚歸，足力疲乏。寢後時時咳嗽。

十一日　晴熱　四月廿四日　星期五

今日閲報，無多事。將前日買得同治光緒間王之瑞、舒鎮圭等八股試卷，亦有味。蓋當日文體如此，所謂時代性者。今日除六十八九以上之讀書人能懂外，後生小子幾不知八股試帖名詞。五十以上之人亦不知此等詩文何以必如此做法也。吾逆料以後八股不獨能仿做者無其人，即讀而能懂命意之所在者亦無其人也。由明初迄清光緒丁酉以後，八股試帖已絶傳矣。

十二日　晴熱甚　四月廿五日　星期六

昨睡後稍平適。六時起即咳，較昨稍輕，但仍喘氣耳。今日天熱如五月中旬，着單衣流汗，陽光逼人，途行者揮汗如雨。近五年中，氣候劇變如此，距立夏尚有十二天，乃熱如此耶？

十三日　晴　極熱　四月廿六日　星期日

今日閲報，正在雙方交俘事，美英俘達到開城須七日，朝中俘達到開城僅二日，可知兩處俘虜營距開城遠近矣。今日正午更熱，太陽如火灼，氣候極悶。余以咳甚，傷及胃，未能多食也。亦未作事，欲小睡，每因咳而醒矣。華甫來坐談片刻去。孟道甫自東湖來，攜有冷金箋紅緑四尺者贈予，又白書畫箋四張。近三年中，在漢口購不得者。因京滬製此紙者已停槽，各大紙店之存貨，在抗戰前已罄，即煮硾紙亦不易得。又贈予藤黄二塊，皆予函囑請其代購，冀其家必有存者，今果然矣。彼攜來六十自壽八首索和，生期去臘除夕六十，坐談一時許。

十四日　晴極熱　四月廿七日　星期一

今日上午即熱，較昨尤甚。予咳更甚，濃痰不知何時能盡浄也。午後饒校文來坐談半時許去，云陳志純星期日請客，予未到。予實未接到彼約予之函也。校文云恐是門牌寫錯，惟門牌所誤書者隔一日即送到。明天或者送到歟？李愈友知予門牌，彼何爲誤書耶？則彼發函竟到何人手中耶？

十五日　晴極熱　午後五時暴風雨片刻　八時以後大雨氣候改涼　四月廿八日

早起咳濃痰十餘口。昨夜咳時少，兩日以天熱未作事。午後三時乃外出，爲安電表事至榮華電料廠略坐，四時歸，未乘車。又與何先生立談買煮硾紙事，耽延時間共約六分鐘，致到保安街口遇暴風雨，至幸風大雨小，時歇時作。予以足力弱，强勉急行，歸後軟酸。每每小巧事，予偏遇之，可笑也。志純請客之函仍未收到，則真僞不可知矣。

十六日　陰寒　四月廿九日　星期三

今日氣候轉變，又着棉衣。昨日如夏，今日如冬，天氣反常如此。諸事有不可以推測者，皆類是。據前宅劉興奎之弟云，彼昨在横店候車，暴風雨至時，電觸一人死，天際冰雹有茶杯大，擊傷人畜甚多。横店距漢口直線不過七十里，風雲變幻那可測耶？

十七日　晴陰不定　晚七時雨　四月卅日

早起，咳仍不愈，心煩甚。十時乘車至梅竹齋約何先生去看煮硾紙，僅四尺六張，餘爲宣紙雙裱者，可充煮硾，其數爲十四張，給價六萬元，彼宅女人不願賣，索價八萬，真不知市價者矣。予辭出歸家，寫示遲生詳函六頁。

十八日　早陰　午後晴　五月一日

本屋嚴、劉二家及定生均早起，應五一遊行之約。予九時方起，午後欲作事，以疲軟思臥遂止。蓋連咳嗽，胸膈俱傷，四肢無力。發遲生函往縣去。

十九日　晴　五月二日　星期六

今日各機關休息一日，因昨日遊行故也。閱報無多事，遣俘雙方已竣事。予咳稍輕，每晚醒後喉内奇癢，咳不出痰，尤爲痛苦難受。前四夕，兩足抽筋，昨夕尚未發，亦係幸事。

二十日　陰晴　午後五時小雨　十時雨　五月三日

今日咳稍減輕，予擬補習各課，寫行書三張。九時電燈匠來安添燈一盞並換線。下午二時陳子雲先生來，詢問補契辦法，談半時去。羅資生來坐談半時去。晚間張世驥來談。

廿一日　晴熱　五月四日

今日上午渡江至民主市場買舊書未成，在李瑞球處取回所購《中國近代史》，范文瀾所編者，記載太平天國起義至失敗，取材扼要，論斷正實，近代史家之不存偏見者也。華崗所編太平戰史硬扯硬拉，真好笑矣。在曹宅略坐談，午後三時歸。胡林太寅之妻來省診病，問以鄉間各事。天旱望雨插秧，今年所乾之縣甚廣。

廿二日　晴熱甚　五月五日　星期二

今日報載無多事，予咳嗽已減輕，飲食加增。

廿三日　晴　極熱　今日立夏　五月六日　星期三

今日報載交俘已畢。和談復會後，我方所問對方均未置答。

廿四日　晴　熱甚　五月七日　星期四

今日下午華甫來説一時許，予約與同往愈友寓談詢各事，便訪志純，略談即出。太寅之妻回鄉，托帶字畫四件與次山等，並給邦丞二萬元零用。

廿五日　晴　熱甚　五月八日　星期五

今日咳已大減，外出一次，送表與水電廠。今日原擬渡江，以天熱中止。

廿六日　晴　極熱　五月九日　星期六

閲報，繼續談判及指定中立國收容俘虜事，對方未正式答復或避免答復，恐一拖延法也。予咳疾已漸愈，連日思將所編《太平天國朝野雜記》編竣。取材已夠，均係摘其扼要而可信者，加以公平斷語。舊時政策以安民强國爲主，今日則以人民爲重，圖强禦侮，理無二致。若在滿清平洪楊之後，硬將此一朝朝野人事置之九淵之下，今忽焉而迎之九天之上，則非公論也。太平天國其興也勃焉，其亡也忽焉者，正自有其興亡之道也。蕭一山、羅爾綱、簡又文三君所搜集史料最富，又出以公允之論斷。餘則朱謙之、彭澤益等所著，已帶牽强附會，難徵憑信。至後出版之某君所著，撒網太大，敘事則生擒活作，多擬不於倫者，不可信也。午後熱甚，小睡一時乃起，欲補未竣之畫件，亦未能也。

廿七日　悶熱　下午七時雨　自是大雨通夜　天氣改涼　五月十日　星期日

昨夕自安電表，已接火，通屋明亮，從此不受劉姓剥削。此種小人唯利是視，予與同宅四家吃虧二年餘矣。彼用電燈四盞，並未繳一元。尚須落電費三萬矣。午後補編太平史料，已大體完畢。再於重要者添以論斷，總算成書。亦予三年前自立之願，若以事實論，則在清代光緒戊申間亟欲聞者，每向書中求之，除日本所印中國各省學生所編各雜誌外，稍得鱗爪而已。當時求一真正討滿洲檄文，亦不可得。今日予恨已矣。噫，豈料滿清覆亡，今日天國史料始得於英德法美諸國圖書館所藏者，一旦宣露耶。推翻滿清政府武昌起義始於辛亥，而洪、楊金田起義亦始辛亥，六十年間，滿漢興亡一大關鍵，果天數歟？從前孫中山先生以洪秀全第二自居，或亦有所感矣。今夕天涼早寢。

廿八日　陰涼　五月十一日

九時起，疲甚。起後補編天國史。午後三時檢查一遍，總算草草完竣矣。今日未出，藉此休養足力而已。

廿九日　晴　熱極　午後五時大風暴　飛沙走石片刻　繼以雨　以後大風未息　五月十二日

早點後即渡江，先至瑞球處以字畫各一件貽之，酬其帶書之勞，且彼堅不收書價也。十時半訪孟道甫以和詩奉贈，坐未久，曹漢丞來，遂就其家共飯。十二時三刻與曹同出，至解放市場一閱，無物可購。近來新開市場甚多，地肆極狹，而物價又貴，故生意冷淡，顧客極少，此非所以提倡工商業者。二時予雇車至中山公園略遊覽，飲茶小憩。四時半又雇車渡江，行至江漢關，大風暴雨至矣，駭人殊甚。在後花樓小麵館候雨止，再雇車至漢臣家。飯畢，以風驟寒，予須加衣，遂決定在其家宿，先以電話告知夢閑，慮其耽心也。

四　月

初一日　陰寒　五月十三日

昨睡未安，幸未大咳嗽，着衣起，嗽洗畢渡江。行途中感覺仍寒冷難受，悔未着曹宅絨短褂，乃至余子祥寓借一短棉衣加之。早點後乃上輪渡江，抵岸乘車回家。設昨日不往中山公園耽延一時許，則早回家，免受此寒冷宿曹家也。下午補添畫幅二，寫字條一，小睡一時半，補昨日渴睡也。今日着棉衣。閱報，周外長提出抗議，美機廿五架於十日、十一日在我國東北拉古哨和安東兩地，撒下傳單，進行轟炸掃射，投彈五十餘枚，死傷當地居民二百五十餘人，毁房屋一千一百餘間云云。連日朝鮮談判，雙方代表正在求取得協議之時，美國又何以有此舉動耶?

初二日　晴　五月十四日　星期四

今日在家補編《太平天國雜記》，擬摘取翼王材料。五天王之中，以此人爲最有爲之人才，使韋正不殺其妻子，天王以後不使二洪以擠忌，天國事或可挽救，再延國祚，或者革命能成功也。

初三日　晴熱　五月十五日　星期五

今日補編《天國雜記》，自早至暮方止。

初四日　晴熱　五月十六日　星期六

今日仍編《天國雜記》，已到竣事之時矣。計有正文七十七頁，影外國圖書館所藏各書樣式九頁，共八十六頁，每頁約八百字，大約已逾六萬字矣。忠王李秀成事，自曾氏富厚堂交出原文與廣西省政府後，其十要十誤已大白。予對忠王敘傳擬從略。

初五日　晴熱　五月十七日　星期日

今日補未竣之畫件，亦有添改者，符畫理也。去年有數畫草草竣事，近日細閱，似宜添補。下午仍補抄翼王材料。前日請沈碧舫題書簽三件：《太平天國雜記》《歷變》《東歸詩集》。沈之大篆佳，予便求之。

初六日　晴熱　五月十八日　星期一

早八時華甫來約渡江。九時出，乘三輪車至漢陽門輪渡，抵漢口甚早。予將前日所借漢丞、子祥兩處褂褲分送去，與華甫同遊中山公園，約二小時出。至沔陽飯店吃飯畢，渡江再至黃鶴樓茶館中坐談三時歸。仍補編《天國雜記》。

初七日　晴熱　晚小雨　夜陣雨　氣候轉涼
五月十九日　星期二

今晨將所裱字畫取回，先後共付價六萬，花綾二匹作抵，及托裱宣紙由予供給，抵價至少亦七萬，蓋共耗去十一萬也。正午所定做新藤繃子送來，去價十七萬元。此則必要之物，非裱畫也。睡甚安適。予骨已老，舊繃子凹如杯，首與足均臥不適，轉鐘後甚舒暢。

初八日　晴　陰　午後時有小雨　晚大雨如注　五月廿日

早起腰痛足軟，十時仍補《天國雜記》，又補添畫件。閱報，美方談判，前日請朝中休會三天。今日又續休會五天，仍是去年狀態，果有停戰誠意否乎？中國人當推測之。報載十三、十四兩天，美機百餘架轟炸朝鮮平安南道之水庫已破，至該地已受水災，淹田淹人畜不少。噫，此有停戰之誠意否耶？

初九日　晴陰　五月廿一日

早起，補未竣著作。《天國史》敘李秀成止，未列陳玉成也。

初十日　晴大風　五月廿二日　星期五

今日閲報，有大風自西北來，晨由陝西、華北經過，晚間當至武漢及華南各省，北京天文臺所報消息也。正午北風止。

十一日　晴　五月廿三日　星期六

上午外出一次，歸後補《天國雜記》，已竣事。史論尚須改正字句錯誤，當請人校閲一過。下午二時送書還圖書館，並與李匡甫説半時歸。又順道至高運籌家談半時。

十二日　晴　五月廿四日

今日在家補書三件皆成，頭暈目眩乃已。

十三日　晴陰　五月廿五日　星期一

今日檢出道甫送來辔書畫宣二張，又檢應補畫稿八件定爲畫課，分日作畫課論。除看書外，日必作畫，預定半月内可成功也。又寫字條六張。午後閲報無多事，未提和談復會。三時半至横街集雅齋裱店給以二萬元工價，又向榮華店購電燈泡二枚。昨夕開燈燒壞電泡一枚，須補之。晚閲雜書，十一時方寢。

十四日　晴　五月廿六日

今日閲報無多事。午後又寫字條六張，補畫三件，連同前三日共寫單條十八張。用崔冠候在復員所贈蘭煙，細黑而有光，寫熟紙更出色矣。從前以此墨磨時不易濃，故置之未用。近日發現光黑可愛，真佳墨也。予近旬每日必寫行楷約四百餘字，可當書課矣。

十五日　晴　午後七時暴風　雨半時　九時仍有月色　五月廿七日

今日又寫字條四張，出外買紙二張，備作畫之用，因畫紙用罄。予之畫課，天熱不能出門時在家作畫，以消永晝而已。

十六日　晴　五月廿八日

早外出至圖書館借書，到門時聞該館上午開檢討會，下午方借書，乃出至愈友家與志純談半時出。今日閱報，蘇聯已獲美機跳傘入境之特務四名，偵察蘇聯重要事件，已處死刑云云。下午寫字五張，俱行書。今年未寫張濂老體，予愛夢樓體，而參以米、董二家，卅年來已自成一家矣。書畫二道，予均得三昧，以之名世、壽世均可，天假之年，當再有進境。夢樓與石谷之老年耳目皆聰明矣。

十七日　晴　五月廿九號　星期五

今日仍補畫件，寫字條四張，閱報和談又延期三天。

十八日　晴　午後陰雨　五月卅號　星期六

今晨寫字五條，用崔君所贈墨，漆黑而有光，寫熟紙最相宜，惜從前未之覺察耳。晚間閱雜書至十一時半寢，夜起一次。

十九日　晴陰不定　五月卅一號　星期日

八時起，疲甚，腰疼，上午未作事。午後仍寫字四條，餘時小睡休息。

二十日　晴　六月一號

上午寫字補畫件，午後一時華甫來約往孫君處一談。予先送字條三張與饒校文，在其家談片刻即出，因華甫在孫宅預候也。今日爲兒童節，滿街悉是小學生。予與華甫在孫宅談半時歸。

廿一日 晴 六月二號

上午寫字，閱報。昨以行路多，足腰均痛。午後小睡，一時起，仍補寫字條二張，晚九時以▨。

廿二日 晴 午後四時天熱悶甚 九時小雨 六月三號

予以昨未安睡，今日上下午補睡二次，神乃安。懷化來談各事去，傳曰："人莫知其子。"子受溺愛不明者，必受其禍，正所以食其報也。

廿三日 晴 六月四日 星期四

今日補畫三件，前月已成之畫六件，視爲不愜意，須改補之。

廿四日 晴熱 六月五號

今日報載和談又休會一天，已休會五次矣。玩弄中朝代表而已，那有誠意耶？想吾國人必知之。

廿五日 晴熱 晚涼有風 六月六日 星期六

今日補畫四件，連昨已竣六件矣。參事室送薪水來，黄傳達索予畫，予給一件去。午後六時訪李君，問各事，坐半時歸。晚閲清人筆記，乃知陳繼昌中解元時原名陳守叡，嘉慶癸酉科也。至庚辰乃會試，前乃改名繼昌，因夢中所見狀元名繼昌，然不料其先得會員。清代行科舉二百五十餘年，中三元僅二人，一爲錢棨，長洲人，皆省會産也。姑蘇山水清秀，桂林山水甲天下，勿乃毓鍾者歟？

廿六日 晴熱 六月七日 星期日

今日仍補畫件，午後寫條四張，下午訪李恢先。

廿七日　晴熱　六月八日　星期一

今日補畫六件，已成矣。此皆今春所畫者，添補完整，無瑕疵可指矣。須知草率不成畫道。吾不學徐青藤，又不學八大山人，不可以草率飾短耳。

廿八日　早陰　十二時以後大雨數次　六月九日　星期二

今日上午十時至圖書館取書，未開門，予以其天陰可改制度，不知仍以下午二時借書。蓋僅兩時半爲借出時間，怪哉。遂折而至愈友家，值其有客，未多談，乃至志純家坐談，就其家午餐。歸途遇雨，至平閱路口乃雇三輪車歸，换衣服。

廿九日　陰　六月十日

今日未出門，在家補畫。午後閱報和談遣俘條例又簽字。現只候停戰消息到來，然總望美方再不出花頭耳。

五　月

初一日　晴熱　六月十一號

今日閱報，在遣俘條文簽字前，美方尚轟炸朝鮮平壤等處，死傷平民，毁房屋洞穴甚多，何也？下午仍補畫件。

初二日　晴熱　六月十二號

今早出門一次，買得小賬簿一本。午後閱報，無多新聞。予作畫二件，用礬宣紙着色者已成矣，甚得意。

初三日　晴熱　六月十三號　星期六

今日閱報，無甚新消息，仍補畫件，已畢矣。統計現存者，除另檢之件備給友人者外，截至今止，實有花卉共廿四幅外，貼堂屋者六幅、人物五件、翎毛一件、山水廿四幅、外貼一幅，字之存件已提，另送友人者廿五條，又聯三付、自留大對三副、小對三副、小條四十件。此則去年夏初起，今年五月上旬，此實有字七十四件、畫五十六件，不可謂不多。予書畫賴此有進益矣。

初四日　晴熱　六月十四日　星期日

今日仍補寫畫，仍有續作。正午飲酒，具菜多，興趣不少，畫有得意之件也。

初五日　端午節　晴熱甚　六月十五日　星期一

今日飲酒三次，補寫各畫之款及題句，皆昨夕預爲之者，僅造句靈活耳，非予得意詩也。

初六日　晴極熱　寒暑表九十六度　六月十六日　星期二

今日上下午皆補未竣之畫。天氣酷熱如蒸，不敢出門，晚間更熱，不能安寢。

初七日　晴酷熱　六月十七號　九十八度

今日閱報，美機在平壤北部分批炸□城水庫數次。自一號至十六號，無日不分批轟炸與掃射朝鮮北部，人民死傷甚多。和談和談接近，何以如此，此情可推想矣。

初八日　晴酷熱　九十六度　六月十八號

今晨囑家人多買菜，正午玉兒帶同外孫兒女來，留之飯。予六十八歲誕辰。回想光緒丙戌，予誕生本籍西門，爲此日夜間十一時以後，則從前擬選作初八亥時者有誤矣。繼思吾母在時，每告予以丙戌年爲家中思苦之際，祖母謝世外欠之債未清，設非外祖母家接濟，則斷炊矣。此則予未敢忘之語。幸母壽至八十，遲先君廿年而後逝。此廿年中，享雞豚之膳者十餘載。見予三仕而心慰，故晚年無拂意之事耳。午後飲酒二次，食麵一盂。作自述四首已成。晚熱甚，不能寢。

初九日　晴酷熱　寒暑表百度　六月十九號

早起約華甫來吃飯，飯後與同乘三輪車至醫院看耿伯釗，疾已痊矣。談一刻鐘出，至高運籌家坐談甚久。出與阮分手，予至同仁醫院看沈碧舫，骨已診好，惟腳不能轉動靈活，蓋亦無妄之災也。立談一刻鐘出，今夕熱不可耐，不安寢。

初十日　晴熱　九十八度　夜間更熱　六月二十日　星期六

今日閱報無多事，美機轟炸，《長江報》今日方補報，與《湖北報》較遲也。午後補題畫詩。晚寢以熱甚，難成寐。

十一日　晴酷熱　百度　夜間尤熱　轉鐘三時大北風　六月廿一日

早八時半張深安同王伯森來看予，王年逾八十四，康强如五十許人，能飲酒食肉，耳目尚聰明。前清辦學多年，任教諭、教授數次，惟晚景不及徐蘭如耳。談一時許去。午後熱甚，未作事，晚睡不安。

十二日　小雨　陰大北風　六月廿二日

八時起，天氣已涼，可着夾衣，與昨日寒熱相差卅餘度。炎涼之態，天能操之，無怪世人也。晚能安睡，身體疲甚。

十三日　晴熱　六月廿三　星期二

今日閱報，無多事。補題各畫件之款已畢，心胸爲之一快。予畫去今二年有進步矣，堪笑近日畫道淪亡，致漫畫無紀律以欺世也。而嗜痂者多，何暇向其解説哉？足軟終日未出門。

十四日　陰　小雨一次　六月廿四日

早起，九時半訪恢先，問各事。十時訪張輝禧及唐、王二君。閱《祺祥曆書》，民間翻版也。此亦清史中可紀念者。便與詹、李二君一談。

十五日　陰晴悶熱　晚間更熱　轉鐘後大風雨　六月廿五日

天氣又熱，午後作畫一幅，補寫癸巳集十餘首，今年所作，未能深入用典。初五日乃作自述七律四首，頗竭力，然實未能工也。近三年來不願意用腦力，耐思想也。晚間熱甚，不能安枕。轉鐘一時半，大風忽起，繼以陣雨，半時乃止。自是安睡，夢多。醒後聞雨聲大作。

十六日　大雨終日　六月廿六日

今日大雨未停，屋漏甚多，堂屋中更不能坐，因未能作事。前三日熱至百度，今日着夾棉矣，天氣不正常乃如此哉？晚早寢夢雜，似見何養吾與談甚久，並告以湖堂同學諸人事。

十七日　陰雨　六月廿七

七時起，天氣仍寒，飯後剃頭，小睡一次，補寫癸巳詩稿，已有六十三首，此皆五月廿五以前所作。如下季得半數，則今年詩可有百廿首矣。三時閱報，新華社廿五號電，美機廿三晨濫炸平壤市東區八次，投大小彈二百五十多顆，炸死平民及土窟住宅甚多。又廿一、廿二，美機在宣川郡及新義州市，對一廿個住户的村莊投下十餘彈，炸死居民不少云云。和談遣俘簽約協定等等，恐終受美人之愚矣。

十八日　陰　六月廿八

今日補寫癸巳集已完成。自後每作詩成即書之，不候彙集也。和談事恐雖庸人亦知之，誠僞尚何研究哉？午後第五小教員王君來看畫，予一一給之閱。

十九日　晴　六月廿九

連日聞各鄉以雨大，年歲轉好，真爲幸福。午後仍補寫行書四條。

二十日　晴　六月卅日

今日寫一函與校文，附予自壽詩四律，請其和韻。予近三年詩並未示人，慮無識者妄批評或摘句自謂精警也，殊爲可笑。

廿一日　晴　悶熱　七月一號

早外出食點心，歸後閱報，南朝鮮與臺灣勾結，欲將志願軍被俘者自南朝鮮釋放云云。似此大可慮也，和談尚可成耶？午後寫行書二條，訂本子二，備補太平天國續編之材料，與爲論斷之用。

廿二日　晴熱　七月二號　星期四

早起。夢閑與同住董太太帶小蘭去遊珞珈山。下午四時方歸。予以熱未出門，在家看《五雜俎》，福州謝肇淛所著，日本印本。昨自李愈友家借來者也。連日訪李恢先問各事。天熱如此，前日遇懷弟所説，殊可憐也。

廿三日　晴極熱　今日正午百度　七月三號

早與華甫約去看伯釗病。午後二時到院，酷熱不可耐，見伯釗病已愈。彼告予等，此時熱正百度矣。與談半時出，又至高運籌家坐二小時，華甫别去。五時予至同仁醫院看沈碧舫，在外科病房中，骨傷已愈，惟足立而不能屈，彼與李仲弢及予談片刻，予辭出。今日天熱難過，晚睡尤難。

廿四日　晴極熱　九十六度　七月四日　星期六

今日外出一次，歸後寫字四條。參室送七月上半月薪水來。

廿五日　奇熱　有南風　九十八度　七月五號

閲報，和談支離太多，李承晚且反對停戰協定矣。

廿六日　奇熱　大南風　百度以上　七月六號

早起，天熱未能作事，夜臥亦不安。

廿七日　奇熱　南風　百零九度　七月七號

今日天熱未作事。

廿八日　奇熱　大南風　百一十度　七月八日

天熱未出門，午後一時至三時，連日堂屋如烘，今日頭暈腦悶。

廿九日　奇熱　大南風　百零九度　七月九日

今日未能作事，下午一時胡林季香來，予問以鄉間各事。同來二吕姓，一朱姓，留飯去。

三十日　奇熱　百一十度　七月十號

今日更熱，不能作事。久未見滓成來，不知彼近狀如何也。近五年彼運氣不佳，精神病愈重，因作一函問之。

六　　月

初一日　晴　奇熱　百一十度　七月十一號　星期六

今日早起，看張宅寒暑九十二度，出室外視之，九十四至九十六矣。下午百一十度。晚間無風，蚊又多。予以室前後人多擾擾，致終夜未安神。此爲今年最熱之一天。

初二日　晴　奇熱　百零九度　七月十二號

連日天熱如蒸，寢食均失常，不能安坐與休息也。宅北向午後一時至三時椅案俱熱，每年經五月初至八月杪，四月中爲一難關。昔孟夫人在日，嘗有志此五月中旬以後上牯嶺住至七月初歸，徒有其意，其所謂東周之願也。以現勢論則爲享受過分，不勞動之大罪惡矣。然近月政府指定省廳長級放假廿天，省以下級放假十天。放廿天者用度報公賬，可至牯嶺消暑廿天者，又何也？今夕寢坐不安，手不停扇，推想漢口、橋口、武聖路以上小户人家，如蜂窠鴿子籠，以及吾邑謝家巷、大小西門之小住宅，真地獄也。

初三日　酷熱　百度以上　七月十三號

今日閲報，和談判復會後已開八九次行政性會議，又休會一日，將來如何結果，智者亦不能推測真僞。

初四日　晴熱極　七月十四號

今日未作事，閲報如昨，食西瓜。

初五日　酷熱　百度以上　七月十五號

室外如蒸，室内如爐，真所謂陰陽爲炭，萬物爲爐矣。食瓜一枚。

初六日　奇熱　百度以上　七月十六號

早起即熱不可耐，今日爲大中節。回想四十九年前事，吾父謂此日爲其一生歡樂日，則不勝感概矣。予入學已五十年紀念日也。予入泮爲六月初五，儒學學書，初六侵晨始到縣送報條。

初七日　奇熱　百十度　七月十七號

今日未能作事，李恢先來告之各事。

初八日　今日初伏起　酷熱　百零八度　七月十八號

今日初伏，奇熱，四鄉望雨，據説禾苗盡枯，已廿一天未下雨，又五天係大南風，田水旱竭，今年難望豐收。

初九日　晨四時半大陣雨約十分鐘　七月十九號

今晨天未曙，暴風雨十分鐘即止，但氣候已改涼矣。九時以後外出買紙，並問懷義夫婦，得知其父近狀可憐也。其母於前日又回鄉間。羅國貞自鄂城來，予途遇之，問以各事。午後補填未竣畫件，又爲校文另作一畫。晚寢尚安。

初十日　早九時小雨　七月二十日　星期一

早十時羅國貞給以函付遲生，羅云今夜回鄂城，並囑各語去。午後補畫件，未成。

十一日　晴　七月廿一　星期二

今日閲報無多事，午後補畫，已成，爲校文作，並題詩二首。

十二日　陰　雨　晴　七月廿二日　星期三

今日補畫俱成。閲報無多事。晚寢安適。今日曾往愈友寓一談。華甫來，予未遇。

十三日　晴熱甚　七月廿三日　星期四

今日疲甚，未出門。九時校文送和詩來，佳句甚多，與談二小時乃別去。今日檢瓦修屋，晚間仍熱，宿堂屋中。轉鐘後大北風陡起，繼以大雨如注，二小時乃已。

十四日　晴熱　晨三時大風雨二小時乃止
七月廿四日　星期五

早起寫信給華甫，約以星期日同往食湯包。

十五日　晴極熱　百度以上　七月廿五日　星期六

今日室内外如烘，几案俱熱，未作事。

十六日　晴熱甚　七月廿六日　星期日

早華甫來略坐談。翟竹如送印譜來略坐，予遂與同往新四美食湯包。男女客衆，予用去八千元。九時歸。午後室内已百度，晚間更熱，宿堂屋，轉鐘入内室臥竹簟上，赤身未蓋薄布，一覺甚適，醒時忽覺四肢酸痛異常，而胸板滯，似氣悶，吐綠膿色痰一口，自是氣管炎大發矣。愁苦萬狀時，竭氣力咳出濃痰一二口，飲食未進，上重下輕，不能行動。

十七日　奇熱　百一十度　七月廿七日

十八日　奇熱　百度以上　七月廿八日

昨夕月食，今晨二時乃看得清楚。

十九日　奇熱　七月廿九日　星期三

二十日　奇熱　百度以上　七月卅日　星期四

予疾今日稍鬆，略進飲食，但綠痰未盡，内火胃火中燒。

廿一日　奇熱　七月卅一　星期五

廿二日　奇熱　百度以上　八月一號　星期六

疾未減，連日天奇熱，未能作事。

廿三日 奇熱 八月二號

廿四日 奇熱 八月三號

連日熱甚，室内外如蒸，坐臥不行，咳亦未愈，真苦境也。六十年來，每年逢伏天必酷熱六七天，或半月，或一月，其間必有十餘次或數次陣雨以改涼，而人得安寢。去年熱得厲害，然不如今年時間之長耳。自幼稚至老大，逢五六七三個月中，直是過苦難也。予在本籍時，遇伏亦如此，數月爲難關，然熱過度之年，約記不過數次，即有百度，三兩天而已。今年情況實爲初見聞之，各老年人均如此説。

廿五日 奇熱 百度以上 八月四號

予病已減輕，今日乃食飯，上下午各一盂。計發咳疾已十天，連日臥地板上，書亦不看亦已十天，飲食略能吃乾飯。自病發後有三天未食，餘則食稀飯一盂。口中乾裂，時時無津液，食西瓜數次。自病後慮寒滯，未敢食也。今日因鼻孔口腔均熱，似有火，乃食西瓜一次。二小時後火氣下降，心胸爽然。

廿六日 奇熱 百一十度 八月五號

咳疾痰易出，口中黄厚舌胎已六日。昨食西瓜後變成紅潤矣。食量稍好，心煩亂仍如昨，慮成心臟病。今日仍臥地板上。午後遲生自鄂城來，據説已爲楊、牛二姓帶小孩並送信，在漢耽延五小時方渡江也。予問以縣中各事。

廿七日 奇熱 百零八度 八月六號

晨起送章子與范尚立，請其帶予薪水歸。正午范來交到八月全月份六十二萬元，此次係室中自動發一月者也。熱度午後三時更烈，晚與遲生及家人宿堂屋中，轉鐘後風雷大作，繼以暴雨，電光閃閃半小時，雷聲震瓦屋，頗駭人，約六七次，似有某處被震者。予半夜不安，幸屋漏前星期檢好，否則室内與天井不分矣。華甫今早來，談片刻去。

廿八日　晴　熱度已減爲八十以上　八月七號

咳仍未減，濃者少，稀者多，痰中味鹹，如去年。予咳疾劇時，痰中味極鹹，從前吐濃痰極甜，頻頻以此狀詢診，予延中西醫不能答也。此夕電觸死一鄉人。

廿九日　晴　奇熱　百度　今日立秋　八月八日

咳稍好，惟胃口不開，食到而惡之，過時又餒甚，心愈煩悶。

三十日　奇熱　百一十度　八月九號

今日閲報，自停戰後，美機仍在吾國東北鬧了十二次，晚間無風，尤熱。

七　月

初一日　奇熱　百零七度　八月十日

咳疾似減，但稀痰仍多。遲生昨已住其岳家去，予囑之也。周親翁夙有精神病，自遭變亂後更甚，每來寓，一聾三癡，語言失常，亦可憐矣。

初二日　晴熱　百一十度　晚尤熱　八月十一號

十時以後，室内外如蒸，晚間熱至不能寢。各街男婦、小孩，各於其宅門外露宿，予咳亦未減。

初三日　酷熱　百一十度　晚更甚　八月十二號

自朝至暮，酷熱未已，晚宿堂屋中亦不能安枕。予今年六十八，除三齡時事不記憶外，六十餘年中有此熱者，至多不過二三天即止矣，未有熱度相連不斷至卅餘日者，寧非奇事？同光時六十年同氣候記載，天熱至多不過六七日，並不相連，此則奇中奇也。近二旬中，新橋河中冷水浴者淹死六人。省立醫院求診病人，露立受熱汗薰蒸死者三人，尚有未見醫生面。武漢各醫院各診所中人山人海，午夜排隊取條子號碼約三小時方能看病。醫生皆新進，不與病人説話，亦無暇與病人説話也。能診好病人與否，則視病人幸運如何耳。噫！是誰造此劫哉？聞大東門外熱死一老者，長街亦見有熱死鄉人二次。推想鄉間割穀者必有死亡之數。

初四日　酷熱　百十一度　晚間更甚　八月十三號

終日熱不可耐，今日定生自東湖歸。晚寢堂屋中，小風亦無，汗出如瀋，終日手不停扇，咳嗽不已。

初五日　熱甚　百十二度　晚更甚　八月十四號

終日熱不可耐，不能作事，計截至今夕止，天酷熱者已卅九天，寧非怪事？周滓成來，予囑遲生招呼，因其神精亂，難與言，予又畏熱也。

初六日　酷熱　百十二度　晚間更甚　八月十五號

聞昨晚省府通知各機關下午要實行停止辦公，不准陽奉陰違，如果某科熱死職員一人，應歸科長負責。唉，此真趣聞也。今日午後室内外如烘，悶氣殊甚，咄咄怪事。

初七日　酷熱　百度以上　晚九時忽起大北風　八月十六號

今日上午未作一事，晚間涼，稍安枕。

初八日　熱甚　大風未熄仍九十八度　晚有小雨　八月十七號

今日風未熄，但仍熱。午後九十八度，晚小雨時作，予屢欲寫扇面，以手軟中止。

初九日　晴　風　小雨時作　晚十一時以後大雨達旦　八月十八號

今日報載有颱風自江浙來，湖北東方今晚八時起必受大風影響云云。至晚八時未驗也。陣雨時來，以後無加風之象。予十時即寢，甚安。近三天咳嗽似痊，飲食已增矣。寫六十八初度詩於扇面，孟道甫贈予者，寫字不佳。

初十日　陰涼小雨　午後大雨至晚轉鐘四時乃已　寒暑表八十四度　八月十九號

早起咳已大減，思食甚，胃已開，時時感覺餒也。晚寢甚安。

十一日　晴熱　九十度　八月廿號

晨一時半、二時半、四時均起小溲，咳疾似已愈矣。小溲多，未有如昨夕今晨者，計六次。昨天涼，未多飲茶水，而小便之漲醒必起。計全日飲水未有如此之多，約升餘。奇哉。今晨五時，天空紅雲如火照，地面皆赤，知必復熱。予統計五六至昨初十止，熱百度上者，五月初六九十六度起，至初九日已達百度，如是至今逾百度已四十日矣。

十二日　熱甚　九十度以上　八月廿一日

予咳疾漸愈，天氣熱，思作事未能也。

十三日　晴極熱　九十二度　八月廿二日

今日更熱，不能作事，華甫來談半時去。

十四日　晴熱甚　九十三度　晚更熱　月光如水
今日處暑節　八月廿三號

今日下午補畫一張，已成。前旬所畫，置而未閲者也。連日閲報，遣俘紅十字慰問事，俱不順利。聯大開會，蘇聯代表維辛斯基又提議介紹中華人民共和國與北朝鮮加入聯大會員國，投票時又遭否決矣。

十五日　晴熱甚　九十四度　晚更熱　月色大佳
八月廿四號

今日中元節，吾家祀祖禮節近三年已廢矣。遲生來省已二旬，此時縣中誰人祀祖耶？見左右小户晚間燒紙，尤生感慨也。晚宿堂屋中，并無小風，此真七十餘年未見奇熱。予連日問之高元勳、張深安及深安轉問王伯生，年八十四者。均云有生以來未見過。前月黄陂劉姓來，云彼鄉割穀時熱死四人。昨日胡林來人，云前旬割穀熱死三人。此可推想他縣情形矣。此則史無記載之事，特記之。晚不能寐，默記華甫七十四自壽詩，因和成之。

十六日　晴熱極　九十七度　晚更熱　月明如晝　八月廿五日

今天又復酷熱矣，予早八時外出一次，購雜物。午後未作事。連夕仍睡堂屋中，手不停扇，此真反常氣候也，前史無記載，不知清代二百六十年中有此四十餘天之長熱否？今晚遲生回縣。

十七日　晴酷熱　一百度　晚更熱　八月廿六號　星期三

早八時送書還愈友及志純，就其家談半時歸。午後將和華甫七十四初度詩四律改定，明日可送去。和人詩必就其原韻，實不在道理之事。清季盛行之，唐宋人無此例也，和原韻則句多牽就，失詩之本性矣。予此次和詩牽强之句太多，無他法變更之，可笑也。

十八日　晴熱甚　九十六度　晚有北風　八月廿七號

今晨四時稍涼，起溲後入室臥，疲甚。飯後未出門，足軟，仍臥房内地板上。晚有北風，稍涼。今日接暹生信，知已於昨晨五時即回縣宅矣。云縣中熱度僅八十度。

十九日　晴酷熱　九十二度　晚有風涼甚　連夕月光均好　八月廿八號

早起仍熱。和華甫七十四自壽詩寫就，付郵發出。

二十日　晴熱　八十八度　晚涼　八月廿九號　星期六

鄉間望雨甚切，天不改涼，起乾風。秋後北風，將疾病必多矣。胡魚山來還借款，留之飯去。連日閱報，聯大開會，一月所議提各案，均關係南北朝鮮停戰後議和統一辦法。蘇聯所提案又遭四十六國否決。一九五零年後，聯大迭次開會，只要是蘇聯提案，並未通過一次，怪哉。

廿一日　晴熱　八十度　晚有北風　小雨一陣　八月卅號　星期日

今晨三時身體甚適，以後熟睡，惟感腰痛耳。八時半起，補寫太平天國數條。予所編《天國朝野雜記》，四十四年前即有此志，惜當時無參考可以作裁料也。民初僅得數種，今則裁料多矣，誠爲昔年夢想不到者。書快成，然泮香來談。

廿二日　晴熱　午後有北風　晚涼　八月卅一號

早起清理各事。閱《黨史》第九章三頁，不能記。午後華甫來談一時許去。彼約予出遊，予以畏熱不願行也。計算十二日未下雨，故餘熱猶可畏也。

廿三日　晴熱　八十六度　晚有風　九月一號

天氣已近白露，而秋陽仍烈，中午熱甚。今年氣候已屬反常，予有生以來未見此熱之且長也。自三月起，其間熱極者十一天；四月中酷熱者有四天；五月中奇熱者十五天；六月中奇熱者廿五天；七月至今日止，已酷熱者已十九天。是自春至秋已熱至七十四天。豈非奇事耶？前史未見此記載，吾生逢之。同時朋輩年逾七十者僉云奇事，自可紀也。

廿四日　晴熱　晚有風　九月二號

今日閱《黨史》及天國史料，補光緒間日記。予咳似大減，然早晚必有二三次咳甚者，痰吐乃已。此種慢性病令人愁鬱而已。

廿五日　晴熱　午後大雨　晚雨達旦
九月三號　星期四

今日天氣已涼，補光緒間日記，午後閱天國史料，尚有應添入吾所著述者。昔欲編天國史，苦無材料，今則材料多矣。

廿六日　陰　小雨　九月四號　星期五

今日閱報，無多事。寫字條五張，佳者二張留存。

廿七日　陰晴　九月五號　星期六

午前閱報，仍無事之可記者。午後五時范尚立帶來參事室九月份全薪。寫信與華甫，約其星期一渡江。

廿八日　陰　時有小雨　九月六號　星期日

今日囑家人買米油等件。《湖北報》星期雖有送閱，但無多事。

廿九日　晴　九月七號　星期一

今日補前清日記數條，寫字課楷書三頁、行書四條。天氣已改涼，晚能安睡，惟予咳疾未痊。連日寫字條五張，今午又寫已畫紅格四尺玉版宣全張二件。一以届格寫隸書，略似八分，非全爲唐隸；一係正楷，略似張廉卿體。均佳，置壁間懸之，自贊許良久。

八　月

初一日　晴　今日白露　九月八號　星期二

上午寫字看書，下午穎蓀約敖家湄、陳某來看房，周鵬程來談，謂不久赴京，因其子基坤迎養也。持來已裱立軸請予畫，謂留爲紀念者，予許之。細述半年來被議經過，小人難防，可畏也。

初二日　晴　九月九日　星期三

予咳久未痊，心煩甚。中西醫藥經過多次、應驗甚少。聞有新出之瑞士製藥，明後天當渡江購之。

初三日　晴　九月十日　星期四

早起。華甫來約予外出，予不願意，辭以明日。彼約予初五過其家午飯。蓋七十三歲生辰也。午後渡江至曹宅、李宅略坐，並購雜物歸。

初四日　晴　九月十一日　星期五

今日寫字條四件，書舊作，仍留存。摘前所餘書畫四件，贈吴端偉及趙少卿。將鵬程立軸作山水輪廓，已裱之件不能施水法，可恨。晚閱雜書。

初五日　晴　九月十二日　星期六

咳疾時重時輕，心煩甚。中醫有人薦陸繼韓，囑予求治，明日當訪之。晚間尚不咳，即咳亦不過數聲，痛苦已移於白日矣。

初六日　晴　九月十三　星期日

晨四時體通暢，已能安睡至九時起。在家寫字册卷心，未出門。

初七日　晴　九月十四

七時起，今日足仍軟，未出門。閲報無多事。午後補畫，立軸已成矣，並爲鵬程題詩二首，有深意，頗似文節詩畫也。今日野狐禪甚多，若論六法，無異對牛彈琴耳。端偉來請予作挽聯，挽耿曉唐，已寫就，明日當送往，表哀忱而已。

初八日　晴燥　九月十五　星期二

早起至四美館吃湯包，送挽聯請愈友轉交耿宅，并與志純談半時歸。今日寫字二條。

初九日　晴燥　九月十六　星期三

今日報紙無多事，予咳嗽未愈。今晨請陸繼韓醫生看病，久候方得診視之。立方惟玉蘇子、紫苑、淡薑炭三味藥未服過，餘藥均常服者也。姑信其技，近日所稱時醫者也。陸君年六十，每日號金以政府所限制，每日收入卅萬元，每日共診病六十人，每人號金五千元，乍看似不多，然積則甚多。據説今年自五月起均如此。陸富有而月有九百餘萬之收入，何幸而爲現代之醫生也。

初十日　晴燥　九月十七　星期四

上午未出門，下午二時至圖書館訪李匡甫談一時許，送畫與鵬程，見其子基坤已歸，云一星期後即與鵬程夫婦同往天津南開大學居住，所謂迎養者。如此環境，子能養親甚少，因記數言。談半時出，途遇劉樂堂，就其寓略坐，房小髒甚，片刻即出。訪李蓮方先生，知其住病院未出，已二月矣。年七十六，想已衰老。

十一日　陰晴不定　九月十八　星期五

早往銀行還房捐，便訪恢先，問成大消息，便約華甫，至酒館吃麵一碗歸。

十二日　晴　九月十九　星期六

今日寫條子二副，至恢先家問成大信。晚間又服陸醫所開方，補一服，照陸所囑也。

十三日　早陰小雨　午後晴　夜間又小雨 九月二十日　星期日

九時外出，乘車二次，訪范寄滄談予病源。其妻能打梅花針，予請治之。約一刻鐘即止。十一時歸，似甚鬆。訪蔣立庵未晤，僅與其妻談數語出。晚睡後未醒，至轉鐘五時醒，起坐一次。嗽清痰，未有濃痰，約一刻鐘。飲水一杯，仍睡。

十四日　雨寒　晚十時見月色　九月廿一日　星期一

今日參事室托尚立帶十萬元借支來，爲照顧各員中秋添買各物也。回想在恩施甲申年，魯山請予作待月詩事，倏忽十年，光陰似箭，無怪人易老耳。昨今兩日咳已大減，果爾則機緣、迷信皆爲不可去□者。

十五日　晴　月色大佳　九月廿二日

今日上下午均未出門。中秋節至，以咳疾初輕，不敢飲酒，僅多食菜而已。晚見明月不圓，似欠一痕，如十四日者，因本月望在十六夕也。

十時寢，先飲糖漿，先醒一次，至天明乃醒。

十六日　晴　月色佳　九月廿三日　星期三

八時起，九時憶昨夕月光，偶信筆寫詩二首，亦雅潔見性靈也。

十七日　晴　九月廿四　星期四

今日閱報，無多事。下月改定《長江報》看。惟該報字小而密，又墨色暗淡，目力受損。前年閱《長江》，去年改《新湖北報》，月去一萬八千元。一年所入須除去廿萬也。不看不知時事，此費似不可減。予不吃煙酒可以代矣。

十八日　晴熱　九月廿五日　星期五

早起至鵬程家，知其尚未動身，遂約其今日下午五時來寓吃飯。年老同學無多，彼又遠行，須餞之也。晚七時，鵬程父子俱來，華甫、穎生作陪，便示以天津舊同學尚有十人不知存在，請其便查。同學録未在手邊，穎生所憶記者開列之。八時散去，側廳改房現已成功，糊裱已畢。

十九日　晴熱　九月廿六

近三天咳嗽已減，或者可望痊好。昨又似傷風狀。脱衣洗抹，似感寒。予身體已衰老，加意培養，視財力而已。今日爲亡兒根生忌日，没已十六年，思之泫然。

二十日　晴熱　九月廿七日　星期日

上午欲出門至候補街打針，咳嗽已減，以内子須往玉兒處未果。午後在南湖汽車學校醫生嚴濤來訪，談甚久去。予咳嗽忽大作，到晚更甚，俱係稀白痰，恐係傷風感冒也。抗戰時居宜昌、恩施共八年，受山嵐瀰瘴影響，秋末冬初每易感冒發咳嗽，輕者六七日，重者半月即愈，已較戰前疾狀似重矣。復員回武昌遂成一痼疾，每年發一次或二次，皆在春寒、秋末、冬寒期間，如是有延至月餘方愈者。前去年較重，發至兩月餘。今年發病乃在酷熱之夕，牽延至今日尚未痊，已三月餘矣。年來打針服中西藥，旋好旋發。中西藥無甚效，即有效只初次，再發而又無功矣。予命不該死，予思不服藥亦可漸愈。“藥能醫假病，酒不解真愁”，諺語亦可味也。

廿一日　陰　大風　小雨一次　九月廿八日

昨夕咳畢，上床又咳十餘聲，十一時乃睡去，醒後口乾如裂，只好忍之而已。旋又睡熟至天將明時。醒後喉癢甚，乃起咳稀痰廿餘口，胸中乃寬適。昨聞念曾母子已來省。

廿二日　晴熱　晚寒　九月廿九日　星期二

咳嗽似又感冒增加，今晨吐出濃痰三口乃鬆氣。中午咳二次，晚寢後轉鐘二時醒，又吐濃痰二口。今日念曾母子同來，並第四孫亦帶來家，能行走，頗活潑。

廿三日　陰早寒　午後晴　九月卅日

早起仍咳，較昨稍好，惟連日因咳傷胃，致飯不能多吃，晚乃以麵繼之。下午四時念曾母子同回南湖周宅。予咳嗽，服立菴藥稍好。

廿四日　晴　十月一號　國慶

今日滿街懸旗遊行。定生參加，下午二時方歸，自晨五時去，已九小時矣。下晚予乘車出外購藥及糖果等歸。李漢文租屋，來補六萬元，云星期日搬來。

廿五日　晴　十月二號

以李款購米買雜物。老四未就事，胡林的玉枝又來住，吃米者多，用錢不少，此不可推卻者也。今日周媳又帶兩孫來，念曾要取怪齒一枚。

廿六日　晴　十月三號

上午帶長孫去取牙，予亦取去一枚，因門牙補做者已壞，須重補也。此人張姓，與戴志强較，相差太遠。予以渡江不便，因就近診之。

廿七日　晴　十月四號

今日下午到玉生家吃飯，昨取去牙，牙齦疼痛。

廿八日　晴　陰　時有小雨　十月五號

今日到良友牙科，又爲念曾取牙一枚，甚痛苦。予取一枚，含藥多次，痛甚，囑其從緩再取。此人技術差，又不肯用好麻藥，予謂休息二日再取。

廿九日　十月六號

今日聞念曾因取牙而牽及瘰癧子患病，大熱，吐云云。小孫小毛亦以亂吃致病云云。念曾已進醫院，予心煩甚。

三十日　晴　十月七號　星期三

今日囑老四去問兩孫病，云與昨日原狀同。小孫已送陸醫生診治。

九　　月

初一日　晴　十月八號　星期四

今日報章無多記載。予未理筆墨已旬日矣。咳嗽亦未愈，心念兩孫來省染病亦不安。身體軟弱，行動甚難，心煩亂殊甚。

初二日　晴　十月九號

咳未大愈，時好時又加重，聽之而已。下午囑老四問兩孫疾，云已有轉機。

初三日　陰晴不定　十月十日

今日下午與華甫同乘車至革大校本部，因“雙十”紀念節，省府讌請辛亥同志之存者，聞今年人數加請云云。車行途遇玉兒至醫院看兩孫，知已轉好云云。到校部人數約六十餘。梁瑞堂、李伯韓等係久未見者。新增者陳志純、李愈友、韓大載等約十餘人。酒菜較前三次差，以有省政協共兩機關請客，乃簡陋如此，何也？陳、程兩君致歡迎辭，耿致答詞，較前三年簡。七時開席，共九桌。八時半散，予先乘車歸，途與胡舜生略談去事。歸後咳大作，以今夕席中飲葡萄二小杯也。夜寢不安。

初四日　晴　十月十一日　星期日

早起仍咳甚，記念曾孫住醫院已六日，不知醫治情形。周媳來説已轉好矣。取錢二萬五千元去零用。張寶廷來，仍囑函約羅資生去彈《平沙落雁》製片事。

初五日　陰晴　十月十二號　星期一

早起仍咳，午後閲報無多事，晚囑老四問兩孫病狀，聞已轉好。

初六日　晴　十月十三號　星期二

午後外出買藥，並訪熊予佛看病，未晤，三時歸。聞遲生自縣中來省云云。晚間遲生來宅，予細詢各事。長孫病已愈，大約二天内可出院，用去十七萬餘元云。

初七日　晴　十月十四號

早起咳嗽又似減輕，晚間遲生來，云念曾明日可出院。

初八日　陰晴　時有小雨　十月十五號

早起，昨睡稍安，咳似減輕。午後閲報，無多事。

初九日　陰小雨　午後晴　十月十六號

早起咳兼喘氣，予以此病爲苦，擬住醫院診治，又慮無高醫生，不如仍續服白松糖漿也。下午天似轉晴，小睡後已三時，遂約華甫乘車至黄鶴樓登高遠眺。憶在恩施曲水洞，連年四次萸會社友，廿餘人登高賦詩爲樂。今日思之，存者尚十分之八，而三位社長，饒聘卿今年七十九，沈碧舫、張春廷二先生年七十七，尚健在，亦幸事也。傍晚歸後作詩二首，未成，明日當修正之。今日已見念曾，病愈消瘦可憐也。

初十日　晴　晚見月色　十月十七號

今晨往牙醫生處上藥。予取牙已逾旬，時時瘇痛礙食也。下午四時約張深庵往三佛禪林訪北京重回武昌老僧虚云，湘鄉人，今年一百十四歲。身高，兩耳垂珠，較常人長大，顔色似八十歲人。髮未全白，鬚白，亦較常人長。説話聲小，耳聰目明，與五六十許人同。高鼻深目，品貌非凡，似可稱人瑞者。予去秋未晤，今始聞其來，必求一見，略坐即辭出。彼欲送予出門，予與張均止之。予出後與深庵言，似前二年夢見此僧像貌者，亦奇矣。

十一日　陰　雨　寒　十月十八號　星期日

昨聞遲生等今晚回縣，不知已行否，晚間枕上時時念及。如今晚搭輪須受風寒矣。寢不安，時時有夢，天將曙，聞大風作，氣候轉變。

十二日　雨　十時以後大風　十月十九號

天氣轉寒，今日衣棉袍棉套褲，病後須加意防護。午後三時蔡寄漚與蘄春蔡希民來訪，談一時許去。

十三日　陰　十月廿日

早起咳稍輕，何時可全愈，則視氣候轉變如何耳。今日爲先母誕辰，假使尚存，今已九十九歲。嗟乎，母没十九年，予值國難西遷，受盡萬苦。乙酉東歸，稍安者二年，近則病魔未去，身體日衰，言念母在時之狀，潸然出涕。

十四日　陰晴　十月廿一日　星期三

早起咳仍昨狀。聞遲生尚未回縣，到此多日，周媳及兩孫來已逾二旬，患病，用錢不自節約，而輕舉妄動如此，可恨也。晚寢後夢見先母似引予登一矮樓房，房清潔，具有衾帳，母囑予入，在外頻以手指示。非省縣二宅狀，此何兆耶？

十五日　晴　十月廿二日　星期四

早起，咳仍有氣，食量稍增。遲生引念曾來，此孫雖愈，而清瘦殊甚。飯後予囑其即帶媳等回縣，並給川資五萬元。遲生帶來之錢已用罄，又括予飲食之錢。遲生每回來省必如是。諺云“老來靠子”，則何説也。予父母生時則靠予奉養，以天理人倫論，遲生於予適得其反。

十六日　晴　月色佳　十月廿三日　星期五

早起，憶遲生母子及孫輩此晨已抵縣宅矣。午後華甫來約予往孫鴻儀寓坐談一小時出，在酒館食湯粉，仍乘車歸。

十七日　晴　今日霜降　十月廿四日

早起，寫字五張，補此旬字課也。檢查已十四天未寫字，因補之。又和劉静山七秩自壽四律。昨夕草草成就，原詩不佳，予和作亦少警句，敷衍而已。午後賓秉鈞來談甚久去。

十八日　晴　十月廿五日

今日無多事可記。連夕憶及幼時在本籍讀書事。庚子上季，四海昇平，四民樂業，吾邑城内安静。予夜課下塾時爲亥初，近九點鐘也，老幼相安，舉室恬然。予是時年十四，正爲八比試帖，聰穎異常人，父師均愛之。今日默記，則五十四年前事，如夢境也。

十九日　晴　十月廿六　星期一

報載今日政治會談在開城開始，美國及中朝代表晤商，中立國參事。逆料難有誠意，無好結果。

二十日　陰　十月廿七

火食費已用盡，又向胡如山、陳宅、董宅共借二十萬元填虧空。予咳嗽喘氣未愈，又不能買貴藥打針等等。昨請韓大載寫信介紹在湖北醫院住院，尚在遲疑中。晚寢多奇離之夢。今日下午三時獨登黃鶴樓，見菊花僅半放。

廿一日　晴陰　小雨　十月廿八　星期三

咳嗽稍減，稀痰多，濃痰漸少。晚仍起坐一二次，寢後轉鐘聞小雨聲，又有雷聲。秋末無雷反常矣。

廿二日　雷雨風　十月廿九日　星期四

今日閱報，政治協談美國果有花樣翻新者，直侮弄中朝代表而已。後事如何，真所謂且聽下回分解而已。恐不是短時間得要領者。

廿三日　陰晴　大風　十月卅日　星期五

連日無錢窘甚，徐裁縫又要回鄉，須借錢與之也。心煩亂殊甚。今晨九時至民主路地政科取回所有權狀，此屋圖現止有二十一方半，分割與陳姓已去八方矣。晚以嘔氣早寢，轉鐘三時聞風加大，又大雨點擊窗欞，有聲似雪子。徐裁縫於四時出，回鄉矣。

廿四日　大風　小雨　寒甚　十月卅一號　星期六

早寒未能起，十時乃起漱畢，餒甚。午後未作事，今日有隆冬氣象矣。閱報，美國果能誠意？花樣翻新。晚寢後醒二次，仍咳嗽。連夕睡熟後多雜夢，非止一次。

廿五日　小雨　午後雨　十一月一號

四時半起，天寒如冬。十時寫字三張，均不佳，出門至張、范二家略談，無聊甚。

廿六日　陰寒　十一月二號　星期二

昨以時咳時止未睡好，今日十時起。午後二時至李愈友寓借得五萬元，連日窘甚，無處可借也。與志純、校文在陳宅談甚久歸。以款還董姓並托其帶上海米廿斤。接鵬程函，告予以購西藥肺舒鈣服之。泮香四時來家，予未歸，聞内子招呼，彼來借詩韻，便留之食麵一盂去。泮香從前境況好，不知有今日也。晚睡不安，自二時醒，董姓擾擾至四時半予方睡熟。雜夢，新時代各事，甚奇。

廿七日　陰晴　十月三號

連日報載無多消息，滿紙所載生産模範及各處棉産豐收等等。咳嗽近三天稍輕，痰似少矣。惟晚寢竟未成寐，天曙時僅一小時熟睡。

廿八日　陰　早有陣雨　午後轉晴　十月四號　星期四

早九時起，身不適。午後虛火上炎，四時解衣臥，亦僅半時仍醒，足軟甚。晚飯後疲乏甚，八時遂寢，寢後多雜夢，夢董、李在一大宅中見某老農，被拷掠。太輔、國貞送予出遠門就事，已爲予搜捲行李箱子四件，急避一旅店中。予自檢大包袱，包各衣服用品，缺其一件。見劉萃三與某司事，疑其竊也。未幾似有緊信，予急遽中逃避，入一似同鄉人開旅館者，檢一房爲予安置之。遂醒。此夢奇離，且時間長。

廿九日　早陰晴　午後似有雨狀　十一月五號

九時起，腰微痛，腹下氣稍舒暢，足疲軟甚。十時至王宏順打電話問薪水可否能發，因欠急債須還也。李恢先來取字畫去。

三十日　陰小雨　晚雨　十一月六號　星期五

咳疾漸減輕，飲食略增矣。今日報載會談已雙方由顧問委員會協商，如何結果不得知也。惟懸揣，此等事不過美國再花樣翻新耳。下午二時出門買物，四時至愈友寓還五萬元借款，並約其於天晴時到東湖公園看菊花。予與華甫、孫愚夫均願往，請彼便約志純、校文，以此舉商其同意，五時歸。晚寢多奇離之夢，似遊亂山中尋寒溪中學狀。因上床後疲甚。

十　月

初一日　陰寒　小雨　十一月七號　星期六

今日寫信告知華甫，又致函愈友，説明星期一往東湖辦法，附和校文郊行詩二首。午後一時孫愚夫來，送《心經》解釋，再談甚久去。足軟未能出門。

初二日　小雨　風急寒　今日立冬節　十一月八號

今日無事可作，天乍寒，亦不願作事也。寫復鵬程函，並抄重九詩寄去。因彼前日來函附有重九詩也。前與鴻儀及華甫、愈友約星期一遊東湖看菊。今夕風雨，明日當然不能往也。

初三日　小雨寒　十一月九號　星期一

今日未作事，閑中看雜書，無所取材。

初四日　雨　十一月十號　星期二

今日無事可記，閑坐小臥而已。

初五日　晴　十一月十一號　星期三

早起整理舊日記，午後二時至華甫處約其到鶴樓看菊。華甫以志純曾預約者，遂至志純寓，知其已先遊矣。遂與愈友同行至鶴樓，惜時已晚，草草看過，約數花盆有二千個，花之種類有廿餘様。黄昏予乘車歸。

初六日　陰寒　十一月十二日　星期四

今日下午看天氣似不得下雨，帶同六兒香生乘三輪車至鶴樓再看菊花，復檢昨日所記盆數，是二千有零。花之種類題有未當者，辦公人文化不夠乃如此。不同之様約廿餘種，予另以詩題紀之，并作五律，尚待改正。五時攜六兒搭汽車歸。

初七日　晴燥　早有霜　十一月十三日　星期五

八時起，紅日在窗，遂起。漱洗畢，至華甫寓約同往東湖看菊。彼同意，遂與同約校文、志純。予在湯包館中，候華甫先去約志純。聞愈友極早出門，未能候也。十時自漢陽門乘汽車，車行廿八分鐘方到東湖。予等四人看山看水，緩步尋石磴或小亭茶肆閒坐。在新成飯館中飲酒吃飯，點菜三，共計用去三萬九千元，似昂貴。以坐位坐談開心目計之，總算價廉者也。集一小時目力，與志純等欣賞三千餘式菊花，不可謂非眼福。花正榮華燦爛，秀色嫣然，令予等舊愁銷盡。計特殊花式，顔色奪目者八類七十種，分記之：

潔白者如白玉盤、月娟娟、皓月、白鷺飛、西樓月上、陽春白雪、梨花白、氣壯山河。潔白色，花特大。

深紫紅者如諸葛袍、紫鳳圖、空庭明月、朱顔緑鬢、藤紫緑心花特大。紫羅蘭。深紫色。

紅白相間者如花開紅白曰百媚生、粉瓣桃匙。金孔雀、金黄色。彤雲。橙黄色。

紅色如淡紅者曰紅十八、扶醉歸、粉淡紅飛舞狀。紅頰兒、百媚生、粉瓣桃毬。燕泥紅、粉金剛、西施舞。

似深黑者如賣炭翁、墨荷、深紫花黑。又緑牡丹、淡緑大瓣。露珠凝。純白微緑鉤瓣。

黄色多種，如黄鐘大吕、黄色極鮮。黄鶴舞、淡黄飛舞大花。黄金壯士、深鮮黄。黄狐裘、深黄管瓣。佛手黄。純鮮黄色。

緑色者予昔所見甚少，今有碧玉杯、粉白緑心。緑毛龜、淡緑有毛。又有望秋月、白管狀緑心。緑衣紅裳。

外黄内紅者如錦衾、淡櫻色之笑靨，如牡丹狀，單瓣。有橙黄色青松。緑黄色。

初八日　晴　陰　晚雨　十一月十四日　星期六

今日上午出門一次，下午擬作東湖看菊詩。晚間臥後枕上默記昨日情形，得詩二首，意未盡也。

初九日　早雨　午後陰　晚晴見月　十一月十五號

今日未作事，修改前次登鶴樓看菊及遊東湖三詩，又和鵬程天津九日登高詩，俱成。報載寒流已來，十六號有大風。

初十日　陰　早雨　十一月十六號　星期一

閱報，朝中遣返解釋事，回國者少。此解釋遣返不知何時可畢也。天氣已寒，晚寢後聞大風聲，或者寒流已到耶？夜間咳甚，飲茶止口乾。

十一日　雨　早微雪　午後大風　寒甚
十一月十七號　星期二

早寒，予以昨夕未咳盡，恐累及氣喘，遂早起坐避之。咳甚，已轉移至午後一時矣。大風嚴寒不能出門，即堂屋中亦不能坐。昨報續載，寒流達武漢有八級大風至。推想今年熱得最早，時間長至四個月。此時寒得最早，亦必冷得最長矣。

十二日　晴　寒甚　大北風　寒度在六度　十一月十八號

今日極寒，未能作事。晚間寫近日所作詩六首，分寄鵬程、校文等處。晚寢甚早，醒後仍咳嗽二次。

十三日　晴　寒　霜　月色大佳　十一月十九號　星期四

早起，八時半至成大店中問信。午後又外出，至華甫、志純、愈友處略坐，以天晚未多談，送前日遊東湖詩去。因校文詩已成，由郵寄來也。王小齋來借款，狼狽不堪。予謂如此終非辦法，許以下月助之，付一千元去。晚寢咳嗽大作，兼氣喘。

十四日　霜　晴寒　月色佳　十一月廿號　星期五

昨睡不安，十時乃起床，十一時閱校文所作東湖訪菊六首，分六題，爲七絕，各一首，較易爲力，非予以五律三首，每首欲括全事，甚吃力也。遂就彼之原題爲五律六首，頃刻成之。蓋興會所至也。明日當書寄去。

十五日　早陰　午後晴　月色佳　十一月廿一號　星期六

九時起，午後二時華甫來，約予帶同六兒至鶴樓再看菊花。豔氣已過，菊半萎矣。古人所謂“好花看到半開時”，蓋經驗語矣。途遇藍文蔚談數語。予等在茶肆中略坐，四時歸。今日正午竇衡之兄來談半時去。彼謂其次女按月自廣州寄廿萬與其。第三子夫婦，月有八百分收入，竟不招呼他，如帶其孫歸視，尚須找渠等萬餘，是有子不如女也。天下事類如此，人情已薄，將奈何?

十六日　晴燥　今日小雪　十一月廿二號　星期日

早起，八時半渡江，先至民豐行，知瑞球已往廣東。就行中午餐，十一時至朱金瑞寓略坐，再進午餐，以齒痛未能多食。十一時半乘車至怡和村，知朱君已出差，僅與其妻略談數語出。值無三輪車，遂與金瑞步行三里餘，至京漢社談片刻，與許厚生同出，至戴志强處請爲我安假牙。星期下午恰值其在家料理修屋，不然難會矣。予牙自經良友張姓取後頗爲痛苦，是以未續使其安牙。此輩技術太差之牙醫生，誤人不淺矣。至曹漢丞家略坐即出，至江漢關搭輪。今日星期，人多如鯽。此輪甚大，已裝二千餘人，婦孺多，上岸時擁擠難受。近兩年來人口激增，乃有此象。晚寢咳甚劇，展轉至十二時乃睡熟。

十七日　晴　十一月廿三號　星期一

十八日　陰　十一月廿四號　星期二

此旬來咳嗽時輕時重，幸食量尚好。寢後咳得厲害時，起坐床上静咳一刻鐘或半點鐘，乃再睡下。蓋不如此即氣喘難受矣。

十九日　晴　十一月廿五號　星期三

二十日　陰寒　大風　午後晴　十一月廿六日　星期四

今日下午天氣已轉晴，二時渡江至戴志强處安牙。彼已爲予裝上，甚好。惟彼爲不愜，須再改做，予遂歸。

廿一日　晴　十一月廿七　星期五

昨今兩日咳似加重，予無錢亦不再購藥也。今日與華甫、穎生同訪賀學海。

廿二日　晴　十一月廿八　星期六

此旬閲報，無事可紀。吾國前由政府公佈，以八萬億元補贈朝鮮爲建設費，又聞以糧食米麵若干作贈予。因朝鮮金日成來北京，乃獲此大贈品也。自一九五零年六月廿五日起，至一九五三年十二月卅一日止，援朝的一切物資用費，無償地贈與朝鮮政府八萬億元人民幣，自一九五四年至一九五七年四年内付清。

廿三日　晴　十一月廿九日　星期日

今日寫復鵬程函。下午外出購物，足無力，咳未減，真恨事。今年發疾如此，其久將奈之何？報載寒潮又來，須防之。

廿四日　晴　晚有小風　夜間大風一時許
十一月卅日　星期一

今日擬渡江安牙，又慮有風未去。午後寫信與鵬程，待發。值劉静山、賀學海、湖南郡陽人癸卯舉人。鄒嶧儒、號江濤，應城人。蔡西銘四人來訪，均爲文史館中人。劉、蔡先來過一次者，陪譚半時，致未能渡江。晚寢稍安。

廿五日　晴　午後五時大風　半時乃息
十二月一號　星期二

今日報載午後有寒流大風等等，致不敢渡江安牙。原與戴約星期二必到者。華甫來談，並攜鄒詩稿相示。鄒詩較劉、葉二君爲佳。

廿六日　陰　大風　奇寒　十二月二號　星期三

今日奇寒，報寒流已達贛鄂湘境。晚間更寒，未作事。

廿七日　陰奇寒　十二月三號　星期四

今日寒甚，未能作事。閲報，朝鮮談判遣返等等，俱屬支離。蓋美方另出花頭，時時變動，總之不願談判成功耳。

廿八日　陰寒甚　十二月四號　星期五

閲報，聯大開會，政治會議等等，美與蘇似不兩立。自有聯大三年以來，蘇聯提案無論有理無理，是非曲直，無一案不遭否決者，怪哉！

廿九日　陰寒　十二月五號　星期六

今日本欲渡江，又慮如昨午情況，至江干而返，恐風雖息而柔浪仍存也。下午參事室送薪來，傍晚易泮香來坐談甚久，借二萬元去。泮香晚年遭困，幸有其子收入尚好，不然成餓殍矣。

冬　月

初一日　陰　十二月六號　星期日

九時起，十時半渡江，十一時半至戴志强處。彼云牙須再打樣子，慮□安者，不能保久用也。耽延一刻鐘出，便買各物歸。《子不語》予久欲再閱者，在漢購得一部，有續集，並袁孫記隨園事另一册，尤快意。

初二日　陰寒　十二月七號

今日下午二時王小齋來，借二萬元去。予與言，此非辦法，須自尋工作，節約爲要。其媳月能入四十萬元，何必時時向外借錢耶？現時人人皆困，予家尚有鄂城五口人，亦難維持生活也。

初三日　晴寒　十二月八號　星期二

初四日　晴霜　十二月九號　星期三

初五日　霜　晴寒　十二月十號

十時起，午後一時渡江。三時訪梁鐘漢，談彼丙午與朱子龍、張難先、殷子恒入獄案，甚詳。三時半至戴志强處安牙齒畢，彼費時甚久。予渡江後已五時半矣。牙六枚，整板安後似難過。今晚寢後甚安，至六時方醒。

初六日　厚霜　早寒　晴　十二月十一日　星期五

予畏早寒，十一時半乃起。今日閱報，建設公債條例已頒行，票總額爲六佰億，各機關團體農工商及居民，明年一月起即攤認云云。

初七日　晴　十二月十二日　星期六

今日閱報，中朝美會談事愈支離矣，恐無好象。下午至愈友處略坐談，約以星期一遊洪山寶通寺，此則七年前去過者。聞近日無軍隊駐，可遊覽也。購得麻黄素片廿枚，晚服尚安，似喘已止矣。

初八日　晴　十二月十三日

看雜書。連日未寫字，今日仍服麻黄素，咳已大減，氣亦未喘。

初九日　晴　十二月十四日　星期一

今日下午一時，華甫與同約志純、愈友、校文分乘三輪車三輛至寶通寺，值其未歸。後遇正覺寺方丈慧融，與志純甚熟，遂由彼導我等遊各處，略坐半時，在小館中食年糕，極劣，以餒甚，點綴而已。予獨乘車至大東門下，華甫等皆步行歸。志純告予謂金丹投江事，遇救尚未死。今年八十五，衣食無着，可哀也。今晚以目力差，改看大字上《論語》半本。“四書”自廿四年讀過後，今方再讀。

初十日　晴　午後陰　十二月十五日　星期二

今日報載，美方對南朝鮮戰俘解釋工作已停頓。又朝中政治會議雙方會談，朝中代表就美方片面中斷事已發表聲明，以後如何看此月底有無變化耳。

十一日　晴　十二月十六　星期三

今日報載，政治會議中斷遣俘事，又有朝中俘逃脱來，遣返者十二人。

十二日　晴　夜間大雨一次　十二月十七日

報載，朝中代表奇石福、黄華函約美方再談，遭其拒絶，故會事仍中斷。下午一時華甫來討小貓去養。晚讀上《論語》已畢。

十三日　晴　夜大雨數次　十二月十八日

上午外出二次，午後閲報，和談恐係絶望。晚讀下《論語》半本。憶兒時事，記憶力甚强，半未能全了解書義也。今夕重温，殊覺有味。

十四日　晴　十二月十九日　星期六

早起，補寫日記，十時閲報，近二日未載遣返事。晚間看下《論語》未畢，如兒時讀書背誦情況，可想見也。寢後多雜夢，咳嗽連日時輕時重，麻黄片先效，現亦無功。

十五日　晴　午後雨　晚大雨　十二月二十日　星期日

昨晚咳甚，今日十一時方起。午後大雨，今日致未出門。晚雨達旦未已。九時看下《論語》仍未畢，字雖大，予目力已差矣。昨日腎虧甚，腰痛，今未愈，服黄麻糖後睡尚安。

十六日　雨終日　寒　十二月廿一日　星期一

早大雨，予以身軟痛未起，至下午二時方起。今秋至今，無夕不夢，甚至夢中又有夢，真所謂人生盡如夢也。前夢石仲章，不知渠肺病已有轉機否，然恐非佳兆也。去今二年，每睡熟時，亡室蕙芳來就予，或如平昔閒居，或以衾裯相愛。嗟乎，蕙芳歿已廿一年矣，臨危時曾有以靈魂護予之説，今渺然耶？感而爲詩數章，醒時枕畔記憶，殊爲傷感耳。

十七日　晴　寒　十二月廿二號　星期二

昨睡甚安，九時半起，亦未咳。敖雲門來送和穎孫詩，答謝遷居者也，毫無意義，真有閑心也。今日午後四時大咳一陣，似寒痰積於胸中，吐出稍安。噫，予之疾何時痊耶？七時囑人買香燭祀蕙芳夫人，論予與夫人廿年前愛情，當必有靈佑予疾早痊也。

十八日

連夕未安寢，麻黄素服後痰變濃，惟煩悶，難成寐，

十九日

今日無事可記。

二十日

今日未作事，咳又似減輕。

廿一日

報載遣俘事，美俘美國不要其遣返。瑞、瑞、印三國亦拒絶延期解釋。

廿二日

晏起，閲報知瑞典、瑞士、印度三國對遣俘解釋事不肯延期，已告截止。是三國者，中國前視以爲能主持公道者也。今若此，奇矣。下午周開昌來述各事。

廿三日　晴　星期一

連夕未能熟睡，當係麻黄素藥力燥煩於胸也。下午張世驥來談書畫展覽事。在漢口，予對此無興趣，且謂今非其時也。香生今日六歲生辰。

廿四日　晴　午後陰　十二月廿九日　星期二

昨睡熟時多，早戀被暖，不思起。正午乃勉强起坐。飯後閲報，無

重要者。連日咳仍未愈，心煩甚。晚十時寢，展轉不寐。十二時以後，夢孟夫人又昵予，如平昔衾枕之私，忘其已死也。雞鳴時醒，情景如在目前。此則予前日詩之所召歟?

廿五日　晴　寒　十二月卅日　星期三

九時半起，咳仍不愈，心煩亂殊甚。午後過馮亞佛家坐談，始知劉采堂已死半月矣。劉年七十六，向恃强。本年“雙十節”紀念，曾與同席，予問之，喘未愈。旋聞其進醫院治未愈，傷哉。晚寢不安，睡熟後夢見喻育之。今日胡太平來。

廿六日　晴寒　小雨　十二月卅一號

十時起，午後閱報，無多事。咳後氣喘甚，服半夏、梨子及哈士謨，愈不愈聽其自然。幸此月來飲食尚好，勉强支持病體耳。

廿七日　晴　午後三時陰　元月一日

十時起，予外出一次，食豆皮歸。以足力軟，恐氣喘也。午後羅資生坐片刻去。盧智泉來談甚久去，爲住屋寫大聯一付。

廿八日　晴　元月二日

連日咳嗽時輕時重，咳甚則喘氣甚，或無事坐起亦必氣喘，真令人煩悶無已。問之，可電因藥粒可在漢口大藥房購之。除醫生所開方外，還須覓機關公函證明。遲一二天當請參事室具證明書也。今年發病日期甚長，愈時僅三天即翻矣。藥房藥品花去錢不少，無甚效力，可恨也。晚服麻黄素，近已連服哈士模九天，所幸飲食未減，得以抵抗此疾耳。

廿九日　晴　一月三日　星期日

今日寫字四條，前購之玉版宣及宣紙書之。晚咳稍輕。

三十日　晴　寒　一月四日

今日報載無多事。晚睡後痰較濃，尚易出。但連夕睡不甚安。

臘　　月

初一日　晴　一月五日

今日載遣俘解釋事，朝中代表還求補足九十天之數，不知對方可同意否。然逆料此事難獲結果。晚寢仍咳嗽，有氣。

初二日　陰寒　今日小寒節　一月六號　星期三

報載俱爲總路線學習、各團體認購公債等等。午後外出一次。原擬今早到省立醫院去診病，以九時半恐難取得號碼條子，遂中止。如此求診之難，令人可恨也。晚間補綴前日由太平帶來雜稿，合並成册裝訂之，已完成。

初三日　早小雨　午後又小雨　一月七號

早起，八時半雇車至省立醫院取碼及登記候診。及十一時方晤到予，醫生爲女子，於姓，約卅歲。予血壓及聽肺部循環，仍是從前狀態。此次經女醫生開方，有可電因粉配藥，藥價貴，較之外邊貴而難買者，便利矣。予定五天内再往復診。臨睡時服一格餘，十時上床，似胸臆稍開，惟展轉未能寐，咳時尚少。

初四時　陰　晚小雨　寒　今日二九已過完　一月八號

今年夏秋熱得最長，前後已滿九十餘天。逆料今冬早寒，必冷得異常也。乃時臨三九，結薄冰者僅半天。自十月初一至今六十三日，和煦如常，則天時氣候之難測矣。今早至午服藥水二次，咳時甚少，胸亦舒暢少氣，則可電因之力歟？

初五日　陰　一月九號　星期五

今日晨至寢時仍服藥，頗有速效，氣不喘，稀痰已去盡，晨有濃痰二三口而已。逆料此氣管枝炎可全愈矣。晚寢仍難睡熟。

初六日　陰寒　晚雨大北風兼下雪子　微雪　一月十號

今晨咳濃痰三四口，以後亦未咳。藥水快服完，明日可去復診也。晚間風雨交作，下雪子數次，寒甚，爲今冬初最冷之日也。十一時寢後未咳，五時醒亦未咳，疾可愈矣。連夕胸膈尚舒，似夙疾已除者。

初七日　早微雨雪　雪子　一月十一號　星期六

八時四十分起，九時一刻至醫院看病。已换李姓年輕男醫生，予告以有無肺病，彼請予照 X 光，予以天冷改下次再照，仍開原方，取藥水歸。

初八日　陰　一月十二號　星期日

昨晨受寒襲，晚睡時仍咳數聲，幸夜間尚安睡二次，唯服藥後心煩燥，大便亦不如前之順利耳。接國煌信，欲向瑞球借錢。

初九日　陰寒　一月十三號

今日仍服藥水，略有咳時數聲而已，想此疾總算全好矣。昨今兩夕將未裝訂好之詩文日記等簿囑工人切好，以歸整齊劃一。予之日記，自前清光緒癸卯補記起，已逾六十年，姑無論佳不佳，可爲史料也。連詩文集統計之，已有一百十餘本矣。以一人手成之著述，而有此鉅大成績，真可自豪，以較現時稱著作者爲何如耶？今冬統計，自辛卯冬季起，迄現在得小條、大小聯、中堂約二百餘件，山水、花卉、人物等畫作大小百餘幅，此尤可稱得意之作，除已給親友同族人等百餘幅，餘存寓中，不時欣賞，亦可稱樂事也。

初十日　晴　晚小雨　夜大雨　星期四　一月十四日

今日陳豫珊送來胡林存箱一口，並欲予給以字畫，遂取大小聯二付及字條五件，使之滿意而去。下午蔣立庵來租空房，予慮其嫌小，繼又有三中教員林姓來租，均未肯定。予懼小兒吵鬧，總以住客無小孩者可租，否則一概拒之也。

十一日　雨　寒　一月十五號

八時半起，九時乘三輪車至醫院復診，仍爲於女醫生，詢之爲於垞咸之女也。予請其仍給原方藥水。前次復診日遇大雪寒甚，今晨又遇雨，皮袍下半爲雨潮濕，可恨也。晚仍服藥水，此星期已大轉好，咳時不過數聲而已。

十二日　陰　寒甚　一月十六號

今日報載無多事。予昨夕將已切好之文集、日記等一一裝訂之。今午後又送二十本與陳姓工人切齊。晚間仍訂成册，心爲之一快。寢後夢先父如平時，予向父云明年甲午有兩次考試，一舉人，一拔貢，不料科舉已停四十餘年乃再復也。父似快意者，此真奇夢矣。

十三日　晴　一月十七號　星期日

今日午後慮李漢文來取電燈押金，乃向志純借五萬，華甫借六萬，匆匆歸，致愈友等五人約遊黄鶴樓，予不能同去。匆匆在家裝載訂已切文稿及日記，廿餘本又成功矣。鄉間尚有存而未切訂者。自光緒癸巳至壬寅十本，又民元至壬子，至民十辛酉十本尚未訂載。明日當囑内子回鄉取來。

十四日　雨　寒　一月十八號

八時五十分起，九時半至醫院復診，仍爲女醫生，於姓，再參用止口乾藥，囑服一周，本星期六再去看看。今日閱報，聯大二月九日開會，聞可解決朝鮮問題，果可信歟？今日三九已畢，進四九矣，氣候不甚寒，逆料今夏至秋熱度最高，時間又長，以爲寒冬必寒且酷矣，而抑知不然，天下事不可測，皆此類也。如此吾人凡事不可固執。胡彦聖爲立安租屋事來回信，談甚久去。

十五日　雨終日　寒　一月十九日　星期二

昨睡未安，今日晏起。計自十三晚服醫院藥水起，逐日病大減，喘咳均止，現已愈十之九矣。西藥貴者確有效。午後外出還書，晤張深安，訪胡彦聖，向其索咳嗽藥十二粒，因昨夕彼云送予者也。

十六日　雨大　午後停夜　寒大風　一月廿日

昨睡更安，咳疾總算全好矣。今年自六月十六夕以室中熱甚，改臥篾簟上，未鋪布單於其上，轉鐘二時忽發咳疾，吐濃痰數口，致牽動氣管枝炎舊病。致此六個月中，時輕時重，中西藥均服，中西醫均診，其間只愈過三天。設非此月初三決心向醫院謀貴藥服之，且又對症，則予疾不堪設想矣。午後檢閱昨日報，鄭州發現古物事，特摘要録之：鄭州市文物工作組在鄭州市郊名二里崗者，掘挖古墓，自十二月十五號起，至元月十號止，共發古代墓三百卅餘個。其中爲戰國時代者佔十之八九，漢唐宋代墓僅少數。戰國墓現已清出六十餘個，出土文物二百餘件。此等墓都是單身葬者，葬式有直肢、曲肢二種。就形制看，可分二大類。一是無頂空心磚墓，由十九塊空心磚砌成，出土物有合盌繩紋圓底陶罐，銅帶鉤、鐵帶鉤、橋幣和料珠等物。一類是長方豎井形土坑墓，在戰國中約佔十之八九，墓方向多一般坐南朝北。坑内北壁有一小龕，置有殉葬陶器，主要出土有陶壺、陶鼎、陶豆及盤、敦、杓、橋幣（部分爲鎏金）、銅帶鉤、鐵帶鉤、瑪瑙、銅環、水晶珠，其陶盤豆鼎中猶存有羊、雞、魚等殘骨，壺豆外面繪有極鮮豔之彩畫。又發現由西南向東北夯土層，長約三百餘公尺，寬七公尺，深五公尺，内有顯明夯窩。根據夯土内發現殷代繩紋陶片，又就宋代墓葬來看，夯土時代最早不超過殷商，最晚不遲到宋代云云。夜夢程氏來入舊境。

十七日　雪　時有小雨　奇寒　一月廿一號

昨服白藥小粒，睡甚熟。今日天寒畏冷，遲至下午二時半方起。許厚生自漢口來電話，謂皮袍子可以代售，明日當囑内子送過江去。今日報載印度看管步隊，竟將中朝戰俘二萬二千餘人交給美方矣，其情況可想。

十八日　大雪大風　午後雪子又大雪　雷聲震耳　結冰　一月廿二日

夢閑早渡江，予九時半起。今日寒甚。參室送通知來，約明日開會。午後華甫來，便托其帶信爲予請假。三時夢閑歸，黑皮袍統子賣四十萬元，救急也。買此者爲京漢旅館之茶房某，亦吾同鄉人。十二月得雙工薪一百九十萬元，該館七八個茶房均如此。黄海濤充經理，此月得薪二百六十萬。自該館收歸中南辦理後，均如此。噫，此真可謂大翻身矣。李漢文來，予付廿萬元，退電燈款。自東歸後，只有去年腊月不爲難，因賣後重住宅有餘款也。餘則年年腊月困窘，借款渡年關，幾與父親在時無異。

十九日　微雪　奇寒　結冰　一月廿三日　星期六

今日十一時起，予畏寒，原約今晨十時到醫院復診，慮發病，是以未去。晚間范尚立來，爲彭君租房子，予以李姓不讓屋答之。

二十日　陰　微雪奇寒　午後見陽光片刻　結冰　一月廿四日

十時起，今日參事室送薪水來，予以畏寒未出房門。連日疾減八分，身體不佳，稍不慎即翻病矣。

廿一日　晴寒　結冰　一月廿五號　星期一

今日奇寒，未作事。陳穎生請客，七秩壽辰也。同席泮香、小山等九人。

廿二日　晴寒　結冰　一月廿六號

今日閱報，會談事無進展。晚間和蔡西銘六十自述及穎蓀述懷詩，草草成稿，明夕再修飾之。和人詩爲最苦之事，一次均尤强勉，拉扯成之，失詩之本性矣。今晚接遲生自鄂城來信。

廿三日　晴　寒　一月廿七號

今日早起往醫院復診，予疾又重，挂號耽延久，候至十一時半方就診。給予以固體小白片藥，晚服一片，似有效，但不如前次胡彦聖所給者更佳耳。睡四小時醒一次，整理昨日和陳、蔡二君壽詩八律已成，二天後當書之。

廿四日　晴　一月廿八號

今日原擬渡江未果。午後一時訪志純、華甫，還上次所借之十一萬元，與校文談甚久歸。天雪後各小街及予居之保安門一條長街，泥深三寸，此則上次水電廠挖街安水管後，草草掩蓋路面致此街不能復舊也。

廿五日　晴　一月廿九號

今日朱陳氏來乞予寫信，並不求予渡江，予以病後畏寒實不願也。前樓陳玉章仍欠租金四月，經調僅付兩月了結，又減米價爲二斗，實無異欠六個月僅付三分之一，而又不給現款。限陰曆二月底交清，街政府陶君來作證明人。如此等住客，其不恥於人類者也。

廿六日　晴　一月卅日　星期六

早十一時起，連咳甚稀，似已復春夏間身體狀況矣。前年病全好，係腊月廿四日。今年腊月初四病已愈，但發病時較前年甚長耳。

廿七日　晴　一月卅一號

連日疾似愈，但早起仍咳數聲，有稀痰。

廿八日　晴燥　晚大風奇寒　二月一日

早起九時至醫院看病，女醫生已調他處。接診者爲革姓，去年曾代予診過者，云前方不可再服，另換一方，并另配治口乾藥水，又另給可典英小片六片歸。下午二時渡江，送十萬元與戴志强，彼雖堅持不受，予以近六年時時爲予診牙科均未取資，三一中學如此講感情尊禮教甚少。四時渡江歸。江中江豬時時衝出，舟中人均云有大風起，理或然也。晚果大風，變奇寒。

廿九日　陰　大風　奇寒　今日爲舊除日　二月二日

昨服藥三種，晚食白片一。清理雜事至十一時，以目倦甚不能寫日記，遂寢。寢後僅醒一次。至天欲曙時再醒，視鐘已上午六時。

今年除夕不及去年鞭炮聲之多。中國舊俗以年爲重，歲時伏腊視爲重禮，二千年來不能改也。自陽曆行於民國元年，今已四十三年，而仍重視舊年。以前政府定舊元旦爲春節，至今仍行之，知民意之不可拂也。

甲午（1954年）日記

是年雨水多，關心江水暴漲，隄防可慮。民十九年大水災復見，無一日心安。記夢時不似往年之多。

決計編纂《太平天國朝野雜記》一書。凡新出新印天國資料，無不設法借閲，期以二年完成。此書並《太平天國與湖北》一本，專記湖北太平軍所到之州縣，記當時確切情形，一伸吾叔祖與舅氏吴殿丞公之寃屈。此志已存四十餘年矣。除嚴寒酷暑外，每日必有鈔作。

記日常生活，亦較壯年力餘時即補寫舊詩詞稿，期必録成，慮散失也。

壬寅夏峙山補誌

正　　月

初一日　晴　二月三日

五時醒一次，聞街鄰各家放鞭炮不及去年之多。予七時起，呼定生起進香。九時以後李恢先、范尚立、張祖培、吴醒塵、陳穎生、田雲濤先後來賀。田、范、李三君略談乃去，玉兒同鄧婿及外孫來，道兒來，留鄧婿吃飯去。予下午四時往各家答拜。

初二日　陰　二月四號

八時起，自去臘服醫院藥水後病已大愈，惟過勞，説話多氣仍喘。午後涂集紳、王小齋、康彝卿來談甚久去。内子帶六兒渡江至譚宅，聞萬隆焜仍存在。晚間以疲勞甚早寢，連仍服西藥片，華甫來，予告知各事。

初三日　晴　二月五號

八時起，今日龍嫂來，予慰各事，留飯去。李愈友、蔣立庵、范實、劉習耕、王伯聲、高運籌先後來。王談甚久去。王今年八十五，高八十，身健無疾，以予身體較之，媿恚無擬。王宦教諭六次，歲貢生，孝感人。高宦縣令二次，天門人，均在舊社會稱良善者也。

初四日　晴　二月六號

今日外出一次，函約張深安等明日來午餐。正午往愈友家會餐，同席者王、楊二君，予與華甫共五人，菜多且美，晚間發泮香、寄鷗等請函。

初五日　晴　二月七號

今日上午十二時深安、伯聲、運籌、李俊千、周淬成齊來，午餐畢散去，已下午二時矣。二時半予往衡之家，約其明午來吃飯。

初六日　晴　二月八號　星期一

上午十一時竇衡之先來，并送予水果、餅幹等等，約值三萬餘元。彼年年如此，予是以不願請彼，恐其多心也。約朗丞、校文、華甫、泮香、小山、寄鷗諸同學及心如、愈友、志純俱來，下午零點開席，二時散去。

初七日　晴　二月九號　星期二

今日上午張深安來請予初八酒敘，予以華甫請在先，同鐘點不能去，面辭之。午後閱報無多事。

初八日　晴　二月十號

早九時至醫院診病，取藥仍是初診時藥水也。去年腊月初三至初六服藥水奇效，以後漸漸愈，予仍續服之，並索得可殿英小片服之，尤效。晚寢後甚恬。華甫今日請客，同席者愈友及小山、華甫諸同學。

初九日　晴　燥甚　二月十一號

昨睡自十一時半起，至今晨六時方醒。夢中見先父住大宅，正在前房吃飯，予拜問數語，再呼先母。在後宅一大房中聞母聲，未見母面也。此爲今年初次夢雙親情境也。下午登鶴樓，男女老幼婦孺極多。吕祖閣香火尤盛。在茶館中坐二小時，四時半至徐蘭如家晚餐。菜多且佳。客僅馮亞佛、涂雲菴、高運籌及予四人，最後予與徐言增、鍾小山入座。六時席散，蘭如約予明日看字畫。

初十日　晴燥甚　晚大風　二月十二日

在家整理日記詩文集等等，看《子不語》數頁，磨墨寫字條四件，看雜書。連日報上無多事。晚寢前仍服醫院藥水，此旬内咳嗽甚稀，氣喘亦大減。睡後仍多雜夢，至有理之所必無者也。

十一日　大風雨　寒甚　二月十三日　星期六

起甚遲，十一時雇車往鍾小山家宴，同席者阮、易、張、蔡諸同學，僅李愈友未到。午後三時歸。感寒發咳疾。

十二日　雨　寒甚　二月十四號　星期日

十時半起，胡席儒、翟竹如來談甚久，留之午餐去。下午三時雇車至張朗丞家宴，仍爲昨日同學，僅添張小良一人，朗丞族弟也。五時乘車歸，寒甚。

十三日　陰　小雨　寒甚　二月十五號

報載北方寒流又來，明日更甚云云。終日未出門，看《子不語》，逍遣而已。此書爲予第二次閱，材料多，事實之真者有十分之八，以其據人云，又記年月與地址也。惟文詞不修飾，且有據其人其事之粗俗者。

十四日　陰　寒甚　晚轉鐘後大雷電且下雪　二月十六號

早起，九時半乘車至醫院看病，未給水藥，僅付可典音四片及甘草片廿四粒歸。午後一時雇車至參事室開會聽報告，坐三小時歸。今日用去車費五千二百元。晚寒早寢，服丸一片。轉鐘似三時，夢中爲雷聲震動遂醒，聞下雪子聲，又聞風雪聲，雷電交下，與去臘雷電下雪同。未到雨水節聞雷已二次矣。四時以後夢彭梓芳先生與其長子向予家索食，似在鄂城宅，以二碗飯分給之。

十五日　陰　寒甚　時有北風甚緊　二月十七號　星期三

今日元宵節，九時半方起。午後羅國貞來乞介紹條去。

十六日　陰　二月十八號　星期四

午後閱雜書，欲摘其扼要者録之事記中。

十七日　晴　二月十九號　星期五

今日未作事亦未出門，默《心經》一小時。

十八日　陰　二月廿號　星期六

早起，九時半乘車至醫院。原醫生開方，又係甘草片類似之藥，約予下星期六再看。

十九日　晴　二月廿一號　星期日

連日無事可記。今日外出一次，報紙所載多慰問團雜事。

二十日　晴　二月廿二號　星期一

早起，乘車至參事室開大會，耿伯釗報告認購公債情形。予等薪低者廿人每人認購十萬元，分四次扣繳。十時由錢遠鐸報告去朝鮮同總團長慰問北朝鮮情形，大要之語：朝鮮能抗美到底，平壤無一間房屋不被炸之，山有減低至三公尺者，死亡老弱婦儒人數約□萬人。十二時畢，飯後予與華甫同遊抱冰堂一次。該地現改建公園，内部房屋雖駐兵十餘次，並未損毁。堂内張公木主大牌位尚存。予則民國廿年以前遊覽一次，屈指廿三年矣。午後二時回室又繼續報告朝鮮事，五時畢。歸後疲乏甚，晚飯後續閲《子不語》第五本已畢。袁著以《隨園隨筆》爲最佳，僻典均得精細考據。以《子不語》爲最鄙俗，且多穢褻語，而事實則多且詳，有來歷，有年代月日，無杜撰事實，閲者不可因其穢褻而棄之。蓋其中有善惡懲戒之事居多也。十二時寢。

廿一日　陰　二月廿三號　星期二

連夕均有夢，未之記也。亦有近理，過去之事，所見之人，亦有存在者。此一月來，均如此。午後蔡西銘、蔡寄鷗來談一時去，並取予詩集二册、填詞一本去，約以四天内即交還者。昔楊公權爲文，非至交不得見，是自珍其文者也。予於自寫詩文集，在抗戰前僅同邑劉菊坡，袁子青、夏村叔姪，武昌劉廷璧，五峰張資生閲過，向不示人。至交如張肖鵠、程次松亦未窺全豹也。戊寅西遷，原稿六册未能攜帶，陳豫生、張春廷、胡鳳喈諸先生所見者。予《西遷吟草》七年間在施之作，至抗戰以前之三百餘首則在施寓默記者也。陳與包貢九均爲予作序，斯時氣概已如丁敬禮，爲詩文乞人指正，已自疑其詩文矣。

廿二日　陰雨　二月廿四號　星期三

此旬咳嗽已大愈，倘天暖必恢復予從前原狀矣。連日身體甚適，晚十時以通體暢適早寢，十時半即睡熟，轉鐘後醒一次，尿多。

廿三日　陰雨　二月廿五號　星期四

十一時起，疲乏，腰覺痛。午後閲《子不語》。推想乾隆六十年間事，四海升平，人命爲重，每一命案，幾經反復，審慎定之。其時人心甚安，然亦有惡而難化者，搶劫、盜殺、姦淫、邪僻之案亦有理之所必無，而事之所竟有者，奇哉。袁著直記出之，似亦不以不莊論，不可以《閱微草堂筆記》擬之。紀闢佛，袁亦毀佛。紀記淫邪事亦有較袁爲更褻者，則又何説？總之勵善懲惡則一也。

廿四日　雨　寒　二月廿六號

晏起，腰疼足軟未愈，年老體力已衰之象。午後閲報無多事。連日食量增，以後天晴暖可望身健。須日日出郊尋山水佳地而息焉，或作書畫以自娱。古詩“莫放春秋佳日過”、陶詩“春秋多佳日”是已。

廿五日　風雨　雪子　雷電交作　二月廿七號

今日天寒更甚。

廿六日　雷雨　天寒甚　二月廿八號

今日天寒更甚，未作事。

廿七日　陰寒　三月一號

天寒如隆冬，未作事。

廿八日　陰寒　夜轉後大雨　三月二號

連日閲報無多事。咳疾因寒又多咳次數。午後寄鷗來補寫彼之詩稿，請予閲加批改者也。容日再閲，此時真無暇也。一時半乘車至參事室投票，至則聞已改日期矣。改期何日？前日開會時不聲明一聲，負責人凡事被動，可笑也。

廿九日　雨　大風　寒甚　三月三號

今日未作事，看《子不語》，全部已畢矣，並閲袁子才之孫所編瑣記一本完畢，詳知隨園全部構造及雜記各事。子才卅三歲即辭官，享清福五十年，真有福之人也。參事室提前送薪水來。

三十日　寒甚　夜間下雪　三月四號

今日更寒，枯坐室中，以小火取暖，或燙熱米酒飲二盃。以病新痊不敢多飲也。蔡寄鷗攜來詩詞稿，必欲予評閲，偶一瀏覽，尚未圈點加批。

二　　月

初一日　早雪寒甚　三月五號　星期五

今朝起，見瓦上雪厚一寸，時近驚蟄乃有雪，於油菜、麥子均有害也。午後閲報無多事。現在政府規定每人月只准買食油一斤，小□半斤，給據爲購買之證。予家月止准三斤半油，以後如何辦法?

初二日　晴陰不定　三月六號　星期六

寫行書三頁，閲唐詩，晚閲通志二小時。

初三日　霜厚　晴陰不定　三月七號　星期日

今日外出買雜物，至端偉、愈友處坐談一次。

初四日　晴　三月八號　星期一

上午十時至醫院復診，候至十二時方診，爲革醫生，照前原方配藥水，另給小白丸六粒。遇晏文章談半小時。午後一時渡江，爲李俊千夫婦送行。在瓊宫旅社談片刻，小山來訪俊千。予慮其有所托語，遂辭出。乘車至曹漢臣家坐談一時許，至許厚生處略坐談出。至杜衡初處談一時，就其家晚餐。彼夫婦堅留，飯畢已六時矣。渡江匆匆到家，疲乏。晚十二時乃寢。

初五日　晴　三月九日　星期二

今日閱報無多事，午後外出。連日欲作郊遊，苦無伴。春日多寒，既未聞蛙，又未見柳，殊爲虚過。

初六日　三月十號

閱通志及舊日鄉會試硃卷，未作事。晚檢前清縉紳録一閲。

初七日　陰　大風轉寒　三月十一日

今日無事可記，晚寢後夢，先父似已出門多年，有信歸。母與孟氏住一宅。

初八日　三月十二號　星期五

連夕多雜夢，久未回籍，思先人墳墓在鄂城未一省視，心有未安。

初九日　陰晴　三月十三號　星期六

今日又至醫院看病。

初十日　晴燥　三月十四日　星期日

早起，外出一次，閲報亦無多事。午後寫字三頁，欲作詩自遣，以心緒未寧只好擱筆，檢《子不語》看十餘頁。

十一日　晴熱　三月十五號　星期一

今日渡江至李瑞球店中談半時出。

十二日　晴熱　三月十六號　星期二

今日至醫院看病，候診者多。予以時間尚早外出，遇王伯聲，立談片刻，便與同訪唐醉時寓中，談半時許出。再至院仍候一小時乃得就診，取藥歸。

十三日　晴燥甚　三月十七號　星期三

早起至校文家，攜銅佛像去，與談半時。再與同至志純家，面托其將銅像讓與信士，又在其家借得《大悲咒》，歸鈔之。

十四日　晴熱　三月十八號　星期四

早起至館食湯包，不必久候，該館生意已冷淡。九時訪徐難愚先生，因其繼室卒，尚未往慰問也。彼留看字畫古玩約二小時，就其家午餐，帶就其所藏佳者記之。如董玄宰畫册，雖舊而非真品，然亦百年前物也。鄒一桂花卉屏四幅，亦係六十年前仿作。劉石菴行楷册頁十二幅，亦非上品，恐係摹作。唐伯虎大册頁八幀，真而不精，每張均一唐伯虎章，何以如此繁作僅蓋一同樣圖章？仇十洲册亦不可靠。惟王小某人物仕女十二幀真且精。扇面十二葉，精者有惲南田山水初年作品；張子青山水二；黄穀原山水均精品；餘皆小名家，裝潢精雅，足資玩賞。又翁潭溪大七言聯一付，頗佳。又文三橋所書杜詩《詠懷古跡》五首及另詩數首，分各體行草書之，筆姿秀勁可愛，紙色甚舊，有數跋及康長素一跋，此册洵爲精品，不須以康跋見重也。又看明磁大盆一件，但光澤甚新。又宋磁小盤一，質輕色古，可稱珍品。又見圖章十餘枚，白玉者多，有田黄章二枚，惜一太矮，一則高，而以材料所限，未能琢爲正章耳。看涵芬樓集漢印十二本，當時價售廿圓，今日以紙及印刷論，不僅爲貴重品，即紙價亦不止廿圓矣。據説彼在渝存箱十餘口，復員後取箱歸，則已失去十之六七，佳者多爲取去。噫，此友人不知徐何以先與交也。歸後略記，今朝所見亦眼福矣。

十五日　大暴風　三月十九號　星期五

今日下午二時乘車至政協開會。文保會沈碧舫與聶國青同發通知，約辛亥同志居武漢現存者開會，報告中央派劉某來鄂徵集訪問辛亥史料與事實。漢口李春萱、梁瑞堂等五人以風大未到。據張輝禧説已印行。關於辛亥首義史料，有廿三種已搜得保存矣。張宣讀名稱，予均閲過，惟龔榕村與章裕昆之作未見過。報告畢，欲搜集已成未印或正在編纂材料，或已編尚未完竣者，一一徵集之。楊玉如已成之《武昌革命先著》稿願交出。餘辜仁發自稱有某稿，温楚珩答有少數，蔡寄鷗答尚在着手編書，沈碧舫屢以目示予，予之《歷變記》尚有三之一未竣，實不願交出。蓋交則劉某必作爲材料，而予之原稿必帶京，反不能收回。自印無資，公家自行編纂，亦未必取予書而代印行也，遂決心不答。至於《太平天國朝野雜記》已成者，以結論尚有數篇未完成，亦不交出。沈屢以目示者，因予曾請其爲此二書題耑也。熊秉坤亦當場發言，謂彼曾有著作。熊不能文，是否民十在《晨鐘》報上所登一篇文，則未遑問也。今日到會同人亦不知予家尚存印本也。五時散會，大風愈增，仍乘車歸。晚飯後早寢，轉鐘後夢孟夫人又來暱予。噫，今年清明能否回籍，尚難預定。或者今年接遲生來住，提及鄂城之外各墓均好，觸予神經又憶孟夫人墓地歟？

十六日　晴燥　三月二十日　星期六

今日午後一時渡江，先至重劃區江邊新建紅屋十餘棟，新名稱。江漢俱樂部看國畫展覽會，計有畫件約三百餘幅。廣州來件約佔半數，其山水用熟紙着色者似高劍父一派，略異於海派而參以西法。其佳構有十餘幀，總不離粗獷氣。鄂粵兩地畫家均時下新派，多畫工人、農人、鄉村，又如收購餘糧、送糧、取魚、勞動、種田、推車、投票、上學等等，又佔總畫件四分之一。此真不便品其優劣。現時畫道一變，筆法、水法、山水、花卉、生物已與四王、吴、惲、華、王、費諸古人異。吾輩舊人眼光，實不足以鑒定此會中作品。又鄂人王霞宙、張肇銘等，本有天姿學力，但爲時勢環境所迫，一變爲粗獷之習。大紅大緑，沁墨滿紙。問其何以如此，具何心理，恐彼等亦赧赧然矣。齊白石年已九十三，筆力已差，自然求簡，然不似現時青年胡鬧，自作聰明，自命曰國畫。冤哉。入門尚有張難先所畫墨梅一幅，係贈殷子恒懸挂者，且題有二詩，畫理太差，着墨粗惡，或欲以官階地位懸之，以與諸新畫家争名耶？則不可解。張肇銘畫梅竹爲牛、爲獅形，滿徵題句，題者亦不佳，似欲以此法見巧，求得名譽。傎矣。予往返一小時，頭目暈眩，幾難支持，出會後雇車至新市場看漢戲半時，京戲半時，文明話劇一刻鐘。四時半出場。舟車勞頓，匆匆渡江到家，晚飯畢，疲乏甚。十時寢，熟睡至天明。

十七日　晴　三月廿一號　星期日

早起。外出一次，下午步行至武泰閘等郊外，欲看菜花、聽蛙聲，兩無所得，恚甚。春晴甚少，又負此一日矣。

十八日　晴燥　三月廿二號　星期一

早起。連日欲看菜花，無處可覓，甚悶之。九時訪校文，便約至愈友、志純寓一談。午後三時訪竇衡之，途次見菜花二三畦，又聞蛙聲甚密，惟桃花未之見。與衡之談一時許歸。今年二月中聞蛙聲第一次也。足力疲，年已衰，幸疾已早愈，心爲快然。

十九日　晴熱　三月廿三號　星期二

早起。外出一次，午後二時乘車至司門口看櫻花，含苞甚盛，已放者不過千分之一而已。白色花較之去春更淡矣。晚復遲生函，示以忍耐，或不能耐時向縣政府求救濟。今日陳玉山自胡林帶醃魚來。

二十日　晴熱　三月廿四號

今日爲陳玉山寫中堂一張，又檢舊聯三付與之。

二十一日　晴熱　三月廿五

早起。外出一次，購貢川紙，厚者每張八百五十文，用以寫字較四尺夾宣爲廉。僅短四寸，因四尺宣須四千元一張。晚寢後夢張春霆，似爲皖省大吏，如主席狀，已交卸，欲予爲之代辦移交。其地址有高大樹木，園林花草山石俱有。經過數次大屋，而樓矮者每每鞠躬穿出，之後又欲遷地，須舟車往返，予不願去，遂醒。此真怪夢。

廿二日　晴　極熱　三月廿六號　星期五

早起。乘車至司門口看舊時日本所植櫻花，五十餘株齊放矣，且茂盛之極，惟花盡潔白，望之如雪中霧，此殆所謂雪豔歟？報載今日必有大風來臨。晚七時天氣乍變，九時大風，十時寢，展轉不寐。轉鐘三時夢孟夫人又來暱予，猶似廿三年前狀。

廿三日　晨大風　雨　十時陰　三月廿七號　星期六

早起，足軟身疲，街政府來詢户口册，謂人口再記，配購雜糧代米云云。購油自上月六號，每人每月一斤，六歲者半斤，已行之矣。鄉間人來云，每人不論大小分半斤則更難矣。

廿四日　晴　三月廿八號

今日讀書寫字約二小時，晚閲《子不語》十頁。

廿五日　陰晴不定　三月廿九號

寫字看書二小時，下午外出一次，尋舊書攤，無可購者。

廿六日　晴　三月卅號

今日外出，在横街又購得前清八股試帖舉人進士印卷六厚册，有吾邑柯進治、王策範等八人之作，急攜之回家。

廿七日　陰　午後晴　三月卅一號

早起。九時至圖書館，欲抄太平天國史料，又值其清理停止閲書。

該館自改中南後，其館長方某花頭甚多，時時停止閱書。予自去春至今，每至該館均值其停止休息，此爲第七次。真運氣不佳也。乃訪李匡甫、阮肇康談一時許，就其地外看桃花。絳桃重瓣者已快零落矣，尚有淺紅者三株未謝。立觀片刻即出，再訪紀雪舫，同與至抱冰堂看桃花七八株，又白桃一株，日本櫻花一株，亦變白色，海棠一株亦開已久。十一時歸，沿途尋看菜花，微風吹來，頗有香味。經紫陽湖畔，又聽蛙聲閣閣。今日外出，耳目歡娱，洵可樂也。晚間將昨日購得之清代鄉會試舉人進士印卷，如吾邑吕承瀚、左宜之等廿餘人連江夏、蒲圻等縣人。分訂四册，又有江夏、大冶等縣秀才試草卅餘人之作裝一本，連同去冬所得闕棠、余聯沅諸人之作共有二百餘篇。此亦有歷史性者，青年視爲陳腐，久有焚去者，吾人保存之，寧非迂腐耶？然此難與少年談此事矣。

廿八日　晴　四月一號

早起。外出一次，午後清理前日所購舊《辭源》一部，缺檢字首頁，缺粉色畫片一頁。《辭源》丙種字大，惟紙過重，翻閲時不便。總之此二厚册去洋六萬元，甚便宜也。

廿九日　早陰旋晴熱　午後四時小雨　晚大雨
四月二號　星期五

早起。外出一次，午後四時睡正熟，寄鷗來呼予起，談一時許去。晚間將其詩草看畢，爲之題詞四首。

三　月

初一日　陰　四月三號　星期六

今日外出，至圖書館訪李、阮諸人，略談即出。午後朱陳氏來述各事，必欲予明日渡江，予許之。

初二日　陰　四月四號　星期日

早起。渡江到朱金瑞家與談各事。十時與同至滌新處談一時許，十二時渡江歸。小憩後再往玉兒家，與内子、兒輩在其家吃飯歸。身已疲矣。今日爲成大事用去交通費約萬元。彼兒女不得力，幸其妻能耐苦奔走各處，爲之營救，招呼一切，不然，成大早無生理矣。事近一年，彼陳氏不辭勞瘁，成大當日虐待之，何也？嬺愛其子女，致有此報歟。

初三日　陰　時有欲雨狀　今日清明節　四月五號

今日爲上巳，憶及丁亥、戊子兩上巳節，鄧北堂爲首邀人修禊，洵可樂也。及今憶及劉伯剛、傅幼虛、方耀廷、鄧北堂，均作古人二年矣。及時行樂，良辰煙景，達者如淵明、劉伶諸古人。時際承平，當以勿負春秋佳日爲樂，況光陰爲百代過客。將今思昔，當無聊之際，如無朋侶，予亦一人獨遊郊外看桃柳也。下午天氣似轉晴，乃約華甫登鶴樓一遊，坐二小時歸。風勁，天仍寒，並非佳日，予應節而已。晚間整理雜文，並裝訂清代鄉會試諸人試卷爲四巨册，此有清掌故，當爲政治一代參考者。

初四日　陰寒　雨　四月六號

今早至文保會訪沈碧舫、李俊千，各談半時許。午後爲蔡寄鷗題其詩草七絶四首，又小敘，三百餘字。渠詩欠鍾煉，樂府頗佳，惟俗句過多。填詞甚好。因渠催促數次，乃率爾應之。晚寢甚恬，轉鐘聞大風驟起，氣候下降變寒。

初五日　大風寒甚　午後更寒　四月七號

三時半醒，天氣寒甚，予取毯子加被面猶寒也。七時起可着皮裘。九時敖雲門同鄒碧痕來，已定租本宅空房二間，談一時許去。

初六日　晴　四月八號　星期四

今日至參事室開會聽報告，十二時半方散。午後予未去，車費二次用去五千二百元。近年腦筋太壞，健忘，每每自學習看書過後即忘矣，故聽報告亦然。

初七日　陰　時時小雨　四月九號

今日至醫院候三小時乃診，醫生爲傅姓，又以普通藥水給予。預約下星期二下午再去復診。下午華甫來，與同至孫鴻儀寓談一小時出。

初八日　陰　雨　午後更大　四月十號

今日未出門，在家整補《辭源》，已成。費力不少。此書係民國四年出版，而閱者鄒君翻尋甚苦，幸道林紙厚，尚有破損廿餘頁。予窮三日力竟補綴已成。以此書經四十年之翻尋矣。晚間又補辛亥日記三小時。目力已疲，十一時方寢。

初九日　晴　四月十一號　星期日

今日星期，未出門。鄒碧痕、敖雲門先後來看房子，云自本月十四五號起租。賓衡之來談半時去。連日閱報，無多事。浙江海邊擊落臺灣來飛機四架云云。

初十日　晴　四月十二號　星期一

今日整理舊鄉會試試卷，裝成四大本，粘《辭源》殼，並補其缺破之頁，約廿三張，費時日，恐三日内不能完竣也。又將阮宅借來之《人名大辭典》用膠糊補之，已成矣。

十一日　晴燥　四月十三號　星期二

早起，外出取得光緒丙戌科會試闈墨，有完全題名録者。吾邑左宜之，是科進士也。闈藝只刻第幾房薦，未刻中式人姓名，奇哉。下午至醫院看病，醫生傅姓，即前次預約者，仍給前次藥水一星期，再約下星期二去看。晚飯後仍補綴《辭源》，已成矣。晚早寢，思舒下氣也。

十二日　晴燥　下午雨　四月十四號

早起，疲甚，未出門。仍在家補綴《辭源》並地圖一册，中國風景大照片一册，均成，心爲之一快。

十三日　陰雨　四月十五號

今日閱報，美國種種設計，阻止日内瓦和平會議，又在中國南海、臺灣海峽、朝鮮東部海海軍艦會操演習云云，殊可恨也。

十四日　晴陰　四月十六號　星期六

今日補綴《辭源》及日人所印中國風景照片一册，俱成。

十五日　晴燥　晚十二時以後大風雨
四月十七日　星期日

報載湘鄂均有大風來到。晚寢時已有大風，至轉鐘二時大風雨，氣候陡變矣。

十六日　風　陰雨　寒甚　四月十八號

今日寒如隆冬，未作事。閱報，美國又在阻擾日内瓦和平會議。

十七日　陰寒　四月十九號

今日《辭源》裝裱成功。買此《辭源》似不貴，然補裱費時十日，如請人補非萬五千元不可。

十八日　晴　下午三時陰沉似欲雨　晚小雨　四月廿號

早起，八時半到成大家問訊，閱其三子函，云廿日可回省宅，成大事可望解決云云。訪周菊村，並至陳志純家談片刻出。歸後閱報，美蘇暗潮冷戰未已，日内瓦開會期只有五天，將來争端料不能免，成功則看時勢如何，如不急轉直下變去，和平似不可望。美帝如此可惡，將來全世界公理伸張，彼亦可危。

十九日　晴　四月廿一號　星期三

下午二時至醫院看病，醫生姓李。予以上次所開藥水不效，請其照首次診予之於女醫生原方開之，配藥歸。約以下星期二再復診。至嚴宅看舊書及照片。

二十日　晴　四月廿二日　星期四

今日在家清理舊書。午後深菴來談，傍晚端偉來談甚久去。

廿一日　晴　四月廿三號

今日午後華甫來約遊黄鶴樓，並帶六兒香生同往，乘車去，乘車歸。在茶肆坐一時許出。鶴樓地址小，無可遊覽者，在武昌又無他可遊也。

廿二日　雨　四月廿四號

早起。天變陰雨，堂屋地平及石礎水潤之狀，恐又有大風雨也。予正月初私謂春秋多佳日，去年三春晴時少，已虚過，今春必出遊看花，以蕩心耳。不料今春晴時少，看桃花僅有抱冰堂一次，聽蛙亦僅二次。虚度春光，轉瞬首夏矣。此月已過廿二日，僅晴九日而已。明日當立功課表一紙，上午天晴即出遊，不必邀伴。下午在家照預定功課做去。王念孫、杭大宗、袁簡齋諸先輩晚年未嘗一日廢學也。

廿三日　雨　夜雨達旦　四月廿五號　星期日

今日雨未外出，張深安、鄒碧痕先後來談半時去。補寫張沆兄弟所作濂卿先生哀啟，不知當時二張何以不稱行狀也。晚間裝訂殘本書，至十二時寢。

廿四日　雨寒　四月廿六號　星期一

今日閱報，載昨日事，周恩來一行六人，又蘇聯、朝鮮民主主義國各代表團均抵日内瓦，下飛機時均向人民談話，爲朝鮮、越南二國戰争一致希望和平解決云云。日内瓦會議今日開幕，明日當有消息傳播也。又載歸綏改名爲呼和浩特，係復蒙古前舊。蒙臣服滿清後，清代賜以歸綏者，紀戰功、定該地之意。現在蒙古成獨立國矣。此四字意義，蒙古語爲藍色的城市。午後寫信致紀雪舫，請其寄紀思庸兄弟舊時詩稿來此，以便録入詩話中。

廿五日　晴　四月廿七號　星期二

今日閱報，日内瓦尚未正式開會。午後一時同張祖培至電影院看電影。二時至醫院復診，醫生仍給前次藥水，約下星期二再去看，可照X光，予屢以天寒未照者也。

廿六日　晴　四月廿八號

上午外出送寄鷗詩稿還之，歸後知鄒必蘅已搬家來。閱報，知日内瓦會已開幕矣。

廿七日　晴　四月廿九號

上午外出一次，下午在家補抄雜文，并復寫前二月參事室發下文件等等。

廿八日　晴　四月卅號　星期五

今早李恢先來述各事。十時往訪志純，問成大事，十一時歸，途遇吴醒廉及槐秫。予欲至懷義處告以各事，遂囑懷秫約之來寓與面談也。候到晚間彼尚未來此，此子真無天良之人也。

廿九日　晴　五月一號　星期六

早起，外出一次。午後朱金瑞、羅資生、周淑德先後來談甚久去。晚早寢，以連日均早起，今日未午睡也。

三十日　早陰　九時以後大雨如注　五月二日　星期日

今早天陰，予以漢口音樂會約觀禮，幸未去，不然天雨忽變寒，增予疾矣。午後大雨未能出門。今日亦無報看，僅在家補寫舊稿而已。

四　月

初一日　陰雨　五月三號　星期一

今日閱報，未載緊要之事。晚間補詩話及筆記等等。

初二日　晴燥　轉鐘後似聞雨聲　五月四號　星期二

上午至盧志泉寓問晋槐病狀，遇陳子翰來，遂與同至醫院問病狀。予佛、楚珩俱在院，略詢各事即出。午後二時至省立醫院復診予疾，又换一胡姓醫生，略談，予遂照X光胸部出，云肺曾有輕結核，現已愈矣云云。胡醫生開甘草片二十四枚，此不相干之治咳藥片也。

初三日　晨三時起至十一時大雨如注　五月五號　星期三

鄉間大麥已割者少數，小麥正熟時，新秧在田，須晴暖乃發。而大雨時作，天氣忽熱忽寒，小麥與秧俱受損矣。今年春收如何可推想也。閱報見載周恩來談話一節，會議已有六天，發言者尚有其他國家，未登載。

初四日　雨　晚似晴　五月六日　星期四

今日未出門，報紙登載越南、寮國、高棉俱到日内瓦開會云云。

初五日　上午陰欲雨狀　午後晴　晚大雨　五月七日

早起，十時聞前重田家住客病危。午後一時至電影院看影片，所印出者與予不相干，且引不出興趣也，遂歸。觀者未終局者甚多。晚間大雨，又時聞田宅男女泣聲，十二時寢，難成寐也。

初六日　大雨　五月八號　星期六

八時起，大雨，氣候轉寒。今年四月與去年相似，鄉間秧受冷氣不發，小麥黃待割，恐收成不佳矣。

初七日　陰　五月九號　星期日

早起，外出一次，以頭發暈遂歸。午後周長生來借款，付一萬元去。彼鄉間甚困，予實無力助之。近二年家家困難愈甚，彼又不能通挪。勞動者有疾則日食無着。排路攤者遭此連雨不能出門謀一飽。靠薪水之人，發薪即還欠賬，到手散去，那有餘款借人？但參事室有六七人，月月有餘，有十餘人月月足用，其餘則中下下之等耳，俱屬拉款挹注之。

初八日　陰晴不定　五月十號　星期一

今日十時晴，天氣較和煖。午後外出買二頁紙添裁補本子。至懷秭處問其父事，只云彼與金瑞共籌寄七十萬至陽新矣。老三不管此事，成大素疼老三，今日食其報矣。

初九日　晴　下午七時雨　五月十一號　星期二

早起，今日閱報無多事。日内瓦會議，朝鮮停戰事尚未結論，又開始談越南事。胡志明雖來，尚有寮國、高棉二小國之事難談。午後二時至醫院看病，已換粉子灰色藥，不知何名，醫生約以下星期二再去。

初十日　晴　上午十一時熱甚　下午三時至八十八度　大風片刻小雨　五月十二號

早起。外出一次，下午閱報，無多事。日内瓦會議未載重要事。今日三時以後天氣酷熱，寒暑錶達八十八度，奇哉。傍晚北風大起，但半時即止矣，熱度稍減。

十一日　晴陰不定　午後七時大雨如注　北風暴半時許　夜大雨　五月十三號

早起，瓦匠來檢屋漏。予慮天氣有變，以連日天氣不正，小雨時作，欲辭瓦匠不可能。午前十時約華甫至愈友處略坐談，在志純家借唐清人小説十五本歸。傍晚大雨如注，天氣轉寒矣。

十二日　雨　大風　寒甚　五月十四號

八時半起，今日寒甚，如冬月。此旬内氣候變换甚速，病者難防也。閱報，日内瓦會議逆料無解決方法，兩方俱走到不相容之境矣，烏能和平？

十三日　陰雨　五月十五號　星期六

天陰雨，愁人。今年雨水之多，秧麥俱受損害。閱報，日内瓦會議無甚進步。晚早寢，多奇異之夢。

十四日　晴　晚見月光　五月十六號　星期日

今日候華甫不來，予下午未出，三時以後小睡。晚間整理詩文集並閱雜書，十二時方寢。

十五日　晴　五月十七號　星期一

早起外出一次，向張深安借得《曲江集》五本。曲江原爲廣東韶州人，開元中文章相業多可記載者，諡文獻無媿，其子孫在清末猶繁衍也。午後一時華甫來，約予至鶴樓遊覽，並約穎生同去，予帶香生同往，下午四時歸。

十六日　陰雨　五月十八號　星期二

午後二時至醫院看病，又换了女醫生，問話聽肺，照例而已。取水藥一瓶歸。如此醫院醫生，口口爲人民服務，冤哉。

十七日　陰雨　大雨　五月十九號　星期三

連日堂屋地面水濕，礎石俱潤，久雨象徵。聞鄉間麥子濕爛未割，非佳兆也。午後閱報，印度支那事可望和平，未敢以爲信。下午五時半起大雨，七時以後更大如傾盆，至九時未歇，平地水深一尺，自是通夜未休，雷電交作，鄉間秧麥情狀可推想矣。

十八日　早大雨如注　午後小雨時作　五月廿號

今日大雨，終日悶苦殊甚。堂屋中水溢，街道中時有急水流泛，真所謂霪雨之災矣。

十九日　陰　小雨　北風　五月廿一號

四時醒後再睡，作一夢，真怪誕不經。孝感縣與武昌爲鄰，所聞人語作孝感聲，又改爲真如縣云云。六時起，天現陽光，轉瞬陰沉沉矣。下午有北風，仍未晴。此月十九天，晴者四天而已。

二十日　陰　雨　晴　五月廿二號

連日雨，悶，室中濕氣重。今日晴，午後剃髮一次。晚又雨。

廿一日　雨　晚雨更大　五月廿三號　星期日

今日雨大，有時平地積水六七寸，室内外俱濕。報載日内瓦事少佳兆。晚間補寫昔年未竣之稿，晚寢多夢。

廿二日　大雨竟日　五月廿四號　星期一

八時半起。今日報載周恩來發表言論。越南高棉事未解決，現又增及南北朝鮮統一問題，且看以後如何，晚寢後仍咳嗽三次。

廿三日　陰雨　午後大雨　五月廿五號

今日午後一時半至醫院復診，醫生胡姓，照第一次開藥方，並給可大英三片，晚十一時寢。

廿四日　陰雨　五月廿六號　星期三

閱報，無多事。今日在青龍巷懷弟家將存字帖等取歸。

廿五日　晴陰　小雨　五月廿七號　星期四

今早外出一次，午後閱報無多事。晚寫補舊稿，並閱借來之惲、王名家山水花卉册，至十一時寢。

廿六日　晴　午後六時小雨　五月廿八號　星期五

今日外出至馮亞父家略坐談。午後閱報，關於和談事記載甚少。

廿七日　晴　五月廿九號　星期六

今日報載無關緊要之事。

廿八日　晴熱　五月卅日　星期日

報載英美法泰等國代表發言，完全與中蘇代表反對，關於朝鮮、越南停戰言和，愈遠愈支離矣，英美可惡，泰國更可惡也。

廿九日　雨　五月卅一號

今日又雨，天氣時呈沈暗狀態。

五　月

初一日　晴燥　晚七時大雨如注　六月一日

自今日起，列日仍以農曆記之，公曆用號碼，星期幾亦以符號記之。如“六一”，星期則以一、二符號記之，如“1”“2”等等①。上午天晴，甚熱，晚六時暴風至，七時大雨如注，天氣改涼。閱珂羅畫帖廿餘册，苾衡借予者。

初二日　晴　六月二日　星期三

今日報紙無多記載。予未作事。午後繼閱畫册廿本，連前借閱者已八十本矣。苾衡藏影印明清各名家畫帖，如此之多，不必從師指授，故能畫也。予昔閱珂羅印件，不過廿册，今得借閱，胸中已有百册之筆墨在也。筆墨爲之一變，則此册助予之益不少。凡從前未見四王、吴、惲真跡，今一一見之，心目俱爽矣。

初三日　晴　晚小雨一陣　六月三日　星期四

今日閱報無多事，偶作畫三幅，未成也。午後三時王小齋來借款，予拒之。彼借款爲常事，自辛卯冬接濟彼一次後，自是三年中，端午、中秋、小除夕前一二日必來借款。每以二萬或一萬與之，合計已逾十萬矣，似每以借款爲事者也。乙亥彼强借大洋十元去，久已不提矣。晚寢不成寐，又咳嗽。

初四日　早晴　旋陰雨　午後大雨　六月四日　星期五

早起未作事。十一時參事室送來辜達岸填詞二首，請予代書。造句

---

① 本書對日期和星期的記載方式仍循前例處理，未據底本簡記。

滿紙新名詞，不離乎馬列、一顆心等等。噫，已失填詞本旨與格局矣。午後閱報，朝鮮選舉，監督國及越南法國撤兵事恐難談判好結果。明日端節，今日猶未發薪，諸事未買，心煩甚。今日又時有陣雨，濕氣特重，無聊中仍在室中補畫件。自四月初一起至今日，卅三天，大小雨天爲廿五日矣。各縣如黃陂、鄂、冶等縣水淹田地不少，小麥收獲佳者不及三分之一，已成災害。

初五日　今日端午節　晴　六月五日　星期六

今日端節，各機關學校均未放假，予亦未外出。午後二時參事室始送六月份薪水來。三時小臥，四時起。戊戌端節在籍從程師讀，民國元年端節在黃安縣署。此兩端節情景，歷年逢此總縈繞於腦海中，未能忘也。

初六日　晴　晚大雨如注　達旦乃已　六月六日　星期日

今日報載談判事無進步。晚間檢紙畫山水小幅，未成。

初七日　雨　晚小雨　六月七日　星期一

今日未出門，天時陰時雨，或陽光一現，氣悶鬱，室中潮濕不堪，補昨日畫幅未成者，俱寫雨景，米元章法，前五日始試爲之。習畫五十年，臨雨景則今年初次。雪景前三年已試爲之矣。九時擬自述詩二律。每歲生辰初度，近十年來或作二律、四律、古風。自居施南及東下後，無歲不如此，僅辛卯年未作。今夕成此，明日修正另書之。

初八日　晴熱　十一時以後小雨　三時又晴　午後五時陰　晚見星月　六月八日　星期二

早起外出一次，十一時玉兒帶二外孫來，留之飯去。在省數年，僅此女每年今日來寓祝予壽。復員東歸，僅丙戌在省宅慶祝一次，有親友八桌，來寓盡歡而去。彼時親友環境均佳，今日思之，生感慨而已。晚睡已十一時，自是不成寐。今午曾至醫院復診予疾，驗痰抽血，據其報告書，不似肺疾，且無肺炎肺菌。前月照X光亦無他狀，不知何以咳不能愈，蓋年老自然血氣衰，肺氣不固，痰濕多。幸今年飲食仍如從前狀，乃可抵抗耳。正如一部機器雖舊，只須能受加油加煤之補充乃可行耳。如欲如新機器一樣效力，則不可也。

初九日　晴　六月九日　星期三

早起，欲至圖書館看書，慮天熱未果。午後小臥二時許。今日補畫各件，計再用墨或着色可成也。

初十日　晴　陰　六月十日　星期四

今日摘抄曲選要義，並各曲牌正文、襯字、舉例數條。晚寫自壽詩，欲寄與校文索和者。

十一日　陰晴　小雨　六月十一日　星期五

今日摘抄曲選數則，上午十時至愈友家略坐談，訪徐蘭如、鍾小山談甚久。

十二日　雨　六月十二日　星期六

早起，倦甚，不思出門。午前小雨時作，午後大雨三四次。報紙亦無多事，在家閱曲書，摘其要者，仍如昨日抄出之。惜予在施南教國立師範曲選時未見此書也。

十三日　陰晴雨　晚雨更大　六月十三日　星期日

今日看畫帖多種，但王、戴諸名家之畫多有重印者，或以大縮小，或另一家所印。予今所見宋元明及清代各名家已一百卅餘種，其間贋作僅十之一，真大觀。設非清末珂羅版發明，安能見如此真跡哉？一種之內只以八件計算，已逾一千一百餘幀，真所謂眼福。自後悟道之處甚多，則鄒苾衡益我不少矣。晚間補作自壽詩詞已成，百無聊賴，寫之自遣也。翟竹如來，留之飯，談三小時去。

十四日　雨　午晚大雨　六月十四日　星期一

今日仍看畫帖，又向鄒君借廿本唐宋元蘇顏趙真跡，或墨刻，或親書紮詩文各稿，前曾向田雲濤借十種碑帖閲過，前後共約一百廿餘種，洋洋乎大觀矣。今日周福來述予縣宅老幼窘狀，又述南門外彼等所分之好田俱已淹水，湖漲江漲，快進東南二門。奈何奈何，此天災也，太息而已。連日雨不停，周來省已四日，不知鄂城近日江湖二水又增至如何災害矣。

十五日　早陽光一現　午後雨大　晚未止至天明
六月十五日　星期二

今日仍閲字帖畫帖，擇其佳勾一輪廓。昔年教字畫無此參考書，偶見滬報所載廣告，又以錢不多不能購買，以故畫道不進。倘昔能見此等字畫帖，予書畫臨摹之功可亂真矣。聞鄒君習畫無師承，所得力者惟此二百種之書畫範本。噫，何待再求師哉？

十六日　早小雨　昨夕小雨至天明　六月十六日　星期三

昨夜雨聲淅瀝，予時時醒，枕上聞之，心念胡林田地均低，積水甚久，淹者必多，不知將來政府有救濟之法否？

十七日　雨　昨夕雨達旦　上午十時廿分地震約二秒鐘
六月十七日　星期四

今日仍大雨，午前十時廿分地震約二秒鐘。去冬今夏蒲圻縣鄉間曾地震三次，但未見報，僅傳聞其事，亦無人注意。今日則武漢人所悉知者。震源在何地，尚待報載也。

十八日　晴　小雨數次　六月十八日　星期五

今日晴陰不定，下午外出一次，途遇汪世流，問以該縣情形，則云水淹者甚多。

十九日　晴熱　六月十九日　星期六

今日閲報，情形甚劣，日内瓦會議已結束談朝鮮統一事矣。

二十日　晴熱甚　六月二十日　星期日

今日閲報無多事，閲《宣和遺事》第一二册已畢，宋江等卅六人，神宗任用王安石行青苗事，徽宗任二蔡、章惇及微服遊行事俱畢，可與正史相表裏也。

廿一日　晴熱甚　六月廿一日　星期一

午後往訪校文、愈友，各談甚久出。談及近事，人心已變，患得患失者尚多。

廿二日　晴熱甚　六月廿二日　星期二

閲報，印度支那和談事未絶望，且觀後來結果耳。老四昨晨來。

廿三日　晴極熱　下午五時大雨如注　夜雨達旦　六月廿三日　星期三

閲《宣和遺事》第三、四本，俱畢。欽宗無用，昏庸殊甚，任用奸佞，至有被執遠流，爲金人鞭撻流血。徽宗行動不靈，路死五國城附近。然亦報應，合該也。

廿四日　雨　如注者二次　夜雨達旦
六月廿四日　星期四

昨睡尚穩。今日復閲《宣和遺事》一次。北宋亡國之君，徽欽二宗當之無愧。不料南宋又有高宗之庸，李綱、宗澤之不見用，韓世忠之退，岳武穆之冤。君子讀史至此，未嘗不太息流涕。以果報之説證之，或有當也。

廿五日　大雨爲近十年所未有　平地水深五六寸
房屋中有深尺餘者　六月廿五日　星期五

昨夜雨未休，清晨四時五十分鐘至五點半鐘，大雨傾盆，屋上街上雨水聲相怒吼。數年間有此大雨，無此長時間者。稍減小後，七時又大雨，八時又大雨，街上與屋内積水相會矣。八時半稍弱。老四昨臥堂中，今日起來不慎跌入硬椅角，流血不止，令内子急治之。九時半參事室送公文來者云，街上水深，候補街水深二尺。予聞之，想各低處街與屋水横流矣。保安門外街即水深一尺矣。鄉間又添不少災區與災民矣。噫，向何處逃水災耶？十時以後雨猶未止，兼以北風，寒甚，氣候如深秋。

廿六日　陰雨　六月廿六日　星期六

今日無事可記，鄉間玉枝來找事，徐逢才昨日來，亦係找事。

廿七日　陰　小雨　六月廿七日　星期日

今日未作事，看江水續在漲中。

廿八日　陰　六月廿八日　星期一

聞昨日江水仍漲，新橋已淹水數寸，水到街頭矣。

廿九日　晴　六月廿九日　星期二

今日前重搬家來，包貴生純爲欺騙之人，可惡已極。此等流氓在保安門外昔尤凶横，今雖受過訓練與口頭教育，無益也。

六　　月

初一日　晴　悶熱　晚雨三次　六月卅日　星期三

今日王伯生來談半時去，午後外出一次，看解放橋、新橋水漲，昨又漲三寸，搬家者多。

初二日　陰小雨　午後四時大雨　晚十時至十二時大雨如注　平地水深二寸　七月一日　星期四

早起，至新橋看水，聞昨續漲至解放橋左側，武漢水標下“安”字尚有半寸現出，明日再當注視。“武漢市人民政府公安□”字様，每字大約一寸八分弱。午後又雨，晚間十時至十二時大雨傾盆，較廿五日晚雨時間猶長，雷電交作。予起視十餘次，接漏，煩甚，至轉鐘二時半又大雨如注。室内外均大漏，至天曙乃停。

初三日　陰小雨　晚陣雨三次　七月二日　星期五

本日自半時起大雨如注，五時半乃停。予九時至解放橋看水，則昨日所誌之“武漢市人民”五字在，餘“政府公”及“安”字半截已没去矣。晚間各街搬家且多，狀甚狼狽。予歸，無心作事，十一時半寢，展轉不寐。

初四日　晴熱　晚間小雨時作　十一時天際現星斗　七月三日　星期六

今日聞水仍漲，上午至解放橋看水勢，木牌上“漢市人民”四字已不見，似水又漲五寸矣。晚八時去看，“漢”字又没。乘車至漢陽門輪渡碼頭，則坡僅四級，望天上黑雲如墨，雨腳顯露者，東北際雨已下注。

未幾，西北又似大雨狀，予慮雨至，乘汽車歸。夜十一時劉興奎與前重新搬之包姓爲電燈擾擾兩小時乃畢。至十二時半予仍未睡熟也。默思近事，令人心煩亂也。

初五日　陰小雨如絲　片刻又晴　旋又陰　怪狀也
七月四日　星期日

早起，至九中聽校長報告近年教育情形，並爲本季畢業生升學辦法。予子定生向不聽予教訓，聞所籌畢業升學與否，有四種辦法，甚合予意，且深體群衆家長心理，但不知將此步驟實行否，試看試看。十一時歸，午飯後再至解放橋看木牌，則“武”字已全没，似昨夜又漲二寸矣。如此漲法，將奈之何？川水伏汛尚未到此，側面觀解放橋底，低者五寸高，空中僅尺許，更可怕也。

初六日　晴　七月五日　星期一

早起，至橋頭看水，仍續漲二寸。午後外出一次，報載武漢各低地已趕築防水隄矣。

初七日　晴熱　陰　晚又悶熱　轉鐘二時半北風起
七月六日　星期二

今日水仍漲，橋頭木牌已淹至三角横邊上矣。傍晚極悶熱，臥床上僅着短綢褲。轉鐘以後予起二次，至三時半氣候忽變寒，天明大雨。

初八日　上午大雨如注者三次　七月七日　星期三

早大雨三次，午後出門看水，橋左木牌似已漲，恐未及寸，防水工作更忙，往後水災可慮也。

初九日　陰　晚小雨　旋大雨　七月八日　星期四

早起，看水仍漲。寫一函與遲生問訊。接瑞球電話，知鄂城城内早已淹水。

初十日　陰　時有小雨　七月九日　星期五

看水仍漲，武泰閘、武慶閘日夜搶修，保安門外八舖街連日進水，搬家者多，呈水慌之狀。此間人民鑒於武漢民國廿年大水災，災事可怕也。

十一日　雨陰　夜大雷雨達旦　七月十日　星期六

早看水似未多漲，夜静聞武泰閘搶險築堤人聲，大雷雨中想見民衆勤勞之狀。

十二日　雨　陰　午後大雨至晚　七月十一日　星期日

早起，看水，未多漲，築堤人愈多，呈緊張之狀。張先生告知蒲圻車埠水衝情形。丁君之岳父母俱來，述去臘至今事。

十三日　陰雨　夜雨　七月十二日　星期一

江水續漲一公寸，連日仍晝夜搶險。

十四日　陰　時有大雨　今日初伏　七月十三日　星期二

各處搶險未停。午後至愈友、校文二處談甚久。晚間仍有小雨，早寢未安，仍起一次。

十五日　陰　時小雨如絲　夜雨二次　七月十四日　星期三

聞江水未漲，今日以身疲足軟未外出看水勢。晚寢後雜夢奇離，連夕均如此，蓋心不安也。轉鐘後小雨半時。

十六日　早晴　十一時半大雨如注　陰
午後一時半又大雨如注　七月十五日　星期四

早起，看水，似已退二寸。天晴日烈，甚熱。十一時半大雨，午後一時半又大雨，自後天陰。閱報，看雜書，閱憲法草案。晚寢夢多。今日來一魯嫗，神經病甚大。

十七日　陰　七月十六日　星期五

早起，天未下雨。予連日牙痛食物不便，又不能渡江去診，煩甚。魯嫗自昨午來此，爲其女送款至湘診病。近來母孝其女，無微不至，寃哉，可歎。閱報，昨水退，記位數較昨退四公分，但十五日下午八時較上午漲一公分云云。又新華社北京十五日電，民主德國地區如來比錫、該拉卡爾等地約六千公里土地被淹了。又載奥地利和西德亦發生嚴重水災云云。

十八日　終日陰雨　七月十七日　星期六

早陰，旋雨，自是終日雨，時大時小。下午五時水已上漲。報載昨日水已漲五公分，恐今夕計算，至明晨又漲幾公分矣。無事未出門，在家悶坐而已。聞昨夕築堤搶險者仍逾萬人，與洪水鬥争，必獲勝利，當不成災。

十九日　晴　午後四時陰　晚小雨　七月十八日　星期日

上午晴，下午聞水退，親往看之，退不過寸餘。各處搶築防水牆，内實以黄土，各機關及居民之年輕力壯者均加入，夜以繼日，終未停也。

二十日　上午四時半大雨　自是以後大雨時行　七月十九日　星期一

今日未作事，亦未外出，參事室送通知來，索憲法序言心得，趕快着筆。

廿一日　晴　極熱　夜見星月　七月二十日　星期二

今晨赤日麗空，午後熱得不匀。晚至愈友寓略坐談。今日全日未雨，惟堂屋地平未乾水，天氣仍不正，恐不能晴也。水未漲未退，各處仍築土填隄。晚睡甚熱，睡後雜夢頻來，予亦懶記矣。

廿二日　陰　七月廿一日　星期三

五時起，天未晴，仍沈鬱。九時至大橋頭看水，似無漲退。

廿三日　大雨　午後二時晴熱　晚見星斗
七月廿二日　星期四

上午四時一刻大雨數次，至十時乃止。預料水又漲矣。午後二時忽放晴，甚熱，至晚仍熱。大約從此可斷雨耶？晨二時半同居董女士回上海，擾擾四小時，累予未能安睡也。

廿四日　晴熱　今日大暑節　中伏起　七月廿三日　星期五

今日整整晴一日，甚熱，江水回漲三公分。下午閱憲法草案，晚寢後起數次，天曙時尚可蓋薄被也。

廿五日　晴熱　七月廿四日　星期六

今日晴整日，甚熱，下午出門一次，江水似穩定。報載社論云一定要解放臺灣。慰問水災團今日出發，武漢同時舉行。胡太坪來，夏老三回去。

廿六日　晴熱甚　夜十一時陣雨　七月廿五日　星期日

今晨胡引其妻歸，彼在此吃了廿八天飯，一人可兼二人之量，幸購米尚未規定。夏老四在此吃了四十天飯，可推想也。予今夏特窘，又添此二人米糧錢，真以爲苦。晚寢後乍醒，又聞陣雨聲，頗爲奇。

廿七日　上午三時半大雨至十二時乃止　七月廿六日　星期一

夢中又聞暴雨聲，驚醒。自是十時更大，平地積水，將奈之何？昨晨水退，想今晨又漲矣。午後大小雨不斷，晚十二時以後大雨，電光四射，有時如注，聞水聲甚厲，天明雨稍止。

廿八日　上午三時以後大雨如注　早七時至十二時大小雨迭作　七月廿七日　星期二

天雨未止，逆料水又上漲。今晨至午大小雨未停。午後三時雨止，四時以後似有轉晴之意。報載昨日消息，水上漲一公寸三公分，是已漲四寸矣。

廿九日　晴陰不定　七月廿八日　星期三

今日陰時少，晴時多。下午五時小雨一次，晚見星斗。晚十一時予起一次，以爲可望晴矣。十二時以後枕上聞雨聲，自是漸大，或如注，如傾盆，直至天明未止也。

三十日　自上午一時至今日下午七時大小雨連續未止　七月廿九日　星期四

今日終日大雨，聞水漲無已。午後一時又北風大起，想隄防吃緊之狀。聞昨日某君云，自青山來者親見江中漂流九十個月小孩一，臥搖窩上層之篾柵上，被褥完全，孩臥其中，手持餅干自食，當係上流水沖而下者，後爲人救起，真奇事矣。予前夕夢與阮華甫同上茶館，昨夕夢應山左仲甡同予坐火車。

七　　月

初一日　上午一時至下午七時大小雨未停　七月卅日　星期五

昨宵雨未停，予起床五次，心煩甚。江水當上漲，聞武漢兩地日夜有十餘萬人搶險。昨下午南風大作，旋又變爲北風大作。董君自沙洋乘輪船歸，據其見，沿襄河所見兩岸水淹慘狀難罄述也。今日檢查日記，自正月一日起，至昨日止，共爲半年。其間正月天晴十二日，二月較多，晴十日，餘則大小雨七十四天，晴日共爲八十天，陰天廿三，此則與大水亦有關係者也。晚間雨大作至天明。

初二日　上午起至下午四時雨止
晚間十二時小雨至上午三時止　七月卅一日　星期六

早起。仍大雨，約三小時，旋大小雨不停，直至下午四時半方止。予外出一次，晚飯後乘車至李愈友寓略坐即歸。晚早寢，醒後二時半又聞淅瀝聲，至上午五時止。

初三日　陰　八月一日　星期日

昨《長江日報》載武漢關水位卅號晨。爲二八八二，謂比一九三一年，即民國二十年漢口大水水位超過了五公寸四公分。約一尺六寸二分。今日報載，昨日水位又漲六公分，下午落一公分，則實爲漲五公分矣。是與昨增算爲一尺七寸七矣。可畏哉！

初四日　陰　小雨　八月二日　星期一

水漲仍如昨，約三寸餘。各堤仍搶險。保安街及後街廣里堤各處，災民增加日衆。閲報，各省如浙蘇贛皖均受水災，推想道光廿九年大災，不過如是。蓋當時無堤防，武漢受災較重耳。

初五日　晴陰不定　八月三日　星期二

今日江水又漲，下午定生與該校同學七十餘人渡江考高中，該校有教師帶過漢口舊租界聖羅以女學校内集合，備明晨考試也。晚間仍涼爽，早寢甚安適，四肢恬然。

初六日　晴陰不定　甚熱　八月四日　星期三

早起，九時外出，腳不軟，惟頭覺暈耳。看江水仍續漲，甚可慮也。晚寢甚熱，坐數次。

初七日　晴熱　夜間轉鐘時大風　旋又大雷電半時許　甚驚駭人　八月五日　星期四

早起看水仍漲，甚可慮也。今日七夕，黄昏時見星月，十二時以後大風，旋又電光閃閃，雷聲隆隆，約一時許。予起坐數次，心煩甚。今日午後三時定生已歸。

初八日　晴熱　晚細雨二次　八月六日　星期五

今日閱報，水續漲六公分，參事室昨下午五時半送薪來，買物不及，今日乃得補購物件。下午外出一次，晚欲作短文，以心煩而止。十時目疲遂寢。憶此月來作奇離之夢十餘次，非乘船或候船出門，或多次在湖堂候考畢業，或與諸同學晤見，有存者，有亡已廿餘年者。不知近十年來何以不忘湖堂情景如此也。上床半時即睡熟，三時醒，四時以後又夢待輪船出門，已上輪，後又歸，取物件，約孟夫人同往。孟準備予換衣，又自着衣，手抱一小孩。慮開船在即誤鐘點，促夫人速同往，急遽間遂醒。枕上憶夢境歷歷似在目也。未行時與夫人尤暱甚。枕上思及夫人以癸酉七月初九上午八時謝世，乃忌日也。傷心鸞侶别已廿二年矣。再來爲婦語不驗矣。予已白髪銀髮，衰老日甚，行年近七十，數年間無月不有與夫人同居同行之夢，似何此境之難脱耶?

初九日　晴熱　早即八十八度　晚陣雨三次　八月七日　星期六

八時起，十時閱報，江水昨日整日共漲二寸一分，如此漲法未已，將奈之何？漢口即日做第四次加高隄防工作。中央來電獎勵荆江大隄、武漢大隄及鄂城防汛部、粑舖防汛部，守住大堤未潰，出力軍民工農等等，又有黄石市在內。又報載淮河水災甚大。下午七時具香祀孟夫人并焚楮，雖屬數百年未能破之迷信事，亦照舊行之。以其昨見夢也。晚十一時寢後夢見先君如平時。

初十日　晴熱　九十度　晚小雨二次　八月八日　星期日

今日報載水仍續漲七公分，防汛仍緊張。新橋頭積水沁水甚深，淹地漸大矣。鄂城情形不知如何，三江口、丁橋二處，報載已由政府挖堤分洪，謂水可下落也。

十一日　晴熱　八十八度　八月九日　星期一

今日報載水退一公分，聞樊口又有開閘消息。下午羅國貞來説，鄂城有人來省云，閘附近三里早已挖開放水入梁子湖云云，未知確否。遲生已一星期無信來，下午訪校文略坐談歸。

十二日　晴熱　八十九度　八月十日　星期二

今日報載水漲二公分，不知何故，俟明日當有續報也。鄂城今日仍無信來，羅國貞云今日回縣，俟其再來當問之。

十三日　晴熱　九十度　八月十一日　星期三

今日報載水續漲四公分。連日天氣酷熱，致晚間不能安睡。惟去年此時熱度均逾一百或百零一二，今年每晚亦九十度，與去年不同，此一原因也。

十四日　晴熱　九十度　八月十二日　星期四

天熱如蒸，未能作事。

十五日　晴熱　九十度　八月十三日　星期五

今日江水仍漲四公分。下午遲生來信，云鄂城人口又遷至東門外易家祠堂内小學第二部，盼予接濟食糧之費。

十六日　晴熱　八十八度　八月十四日　星期六

今日報載江水退一公分，此旬以來，漲者三四六公分不等，昨夕僅退一公分，其實已漲逾一公分矣。奈何！現在不惜財力，集中人力加隄身之高，每日動員十萬人之數，相信終可以人定勝天也。晚睡不安，下午二時寄十萬元與遲生。

十七日　晴熱甚　九十二度　月色佳　八月十五日　星期日

閲報，江水又漲七公分。今日悶熱不可耐，晚外出訪馮亞佛、高運籌處，高已病，未能坐談。九時歸，臥堂屋中，手不停扇，蚊又多。

十八日　晴熱　九十二度　八月十六　星期一

今日水仍漲三公分。室内外悶熱，未能作一事也。至醫院看病，醫生鄭姓。

十九日　晴極熱　九十度　夜間仍九十度
八月十七日　星期二

閲報，水仍續漲二公分，晚外出至馮、高二處，并至玉兒家中坐片刻。歸後十時，臥堂屋中，手不停扇，轉鐘二時乃進房中寢。

二十日　陰　陣雨旋晴　午後又雨　天氣似涼
八月十八日　星期三

今晨寫信與淬成，告之東北已來信件，又聞昨將天曙時，武泰閘隄身曾吃緊一次，搶三小時乃已。上午陣雨二次，天氣轉涼。晚九時寢，十一時醒後飲茶仍睡熟至天明乃起，此一夜安恬之至。

廿一日　陰小雨　晴　陰　八月十九日　星期四

早起，外出一次。午後閱報水漲，係載昨日消息。聞今日水已落四公分矣。晚早寢，以天涼爽，昨今兩日均睡甚安。醫院之藥亦有效也。

廿二日　晴　八月二十日　星期五

今日閱報，昨日江水共落五公分。路人云廿年武漢大水期，自八月廿號方退落云云。予是年在武昌，惟日記藏在胡林村未能取來爲證耳。

廿三日　晴熱　八月廿一日　星期六

今日水未漲亦未落，天氣轉熱，晚仍涼爽。

廿四日　晴熱甚　八月廿二日　星期日

今日天熱，欲寫所作稿未能也。晚寢甚適。連日服藥水，欲治未發之咳也。前日在二醫院看過，似較好。昨得遲生信，知款收到。

廿五日　晴熱甚　八十三度　晚仍八十一度　八月廿三日　星期一

報載今日水退一公分，能退總算好事。又載黨派聯名通過宣言，須即解放臺灣。中央九月十五開大會。下午阮華甫來談。予二時半又至醫院看病。

廿六日　晴熱　上午八十一度　下午九十度　八月廿四日　星期二

早起，天熱，晚未出門，在家悶坐而已。報載防汛中死難人員共六十七人，明日在漢追悼。此種爲救人民壯烈犧牲的英傑是應該追悼者。聞今午武昌萬年閘大險一次，已由萬餘人搶築無虞。

廿七日　晴熱甚　上午八十八度　下午九十度
八月廿五日　星期三

今日熱甚，上午八十八，至下午九十二度，晚睡時猶九十一度。堂屋中不敢睡，房中又熱甚，擾擾一夜未安。

廿八日　晴熱甚　上午九十度　下午九十二度
八月廿六日　星期四

今日方將對憲草意見寫就，下午命夏老四送去，晚熱甚。

廿九日　晴熱甚　九十四度　八月廿七日　星期五

閱報江水已落。

八　月

初一日　晴極熱　九十五度　八月廿八日　星期六

今日仍熱不可耐，水續落四公分。

初二日　晴熱甚　九十四度　八月廿九日　星期日

今日仍熱，赤日無雲者已六天矣。中午熱尤甚。報載江水又落六公分，如此落法，可望不再漲矣。今日爲先叔森亭公忌日。

初三日　晴熱甚　九十四度以上　八月卅日　星期一

今日天熱如火。閱報江水退七公分，七公分二寸餘矣。午後二時至醫院看病，仍爲鄭姓女醫生，照上次給藥而已。閱報，江水續退五公分。六時半，天沈如墨，風雨驟，約一刻鐘遂止。天氣轉涼，十時寢，以氣候適宜，睡甚恬静。

初四日　晴熱　九十四度　晚間無風尤熱
八月卅一日　星期二

今日水退五公分，以修築隄面并平馬路，指揮部屬居民之積極份子强拆江陵路一帶民屋，限明日午前拆盡。敖雲門來，云張深庵已作古人矣。

初五日　晴熱甚　九十四度　九月一日　星期三

早起，天熱甚。八時半至張宅吊深庵，問其妻以臨終各事。上月杪戌時卒，今已六日矣。聞服藥後疾已革，張世驥所薦採芝堂段姓醫生也。世驥前云薦醫，予不以爲然者也，致貽張妻口實。接參事室通知，今日下午六時至省府招待所晚宴，新來參事十七人云云。下午五時半乘車至省府招待所，人已到齊。七時開席，天熱如蒸。新來參事僅林淵泉、胡忠明、汪世流、晏道剛、李亞芬、馬覆清爲熟人，餘不相識。參加之來賓則周蒼柏、沈碧舫諸人。八時半歸，天熱宿堂屋中，不安枕也。

初六日　晴熱甚　九十四度　九月二日　星期四

早起，閱報，水退三公分。午後未作事，熱不可耐。晚間無風尤熱，轉鐘後似他處在下雨者，北風襲人，寒甚，予遂至房中宿。

初七日　晴熱甚　九十三度　轉鐘後大北風
九月三日　星期五

今日閱報，水退五公分，連日天熱如蒸。各醫院及診所病人擁擠，候診者日必數百人，小兒佔半數。醫師皆年輕，出學校練習之人，均以病人爲試驗品者，欲病愈則看各病人運氣耳。武漢人口，前據調查有一百五十萬人。今年水災爲百年以來所僅見，秋末冬初尤須防大疫病也。此以書籍所載，道光廿九年陳説也。夜宿堂屋中受大風，寒甚，汗出如瀋，胸内閉塞乃開。

初八日　晴熱甚　九十三度以上　九月四日　星期六

今日江水退四公寸。正午熱極，至下午三時始退，至晚間尤甚。十一時以後，天忽有北風，予遂入室中寢。昨夕與今夕多夢，殊不近理之可笑者。參事室送薪水來。

初九日　晴燥　早小雨　午後四時又小雨　均不及二分鐘　九月五日　星期日

報載水退，然武泰閘等處猶在修築搶險也。予今晨登黄鶴樓看水，似已退一尺餘。漢陽全城猶在水浸浪打中。

初十日　晴熱　八十八度至九十一度　九月六日　星期一

閲報，江水續退四公分。午後三時至醫院看病，便訪愈友，取回《西遷吟草》一本，彼處來往人多，慮其胡亂批評也。

十一日　晴熱甚　晚有北風　九月七日　星期二

今日江水續退，好現象也。閲報，海邊如閩、廈等處似有空戰，戰争範圍甚小。

十二日　晴極熱　晚有北風　九月八日　星期三

今日江水退十一公分。閲報，廈門屢有空襲，中國高射炮隊屢擊落敵機。連夕晚有北風，睡甚安適。

十四日　晴熱　九月十日　星期五

早起，外出，保安門人多如鯽。因一月來水災，男婦老幼聚集保安街全街也。全街五百餘户，無家不有災民插入。

十五日　晴熱　八十五度　晚七時大風轉寒　九月十一日　星期六

今日中秋，冷冷淡淡，惟食物果品甚俏。工人男女以工資高，故購者多。晚七時帶同香生至黄鶴樓望月，月已東升，而大風驟起，塵沙蔽天，遊人逾萬，擁擠不堪，予遂同香兒乘車歸。轉至解放路茶肆聽漢戲三齣即歸。

十六日　晴熱　八十度以上　九月十二日　星期日

江水漸退，八月半後熱度仍高，如此氣候，昔年未之見也。憶童時戊戌年八月中秋猶着夏布衣，但熱未如此之久也。

十七日　晴熱　九月十三日　星期一

閲報，江水漸退，閩浙邊海似不靖。午後外出，至高運籌家視其病狀如何。高今年八十歲，病已久未食，可慮也。

十八日　晴熱甚　八十八度　九月十四日　星期二

早起，外出一次。閲報，江水續退，閩浙邊海時有敵機滋擾。下午七時訪愈友、校文，值其與志純欲到抱冰堂夜遊，約予同去，坐談二小時乃歸。歸途得詩二首，枕上默存，改字六七，似可書也。今日前重熟食店中死去老嫗，聞年已七十餘，病月餘，無藥治之。

十九日　晴熱甚　八十八度　九月十五日　星期三

早起。記天氣晴熱已四十五日矣。四鄉及各縣受乾者不少，又成旱象矣。今日爲亡兒根生忌日，兒没已十五載，葬宜昌北門外之鎮景山，予昔以亂年時歸兒骨，自復員後世事屢變，已灰予之願矣。今則時勢所趨，理論一變，貴人達客如張難先之妻、范實之母俱火葬矣。乃予前重四月間病故之田茂林，年六十餘，遺言不願火葬。昨夕病死老嫗有三子，俱主張火葬，乃其次子反對之，卒以棺殮而葬之，亦可謂不爲時勢所移者也。

二十日　晴熱　八十八度　九月十六日　星期四

早起，清檢各事，欲補寫詩文舊作。秋陽强烈，目力又差，遂中止。午後閱報，全張記載開會時情況及説明憲法事。又載江水續落九公分，似已退去二寸七矣。

廿一日　晴熱　八十四度　下午大北風
九月十七日　星期五

今日閱報，水退十五公分。十一時胡森來，留與飯去，便托查各事。午後三時送詩稿及《晚學集》第一册及先君手跡石印本，請校文作題詞，又以《春柳齋筆記》第一本付校文，第二本付愈友，請批評之。并借油印本《西遷吟》《偶憶集》與之一閲。近來天乾已久，聞四鄉農作物枯槁矣。

廿二日　晴燥　有風　八十三度　九月十八日　星期六

閱報，江水已退十公分，以後續退，堤防無慮，惟災民安集則不容易。晚間仍熱，八十二度。白露節已過十二日，氣候猶如此，寧非奇事？晚早寢，轉鐘後夢方昌禄，在某地辦公，與予談借書事。

廿三日　晴熱　八十五度　九月十九日　星期日

早起，氣候仍熱，八十五度以上矣。江水退三寸一分。報載北京各代表，無非説明引伸憲法説話，大約尚需時日載完。天晴未雨，氣候乾燥，已五十天矣，亦屬奇事。

廿四日　晴燥　八十五度　九月二十日　星期一

早起，至醫院看病，又換女醫生李姓，取回藥水，化痰用，約以星期四再復診。午後寫詩集序言，久未補入者。晚寢多夢，且咳嗽時作，未安也。

廿五日　晴熱　八十六度　九月廿一日　星期二

今日江水續退，閱報，仍載北京開會情形。晚帶香生外出一次，夜寢仍咳二次，起二次。極不安。

廿六日　晴熱　八十六度　晚有北風　轉鐘後小雨　九月廿二日　星期三

今日仍熱，計天氣晴燥不下雨已五十二日，真奇事矣。四鄉水雖退，災民間有歸者，惟以天乾故，晚種穀類似無好結果。且氣候枯燥，聞患病者極多，鄉間向缺醫藥，武昌亦派少數醫生至鄉，學習試驗而已。七時以後帶香生出街一遊。

廿七日　早雨　午後陰　晚晴　九月廿三日　星期四

晨二時半有陣雨，氣候改涼矣。七時起，八時半外出一次。今日報載水退十二公分，水患現已解決，無可慮也。五十三天晴熱，現已得雨，總算奇事。鄉間望雨甚急，不知可續降否？

廿八日　雨寒　午後晴　七時大風忽起　氣候如冬　九月廿四日　星期五

早起，今日報紙滿載北京開會事，午後天氣轉寒。

廿九日　大風寒甚如隆冬　九月廿五日　星期六

早起，着棉衣猶寒。天氣之不可測如此，苦哉災民。以蘆席支持爲屋者，此兩日氣候其何能受耶？肉食者亦可以自省乎？災民受病，此其始因矣。

三十日　晴燥　九月廿六日　星期日

閱報，江水續退，此間災民仍不願回原地。聞政府設法勸其回籍，因災民男女有沿門乞食者，狀極可憫也。晚寢，轉鐘後夢極奇離，見李範一仍爲某廳長，予事似發表，管直屬各縣長。朱祐亭在大廳中爲人預寫大紅對二幅，置桌上。予過大廳時不理他，以有夙恨也。楊星階作種種瘋狀。

九　月

初一日　晴燥　九月廿七日　星期一

閱報，北京開會選舉領袖。下午邦丞自鄉間來，夏老五亦自鄉間來。予家近日甚窘，定生住漢口高中，正在借款爲其上學之費。前置臉盆等件，去價六萬，今又需廿一萬繳入學各費，尚有零用未計也。今日又添二人吃飯，米從何出耶？至校文、愈友處略坐談，並借得款八萬元。

初二日　晴　晚有微雨　片刻即止　九月廿八日　星期二

閱報，知京中領袖昨已選出，餘長照舊來，無甚更變。予發咳已一星期，昨又咳甚，昨至醫院復診，晚寢仍咳二次，已服可大引半粒。

初三日　晴燥　晚微雨片刻　九月廿九日　星期三

江水再退八公分。閱報，補刊已選官階之次者百餘人。

初四日　陰晴不定　晚小雨如絲旋止　九月卅日　星期四

今早約泮香、校文、華甫來便飯，因邦臣來已三日，龍嫂亦自黃石港來，便約之。此時予極窘，哪有閑心請客。定生四號渡江繳學費，須卅萬，皆向人預借者也。下午四時胡林玉枝又來，連邦臣、老五及他共三人，僅吃米一項已難支持，況有其他雜用耶？晚十時寢，服安眠水，連睡五小時未醒，醒後大咳廿餘聲，甚以爲苦。

初五日　早小雨　午後陰　小雨時作　十月一日　星期五

聞遊行者約二萬人，七時集合，予以小雨未至正街去看。昨日下午參事室送十月薪來，此則予未及料者。晚寢大咳二次，終夜未安。

初六日　晨大雨　午後陰　下午二時晴　晚又小雨　十月二日　星期六

七時起，昨寢咳嗽不已，起二次，至不能安枕。今日以雨故，氣候轉寒。予昨囑老五磨墨半杯，下午寫楷字中堂一張，有朱絲欄舊紙也。寫去年題畫詩二首，寫款時誤以今日爲初五也。陽曆行已久，致多錯誤。現時書款者更以一九四五年爲趨時，如張難先等在官者均如此。以寫干支爲陳腐矣。

初七日　陰晴不定　十月三日　星期日

連夕咳嗽大作，寢極不安，睡熟則多奇怪之夢，甚至無理由不可思議。腦筋之昏亂如此哉？邦丞來此數日必欲歸去，謂吃好伙食不慣也。真是命之所載如此。

初八日　晴　早六十八度　中午降爲七十　晚又增七十四度　十月四日　星期一

今日氣候一日凡三變，亦爲奇事。下午二時至醫院復診，仍給原藥。

初九日　晴熱　早八十度　晚大風降爲六十八度　十月五日　星期二

今日重陽節，下午二時至愈友家坐談一時許，遂約志純同往黃鶴樓，此時遊人已稀。蓋人多在四時以前，觀茶館中之瓜子殼厚積可知矣。五時半與李、陳同歸。志純已具晚餐，同席者李蝮公、饒校文皆後到，未至鶴樓同遊者也。餘則愈友、華甫及李某。酒肴甚好。予以受寒，借得衣服着歸。晚睡大咳不止，終夜未安。今夕邦丞與玉枝同回胡林。

初十日　陰　寒甚　早五十四度　中午六十
十月六日　星期三

予以昨咳甚劇，未能早起，坐床上時王伯森先生來談，予未起陪。彼昨日登高有詩一首，念與予聽，係七律，甚好。此老年八十五歲，今日早寒，彼尚來，欲久談，以予發病，坐片刻乃去。予十時乃起，午後亦擬作登高二律，未成，遂止。晚間咳甚，厲害之至。

十一日　陰大風　寒甚　早五十七度　下午五十四
十月七日　星期四

昨今兩日畏寒，未出大門，且未至街口也。孫壽山來述各事，予所係也。談小半時去。午後參事室派人送通知來，謂救濟災民，每人須舊棉衣一套或以洋六萬元代價，明日來取云云。阮華甫來談半時去，晚仍大咳。

十二日　陰　寒甚　十月八日　星期五

早起仍咳，痰又多不易，咳時喘氣，與去年冬月同。如此咳嗽病，自復員後每年必發，除乙酉冬初大病未咳外，想已抵此疾矣。真可惡之痼疾。自丙戌至今又九年，均如此。辛卯年最厲害，臘月廿四日方痊。午後二時半至醫院看病，途遇泮香，便約至院候予，診畢同歸，留之食麵一盂去。玉枝又自胡林來省。

十三日　陰寒　風　晚小雨約二小時　十月九日　星期六

連夕咳疾加劇，晚睡難安。白日未出房門，只在室内，或坐或臥而已。今日爲先母誕辰，未能如從前之具祀典也。思往事，感歎不已。閱報無新聞。晚寢仍不安。今日遲生自鄂城來信，得其近狀。

十四日　晴燥　月色佳　天氣又轉寒　十月十日　星期日

今晨忽放晴，則所不及料者。今日爲舊稱國慶之雙十節，省府仍照舊例請辛亥首義同志酒敘。下午一時定生渡江帶衣服行李到漢住讀。三時半予先乘車至横街嚴宅問杜詩售出否，再到省府交際處。四時開會，五時聚飲，菜肴尚好，此爲第五次宴集，到者六桌。六時半散席，過孫鴻儀寓，與略談遂歸。晚咳直不能寢，由十時至轉鐘四時乃疲困萬狀，遂坐靠床上着衣睡，僅二小時又醒，天明矣，遂起，此實今年第一苦境也。

十五日　晴　十月十一日　星期一

六時半起，昨睡不安，今日白晝亦未安，蓋屢睡屢以喉頭發奇癢，直至臥下即癢，展轉竟不安實，未能補昨夕未睡之時耳。

十六日　晴燥　十月十二日　星期二

今日閲報，無多事。午後至醫院看病，咳仍未愈，服原方，夜咳時喘氣，仍起坐二次，睡後多雜夢，心煩甚。

十七日　晴熱　十月十三日　星期三

昨咳未減，殊以爲苦。今日起坐喘氣，心煩意亂矣。

十八日　晴燥　十月十四日　星期四

早起外出，向嚴吉齋取回杜詩十本，云買者尚未至。我想置彼處無益也。欲寫詩稿，以手無力遂止。午後又外出，問縣志尚未賣去，此後每月須貼定生漢口學校用資十一萬，將從何處開支耶？

十九日　晴熱　早晚無甚更變温度　十月十五日　星期五

早起，昨以寢不安，身疲乏至極，遂取可大因一丸服之，稍好。睡熟後得奇異之夢，夢吾邑選舉縣長，覃孝方爲正，范宗鐸副之，另一人爲科長，似同學，其尤奇者，則覃、范皆着滿清夏季公服，且照像示選舉人也。此真妖夢怪夢，可笑也。

二十日　晴熱甚　十月十六日　星期六

今早即熱，不似深秋原狀。午後三時晝寢乍醒，匆匆至醫院，診予者仍爲韓鑫如女醫生，與之説明，檢楊光第前三年所開方示之，她願意照此開，付藥劑室取藥，服一星期，又開可大因三丸出。晚七時定生方自漢口歸家，説明學校情形。晚寢後服藥。

廿一日　晴熱甚　十月十七日　星期日

今日早起，因昨自服藥後連睡熟四小時，醒後耽延一小時，乃再睡熟二小時再起床，已七時半矣。胡席儒來教定生俄文。午後三時與席儒乘車至黄鶴樓，在茶肆坐二時許歸。晚睡後咳甚，極苦。

廿二日　晴熱　十月十八日　星期一

今日未作事，以昨咳甚劇，頭頸俱以咳時用力扯痛，此真苦境也。

廿三日　晴熱　十月十九日　星期二

昨晚仍咳甚劇，今日四肢無力，行步亦艱，昨日看病期又誤矣。

廿四日　晴熱　十月二十日　星期三

今日寫信與遲生，以目疲未竣中止。晚寢自十時起，時時作癢，喉間氣衝出，臥下必咳。起坐數次，均如此，心煩甚。吐清痰三十次，坐至轉鐘二時乃已，但臥下仍咳。不得已，以行李靠背後，坐臥三小時已天明矣。

廿五日　晴熱　十月廿一日　星期四

六時起，引香生至街口早點遣悶。想痰已盡除，手足稍有力。九時攜香生歸。午後二時半乘車至醫院看病，醫生又換一王姓者，年稍長，彼專開安眠藥，謂能安眠即止咳矣。其理甚是，取藥水歸。晚間胡林太蔣與國蔭來謀工做。噫，此真不知武漢現狀者。近一月來，連續不斷客，米出在何處耶？鄉間人不可以理喻，暫留其住一二天再說。寢後咳較昨稍輕。

廿六日　晴燥　十月廿二日　星期五

今日上午九時乘車至圖書館晤崔先生，談片刻。十時至參事室借得《太平天國史料》第一本。便請蔣立安看病取藥方歸。午後閱雜書，晚服立安醫方睡稍好，咳亦減。

廿七日　晴燥　十月廿三日　星期六

昨服藥，似稀痰易出且多，寢稍安穩，睡熟時間甚長。

廿八日　晴燥　十月廿四號　星期日

昨以睡稍安，早起仍咳十餘聲。午後外出一次，屢思渡江未果。

廿九日　晴熱　十月廿五日　星期一

上午未出門。下午至醫院看病，又換一女醫生，北方口音，草率甚。予以其技術太差，囑仍照前醫原方開之，取藥歸。

三十日　晴熱　十月廿六日　星期二

近一旬來氣候，上午九時前，下午五時後氣候寒，中午如夏仲，統計已八十七天未下雨，僅前有小雨一次，大雨一次，時間更短。噫，如此氣候亦近卅年所僅見也。昨晚仍將蔣醫所開藥再煎一次服之。睡後醒三次，起坐一次，但咳時不多，仍睡熟，多奇離之夢。

十　月

初一日　晴燥　晚小雨　十月廿七日　星期三

今日無事可記，予咳嗽似減，四肢仍無力。

初二日　陰晴不定　夜十二時以後大雨半小時　十月廿八日　星期四

昨夕寢後仍爲二小時一醒，醒後必咳一小時。中藥暫停，不服藥看將來如何耳。晚十一時寢，服安眠藥水，約睡五小時乃醒。

初三日　陰晴不定　十月廿九日　星期五

連日咳嗽時輕時重，足軟不良於行。此則與去冬病時不同情形也。閱報，無多事可記。晚寢後牙痛甚。

初四日　晴燥　十月卅日　星期六

今日外出二次，以足軟未能遠走。欲過江取牙齒，慮舟車人多擁擠，每逢期星六渡江者來往人多如鯽，以是中止。下午六時定生自漢歸。

初五日　晴燥　十月卅一日

昨睡稍安，但仍須咳嗽二次，痰不易出時最痛苦。午後囑定生早回校去。

初六日　晴燥　十一月一日　星期一

今日報載中央統計局關於全國人口總登記結果的公報。一九五三年統計局主辦全國人口調查，標準時間是一九五三年六月卅日廿四時。參加此次調查工作人員共有二千二百五十餘人，對全國範圍内共抽查過五千二百九十五萬以上的人，其結果重復的人口佔千分之一點三九，遺漏的人口佔千分之二點五五。登記結果公布如下：1. 一九五三年六月卅日廿四時的全國人口總數爲六億零一百九十三萬八千零卅五人。其中，直接調查登記的人口爲五億七千四百廿萬五千九百四十人。用其他辦法調查的人口爲二千七百七十三萬二千零九十五人，内有没有進行基層選舉和交通不便的邊遠地區八百三十九萬七千四百七十七人。根據各該地方政府的資料。待解放臺灣省七百五十九萬一千二百九十八人，一九五一年臺灣公布的數字。外國華僑和留學生等一千一百七十四萬三千三百廿人。根據華僑事務局等機關資料。2. 在直接調查登記人口中，男子爲二億九千七百五十五萬三千五百一十八人，佔百分之五十一點八二；女子爲二億七千六百六十五萬二千四百廿二人，佔百分之四十八點一八。年齡在十八歲以上的爲三億三千八百三十三萬九千八百九十二人，佔百分之五十八點九二。其中，八十歲到九十九歲的有一百八十五萬一千三百一十二人；一百歲和一百歲以上的有三千三百八十四人，最高年齡的爲一百五十五歲。一人。没有直接登記，如國外僑民及留學生、臺灣等在列。3. 全國人口按民族分，漢人五億四千廿八萬三千零五十七人，佔百分之九十三點九四；各少數民族共三千五百三十二萬零三百六十人，佔百分之六點零六。人口在百萬以上的少數民族有：蒙古人一百四十六萬二千九百五十六人；回人三百五十五萬九千三百五十人；藏人二百七十七萬五千六百二十二人；維吾爾即畏吾而族。三百六十四萬零一百廿五人；苗人二百五十一萬一千三百三十九人；彝人三百二十五萬四千二百六十九人；僮人六百六十一萬一千四百五十五人；佈依人一百二十四萬七千八百八十三人；朝鮮人一百一十二萬零四百零五人；滿人二百四十一萬八千九百卅一人。其他各族共六百七十一萬八千零二十五人。4. 全國人口除臺灣、外僑、留學生。中按城鎮與鄉村劃分，城鎮人口七千七百二十五萬七千二百八十二人，佔百分之十三點二六；鄉村人口五億零三百卅四萬六千一百卅五人，佔百分之八十六點七四，5. 全國人口分布情況：北京市二，七六八，一四九；天津市二，六九三，八三一；上海市六，二〇四，四一七；

河北省三五，九八四，六四四；山西省一四，三一四，四八五；内蒙自治區六，一〇〇，一〇四；遼寧省一八，五四五，一四七；吉林省一一，二九〇，〇七三；黑龍江一一，八九七，三〇九；熱河省五，一六〇，八二二；陝西省一五，八八一，二八一；甘肅省一二，九二八，一〇二；青海省一，六七六，五三四；新疆省四，八七三，六〇八；山東省四八，八七六，五四八；江蘇省四一，二五二，一九二；安徽省三〇，三四三，六三七；浙江省二二，八六五，七四七；福建省一三，一四二，七二一；臺灣省七，五九一，二九八；河南省四四，二一四，五九四；湖北省二七，七八九，六九三；湖南省三三，二二六，九五四；江西省一六，七七二，八六五；廣東省三四，七七〇，〇五九；廣西省一九，五六〇，八二二；四川省六二，三〇三，九九九；貴州省一五，〇三七，三一〇；雲南省一七，四七二，七三七；西康省三，三八一，〇六四；西藏地方和昌都地區一，二七三，九六九；國外華僑和留學生等一一，七四三，三二〇。合計陸零壹，玖叁捌，零叁伍。見新華社北京十一月一日電。今年閲報已逾十個月，所得新聞只有此調查爲有價值者，因全録之。蓋解放以前無此精確之人口統計也。近三年來各省各地公安局調查精確，信而有徵，非復從前政府之想像理推或假造之人口數字也。

初七日　晴燥　十一月二日　星期二

今日早起，仍以積痰須吐，咳廿餘聲，必吐盡乃已。十一時渡江，先至戴志强診所，值其未到時間，乃至京漢旅社，許、黄俱外出，僅與黄炳章談片刻出。訪吴賢卿未晤，必楊雨廷所説地點有悮也。再訪志强，爲予拔去大牙，五時渡江歸。晚十時寢即熟，多夢，轉鐘欲醒，予慮起後即難睡熟，小溲畢仍卧下，至初八上午四時乃醒，實一美睡。已六小時矣。

初八日　晴燥　十一月三日　星期三

早起，胡林太炳來，予略詢各事，囑家人與之早點，予慮其多話，乃托詞外出。此胡林最壞分子也。午後一時又來，候午飯，食之去。予未留彼。此子平昔不孝，又好吃嬾耕，宜其困窮。此時計口授糧，對此壞人整飭相宜也。

初九日　晴燥　十一月四日　星期四

今日外出購茶葉、糖食等等，途遇華甫約以發薪後天即往東湖看菊。午後接遲生信，仍望接濟。三時發函與孫愚夫約同遊東湖，請其星期六先到華甫家相候。訪饒校文不值，便訪志純，談半時即歸。晚間看天國史料，至十一時方寢。近三日睡後尚好，僅晨起咳廿餘聲。

初十日　晴燥　十一月五日　星期五

早起，食麵半盂，後乘車至參事室請立庵看脈，彼囑予仍服原方。又向周君換天國史料第二集歸。接吴賢卿先生函，知住址爲廿六號，前日竟在廿六號門前未問也。予草率甚，又以一工人引導不願問，以致當面錯過。

十一日　晴燥　十一月六日　星期六

早起。八時半訪華甫未遇，至饒校文寓，知其今日須開會，未能同往東湖。問陳志純亦以整屋不能去，再至華甫家與同乘車至黄鶴樓看菊。花約二千餘盆，大半開放，坐一時許與同乘車至大中華酒樓午餐，用去一萬五千七百元，總算菜貴。午後一時乘珞珈山車至武漢大學下，問知渡湖處，行二里許，乃乘小艇，又行水路二里上岸，再行半里，乃至去年看菊花處。已陳列新奇花瓣者五六十盆，此蓋提出最上等者，並繪有圖樣貼壁上。今日觀者甚少，因明日開始展覽也。與華甫立觀一小時，循舊路仍乘原船歸。又行至搭車處，幸未久即開矣。予以病初愈，今日共步行十餘里，足已疲矣。古詩“好花看到半開時”，又云“莫待無花空折枝”，予趁天晴，以遠路，既出遊必須一日盡興也。人之作事均應如此説，行即行，不貽後悔。歸後疲甚，晚飯後早寢，定生今晚歸，予未問多事。

十二日　陰晴不定　月色大佳　十一月七日　星期日

早起，十二時，胡太儉帶其妻回鄉矣。内子惹此一段薦人事，實令予不快者半月。予囑其以後少管閑事。晚寢欲舒下氣，未成乃已，睡熟甚安。

十三日　晴燥　寒暑表中午七十五度　夜月明如晝
今日立冬節　十一月八日　星期一

上午檢看《太平天國》，下午竇衡之來談片刻。予往醫院看病，仍女醫生，略加糖漿，仍用前次藥水，取歸未服。晚十時寢，身疲甚。先服蔣醫藥，寢後二小時即醒，轉鐘二時再睡，直至天明。

十四日　晴熱　七十五度　月色大佳　十一月九日　星期二

早起疲甚，足軟未出門。細閱《太平天國》，摘其可用者録之。下午補寫近三月所作詩。晚寢後夢先姊，狀如昔，予回籍，似又一宅也。進内知先父臥病未起。又見先母另臥一室，知予歸即起與予言，問予近狀。此夕夢予父母及姊，所未見同時者，則孟夫人也。予已五年未回籍祀各墓。昨遲生來信云，父母及孟氏墓均安，因此感觸乃有夢耶？先姊示夢則在前年，又夢予與同事多人住一臨時大宅中，似均爲熟人者，尋廁所不得，三人有一人先尋得空廁，予遂醒。此夢奇離，近十年來如有夢回籍，所入均非東門舊宅，似在方井頭一舊大宅，深五重，前爲商店，尤奇，蓋亦不止一次。

十五日　晴熱　七十五度　晚月色大佳
十一月十日　星期三

早起咳嗽，連日起時必咳廿餘聲，頗吃虧。以後暫停服藥，惟先君於癸丑冬月爲予所立一方，囑做丸藥，多服者。此方至今未用，熬膏用十倍，需洋十萬餘，明日當向藥店購一帖服之試試如何。又冬蟲夏草藥一味，亦係民國四五年問友人所告，謂治咳有奇效者，予亦未用過，明日當試之。昨晨疲軟至極，今日猶未愈，血氣已衰，腎氣大虧，須急補之。

十六日　晴熱　七十四度　十一月十一日　星期四

早起，腳力稍健，外出二次。下午至朱懷悌家問成大在陽新死狀，云確係久病久餓腹泄而死。同獄以疫染死十餘人，可哀也。成大之妻所言相符。今其妻爲懷悌、懷義所顧養。予略與二人面囑各事出。成大卒於陰曆八月初二日。

十七日　晴熱　晚小雨如絲　十一月十二日　星期五

昨聞朱說，事實多有矛盾者。午後外出買中藥一劑，去價一萬一千元，而薏苡尚未列入也。中藥中醫公家不給免費證，并無所謂照顧。近日北京提倡信任中醫，並作社論曰西醫向中醫學習。蓋蘇聯某專家在京病，爲中醫治愈其疾。全國提倡風行之盛，可謂中醫走火而已。昨今兩日未服中西藥，寢後尚安，一連五小時餘未醒。

十八日　陰　上午小雨如絲　洒塵土而已　十一月十三日　星期六

連日咳嗽，時緊時鬆，西醫治到一年，中醫如蔣、陸、張三君均治過，收效甚微。蓋年老氣血兩虧，雖有佳藥亦無益也，只有聽之而已。午後大風。

十九日　晴　陰　大風　午後北風愈大　月色大佳　十一月十四日　星期日

上午胡席儒來教俄文，定生是否領受，予不知也。下午四時風愈大，予囑定生早渡江。晚睡稍安。

二十日　陰大風　小雨轉晴　午後二時又變氣候　晚九時雨　十一月十五日　星期一

早起，九時帶六兒香生同乘車至黄鶴樓看菊花，白紅黄三者最多。紫及雜色不過四分之一耳。約二小時，以風緊遂回家，以今日所見得七律一首。信手寫出，不費力而得。律詩則近五年有此天分。從前作五七律吃苦，邇時遂用全力以赴之，今則年老不耐思索。陸放翁七十以後之作，不用力作律詩，故佳者少。八十以後之作簡直退步矣。古今人同此。心思腦力同此，筆力類皆如此，非有異也。夜雨，寢後尚安，醒後知雨已止矣。

廿一日　晴　十一月十六日　星期二

上午閱天國史料，又將緊要者摘抄數段。丙寅以前患天國史料太少，今則材料太多矣。午後外出一次，路甚乾，知昨雨與鄉間少益處也。咳嗽似減，晚寢尚好。

廿二日　晴　十一月十七日　星期三

今日上下午均出門。一時半渡江，先訪吴賢卿先生，年八十五矣，身體尚健。予自己未與先生别後，今已廿六年矣。與細談别後事，彼以有田土關係，解放後田土、房屋、書籍等等，俱爲農民分去。彼居漢口已三年，其子及婦在黄石市礦山辦公，可接濟其夫婦用度云云。與談一時許出。至戴志强處又取牙一枚，痛甚。歸後出血多，晚食麵一盂。寢後三小時，胃下疼痛一時許，極難過。蓋食麵時以餒甚，急吞下不能嚼，致不消化也。自是起坐二小時，乃昏昏睡去。

廿三日　晴　十一月十八日　星期四

九時起，十時外出一次。下午擬訪馮亞佛，以疲甚午睡至三時半乃醒，致未果。明日須訪之。

廿四日　晴燥　十一月十九日　星期五

上午閱報後仍摘抄天國史料。午後外出一次，晚寢仍咳一二次。

廿五日　晴熱　十一月二十日　星期六

上午擬訪馮亞佛，仍折回至饒校文、志純二家，均未晤。足力以行路多，軟疲甚，歸後憊臥一小時。下午定生歸，問以各事，晚寢仍未安。

廿六日　晴熱　六十七度　十一月廿一日　星期日

今晨徐裁縫回鄉，予囑其帶函與次山。十時至校文寓約其至志純家一談，至則佛教會中在其家開會。予與校文談片刻同出。午後翟竹如來談一時許去。

廿七日　晴熱　六十七度或六十八　十一月廿二日　星期一

連日天氣枯燥如中夏，殊爲怪事。中午行人着單衣。此舊説所謂冬行夏令者耶？上午九時半外出買物，予連夕咳仍未止，氣促而喘，殊爲苦事。

又廿七日　晴熱甚　六十八度　今日小雪節　晚轉鐘後大風　十一月廿二日　星期一

上午與蔡希民同往賀匯川寓中閑談，並以予文稿二册請其批評指疵，以便再改。賀年八十，邵陽人，文思尚未退也。談一時餘出，便訪鄒嶧如談片刻，辭出歸，已十二時矣。飯後小臥，竟不能安，臥時喉癢甚，咳嗽時作，仍須起坐。近二旬均如此。噫，何時可愈耶？晚鈔天國史第二册已竣，事有益予著者不少。但每以無幫寫爲恨。易泮香寫得好，惟遲慢，然亦不能爲予代抄也。十一時寢，三時醒，起坐至四時半乃再臥下。

廿八日　陰晴燥　表降爲六十三度　十一月廿三日　星期二

八時起，十時到華甫寓，途遇易泮香，約與同往，談一時許出，歸後得參事室送來催送心得，晚間欲作此類文，心煩中止。

廿九日　陰寒　五十三度　十一月廿四日　星期三

今日咳甚，未作事，心煩亂不能止。

冬　月

初一日　陰　十一月廿五日　星期四

予咳仍未愈，心煩甚。此次發病時間太長，中西藥均服多次，收效甚少，只有針灸未去診過。過二三日當訪劉、蔣二醫生一試。

初二日　陰寒　晚有小雨　十一月廿六日　星期五

今日畏寒，在家未出。欲作文，以心煩中止。下午乃借報一看，取其材料。晚睡連夕不安，頗以爲苦。夜間聞雨聲數次。枕上作和賀匯川詩，已成五首。

初三日　陰寒　晚小雨　夜大雨約二小時
十一月廿七日　星期六

上午外出一次，午後乃開始作文。晚定生回家。九時起草此文，至十二時已成，目眩甚，遂寢。枕上作壽高運籌詩，成三首。予詩思近年甚敏捷，不喜作無聊文字。

初四日　陰小雨　寒甚　十一月廿八日　星期日

早起，今日未午睡，咳仍未止。下午四時寫催送之文，至八時已成。

檢近作詩十餘首，一一改正之，頗順利而心亦快然也。連日夜寒，重重蓋棉被猶寒。予衰病甚，值隆冬極難受。回想先父母當隆冬病時咳嗽狀，予今一一到來矣。今夕寫參事室索件已畢。目疲不能瞠，遂寢，已十一時矣。轉鐘醒後聞大風吼聲大作，氣候愈寒。自前月起至今五十餘日，睡後小便至少二次，間或至四五次者。合計全日所飲茶水無如此之多，蓋已增出水分一倍半矣，奇哉！此尿何自來耶？

初五日　陰寒　時有小雨　午後七時大雨一陣
十一月廿九日　星期一

早起寒甚，昨夕咳稍減，睡後小便僅二次。今日亦未睡午覺，欲將參事室文件送去，換取天國材料，以畏風未能乘車去也。明午再往，了此手續。

初六日　陰小雨　午後北風　晚風尤大
十一月卅日　星期二

今日寒甚，十時起，十一時雇車至參事室送文去，再借天國史料二本歸。過圖書館時，約李匡甫、阮兆康敍談半時。向崔冠侯借得天國詩文集三本，字大便於查閱。此書民國十七年出版，予未見過，喜甚，並帶回家。

初七日　大風　雪子　午後微雪　寒甚
十二月一日　星期三

昨夜十二時以後北風甚烈，氣候極寒。予睡後僅醒一次，小便畢仍睡熟，五時半醒一次，以畏寒，十時方起。咳似減輕，然則氣候寒，疾反減輕，是何醫理、病理耶？上午雪子一次，午後微雪、小雨，想見今秋受水災之家或被水衝屋毀者，無米無栖止，甚至無棉衣，不知作何狀態也。聞前次所募集之寒衣百萬件，鄉間所分到手者僅三分之一而已，傷哉。

初八日　陰　結冰　寒甚　寒度下　十二月二日　星期四

今日寒甚，未出門，午後蔡君來談甚久去。

初九日　結冰　陰寒甚　零度下　十二月三日　星期五

今日比昨更寒，予十二時後方起床。希民來示賀匯川八秩自壽詩，自注乃彼在浙住西湖多年，任河南新鄭縣長及湖南某縣長。予遂將和詩又改三句。晚寒更甚，早寢。

初十日　大雪寒甚　午後二時雪乃止　十二月四日　星期六

轉鐘五時寒甚，六時起坐一次。因三日積痰未吐，胸悶氣喘甚，吐廿餘口濃痰乃已。又睡下二小時，至上午十時乃起。以氣候太寒未作事。夏老四來家，命之送棉被及棉鞋帽褲與定生。此子素不聽話，上星期即囑帶此等物過江，彼執意不肯。今晨其母已定午後親渡江送往學校者，幸老四來，述其工作地與定生不遠，遂趁此令托老四帶過江也。下午三時參事室送薪水來，近三日缺零用錢，來薪甚合予意。晚補寫詩稿。

十一日　雨雪　寒甚　零度下　十二月五日　星期日

十二時起，昨晚仍咳，寢未安也。今日寒甚，未出房門一步。

十二日　陰雨　寒甚　零度下　十二月六日　星期一

今日早未能起，又未睡足，時時腰痛。早僅食麵餅一枚，亦不知飢。下午三時方起，起亦未能作事。天氣劇變於一時。噫，人事可推想矣。晚十時半寢。

十三日　大雪　上午三時大雪子四次　奇寒　晚有月色
十二月七日　星期二

轉鐘上午三時聞下雪子聲，繼續至四次。五時一次，聲更大，類冰雹。予今日十時方起，未出房門。下午約張祖培來談二小時乃去。晚畏寒，十時即寢。夜夢回縣至寒溪中學，似已停而再開辦者。廖純古校長、袁子青、范伯奇來詢予各事，予慮再任教則不合時，又與學生八九名暫同寢室臥。予問周月亭近況如何，又急思回予家一看，因自省歸，尚未先到家也。殊爲奇離之夢。

十四日　早微雪　午後陰寒甚　傍晚天轉晴　夜月甚佳　大風
十二月八日　星期三

昨夜僅小便一次，自十時睡後醒一次，口乾，甚難翻身飲水，忍之而已。今晨九時起，未能作事。胡林又送來箱子一口，清代日記迄民國十年日記俱帶來，喜甚。一二天内即整理完竣，付切工切之，與各年日記同一樣本，惟戊戌、己亥兩年日記原本太窄，雖添外緣乃爲美觀耳。下午一時饒雲門、蔡希民同來房中坐談一時餘乃去。今日風大月色又佳，可惜未能出門一賞。

十五日　陰寒　結冰　零度下　夜月色佳
十二月九日　星期四

予昨晚咳喘再作，睡未安。今日十二時乃起，畏寒未出房門，亦未執筆改予雜文。

十六日　晴　大霜冰　零度下　夜月色大佳
十二月十日　星期五

今日十時起，起後大咳氣喘，參事室要寫的慰問軍人信乃憶及，遂寫至十二時乃寢。目力已傷，上床後失眠，至轉鐘二時乃已。

十七日　結冰大霜　晴寒甚　十二月十一日　星期六

昨寢極不安，十時尚未起，李愈友來談，予乃着衣起，問以安邑各事，並留之飯去。彼回縣近兩月，予須留之久談也。下午命內子往參事室送信去，并請涂先生打聽予可否改吃中醫藥方，請室中去函與衛生廳商酌事。因主任未在室，涂先生謂須補函請示，乃寫函付郵寄，約以星期一上午討回信，晚間發出並補寫十五以後日記。七時定生回家，予問以校中各事。

十八日　霜　晴寒甚　十二月十二日　星期日

早十時起，昨睡稍安，改詩稿。昨日已發高運籌賀詩，彼十八日八秩正壽也。又修改祝賀匯川先生八秩壽和韻五首。遲生來信謂周媳本月分娩。

十九日　霜　晴寒　十二月十三日　星期一

十時方起來作事。欲寄遲生款，須設法向人轉借。兒女多，乃受累之事，值此窘境，將何以解耶？下午賀匯川、劉静山、鄒嶧如來談甚久去。鄒字江濤，應城人，與同學季上珍相熟者也。

二十日　結冰　晴寒　十二月十四日　星期二

六時醒，咳甚，氣喘。十時起閱報，一旬間局勢緊張，蘇聯所聯係之國家係民主陣營，美英所聯係各國係資産主義。現在報章方明顯露出以後如何辦理。晚間范尚立帶來參事室復函，明日再想辦法。

廿一日　晴　霜　寒　十二月十五日　星期三

今日十時起，午後至天保元檢藥，去一萬零八百元。晚服中藥尚好，睡六小時方醒。小溲後喘又作，遂起坐。

廿二日　霜　晴寒　十二月十六日　星期四

上午六時氣喘，遂起坐二小時，再不能睡也，遂起床，目雖屢倦亦不敢睡。午後四時回暹生信，示以房子三項辦法。竇先生借予款乃解此阨也。在劉有餘檢藥，與楊傑丞略談近況。

廿三日　晴　寒　十二月十七日　星期五

廿四日　晴陰不定　十二月十八日　星期六

十時起，閱報。午後清理顏色盤碟等，洗筆十支，爲作畫，計費五小時力乃已。今年作畫時甚少，且畏作畫。因賀匯川前月八秩壽辰，予已許補作一畫致祝也。連夕氣喘未愈，服中藥能安寢，但一醒即喘，難受。晚八時定生方歸，略詢各事。

廿五日　晴陰　十二月十九日　星期日

十一時起，午後四時以後變陰寒矣。晚作畫數幅，僅粗稿輪廓而已。顏色終嫌不鮮明，至晚十一時乃停筆。十時半寢，十一時至轉鐘二時遂醒，心煩口乾，至四時乃睡去，天明又醒，喘咳再作。

廿六日　陰晴　下午陰寒　十二月二十日　星期一

八時半起，昨未睡足。飯後外出，乘三輪車至陳太乙買藥，遇馮亞佛，彼疾已愈。又途遇徐蘭如，甚健。至玉兒家略談即出。訪高運籌談半時出。徐年八十二，步履如常。馮七十八，高八十。二人前月均卧病甚久者，以予體質較，何慚也。五時天氣漸寒，急乘車歸。水産局董久芳之家眷遷入。

廿七日　晴燥　十二月廿一日　星期二

昨咳稍好，八時四十分起。午後爲邵陽賀匯川作畫一幀，祝其八秩壽也。前日已題二詩。今年已十閱月未作畫，筆墨生疏，又將各色重新調過，費力不少。予以久咳，因思手與心目均注在調色，在作畫，欲忘咳嗽之苦，此亦無聊辦法也。昔年先母七十以後病咳喘時，予囑内子及甥女再約一女客來，與母親作葉子戲，以忘其咳，即此意也。晚十一時寢，竟睡不安，合計只睡四小時，非如昨夕一逕睡到七小時而後醒也。服先君所遺留之方，似有效矣。

廿八日　晴燥　晚七時大北風驟起氣候變寒　十一時風止　十二月廿二日　星期三

今日未出門，上下午仍補昨日未竣之畫件，擬以前年存畫再分贈新交情文保會中諸君。晚十時已成三件，并補綴從前存畫八件。晚十一時寢，展轉不寐，轉鐘三時又醒，合計到天明已足七小時。今日覃孝方、張涵秋同來。

廿九日　小雨　陰寒　十二月廿三日　星期四

今日九時起，午後補畫件并題詩，均就緒。晚爲匯川畫幅落款，十一時寢。轉鐘三時醒，小溲後喉癢甚，大咳至一時之久乃臥下。

卅日　陰寒　小雨　十二月廿四日　星期五

今日報載無多事，十時出外，在劉有餘買藥二劑歸。午後仍補賀、敖諸人畫件，三日内當與之。以饜其求者也。晚補畫俱完畢，只寫款耳。晚寢後咳甚，一小時。

臘　月

初一日　陰小雨　寒甚　夜間有雪子三四次大風　十二月廿五日　星期六

九時起，今日閱報無多事。政協開會，各人備有一篇言論而已。晚定生回家，云口旁生疸，在醫院打針三次，去藥費四萬元，現已轉愈矣。予多病缺醫，學費彼又用錢，奈何？十一時寢，夜聞下雪子聲，寒甚。

初二日　陰寒　雪子　夜小雪　寒表零度下一度
十二月廿六日　星期日

九時起。下午囑定生早渡江去，慮有風雪也。夜大風寒甚。予早寢，轉鐘一時半醒，聞救火汽車轉此街經過，不知何處又火災也。

初三日　早結冰　下雪兼雪子　夜大雪　寒表零度下二度
十二月廿七日　星期一

今日予畏寒未起，十一時坐床上食麵一碗。下午五時乃起，閱報無多事。

初四日　大雪終日　表在零度下一度　結冰
十二月廿八日　星期二

昨夜大雪一直到天明。予下午三時起，室内升火猶寒，滴水成冰。

初五日　結冰　大雪終日　表在零度下二度
十二月廿九日　星期三

昨夜雪直到天明，今日又大雪竟日，未能作事。予晚間寫一信及檢藥方發票，用去藥費九萬八千元。此爲賓衡之借款與予者。寫畢封後備明天派女子送去。晚早寢，直至轉鐘二時乃睡熟，多雜夢。

初六日　大雪終日　北風寒甚　表在零度下四度
十二月卅日　星期四

早寒甚，未能起。參事室派人送來統戰部助予款五十萬元。幸有此可解近日之危也。又取去耿主任函，並發票藥方去，又取去前借之《太平天國》二本。予下午一時乃起。今年大雪奇寒，爲廿年前未見，蓋從前雪大不如此之久也。予此旬内服中藥，賬歸公家報認。

初七日　雪　奇寒　下午零度下四度　十二月卅一日　星期五

未作事。下午三時方起，終日未解冰凍。

初八日　微雪　陰　結冰　奇寒　零下四度
一九五五年元月一日　星期六

今日爲新元旦，予下午一時起，昨咳稍好。蔡西銘、敖雲門同來坐談。

初九日　冰　微雪　奇寒　零下四　元月二號　星期日

定生昨回家，予囑其今日早回校去。天更寒，滴水成冰矣。

初十日　微雪　冰凍甚　零下五　晚見月光
元月三號　星期一

終日奇寒，未作一事，且不能起床。飲食就床上坐而已。

十一日　奇寒　零度下五　月色大佳　元月四號

早寒暑表堂屋中零度下五度，晚則六度。

十二日　晴　冰凍甚　表上午零下七度　月光如水
元月五號　星期三

今早奇寒，十時日光化雪力量甚弱，午後參事室送薪來。

十三日　晴　早零度下九度　奇冷　月色大佳
元月六號　星期四

今日又放晴，化雪之力甚小。早寒，在零度下九度，奇矣。晚間明月照積雪，寒氣襲人，面部如刺。予未至堂屋中，僅聞家人所言如此耳。

又聞武昌路大空穴中難民廿餘家支棚幫住，早食晚寢，此苦狀可以想見。嗟乎，嗟乎，此亦人也。連日未能執筆，今晚乃補此七天日記，並致竇衡之一函，請渠來取前次借予之款。予愧未能親送還耳。

十四日　陰晴不定　奇寒　夜無月色　元月七號　星期五

昨寢後甚安，亦未咳，僅氣喘一二次，時間不長。今日起後亦未咳，未必川貝母之功耶？晚寫信二件，致衡之、雪昉二人。

十五日　陰寒甚　午後二時微雪　晚表零度下三　元月八號　星期六

今日予全日未起床，咳雖鬆動而氣喘時作。上午十時周淬成來，精神錯亂，語無倫次，囑家人具飯，請其早食早歸，則綿纏至下午一時半猶未走也。未幾王小齋來坐，説困難。彼近五年夏秋年[①]三季節必要來借款，已成慣例。而平時臨時來借者尚不計算，至少一萬元，多則三萬，剌剌不休，必予面允之乃去。此數年中近廿七八萬元。此人予同年，向來不檢，以至於予在抗戰曾助彼若干次，在廿元以上。然每次每爲安置職務，下臺則必借賬矣。坐二小時乃去。六時定生回家。

十六日　晴　奇寒　晚零度下三度　元月九號　星期日

今日晴，予十一時起，又買藥一付服之。午後夢閑爲用錢使予嘔氣。不顧財之來源，殊可恨也。予命定生早渡江，不然又生許多方法要錢，亦可恨也。今日爲先君逝世之四十一年忌日也，思及前事，傷心無已。

十七日　晴　寒甚　零度下二度　元月十號　星期一

近三日咳已大減，閲報無多事。

---

① 年，疑應爲“冬”。

十八日　晴　奇寒　零度下三度　元月十一號　星期二

昨日買得板炭八十五斤，去價八萬三千元，炭亦不好。予以其係金牛人挑來者，遂買之。其實較蒲圻炭稍乾而已。

十九日　陰寒　元月十二號　星期三

今日未作事，晚睡甚安。

二十日　晴陰不定　寒已減　表到零度上二度　元月十三號　星期四

爲張、敖、蔡、馬諸君補寫畫幅款。明後天當分給之，以久許未償其願者也。紀雪昉來爲予看病，開一方去。晚寢過遲，以食飽致咳一小時乃已。

廿一日　晴　下午仍寒　元月十四號　星期五

早六時又咳，並發喘約半時，予今年發病四閱月矣。幸飲食尚佳，得以支持也。今夕爲賀匯川、高運籌二君各寫紅箋壽詩一條，約七百餘字。目已疲，不能再作事也。十一時寢，尚安。

廿二日　晴　下午一時大北風忽起　六時更大　寒重結冰　元月十五號　星期六

昨睡尚安，今日八時半即起，爲賀、張諸人補鈐畫中小章。印色凝凍，極費力乃蓋就。田雲濤來將字畫取去。六時半定生回家。參事室送二月份半月薪水來，蓋已提前致送者也。

廿三日　晴　結冰寒甚　元月十六號　星期日

早起，昨睡稍安。紀雪昉所開藥已檢未服，停兩三天再説。十二時竇衡之來談，予函約二次始來者。據説泥深冰滑，年老慮顛，予初未之思也。還以借款，決意不收，好在予於彼賣去之宅、復員東下後幫忙不少也，只好受此十萬之數而已。遲生來信，催寄錢接濟家用，謂周媳尚未分娩。天寒如此，板炭想亦無錢無買處也。下午三時予乃出門，爲之匯款歸家。予久病，今日方出門。計自上月卅日到劉有餘買藥後，今已廿三日方出門也。買物不易，合作社人又多，無從購。後與馬潔園談半時乃歸。

廿四日　晴　下午和暖　表已升至零度上九度
元月十七號　星期一

上午十一時外出一次買物。以人多不易買到手，得廿五支光電燈泡一枚歸。晚寢尚安，多夢。

廿五日　晴　和暖如昨日　元月十八號　星期二

今日未作事。晚八時鄂城何正兒聞係孟五婆之外孫。來，借款二萬去，自云在横店遇莽手，失去文件及川資十二萬元，今無船錢回縣，乃借二萬元買票云云。以時間晚，未多問話，囑其即渡江，免誤船期也。在尋常本應吃飯去，現時情境不可能也。并囑回縣後晤遲生，告知予現狀。

廿六日　晴　元月十九日　星期三

晨四時醒一次，忽發氣。遂坐半小時乃臥下，至九時時方起。似病已減輕大半矣。以後須調補之。下午三時王小齋來索去二萬元，此人向無辦法，老猶如此，可慨也。

廿七日　晴　元月廿號　星期四

十時起，昨睡稍安。參事室昨已提前借支二月份卅萬元，此亦人情也。

廿八日　晴　元月廿一號　星期五

昨睡後兩點鐘醒一次，睡六小時，咳三次。今晨須補足睡眠，至十一時方起。出門外見街面有積水與泥一二寸，不知何時可有乾路走也。此月已晴十二天矣。積雪之深未有如今年者，大水、大旱、大雪、奇寒，一一見之，寧非災害耶？晚六時定生放假歸家。據説放假九天，明正月初八上課。

廿九日　晴　元月廿二號　星期六

九時半起。下午決計整理自著詩文集、雜文、日記等等，分類置兩箱中。此前四年搬置胡林鄉間者也。自六時起清至十二時乃畢。人已疲乏，不能支持，慮頭暈加病，乃寢。咳稍好，多夢。

三十日　陰　夜黑無星斗　轉鐘後大小雨時作　元月廿三號　星期日

今日爲除日，係念鄂城家中周媳分娩，不知已到時否，是男是女。前廿三寄匯款時囑遲生即回一信者也。何正兒來借款回縣時，予曾面囑其到家晤遲生，告知予之近狀。晚九時生火盆，又再清理詩文集、雜件一次。其不能即分類者，暫置前房好皮箱中，須再清理之。十二半乃寢，轉鐘二時多，夢之中作詩，似題一畫，起二句曰“老梅冒冷發奇香，松柏淩霄百尺長”，以下未成，又於“淩霄”“淩雲”“空”等字研究，及“冒冷”“冒雪”推敲數次乃醒。閱小鐘已二點一刻，交初一日上午矣，時聞大雨聲。

乙未（1955年）日記

正　　月

初一日　雨　元月廿四日　星期一

二時半醒，研究夢中詩句並所推敲四字，後乃定爲“老梅冒冷淩霄去”。“空十丈”改“百尺”等字，蓋初稱爲“松柏萬丈”，覺其太野粗狂矣。下二句枕上久續未成意者，予又添一孫男歟？遂睡熟。七時醒，九時聞拜年者聲，似倪汝琇，觸其姓字以爲“人兒”必男孫也。十時聞范尚立來，予未答應，由内子招呼去。下午一時予乃起。

初二日　陰寒　元月廿五號　星期二

十時起，洗漱畢，張祖培來、胡席儒來，留之飯去。下午四時接鄂城遲生來信，去年臘月廿三下午九時又添男孫，大小都安，甚慰。晚間寫一回信復遲生，賜名蔭曾，補賜次孫名慰曾、長孫名念曾，皆予自省宅寄函所賜者也。吾父生前以六十未見男孫爲恨，予年七十已有三孫。回想吾父當時情形，不勝心痛，是以丁亥長孫生，予錫名念曾者，以孫輩爲吾父所切望者，此用曾祖當時切望曰念、曰慰、曰蔭。如再有孫，當曰緒曾。吾父忠厚傳家，予德薄之人，移此報曾祖，亦天道然耳。

初三日　晴暖　元月廿六號　星期三

十時起，記初一日晨四時夢中詩，欲足成之，未就。午後二時玉兒及鄧壻、諸孫同來，留之飯去。

初四日　陰　一月廿七號　星期四

十一時起，夢閑帶同兩兒渡江到談、蔡二家去。午後饒校文、蔡西銘、陳穎生同來，談甚久去。今日爲先祖母逝世六十九年紀念，未能如抗戰前在籍或省宅舉行祀禮，思之惘然。内子今日渡江未歸，予十二時方寢，失眠四小時。

初五日　晴　一月廿八日　星期五

早以補未完之睡，遲至九時未起。愈友、華甫同來坐談一時許去。午後鄒江濤、敖雲門、賀滙川同來談甚久去。予自初三至今日，病已轉好，咳時甚少，春暖時當可望痊愈也。

初六日　晴　一月廿九號　星期六

早九時吴麟書自吴家大灣來，予細詢各事，大表嫂李氏年八十餘尚存，三位表弟俱卒。復員後予在鄂城及省寓尚見二表弟開夏數次。其後人亦窮困，皆中、貧農，二表侄爲地主。麟書家已死，其侄季昆，表兄之子也。王伯森先生來坐片刻即去，予以未起床不能招呼其早餐，幸鄒君在家，留之食麵去。此老壽八十六，去臘其繼室又卒，現依其女爲生活。文保會薪不過四十萬元，尚有兩重孫相依。聞其長孫前年四十餘亦謝世矣，可謂處境惡劣。今日來談，耳目俱不如去年矣。下午劉静山來坐半時乃去。二時半予乘車至黄鶴樓一遊，人多如鯽，在茶館小憩，遇一長沙人劉嘯篁，即與楊湖樵爲友者，年七十五，甚康强，子女均就好事，故彼心地恬然。云上海尚有六位翰林存在，均政府照顧。一曹典初，湘人。一錢振鍠，吴江人。一張元濟，海鹽人。一孫智敏，餘二人彼約日相告。予去歲閲報，吴良棻、商城人。范之杰山東人。尚存，則中國現時已知者尚有翰林八、進士一蒲圻覃壽堃，年七十九。尚在，國内存者或不止十人。噫！此真歷史古董矣。

初七日　晴　十時以後大風　一月卅日　星期日

八時半起。九時長沙劉嘯篁先生來訪，即昨在鶴樓茶館所遇之人也，談半時去。十時漢口吴賢卿先生來談一時許去。吴八十六歲，較王伯森先生猶健，腦筋亦清楚，留之飯，決不可，遂辭去。午後西銘來，予與出門同訪王伯森未遇，訪華甫亦未遇。遂訪愈友談半時出，與西銘至冠生園買物，出遇志純、校文，立談數語，與西銘同乘車歸。晚十時寢，轉鐘二時醒，展轉難成寐。嗣後睡熟，夢孟夫人來嫗，似同宿，不在此宅，迨醒後已鷄鳴欲曙矣。枕上默記，如在目前，夫人與予未同夢者已半年矣。今晚涂集伸來回予信，謂須改信封，明晨送室。

初八日　晴　一月卅一號　星期一

八時夢閑送函致參事室。下午一時西銘來，予與苾衡三人同訪鄒嶧儒、賀學海，均談甚久。偶相遇者李俊千、柯國華、陳邦屏諸人。予别賀出，再訪劉静山，略談即出，至司門口始乘三輪車與西銘同歸，計彎轉行路約四五里，予病新愈，足力不佳，至於下趾俱痛矣。晚飯後疲甚。聞今日周淬成探遲生及其女事，來坐甚久。漢口陳樹三爲訪七弦琴而來，均夢閑招呼答問也。

初九日　晴　夜深後小雨　二月一日　星期二

早起，八時半至湖北醫院二部看病，中醫師姓向名梓蘇，奉節人，在宜昌開過診所，後調京學習過者，分發到此。看予病用方十味，只紫菀、蘇子予未服過，餘如川貝、半夏、八香皆予常服者也。彼無多話説，謂老病收效緩緩而已，檢藥二付歸。午後帶六兒香生遊黄鶴樓，乘三輪車去，樓上人多如鲫，俗以此日爲上九，進香者尤多。四時攜六兒歸，夜服藥，睡甚美，六時醒後仍咳十餘聲，尚不吃虧。

初十日　陰　東風　晚小雨　二月二日　星期三

今日午後出街買物一次，汾酒、茶葉、橘子等等皆需要者。陳子翰來坐談一時許去。晚寫信二件，一致周淬成，一復翟竹如。

十一日　晴　二月三日　星期四

今日外出一次，足力稍强。服中藥後病大減，以後可望全愈，惟喘氣未能全好，可恨。明日須往復診，與醫生言之。

十二日　晴　今日立春　二月四日　星期五

今日閱報，與昨日消息同，國聯安理會是别有用心者。下午一時半到醫院復診，醫生照前方變小青龍湯，仍以定喘爲主，檢藥二付歸，每付價一萬五千元。便訪校文未遇，訪愈友、志純談一時餘歸。聞楊玉如曾來家，予未相陪，累其年老至此，心不安也。

十三日　晴陰不定　晚十二時以後雨　屋漏處甚多　二月五日　星期六

今日下午參事室送補薪來。晚間服藥一次，睡稍安，但隔二小時必醒，醒後睡熟多夢，又似在湖堂情景。翟竹如八時送圖章來，留之飯，談甚久去。

十四日　雨　二月六日　星期日

今日閱報無多事，省長劉子厚，副者七人，熊、張、聶三人未更變，餘爲新加入者。委員廿九人，而耿伯釗無之。晚服中藥後寢。

十五日　晴　旋陰　晚雨　二月七日　星期一

門外泥仍深。十時外出一次，正街路乾，欲至楊玉如家回看，以天欲雨狀，遂歸。午後未作事，晚寢甚安，中藥有效。時已交春，予病已痊。近四年來均如此，氣和暖，與予病相關也。

十六日　陰　晚大雨　二月八日　星期二

閱報，美機在大陳島示威，挑戰國聯安理會，開會後如何未見報載。晚仍服藥，能安寢。

十七日　陰雨終日　二月九日　星期三

今日報載美機多次又來一江山島上空挑戰。午後雨稍小，欲外出，以泥深難行中止，晚十時寢。

十八日　陰寒　大風　晚風更大　二月十日　星期四

今日無事可記，報載有敵機多次擾海邊。定生今晚回家。

十九日　陰寒大風　夜雪　二月十一日　星期五

早九時遲生自鄂城搭輪船來，據説船大人多，尚不覺搖簸也。現在交通便利，遇事改良已三年矣。彼昨晚五時上輪，今晨五時到漢，問以縣中各事平安。予九時半乃起，午後風大，晚間似減弱。予十時寢，多夢。轉鐘二時枕上聞雪子聲，自是密雪聲頻作，至天明已深三寸餘矣。

二十日　雪　寒　午後止　旋又下大雪一時許
二月十二日　星期六

早胡席儒來，據説到醫院診痔疾者，留之飯去。遲生十一時到周淬成家去，下午羅國貞來乞寫介紹函去。

廿一日　陰晴不定　二月十三日　星期日

今日放晴，所不及料者也。午後遲生自南湖歸。賨衡之來談，周淬成來，遂留之食麵去。晚遲生回縣，給予川資零用三萬元。晚十一時寢，甚安。

廿二日　晴　二月十四號　星期一

早晴，予九時起，飯後帶六兒香生遊抱冰堂，便訪李匡甫、紀雪舫。途遇范寄滄，立談片刻。訪馮亞佛，談甚簡略，詢之去臘津貼，彼亦不知何淵源也。聞藍文蔚亦得卅萬元云云。晚十一時寢，甚安。

廿三日　晴　二月十五號　星期二

昨睡甚熟，今晨九時起。午後至醫院看病，仍開水藥二付。便訪阮華甫未遇。至馬君處，遇晏文章，談一時許歸。華甫來家談甚久去。今日在途中買得小字筆二支，價雖廉，恐不禁用。自前、去兩年來，武漢如鄒紫光閣、胡開文所出品不佳。去春至秋，小字筆每支漲至五千元或六千元，有千元一枝者，簡直不能用。

廿四日　陰寒　時有小雨　早陽光一現　二月十六號　星期三

晨五時半醒，已連睡五時餘矣。小溲一次，昨服藥中有玉竹三錢、桑葉三錢，以予目天晴熱即生眼糞也。七時起，原擬至楊玉如家一敘，遂又中止。十時天變寒，午後小雨，未能出門。晚趕抄天國詩文，鈔摘其要件可信徵者，編此書者爲上虞羅邕字鴻濤，選天國詩文不敘出來源出於何地，致令予未敢深信耳。其書爲民國十七年出版。

廿五日　晴　二月十七號　星期四

早起，今日報紙仍無多事。午後訪紀雪昉、李匡甫談甚久出，訪饒校文及愈友、志純，面詢明日午後一時遊鶴樓，予許以無風雨則可，遇天變作罷。晚寢前仍服藥，計已共服向醫生開方八劑矣。睡後二小時醒，已轉鐘二時半，共計今夜僅睡熟五小時。

廿六日　晴　午後二時半有風　五時半北風大作
二月十八號　星期五

今晨發出華甫、泮香函，曾心如、孫愚夫各一函，約渠等廿一號來寓午餐。午後閱報，謂今夕有大風，至廿晚武漢氣候可到零①二度。寢後聞雨聲、雪子聲，北風甚烈，十一時風雨尤大，氣候極寒。

廿七日　早風雨止　瓦上有微雪　今日雨水節
二月十九日　星期六

九時起，午後天似晴狀，風雨已停矣，氣候之不常如此，怪哉。定生過江繳學膳、書籍費共十九萬，高中難住，吾輩已有照顧職務者更不能請補助津貼，真啞子吃黄連也。咳嗽感風寒，昨日未出門，忽又發氣喘，可恨之至。

廿八日　晴　二月二十日　星期日

今日晴朗，但時有小雨，氣候未減寒也，仍未作事。晚寢又咳嗽，昨日稍輕。

廿九日　晴　二月廿一號　星期一

早起，因約有崔、李、紀及阮、孫、易諸友來便飯也。正午齊來，午後一時席散。予與苾衡同去，辛亥同志到者廿餘人，耿、熊、張、韓等均有發言，皆報紙載過者。最後范君補述，人民幣改成元位，請勿擠换，慮現從前怪象。四時半講演畢，簽名約一刻鐘，予遂匆匆歸，腹餒甚。今晨八時半劉嘯篁來談，並開在滬舊翰林六人姓名，並云去春爲重宴瓊林紀念者爲桂坫、字南屏，廣西桂林人，會試中進士，時當二十九歲，現年九十一。錢振鍠、字自嚴，現年八十六。張元濟、孫智敏、高振霄、范之杰，字

① 零，後疑脱“下”字。

瘖公。共六人，曹典初號俶補云云。噫！滿清青年科第，如十八九得翰林者，每科必有數人，非具有夙慧者，不能至此地步。年六十以下或不及六十者多矣，特壽逾八十者少，因是可稱人瑞耳。劉去後予擬訪楊湖樵問之。晚十時半寢，一連睡五小時方醒，約半時又睡去，至轉鐘上午六時方醒。

二　月

初一日　晴燥　二月廿二日　星期二

今日上午九時至參事室開會，簽名並借《太平天國》第三、四册歸，去年閱未竣已收回去者也。予到遲，十一時半簽名歸。下午二時半至武昌浴室洗澡，約一小時方竣。歸後甚適，晚寢亦安。

初二日　晴　二月廿三號　星期三

今日報載無多重要事，閱《太平天國》第三、四册，去年借閱未竣者也。以今日天氣好，帶香生乘三輪車先至玉兒處，訪馮亞佛談甚久，又訪高運籌。十二時在玉兒處吃飯，後又帶香生至大、小東門一遊，途遇鄒繹儒談近事。至圖書館晤崔冠侯談借書事。午後三時歸，足力已疲。晚飯後早寢，睡極安適。

初三日　陰轉晴　晚小雨　二月廿四號　星期四

今日無多事可記。

初四日　晴　午後四時陰　晚雨　二月廿五　星期五

今日未出門，午後小睡。周福來云欲回縣，予前日曾約彼來此酒食一頓也，托以回縣各事。三時汪金門來談半時去，告以近事。

初五日　晴　風　二月廿六號　星期六

今日下午至醫院看病，取回藥一包熬膏子用，記藥價爲三萬九千五，但藥草粗，並未製煉者也。公家作事每如此，衛生廳來視察者均外行，設在私商處須受批評檢討矣。便至校文、愈友處一談。歸後聞陳紹武曾來寓一次，云明日再來訪予。定生今夕歸甚遲。

初六日　晴　午後四時陰有小風　二月廿七日　星期日

早八時半紹武同王伯聲來談甚久，留之便飯，伯聲嗜酒甚，約飲汾酒六七兩，此爲可慮之事。此老年八十六恃强，將來必爲酒害。予性不飲，且以近四年咳嗽疾忌酒烟，設陪進之，恐禍作，下次見彼時須囑告之。本籍程松師七十八歲，在杜永興宅鬧酒，復中風疾，奄臥床上三年，嗣至知覺全無，不知飢飽，殊可憐也。報載又有寒流及大風來，囑定生早過江到學校。劉嘯篁來談甚久去。晚大風。

初七日　陰寒大風　晚雨　二月廿八號　星期一

今日天氣變寒，大風已到，報載晚間更甚。噫，氣候變常如此，可懼也。窮人正在各處修堤，以謀一飽，遇風寒則許多不利。

初八日　陰寒　晚小雨　三月一號　星期二

未作事，前日以風寒，熱痰閉氣管中，咳甚吃虧。

初九日　陰　夜雨達旦　三月二號　星期三

今日上午九時馮亞佛、陳哲之同來談甚久，留之酒飯去。午後二時予出門一次，以風寒仍匆匆歸，又慮雨至也。晚劉嘯篁題其《慎餘詩稿》四絶書之。十二時寢，多夢，睡甚安，天明時方醒。

初十日　陰寒　午後大雨　三月三號　星期四

八時半起，十時半乘三輪車至華甫家中。正午吃飯，泮香、穎孫、愈友及楊湖樵昆仲、玉如、志純未到，孫鴻儀亦未到。三時予方歸，又受寒，晚咳甚。

十一日　陰雨　寒甚　三月四號　星期五

今日寒甚，大雨時作，可想見鄉麥菜情況矣。去年二月似如此天氣也。下午補綴日記，將清代及民初至十一年日記一一換新殼子，預備付工人切一樣整齊者。

十二日　陰　風　三月五號　星期六

今日下午三時定生回家。予連日咳濃痰，又似重傷風，心中閉塞，吐痰費氣力，吐出而胸膈乃舒也。參事室送三月份薪水，係新幣六十五元零六分。自民元至今已見易幣數次，不過當時仍有銀元、銅元、鎳幣可兑换，今則以紙易紙，故至於分亦以紙幣换之，惟無釐耳。

十三日　晴燥甚　今日驚蟄　三月六號　星期日

今早放晴，天氣轉燥。午後外出，訪盧智泉談片刻。至湖北醫院看熊晋槐，知秋、伯釗亦到院，便訪之，均談片刻即出。

十四日　早晴片刻　陰風　晚雨　夜大雨如注　大北風　三月七號　星期一

今日以天陰，欲乘車至參事室問填表，遇李愈友送題先君手迹印本來，遂與談話甚久。又以風緊，遂未出門。下午三時半有陣雨三次，晚大雨達旦，北風甚烈，氣候轉寒，半夜轉鐘後聞雷聲。

十五日　雨　陰寒如隆冬　三月八號　星期二

早四時聞雷雨聲大作，屋漏甚厲。予昨睡極不安，今日十時方起。閲報無多事，欲寫信復鵬程，亦未閲《太平天國》。清代私人筆記，天國擄人當兵，所擄江浙人逃出後，筆所載無一記其政治之良，又屢屢歸咎於小頭目凶惡萬分。似李秀成及秦、陳諸王未直接施暴於被擄者，而小頭目使其部下作惡，焚殺淫者皆湘鄂新附之弟兄。即新弟兄，别於兩廣弟兄之稱。蓋廣西男女老胞受其訓練久，紀律尚好，而附入之湘鄂人，非當時游勇及破監所出之劇盗兇犯、流氓地痞，先投洪楊，即授以官也。湘鄂人爲難民所切齒，次則皖人也。大抵前三年予閲各私人記載均如①。洪楊自圍長沙時所擄民船順流東下，湘人附者二萬餘人，湖北三萬餘，皖省一萬餘。份子不良，專心作壞，致天國十四載即消滅净盡者，皆此輩有以促成之也。寢後不安，起坐咳濃痰二次。

十六日　陰晴不定　小雨　三月九號　星期三

今日未作事，欲寫信亦未果。咳濃痰未止，原擬去醫院再請中醫診治，以補宿睡，又卧二小時，至九時方起床也。

十七日　晴寒　三月十號　星期四

補閲天國史料，見各私家記載大略相同，大抵洪楊到南京後，以湘鄂皖新擄之人加入打先鋒，既無用又奸淫私搶，反致腐化廣西老幹部也。漸漸清兵圍集城内，軍民離心，以致滅亡矣。傷哉惜哉！

十八日　晴燥　極熱　晚間甚熱　似有劇變　地面水潤滑極　三月十一號　星期五

轉鐘三時予醒，旋聞北風大作。四時以後天氣變寒，風聲大吼，較之前二次更大也。

十九日　陰寒　大風小雨　午後風更②　三月十二號　星期六

晨三時以後大北風吼起，屋瓦震動。予九時方起，禦裘猶寒也。今

① 如，後有脱字。
② 更，後有脱字。

日未作事，間或閱《劉青田集》，誠意伯謚文成，昔僅見劉基，並未閱其全集，此爲劉嘯篁携來二册，得閱之。劉基在元代得秀才，後舉進士，任江西上高縣丞，以後亦作官數次，有政績。後投朱太祖定天下，其才乃見。

二十日　陰轉晴　晚有風　三月十三號　星期日

今日壽銀來，留之飯去。午後乘車往訪馮亞佛，談甚久。劉嘯篁送詩來請和，予歸後聞愈友與端偉來訪。

廿一日　晴　早小雨一陣　午後陰轉晴　三月十四號　星期一

今日午後至醫院看病，請醫生仍開治熬膏子一方，晚間復鵬程函。

廿二日　陰　三月十五號　星期二

今日未作事，身疲，小坐小卧而已。午後外出一次，晚間將應切歷年日[①]決志今夕檢訂，備後天送工切齊了，此數年志願也。

廿三日　晴熱甚　三月十六號　星期三

今日晴，極熱，慮有風起。午後華甫來談，繼劉嘯篁來，予至醫院取藥。

廿四日　晴　陰　夜大風　三月十七號　星期四

今日閱報無多事。十時向天保元借得大銅鍋一枚，下午一時撿齊取回中藥十四味熬膏子。寄遲生信，告以各事，並匯六元與之。

---

① 日，後疑脱“記”字。

廿五日　晴　大風　晚小雨　夜大雨
三月十八號　星期五

早外出一次，大風，氣候又變寒矣。午後三時送日記與陳工人切齊，計現在已將清光緒癸巳迄宣統辛亥，此十□[①]年日記已裝訂完成矣。又民國元年至卅八年俱訂齊，除民十三年甲子起至己丑止尚存鄉間，此則庚寅即一九五零年大本子俱在省城，裝訂自庚寅至現在甲午，甲午已改成稍小本。今年乙未尚止寫到本月廿五日。是予自前清癸巳至今日，已有六十二年之日記，自負恐吾國全國中有此完全無缺者，恐不多，或僅一二人而已，心胸爲之一快，因並記之。晚間自熬藥膏已成，今夕試服之。

廿六日　上午大雨　午後三時陰　三月十九號　星期六

今早大雨，寒甚。午前十一時汪超來談，述及其父前年已死，午後一時留之飯去。予至華甫寓，約之同往愈友寓一談，遇校文、志純問及公債事，準星期一自往室中購認若干。定生回家。今日爲先母忌日，未能舉行祀典，心痛感傷無已。

廿七日　陣雨數次　天氣變寒　三月廿號　星期日

今日報載又有寒流來鄂，今夕可至零度下云云。噫，今春何其不幸耶！截至今夕，一月零廿七天，晴霽僅廿七天，下雨連陰雨已佔整月矣。春寒麥菜受損可想見矣。

廿八日　大雨終日　晚雨達旦　今日春分節
三月廿一號　星期一

今日天氣變寒，參室開寫公債會，予未去。午後更寒，八時大風忽

---

① □，據文意疑應爲“九”字。

起，寒如隆[①]天，奇事也。午後嘯篁來談甚久去。

廿九日　雨終日　寒甚　晚雨　三月廿二日　星期二

今日雨，寒氣重，未能出門一探參事室寫公債情形。寫函請傅鹽梅，爲鄂城住宅事。晚寒早寢，轉鐘後夢見洪英，與共話，似回籍住。又夢蕙芳夫人與予共寢處。

三十日　晴轉陰霾　寒　三月廿三日　星期三

九時起，日上東窗，以爲轉晴矣。十時以後天陰仍寒。午後至公用電話處通話與傅君，請定爲予賣房子事盡力關説。四時參室送册來寫公債，予書十五元付之去。晚間清理稿本，至十時半方畢。欲寫信給定生，以疲倦中止，乃寢。轉鐘二時半醒，後約半時又睡去，夢予携六兒至某處由山洞上層樓，樓頂有青布蔽之。予乃衝而上之，布破見層樓一室，有二人卧未起，以予之上也，驚狀可笑。

三　月

初一日　陰　十時晴　午後又陰寒　晚雨達旦
三月廿四日　星期四

九時起，以爲今日可晴也。午後帶同六兒香生往玉兒處，坐三輪車及汽車共用去二千九百元。玉兒開會去了，置香生於其家。予訪馮亞佛，遇陳紹武在座，談片刻，徐難愚先生來，又談許久乃出。帶香生游江邊看輪船，買糖果歸。飯後天又雨，真惱人矣。去春如此，恐非好現象也。晚間看雜書，在馬君處借來者。

---

① 隆，疑應爲“隆冬”。

初二日　小雨　陰　晴片刻　三月廿五號　星期五

今日閲報無多事，近四天均如此。午後小睡，四時寫函一件致吴賢卿、許厚生。晚十時半寢。

初三日　陰　午後五時小雨　夜大雨
三月廿六號　星期六

今日閲《鏡山外史》，記太平天國事，可摘抄者三則，予備録之。此書印亦未全，以葉公綽之批評中央編近代史者，遂剪裁節録之。以其不稱“粤匪逆”“長毛”等字樣，對清代稱“清軍”也，謂其係農民口吻也。午後訪徐藺如，並送五元與陳玉生之媳。前以陳志純爲之募捐起墳，搬柩回鄉，予已許助款，今日乃向志純借五元送其家。又訪鍾小山、李愈友、盧智泉，各談二刻鐘之譜。歸時途逢小雨。今日上巳，原擬登鶴樓，以天氣關係而臨時改變者也。

初四日　早雨　午後一時晴　晚有星斗
三月廿七號　星期日

早大雨，予以昨睡不足，遲至十時半起。午後半時劉嘯篁來談一時許，予與同出，與羅國貞同車至司門口，至孫愚夫寓一談，半時出。訪范寄滄，談一時許出。訪李俊千問京中事，至馮亞佛家取回先公石印手迹。亞佛與陳少武、哲之二君均題矣。在鄧婿家中借二萬元歸。晚飯後閲天國史料，至十一時半寢。

初五日　早陰　陽光一現　午後四時小雨
三月廿八號　星期一

早起，今日閲報無多事。午後欲外出，以路濘泥多，又慮有雨，遂未出。閲容閎《西學東漸記》已完，記中叙太平天國不足與有爲，指斥失敗之源頗中肯，極推曾國藩有新學眼光，對李鴻章有惡批評，對張之洞指其病痛亦甚切。此書爲光緒辛丑完稿之書，不知容君没年時其壽齡多少也。二月以前聞此書有載太平天國事，因借以參考予著也。

初六日　雨終日　晚雨　三月廿九號　星期二

今日天寒如冬，奇事也。雨終日，予未能出門。晚寒，十時即寢，轉鐘後夢故人肖谷，相遇於途，與予略數語，似不親近者，予異之。旋天已暮，似上燈初，予予[1]至街頭尋一年五十餘歲之人，陳姓，□肖現居地點，因予頃晤時見其人某商店未出，以爲其租住之宅也。其家距市尚有數里之遠，今果居市耶？陳君謂："君欲至家耶？"予謂："今已晚，須借歇耳。"予又問："君家恕初何在？"彼摇手者再，示予以勿再問。忽其有三龜昂首嚙予右足心，頗痛，不可脱，脱後此物又嚙小童之足。爾時有三童及五六人尚環陳君，欲有所言也。予急欲訪肖谷，遂醒。醒時知肖於去冬卒矣。嗚呼！别已五年餘。三年前劉君告彼近狀，去秋夏君來告彼近情，今春乃知其死矣。昨宵見夢遇予時色不悒，似不願與予立談者，蓋亦有傷感不忍言者矣。今晨記夢境甚悉，因補記之。遲至三月廿一日肖谷之子自滬來云未死。

初七日　早晴　北風　旋陰　晚似欲雨狀　三月卅號　星期三

早起補記昨夢。午後外出一次，還馬君書，遇晏君談近事。晚閲雜書。

初八日　陰寒　時有小雨　夜雨自丑至寅兼大北風　三月卅一號　星期四

今日閲報無多事。下午華甫來談，苾蘅約往博物館看黄石市遺該館之鐵礮二尊，一長三尺餘，一長三尺，鑄有"太平"二字。長者有英文，上一列横鑄之字，文曰"guest & eldcuthechan"，下列曰"Chines"，係

---

[1] 予予，二字衍一。

太平軍所用，西人在中國造，由滬運交南京太平軍者。以予意度之，必陳玉成一部敗後遺之黄石港，附近土人又慮清兵查出以遺禍，埋之土中，今日該地爲建設而挖出之件，或者白齊文以友軍名義用品歟？餘爲短槍，約一尺三寸，中間鑄有一“K”字，下列數目號碼，亦西人所用者。另一砲長二尺餘，鑄有似僧帽牌，下列兩“MM”字，蓋太平軍購自西人武器也。與華甫在館耽延半時即歸。

初九日　終日小雨　北風　夜小雨　四月一號　星期五

今日天寒，有北風，未能外出，飲米酒二次。晚間更寒，計自上月廿五晚雨起，今又雨，陰寒又十五天矣，乖氣如此哉。

初十日　陰　晴　四月二號　星期六

十時起，昨夕夢見先君在一小室中卧，不似舊時形狀。醒後口乾甚，仍聞小雨聲，心煩甚，至不寐，故晨須補睡二小時也。午飯未畢，劉嘯篁來談常州事，便托其請常州友人查何仲雅存在否。午後三時外出，途遇孫鴻儀，遂同往黄鶴樓茶叙，五時乘車歸。今日始見桃花初開，少數白者開三分之二，重瓣絳桃似已開二三天者。車過司門口，見武昌區署内日本櫻花卅餘株全開矣，但變爲純白色矣。此花在武昌已逾十二年，當然變種，則土宜關係也。

十一日　陰晴不定　四月三號　星期日

今晨六時定生與學校團體去游東湖。午後閲報無多，僅記魯、粵邊有敵機數次騷擾。晚間補寫童年詩已成功矣。寢後夢見亡室孟夫人。

十二日　晴燥　四月四日　星期一

今日早起去看病，就診中醫之病人甚多，未能取得號牌。乃就診西醫，爲予驗血壓，爲一百六十二度，較從前略高，無礙也，給安眠藥粉小許。該院辛夷花開五朵，頗鮮艷。紅白桃花僅放二三朵而已。今春陰寒甚，古人句所謂“春寒花較遲”是也。對景作詩一首，又譏該院無良醫一首。午後携香生至保安門外一游，僅見菜花，未見桃色，未聞蛙聲，幾爲冬末天氣。

十三日　晴燥　今日清明節　四月五日　星期二

今晨至醫院看病，仍請向醫生開尖貝等十八味熬藥膏子。在醫院晤林淵泉，談片刻。午後再至醫院取藥歸。

十四日　晴　有月色　四月六日　星期三

今日外出，以昨參事室所送薪資添置應用之物也。晚間補寫童時詩稿，至夜分止。

十五日　晴燥　月光大明　四月七號　星期四

今日外出，途遇劉凱南，謂統戰部已有通知，請各民主黨派到省府招待所開會，令錢遠鐸檢討其罪過，不是明天就是禮拜六云云。

十六日　晴燥　晚間月色佳　四月八號　星期五

上午外出，帶六兒同去。午後在家補寫各詩稿。二時半與愈友、志純、華甫同游抱冰堂，茗談二時許方歸。以上補昨日。今日下午招待所錢遠鐸作檢討。

十七日　晴燥　四月九號　星期六

上午外出一次，八時半乘車至參事室，分組討論錢遠鐸自大狂妄、貪污諸事。予與華甫分在第三組，李章爲組長，李國爲記録，共十四人，餘則十一人。蔣松人未到，不知何意。十二半方散。下午繼續討論，予未去，因下星期一上午尚有半天討論也。

十八日　晴熱　四月十號　星期日

予宅連日檢瓦添材料，用去十八萬，工錢需十萬，計已用去卅萬。

添磚尚有自己磚未列賬。此月又認公債及居民組公債，送陳氏媳五萬，則此月薪水與租金除火食雜用不敷外，尚需此一筆未預算之錢也。晚寢，倦甚。

十九日　晴熱　今日八十度　四月十一號　星期一

早起，足軟甚。雇車至參事室開會，各組繼續討論錢遠鐸閙宗派案及貪污事。大概各組相同，以再檢討一次，作深刻之答復，十一時散會。予歸，午飯後小睡二次，足疲腰痛。今日肖鵠之子來述各事，云肖谷尚存。

二十日　晴熱甚　今日正午八十七度　午後六時小雨二次　夜小雨　四月十二號　星期二

上午即熱，未出門。午後覃孝方先生來談甚久去。今日熱度忽漲至八十七，與去年仲夏相同，奇事也。正月、二月有時寒暑表降至零度，忽而升至七十，變化極大，數十年前未見也。

廿一日　陰　大風寒甚　正午陣雨數次　晚仍寒　六十二度　四月十三號　星期三

今日天寒路濕，未出門。晚至尚立家問以各事，未詳答也。天氣劇變忽冷，着棉猶嫌薄，一熱則赤膊矣，奇哉。聞今晨文史館約各館員游東湖，到者六十餘人，乘車去，受風雨嚴而歸，受淋漓盡致，可發一笑。

廿二日　早小雨　北風未息　仍寒　四月十四號　星期四

早起。今日聽報告在九時，以雨未能去，且慮受寒加病也。在家看雜書未能入。閱報，知昨載赴亞非會議爆炸之飛機已救起三人，皆機師也。而中國代表三人尸身未尋得，其餘十餘人亦無下落云云。晚十一時寢，多夢，轉鐘後又夢在湖堂任教席，自歸本籍已四日，未向校方請假，欲補去一函或電，未遑也，急遽甚而醒。從前數次所夢，係在湖堂補習候畢者，亦私歸如此狀。

廿三日　陰　小雨時作　晚九時大雨如注
四月十五號　星期五

早起，天氣仍寒。十時閱報，無多事。午後欲外出，以小雨時作遂止。晚大雨如注數次。

廿四日　陰　小雨　寒甚　夜大雨雷
四月十六號　星期六

早起，閱報無多事。胡太平自鄉間來，送帶來予字畫箱及日記箱二口來省，云小輪船上另加貨錢六角，船票止一元一角，蓋箱子二口加大半矣。檢查好圖章並未帶來。晚寢，轉鐘後大風忽起，氣候更寒。

廿五日　陰　時有小雨　大北風寒甚　晚大雨更寒
四月十七號　星期日

早起，九時半翟竹如來，留之飯去。午後外出至范寄滄家中略坐談歸，梁民希來談甚久去。晚寒未作事。胡林送來之日記，偶檢閱之，孟夫人與予情好，相敬如賓，期偕老之事如在目前。夫人歿已廿二年，從前所夢，今夕閱之，令人思伉儷之情不已，傷哉。

廿六日　陰　大北風　時有小雨　寒如冬月　零度上七度
四月十八號　星期一

今日更寒，着棉衣不够，奇事也。報載此兩日有冰霜，可至零度下云云。連夕寢後多雜夢，然睡甚安也，睡後僅醒一次。

廿七日　陰寒　小雨　四月十九號　星期二

今日閱報無多事。寫信與陳樹三並武漢大學駱永叔，述予藏琴近日可出賣，因陳、駱二君於前月均來訪予藏琴，予未在家晤面也。晚寢尚安。

廿八日　晴寒　四月二十日　星期三

今日報載亞非會議已開會，周恩來有宣言。

廿九日　陰寒　今日穀雨節　四月廿一號　星期四

上午外出一次。午後在家清理詩文集、日記、字畫，分類分箱置之。

閏三月

初一日　陰　小雨　四月廿二日　星期五

報載亞非會議已結束，各國發言，泰國代表曾毀詆中國，老撾亦隨之附和。前次飛機爆炸失事，至今未得真象也。下午補清理予所寫字，於一箱置之，畫一箱，詩文及著作一箱，近五年畫件已裱者一箱，古玩字畫又一箱，以後取閱則更便也。夢閑昨日發胃氣痛，病甚厲害，食少，中西藥均服過。

初二日　晴陰不定　四月廿三號　星期六

早起，未作事。午後爲夢閑買藥，並接康參事來打針，彼不在家，留字出，約其來，其妻云晚可回家，予候至九時，康竟未至也，不知何意。夢閑胃痛甚。

初三日　陰　時有小雨　四月廿四號　星期日

早起，今日未出門。閱報，亞非會議已閉幕，周總理所説和緩遠東問題及臺灣問題爲各國代表團所歡迎云云。夢閑胃痛仍甚。

初四日　陰　大風　四月廿五號　星期一

早起，囑夢閑今午去工人醫院看病。八時予乘車至參事室開會，仍爲錢遠鐸案。上午八時半至下午十二時半暫結束半日事。下午仍繼續開會，大概説他貪污罪成立者有十分之八，如辜達岸、韓大載、郭曙南、柳椽圍等七人；謂他不算貪污者有余頌迴、彭伯勛、吴某、新來的。黄乃真等四人；含糊其詞，又似減輕錢罪者，所謂“灰色態度”者，如章裕昆。下午予未去，在家小卧未久，劉嘯皇來呼起，與談半時去。

初五日　陰　雨數次　晚大雨　四月廿六　星期二

今日送洋還饒校文，便訪志純、愈友，談一小時歸。途遇雨，今春天氣如雨年歲，未有好象也。晚抄天國史料，俾加入去秋已成之《天國朝野記》二本中，補充軼聞，尤多緊要者。至十一時半目疲乃寢，寢後又多怪奇之夢。

初六日　陰雨終日　晚雨　四月廿七號　星期三

早起。今日夢閑胃痛已減，轉服漢口某僧所開方，藍漢林請范尚立帶來者。此方乾薑與黄連並用，餘則廣木香、沉香、檀香並用，玄胡、葱中白、半夏、吴于、甘草等各一錢。沉香五分須四元，餘藥僅四角耳。藥用開水泡，不用煎，須泡廿次，此殆所謂時醫之方歟？晚七時大雨，秧在田，慮凍死；麥在地僅二寸，慮沁死。江水又漲，今年年成可以推想。

初七日　陰雨終日　夜小雨時作　四月廿八號　星期四

今日閲報無多事。檢陳紙畫蘭竹等件，各及其半中止。

初八日　陰　小雨　午後大雨　晚雨
四月廿九號　星期五

今日閲報無事。下午一時阮華甫來談甚久去。午後二時半又大雨，至晚未止，此月已過八天，有六天下雨，麥與秧之狀可推想矣。晚寢不安，展轉至十二時猶未睡熟，心煩甚。轉鐘後夢財廳税局設在一大廟中，僧人數十，爲職則另一機關與稅局共址者。予完稅慮逾期僅隔一天，以時間晚，急遽中至汗出，遂醒，果有汗出，怪哉此夢。

初九日　陰雨數次　晚五時忽晴　晚見星月
四月卅號　星期六

早起，以雨欲來未去聽報告。十時以後雨數次，下午五時乃晴。定生今日放假歸來。予復陳樹珊函並檢詩稿寄去。

初十日　晴　十時似有雨狀　東風起　黑雲生
十一時以後大雨　晚十時未止　五月一號　星期日

早起，天氣已晴。泥瓦匠又來做工，至十時天由小雨而漸大，囑瓦匠只做半工，留飯，付半工資去。午後二時夏老五來，問以鄉間各事，云雨水多，今年上季難望收成也。

十一日　陰　小雨　五月二號　星期一

早起，今日命定生渡江回學校去。連日報紙無甚新聞。晚間仍補天國史料。中午時偶一畫蘭竹大幅，消遣而已。

十二日　晴　五月三號　星期二

今日放晴，家中仍糊房壁。劉嘯篁又送信來，並請予爲其嫡祖某公題詩集，已許之，談半時去。

十三日　晴熱　五月四號　星期三

早起，十一時半飯畢。以久擬過江，遲至三月餘方下決心必去，今春足軟，又以天氣時起劇變也。先至京漢旅館，問海濤、炳章以各事。厚生未在館，不然彼必告予以他事尤詳也。出訪吴賢卿先生談甚久。出訪周華琴，知瑞球已往廣州辦貨。至曹漢丞家談半時，曹今年八十六尚健，吴先生亦八十六，彼終未患大病，尤奇。渡江後已天晚矣，途與梁瑞堂立談片刻。

十四日　陰雨　五月五日　星期四

今日閱報無多事。午後參事室送薪來，開消欠賬不够，整屋添瓦及木椽、石灰卅餘元在例，夢閑生病吃藥費事，前未有預算者也。

十五日　陰雨　晚大雨　今日立夏　五月六日　星期五

天氣不正，又連日陰雨。今年原擬春日郊游，今過三個半月，晴則暴熱，雨則寒冷，所謂佳日者實未之見，此殆與去春同，然去春游時尚有數次，見桃花、菜花開，蛙鼓時作也。參事約明天游東湖，恐又不成行矣。

十六日　陰　小雨　晚晴　五月七日　星期六

今日報上載料更少，自解放各種報紙不揚，省市新聞是統一的，以故有新聞則各報同載也。周總理在印尼亞非會議所提臺灣事件，美國至今未答復。午後補畫未竣松竹蘭石等幅，仍未成。晚間定生回家。

十七日　晴　五月八日　星期日

今日欲外出，昨未睡好，渴睡時來，中止又不能睡，睡則嗽作矣。午後吴端偉、羅資深先後來談去。繼而梁民希來談起義時事。劉嘯篁來談泰和縣事，述黄山谷曾做泰和宰，見其前生之母祭其子，問其子卒時年月日，則山谷降生之辰也。後迎此嫗入署養之，云《泰和縣志》載其事，爲該縣三異之一。此事《虞初近誌》所載，再來詩讖一條，頗相事，不過時代有别耳。姑誌之書，向圖書館借《泰和縣志》一閱。

十八日　晴　五月九號　星期一

今日閱報無多事。午後整理書案，清檢字畫箱子。晚間改訂整理從前日記，添换殼面，甚煩，疲後乃寢。

十九日　陰　晚大風　五月十號　星期二

今日仍整理日記，添補畫件。閲報，知美機侵我東北高空，被擊落一架。午後外出一次。

二十日　陰寒　小雨一次　五月十一號　星期三

今日起甚早，欲至醫院看病，緣連日又發咳疾。六時半又睡去，七時半方醒，慮未能取得號牌，遂未去。下午仍補畫件及日記裝訂事。晚晤范尚立，知明天開會，惟予未得印本，不知明日如何情形也。

廿一日　晴燥　五月十二號　星期四

六時起。七時至參事室開會，李、辛、賀相繼報告並摘出胡部長總結中緊要語，謂錢遠鐸在上海習染資産階級之惡習太深，故又有流氓習氣，此爲中肯之語云云。十一時散會，下午再正式研究。予歸後午飯，小睡一時許，並未去開會，以同事顯分兩派，但惡錢之爲人者有四分之三，餘如彭、余輩不過七八人而已。晚間補畫件已成。

廿二日　晴　五月十三日　星期五

今日閲報無多事，所載者非我所好也。送日記囑工補切一次，自是訂白絲綫均成功，心中一快。

廿三日　晴熱　夜十二時以後聞雨聲
五月十四號　星期六

今日上午外出看病，六時半到醫院，候至七時半方得挂號候診。中醫添了一人，名吴紹基，漢陽人，原在松滋行醫，此次係受訓派在此間工作者。治予疾，謂須重用寸冬，又以牛子、白芍二味加入，餘爲法半、杏仁、尖貝、欵冬、蘇紅、生地等等，皆從前所數數服者也。下午訪范吉六並遇范寄滄，談一小時，爲肖谷之子來鄂事。

廿四日　雨終日　五月十五號　星期日

今日清理案上積件，閲報無多事。午後雨大，囑定生吃飯，早過江回校。補寫各年日記書楣。

廿五日　晴　五月十六號　星期一

今日補作畫已齊備，書款佳者留之。晚閲昔年日記，偶有脱落錯誤之字，蓋當時寫後未重閲也。

廿六日　晴　下午陰　五月十七號　星期二

早起，準備過江游中山公園，繼思帶錢不多，乃下車，後换車搭至徐家棚。車中兩次遇羅資生，蓋彼由徐家棚税務分所又調往青山供職也。徐家棚爲予廿四年游過之地，民十八年爲張福蓀夫人提售地皮事，曾同丁洪盛去過者。昔時荒凉萬分，今則已成闊市，有郵局，有銀行，粤漢鐵路站已成交通重點矣，廿年前那知有此今日現象耶。十一時半乘汽車至漢陽門轉車至解放橋回家。

廿七日　上午晴　下午三時以後大雨
五月十八號　星期三

早起，擬早飯後過江游中山公園。劉嘯篁來談半時去。下午小睡二時起，天氣似有變，未能渡江，乃未久下雨矣。

廿八日　陰　下午晴　五月十九日　星期四

早起，補寫文稿。午後外出買茶葉，在愈友、志純家坐談甚久出，訪器之未遇，訪楊玉如、馮亞佛各談半時許，並還馮款一元，今日向志純借二元作零用也。晚十時寢，因不成寐，復起。

廿九日　晴　五月廿號　星期五

早起，疲倦甚，以足軟未能外出，在家閲《漁洋感舊集》，摘其精華數事另書於簿。又閲《西學東漸記》，容閎所著，摘抄之。又閲《民族革命史》，摘抄太平天國數段之可信及論斷之平允者。

三十日　晴陰不定　五月廿一號　星期六

早起，擬渡江游中山公園，以無伴中止。記今日爲閏月晦，使無閏則首夏已畢矣。就春日説，此爲春盡者也。記宋人詩："忽聞春盡强登山。"午後乃帶六兒香生隨予乘車游抱冰堂，三時半去，四時到山，惟緑樹濃陰，並無花枝可賞。黄鶴樓停業之茶肆始有人來此收拾開館，佈置尚未就緒，遊人稀少。予與香生在茶室小憩吃茶，坐一時許仍乘車歸。春季已畢，明日即初夏。今年以天氣雨多關係致出遊日少，所謂桃花、菜花並未領略，何况牡丹、芍藥耶。即蛙聲亦只聞一次，布穀則尚未聞也。負此春光，只有望天氣清明，再領初夏趣味而已。晚飯後補寫畫幀各款。

四　月

初一日　陰　小雨　今日小滿　五月廿二號　星期日

早起，上午未作事，午後以雨未能外出。

初二日　晴　五月廿三號　星期一

早起至醫院看病出，便訪華甫未遇。

初三日　陰晴不定　五月廿四號　星期二

閲報無多事，武漢二家報館新聞一樣。下午補畫件，已成其三。

初四日　陰　小雨　十一時大雨　晚大雨
五月廿五日　星期三

早起外出購物，十一時歸，途遇雨。玉枝自鄉間來述各事，食糧支配甚少，較之武漢懸殊矣。勞力者不吃飽，將奈之何。晚寢多夢且雜，近三月來均如此，如何午睡亦多夢？今早香生病，多吐，吐時痰多。

初五日　早陰　終日雨　五月廿六日　星期四

今日九時至華甫寓借洋三元，便至愈友寓略談，十時半歸，途遇雨。午飯後小睡，香生由其母送往診所看病，約二小時歸。

初六日　晴　晚見月　十二時小雨　五月廿七號　星期五

今日補畫山水未竣者二件。午後寄周華琴函。

初七日　晴　午後三時半大風　五月廿八日　星期六

六時起，七時至上海銀行，參事室僅到三人。七時四十分乃到廿餘人，予遂乘第一次省府備汽車，行半時到東湖風景區，同仁等先在茶室小憩飲茶。九時予到療養院訪李廉方先生，問其病狀，已轉好，顏色亦佳，今年七十六矣，談二十分鐘即出。至屈原館看陳列字畫，佳字甚少。宋遯初四屏字體大方，筆亦流走，民黨中人格高者，重其人非以字重也。張文襄、陳豪字，與宋均非鄂籍。張在鄂有遺愛。陳豪爲陳叔通之父，故張難先以重價購之，或者將來轉贈叔通耶？熊廷弼中堂字體剛正如其人，此鄂人之可佩者。張居正字甚佳。林少穆亦外籍人，何以列入畫件？如王恕、胡松門等均非精品，實係真品。憶張難先從前寄蔣立庵函，此次所搜求以湖北人爲原則，不收他省名家，而吾邑張廉卿無之，乃懸柯慎安一白箋聯懸之。柯非善書者，而此字又軟弱無力，與張文襄一聯亦軟弱無力同懸，不知何意。至甘鵬雲之大屏四幅，土俗氣太重，此鄂人書品之劣者亦懸之。楊星吾聯真而不精，其餘書畫更不足觀也。噫！鄂人王萬芳、顧嘉蘅、王子壽、關季華、李士彬諸人應酬書聯在當時極多，何以未有陳列，乃以單懋謙之板拙、蔣祥墀之嫩稚二立軸均懸之，可見選擇之粗俗而已。午飯後又至行吟亭看其建築，不今不古，不中不西，則一怪屋也。無怪前次漢口兩報評其設計人浪費公款，毫無意義者也。午後二時半仍乘省府第一次汽車，在胭脂坪下車，便訪馮亞佛，遇陳紹武談半時歸。晚寢後甚恬適。

初八日　晴陰不定　佛生日　五月廿九號　星期日

今日早起。八時外出早點畢，在志純家與愈友、校文談半時出。至鄒江濤處略坐，約之訪賀滙川，值其早餐，是以未多談。與江濤又同訪童自純，彼藏有佳帖者也，請檢閱三種，非予所好者。十一時半歸，午飯後小睡一時餘起，補舊稿，晚補近作於《晚學集》。

初九日　晴　五月卅號　星期一

閱報無多事，近半月來每報必載胡風事。胡風爲張光瑩之筆名也，湖北圻春人，曾住啓黄中學、北大某系，均未畢業，至日本亦未畢業，此陳志純告知予者。久辦小報及雜誌，慣出風頭，大約非善類也。一月前爲黨中某人所訐，牽出在漢辦過雜誌，如緑原、曾卓輩，向以吹工見長者，聞一星期前各機關開會討論批評，如去冬今春之《紅樓夢》攻訐胡適一例，稱《紅樓夢》爲“紅學”。噫！予讀書至今，聞此兩新名詞，“二胡、二胡”，真爲世界人知名哉。流芳耶？遺臭耶？是在能辨之者。

初十日　晴燥　五月卅一　星期二

閱報仍載胡風事甚多，予未看。予定閱報今日爲止矣。閱報二年餘，今日乃停，千篇一律，真印板文章。《湖北》與《長江》兩報，湖北較優，然以之較《大公報》則又遜色矣。午後一時渡江到岸，乘三輪車至航空路十二中學看五兒。先訪其校教務主任梁書楹，傳達爲陳家聲，三一學生也，年五十餘，據説彼有錯誤，以初中教員資格降爲傳達矣。由彼引予晤梁，乃知梁改名高樹，不知何義。彼忙甚，談三分鐘，囑其覓五兒視之，談一分鐘去，聞鈴聲，與梁談一分鐘乃出。現時教課，上課時間絲毫不可游移梭動，亦佳象也。出校雇車至中山公園，購票入園後見遊人極少，心異之，以爲曩昔午後遊人正盛也，何以冷落如此。至各茶館、吃食館一看，均懸有例假休息牌。噫！遊覽公共之場乃亦照俗例放假，其尊重工人階級，但何以不尊重來游園之群衆耶？此予背時，去洋五分亦小損失，蓋車價去一角六分矣。四時至瑞球家，取回廣州香五箍，渡江歸家試焚，則不及去年所帶回者，價漲而貨又變劣，此中國奸商慣性也。

十一日　晴　六月一號　星期三

今日爲兒童節，各小學及幼兒院教師均帶學生遊行，小兒女活潑可愛。

十二日　晴　六月二號　星期四

今日借報看，仍爲胡風事，佔篇幅四分之一，推想全國各機關，大約尚有半月之討論與開會發言、傳達等等。參事室文史館聞近三天亦爲此事在發言討論中，胡風已成全國知名者也，豎子成名哉。

十三日　晴熱　六月三號　星期五

連日天晴係五時①，予五時半即起，起後不能復睡，恩施歸來每逢夏季均如此。午後三時半鄒必痕約予至黄鶴樓看已拆之勝像寶塔，同往者唐醉石及朱某。至則直上陡坡五十餘級，予氣喘甚。到上層平地，則該塔重要古物早已携之渡江，據説已存漢口某處。今日所見僅大石磴、石塊、石蓋，用粗繩捆置，備抬而已。昨日報載，考證此塔建於元至正

① “連日”句，疑有誤。

三年，距今有六百多年歷史，是我國最早的窣堵坡式白塔之一。此塔底有火磚砌成的一個“井”字，四端觸墻，在“井”字方格内發現有身高一點零三公尺、座徑零點三公尺，石質、雕刻精細之佛幢一座，銅瓶一個，印佛教稱寶瓶。瓶底刻有“洪武廿①七年歲在甲戌九月乙卯謹誌”十六字，另有順治錢二枚，此疑爲元之至順年號。又元至正十一年造的城磚及生鐵三片。底層爲三層條石和三合土，餘無他物云云。

十四日　晴　六月四號　星期六

早起，午後補畫件。連日報紙所載盡屬聲討胡風之文，尚不知何時可止，此即所謂“發動群衆”也。定生晚歸。

十五日　晴熱　午後有風　六月五號　星期日

今日報載胡風事尤多。午後仍補畫件，又取已裱之件顔色消失者填染之。晚間無事，早寢。

十六日　晴　今日芒種　六月六日　星期一

今日報無多事，僅胡風佔篇幅。午後補染已裱畫幅俱成，出外數次。

十七日　晴　六月七號　星期二

連日起均早，五時半或六時，蓋夜短，一睡四小時或五小時，醒後即不能再睡，午飯後必補睡一二小時而已。

十八日　晴　午後天熱悶極　六月八日　星期三

早起，今日報載重要事全無，仍有胡風事佔篇幅。午後天悶極，晚七時雨，自是大雨如注。十時遂寢，甚安。

---

① 廿，應爲“二十”。

十九日　陰　六月九號　星期四

今日寫畫件款字。閱新書半册，不能記也，此等於不看耳。閱報仍是載胡風事，逆料還有一星期，不知得一總結否。

二十日　晴　六月十號　星期五

今日外出二次。報載胡風事佔板三分之二。午後看雜記及整理文稿。晚間爲劉嘯篁題其先人詩稿，得二絶句。

廿一日　晴熱　六月十一號　星期六

早起，連日睡甚安，六時即起，咳已大減。天暖予病痊，歷八年均如此，今年想可不再發也。晚間定生回家。

廿二日　晴熱悶甚　晚七時雨　六月十二號　星期日

早起，午後閱報，滿載胡風事，似一時不能結束者。晚七時雨，以後漸大。聞江陵一帶報載前有旱灾甚重，氣候不同如此。十一時寢，轉鐘四時小溲，天下雨甚大。近一旬來，各家爲蚊子所苦。

廿三日　雨　氣候下午轉寒　六月十三號　星期一

早起，連日咳疾大減，惟晚寢後口乾異常。

廿四日　陰寒　六月十四號　星期二

早起，午後閱報，已[①]昨狀同。補未竣之畫，已竣者三幅，今年畫多較去歲佳，似又有進步矣。晚十時寢，展轉難寐，轉鐘後起一次，身體氣暢乃安寢。

---

① 已，據文意疑當作“與”。

廿五日　晴　六月十五號　星期三

早起，體疲倦未出門。午後在家仍補畫件。晚早寢，仍疲思息也。氣暢適，寢甚安，惟多夢耳。

廿六日　晴　極熱　八十八度　六月十六號　星期四

早起外出一次，足力較昨佳，途遇王伯聲先生談片刻。午後二時洗澡一次，則今年首次也。晚熱甚，設非閏月已是五月底矣。光陰似箭，日月如梭，予已屆古稀之年。擬作自述四首，容日書就分贈賀滙川、李愈友、阮華甫十餘友人，請其和作。東閣延賓則看初五日財力如何再定，否則俟秋凉時補請可也。

廿七日　晴熱　六月十七號　星期五

今日無多事。午後補寫雜件並書《七十自述》詩四首。晚寢多夢，夢有不解之事，有理想不到之事，殊可笑也。

廿八日　晴熱　六月十八號　星期六

天氣漸熱，除早晨出門一次購食物外，以後即不出門，在家養神而已。咳疾自此週間已大減。晚定生歸。

廿九日　晴熱　六月十九號　星期日

今晨夢閑已病，據説昨已受凉，吐泄交作，午後稍好。晚以熱未能作事，寢後仍多奇奇怪怪之夢。今年已閲五月矣，仍發己未年夢況，可憎也。

五　　月

初一日　晴熱　今日上午十一時半日食
六月二十日　星期一

早起，八時至參事室開會，先在匡甫寓中坐談半時。九時參室人多無坐位，年老如徐藺如、馮亞佛、向巖等俱來，余頌迴報其所做總結，有人詢問及駁詞。十一時予與華甫、愈友等先離席到長街搭車，沿途有人以盆水或墨鏡照探日食狀況。

初二日　陰　午後雨　約三小時止　夜雨
六月廿一日　星期二

早起，今日閱報無多事。午後閱《漢口竹枝詞》全册已竣，姚江葉鼎三在清代道光卅年正月所出版印行者也。此在大水灾、迭遭火灾後之漢口情形，人情風俗、商業僉載，可作當日政書看。今已百餘年，地名之存者百分之三四耳。

初三日　雨大終日　今日夏至　六月廿二日　星期三

早起，八時半雇車至參事室開會，正午方歸。衣濕，水深，皮鞋沁水，乘車去來，共去價四角餘。晚補寫近作詩。

初四日　雨　晚雨大　六月廿三號　星期四

今日補寫未竣之件，題畫落款。計上月至今已成山水花卉十件，存其九，餘一件作送人之品。晚多雜夢，轉鐘後又夢范允紳師與韓英華同住一宅，均與予言，醒後不能記。惟范師係民國乙亥以跌傷病半月卒，年逾八秩矣。韓君係壬辰春間卒。范與韓非素識者，聞韓以嘔氣死，即某某促之也，去年聞楊雨廷言之。韓卒後予並未過漢往吊，心耿耿多時。

范師與韓均未見夢者也。今午王小齋來借洋一元去。

初五日　雨　晚雨達旦　六月廿四號　星期五

今日參室開會，予以雨大未去。手中無錢，不能坐車，前日星期三上午坐車去來，衣履盡濕，是以未去。端午節清冷至極，無錢無酒，悶悶而已。晚寢後甚適，夢廖純古與談，廖於未卒前曾見夢者也。

初六日　早雨　六月廿五號　星期六

六時起，清理桌上各物。天雨已久，室内外濕氣甚重，堂屋地平尤滑。聞江水陡漲矣。檢日至今日止，五月中下雨時有六十七天，餘爲陰或晴，則此一百四十七天中雨天已佔小半數矣。

初七日　終日雨　午後四時止　晚九時以後又雨　六月廿六號　星期日

今日星期，玉兒不來，謂須明日來祝壽，予哂之而已。上午九時途遇汪世鎏談數語，彼云前日在鄂城住北門外旅館一夜，與李儻同由黄石港乘上水輪者訪汪福坪，稱予於今春已病故者。汪辨之，福坪又稱病故已兩月矣。彼與予家爲隔七家鄰人，乃作此謡耶？此人糊塗一生，無腦筋之人也。午後又補完四畫。

初八日　雨　下午四時止　夜十時仍大雨　六月廿七號　星期一

今晨二時四十分大雨傾盆，有倒江海之勢。自施南東歸，在武昌見暴雨者六七次，去年五六月間大暴雨五六次，今年四月至今又見暴雨四次。噫，是何暴風雨之多耶。下午一時玉兒帶同外孫兒女來，彼到後又大雨如注，至四時方止。六時飯畢，囑彼回去，又慮雨作也，乃竟無雨，不知今晚如何耳。今日爲予七十初度，早九時蔡西銘、敖雲門同來祝予，許以改期延請，談片刻去。下午雨止似晴，晚十時仍雨，睡不安，慮江河水漲也。

初九日　雨終日　晚雨更猛　六月廿八日　星期二

今日大雨數次，下午更大，夜間至轉鐘一時至四時並未休止，平地水深數寸，料保安街低屋中水深一尺餘矣。寢不成寐。

初十日　大雨終日　晚八時見星月似已晴
六月廿九　星期三

今日大雨，午前十二時以前猛雨四五次，平地水漲。午後時有小雨，晚七時止，八時已見星月白雲，惟不清朗，不可靠也。轉鐘以後三時又聞雨聲，怪哉。氣候如此，則今夏秋間大水灾可慮也。

十一日　早小雨　十時見太陽　仍小雨不斷
六月卅日　星期四

今日閱報無多事，檢書補題。在街上購得大興劉繼莊《廣陽雜記》，惜爲殘本，闕第一卷，紙印均佳，潘祖蔭重刻者也。

十二日　晴熱　七月一日　星期五

今日下午送來通知，明日在民盟開會。近日參室予亦未去。

十三日　晴　極熱　九十度以上　七月二日　星期六

早起，壽寅來，留之飯去。晚定生歸。十一時同屋董宅夫婦反目，調解一時許方已此争，無味之吵鬥也。晚寢不安。

十四日　晴熱　七月三日　星期日

早起，連日閱報，江水未漲，載胡風事漸少，現轉入曾卓一派，聞曾爲黄陂人，辦報，以新聞、新文藝作家自負者也，係黨員云云。總之，此類人無論在何時代，以不認識，不與往來爲最好，輕薄自炫之結果如此，真可發人猛省者矣。晚寢疲甚。

十五日　晴熱甚　七月四日　星期一

早起，欲去看病，值王伯聲先生來，遂坐談甚久，留之麵飯去。以過時，遂未至醫院。午後在家補畫件，看發下新書，討胡風罪狀。今日足軟未外出。

十六日　晴熱　七月五日　星期二

早起。十一時半嘯篁來，贈予以石印拓本《陳迦陵填詞圖》一册，謂以當祝嘏禮物，予欣然受之，蓋久欲購而未得者也。陳其年在清初聲名藉甚，所題圖中詩詞無一人非名家。談一時許去，並帶其祖雲莊公銅私章一枚，予借留印其範於日記上以識之。午後四時參室送薪水來。今日脚仍無力，未外出也。

十七日　晴熱甚　七月六日　星期三

早起，補寫《晚學集》。午後閱報無多事，外出一次。晚寢甚安。

十八日　晴熱　早小雨一次　七月七號　星期四

今日到院看病，天甚熱，午後更悶，中止，赴圖書館。昨寄函與暹兒，並以款接濟之。午後補畫件四，俱未成。畫佛像五張，前月未成者，今日一一補成之。晚間九時起大風，改凉矣，遂寢。

十九日　晴　極熱　七月八號　星期五

天氣太熱，出外僅早九時以前一次。午後在家補抄未竣之書。

二十日　晴　極熱　七月九日　星期六

早嘯篁來談一時許去。午後補未竣之畫十件，皆略爲添補者也，明日當逐一寫款。記年月，今年已逾五個月，作畫卅餘件，較之曩昔已大減少，平均不過月七件耳。

廿一日　晴熱　七月十日　星期日

今日天熱未作事，僅清理案上各件而已。

廿二日　晴熱甚　九十三度　七月十一日　星期一

添補畫件，已成者留待補題詩款。

廿三日　晴熱　九十五度　晚大北風
七月十二號　星期二

今日至院看病，據向醫生説血壓正常，脈象甚好，發藥三付歸。下午六時北風大起，天氣改凉，早寢能安也。腎氣舒適，卧六小時未醒。

廿四日　陰　時有北風　七月十三號　星期三

今日仍補畫件，以足軟未外出。

廿五日　陰　小雨數次　七月十四號　星期四

今早天仍涼爽，午後補寫日記。聞江水已退七八寸，以後伏汎如何，尚難料也。補寫畫件各款並題詩。

廿六日　晴熱　風　九十度　七月十五號　星期五

報載各事仍如前五天。天熱如蒸，欲午睡而室内悶不可耐。看天國史料，各家記載大致相同，官兵之劣點亦時時寫出，惟洪軍殺人過多，於初破城時逢人便殺則千篇一律。噫，此殆當時所謂大劫耶。兵不招募，擄少壯即爲兵，以之赴前敵，兩廣老弟兄在後督隊，退者即殺，以故新兵與清兵都作殊死戰，因前進可倖存，退則無生理也。每有私人記載，謂太平軍過後被殺者血流有聲，雖非[1]過甚之詞，不可謂無此事也。

廿七日　晴熱甚　九十三度　七月十六號　星期六

聞江水又退三寸，惟各縣如黄岡、黄安、浠水、麻城均發山洪，死人畜、毀房屋田地不少。説此話均爲親見有知識者，當非虚語，此亦不測之人禍也。近日天亢旱異常，鄉間早稻快熱，望雨猶殷殷也。

廿八日　晴　極熱　七月十七號　星期日

今日天熱，未能作事。閲報，英、美、法、蘇四國元首在直接見面談政治、裁兵及種種緊急急待解決之事。諺云："人怕當面。"今當面矣，有成與否，予則未敢逆料也。

廿九日　晴　極熱　九十五度　七月十八號　星期一

連日甚熱，晚睡時間甚少，而不可思議、毫無理由之事頻頻見於夢中，使腦筋未有休止，真苦事也。

六　　月

初一日　晴　極熱　九十四度　七月十九號　星期二

天氣連日極熱，記少時天熱至多不過半月，極熱不過五六天。乙酉復員東歸，予年已六秩，近十年來酷熱奇冷年年見之。予尤怕熱，每以六月爲劫，至度此難關必有數天之不安或生病，八月中秋以後乃算平安度過矣。陳聞石自爲聯曰："此生已歷千萬劫；來歲便爲六十翁。"彼蓋視五十九歲以前之酷熱嚴寒、大病或遇水火、盜賊之事皆稱劫也。

---

① 非，疑衍。

初二日　晴熱甚　九十四度　七月廿號　星期三

早起，七時半乘車至參事室開會，聽報告節約事。報紙見過此種言論三次，理足，惟各機關遵守者少，個人更無論矣。我輩恃薪水爲生活者，連縣宅有大小十口，自然節約，那有浪費之可言；月月扯拉不清，不待報紙鼓吹與領導者來規予也。不過得高薪爲引導者，仍是汽車出入，衣華麗，食豐厚，節約耶？紙煙非大前門，旨酒非白蘭地不可。設有人問之，彼將何詞以答之耶？

初三日　晴熱甚　九十五度　七月廿一號　星期四

今日閱報無多事。午後看天國史料一小時。

初四日　晴熱甚　九十度　七月廿二號　星期五

閱報，四國會議已開會。下午二時聞第四小學講習會中捉去何姓教員一人，大約爲胡風案也。晚間聞同時捉者各機關中共有百餘人，汪金門之子亦拘捕去云云。

初五日　晴熱甚　九十三度　今日大暑節　七月廿三　星期六

上午熱甚，下午有風稍凉。傍晚至華甫、志純兩處略坐談一小時歸。

初六日　晴　酷熱　九十六度　七月廿四號　星期日

今日天熱未作事，午後屢思睡未能也。予性畏熱，六十以後更甚，近十年中真視伏天爲遇劫矣。武漢氣候最不規則，近四年酷暑嚴寒畸形不可思議。

初七日　晴熱甚　九十五度　七月廿五號　星期一

今日熱甚，未能作事。午後四時有風，七時至愈友處談一時許歸。

初八日　晴　極熱　九十五度　午後六時陣雨約半時
七月廿六號　星期二

早起熱甚，未能作事。午後六時有陣雨，約廿分鐘，兼大風數陣，天氣改涼。

初九日　晴熱　上午八十五度　午後二時陣雨
五時大雨如注　半小時乃止　七月廿七日　星期三

今日報載無多事，僅人民代表會各員發言，□載四國首長日内瓦會議閉幕後首長雜談。《人民日報》社論謂四國會議已有積極成就云云。

初十日　陰　雨　晴熱甚　晚涼　七月廿八　星期四

今日本宅同住之鄒嫗抬往醫院診治，因昨夕病重也。董宅準明日搬至宫門口，宅中少四人，以理度之，天熱可減也。聞中美外交首領可在紐約晤談。

十一日　晴熱甚　七月廿九　星期五

今日報載無多事，連篇滿記則代表會議各人發言也。

十二日　陰晴　熱甚　九十二度　七月卅日　星期六

今晨醫院通知鄒苾衡，云其妻已危殆，午後一時聞其死矣。晚間董宅已搬畢，人數少而氣候未減熱，寢時不安。

十三日　晴熱甚　九十三度　七月卅一日　星期日

五時以熱不能安睡遂起，今日未作事，晚間熱尤甚。

十四日　晴熱甚　九十四度　八月一日　星期一

連日俱五時即起，烈日照窗，不能卧也。檢天國史料一閲，手無力執筆，執筆即目倦神疲，遂止。晚間有風，連夕均在堂屋中睡，至十二時進室内，年年畏熱，遇熱季真如過關。

十五日　早熱九十度　中午以後九十五度　午後四時陣雨晚有北風改凉矣　八月二號　星期二

今日更熱，下午四時大雨約半時，繼又小陣雨。晚寢時温度八十一，與中午相差十四度矣。睡甚安，天欲明時起一次。

十六日　晴　極熱　九十三度　八月三號　星期三

今日熱甚，未作事。

十七日　晴熱甚　九十三度　八月四號　星期四

熱甚，不能作事。明晨開大會，須赴參事室。

十八日　極熱　九十五度　八月五號　星期五

早起，早點後雇車至參事室開會，年老如向岩、徐聲金、馮亞佛俱到，共約八十餘人，未到僅重病及不在武漢諸人。天熱如蒸，八十人坐一室中，凳窄，腰直並肩，汗出。予坐在會場外，尚不甚熱。十二時半會畢，仍乘車歸。幸今日宣佈潘善倫、徐聲金及予等十餘人在家學習也。

十九日　晴熱甚　九十四度　八月六號　星期六

今日未作事。

二十日　熱甚　九十三度　八月七號　星期日

今日不能作事，午睡亦不能。

廿一日　熱甚　九十三度　今日立秋　八月八號　星期一

天氣連日熱不可耐。十一時寫信與遲生，因其兩月無信來，並匯款六元與之。

廿二日　熱甚　九十四度　八月九日　星期二

廿三日　熱甚　九十三度　八月十日　星期三

今日外出買物，立秋已三日，酷熱尤甚，室内熱度九十三，室外已逾百度矣。自施南歸後已逾十年，氣候如此，又異乎廿年前狀態矣。

廿四日　晴熱甚　九十五度　八月十一號　星期四

上、下午熱難受，晚至愈友處略談。

廿五日　晴熱甚　九十五度　下午三時五十五分地震　八月十二號　星期五

未能作事，看羅瑞卿所作報告，參事室指定學習之文件也。午後熱甚，卧竹床之無脚者，貼地求涼。四時欠五分時卧床震蕩約秒餘，未幾予呼爲地震，内子見窗扇擺動。

廿六日　奇熱　九十五度　八月十三號　星期六

今日未作事，亦不能外出。

廿七日　奇熱　九十六度　晚改涼　八十八度　大雨數陣　八月十四號　星期日

自晨五時起八十九度，旋增至九十六度，室外如火灼，爲今夏最熱之日也。午後三時大雨數陣，天氣改涼，房中仍熱氣蒸騰也。

廿八日　早八十度　午後仍至九十度　八月十五號　星期一

今日熱稍減，看書。屈指遲生應該回信，竟無信來。晚仍陣雨，夜涼。

廿九日　早大雨　午後晴熱　八月十六號　星期二

今日至醫院看病，仍值向醫生班，立方檢藥三付。予自服中藥後嗽已大減。

三十日　晴熱　晚有風　星斗明朗　八月十七號　星期三

連日疾已減，晚睡亦安，惟多雜夢，夢境隨時變化，似記卅年前事也。旬日以來心煩甚，又繫念鄂城家中事，又繫念孟夫人平生事。七月已臨中元，祀祖事已六年未舉行矣。

七　　月

初一日　早陰　午後五時小雨　夜雨
八月十八號　星期四

早起，十時閱報，見記載鄂城木器合作社事，阮、江、涂三人偷工減料，折本出售器具，奪取個體工人的生活等事，此事真像大白矣。香生患痢疾。

初二日　晴熱　八月十九號　星期五

今日下午蔡希銘、楊雨霆來談一時許去。晚寢多雜夢。香生病未愈，吐五六次，昨日痰多，今日所吐多黑小塊如醃菜者二次。

初三日　陰　晴　燥　午後六時大雨如注　二小時乃已
夜雨尤大　八月廿號　星期六

今日出外買白合粉一斤，取回裱畫四件。晚飯後大雨如注，逆料江水又漲矣。看天國史料外人記載，英、瑞、美三國教士遊南京所紀之事尤詳，其評天國宗教與西洋異點及太平軍政治、軍事弱點甚平允，然終料洪秀全必覆亡也。官兵當時紀律之壞、殺掠情形亦詳。不讀此數種譯著，尚疑清代受太平殺掠者爲過甚其辭也。乃知予幼稚所聞於故老父執之言爲不謬，此真爲天國可惜也。

初四日　陰　晴熱　午後四時大雨如注約一時許氣候轉涼　八月廿一號　星期日

昨日學習，閱指定各書。午後外出一次，略詢范尚立以各事。晚間甚涼，昨夕早寢，多雜夢。又夢見天門同學蔡逢辰與郭星樵，醒後知其已死多年者也。今日正午高宅派人來云，高老先生於初二下午逝世矣，請予與敖先生於三時同去行禮云云。高先生今年八十一歲，去年五月患胃膈不食等疾，旋愈旋發。予前旬尚與談半時，神氣尚佳者也。三時遂與敖雲門同往，下車後到馮亞佛寓略坐談，約馮同去，到宅後見棺行禮，再與其孫以智談近事。此爲先生第四孫，供職廣州鐵路局，得電即歸。此孫對其祖父極孝，按月滙款濟其祖父與其寡母者。先生長子鴻遇不孝，其所生三子，曾有一子控先生爲貪污之吏者。今日此孫亦來，其父則竟未至。據以智言，屢請不來，怪矣哉。高家用酒席款予等畢，行禮點主約半時，此不過具形勢而已。以言禮則各人著短褲者如何情況，尚得謂之禮乎？先生自於八年前在九峰山購有陰地，此次係棺殮，明晨用汽車運葬，皆以智出款主持，此則可佩者。其長孫某亦往九峰接洽盡力，此孫即鴻遇之長子。七時半與雲門同車歸。寢後得怪夢，一刹那間即醒。

初五日　陰　晴　八月廿二日　星期一

早起。八時半陳坦又來討錢，聞前日内子曾借人二角與之，彼今晨又來，予給與二角乃去。此人此月間迭來借索，自五角至二角，已九次矣，從前借款以一萬至五千爲率，亦經過廿餘次，此真無前途者也。蒲中教員被除名，進醫院住又被除夕①，其兄與叔父、武漢族戚俱不齒其

① 夕，應爲“名”。

爲人，此爲其父芃周之玷者也。

初六日　晴熱　午後小雨一次　八月廿三號　星期二

連旬以來均早起，近二旬寢後無夕不夢也，身心衰弱益甚。八時劉嘯篁即來，云此月底俟其子匯款來即赴恩施云云。予往醫院看病，吴醫生開方，予請其驗血壓，仍爲百四十至百七十，與前月無更變，脈象正常云云。檢藥三付兼服歸脾丸。此月餘病象無增劇者，藥之功也。向華甫借款五元作零用。縣宅至今兩月餘無信來，匯款二次，亦無回信，學習緊張，遲生及媳亦不寫信覆予。見報三次，鄂城合作木器社阮某等被捕事，乃知内幕，然未牽及押屋事，心乃安然。

初七日　晴熱　燥　八十六度　八月廿四號　星期三

早起，八時半閲報，無多事。

初八日　晴熱極　九十度　有西北風　晚間八十四度　八十廿五號　星期四

今早出門二次。午後熱甚，不能作事。天國史料決於此月完成，牽延三年，猶在補閲抄寫各件。甚矣，編書之難也！民國八年以前患此一段歷史裁料少，自北京史學會出八厚册，中有清代私家記載印鈔各本，選摘真實，頗費眼光，予作今後可算完備矣。晚間西北風甚大，予室中寢後仍熱，並不能蓋單被而卧，奇矣。寢後多夢，似舉行考試，又補湖堂考者吴、蕭二生，爲予招呼一切。大抵兩年來多夢，夢必牽及湖堂補考事也。

初九日　晴熱　西北風　八月廿六日　星期五

早起，外出一次。今日爲亡室孟夫人逝世廿二週年紀念日，忌日也。上月至今，夜間每念及夫人生平事、瑣碎事，與予情感之篤，蓋了前生之緣耶？憶其臨危時每談舊事，臨終前夕與予共話甚久，佈置後事井井然。言之初九晨請其庶母爲之理沐浴畢，坐言數事。予與根生、遲生兩兒立伺，其情狀神智未亂而逝，殆前生有修行者也。晚九時具香焚楮，略表予心，其靈魂果有知否耶？十時寢，多夢，夢及亡兒純學及太錚已死信，予大痛哭流涕枕上而醒。噫，此二事則孟夫人生前所知者，勿乃因予念夫人而觸及之耶？

初十日　晴熱　八十九度　西北風　八月廿七號　星期六

早起，補閱天國史料，又摘其精確録之。今日西北風甚大，未見改涼，奇哉。連日仍服藥，慮病發。晚十一時寢。

十一日　晴燥　大風　八月廿八號　星期日

今日外出買物乘車二次，至玉兒家未晤，聞鄧婿已出差。晤馮老先生談片刻出。下午訪范尚立，知其已病三日矣，未多談即出。

十二日　晴熱　八月廿九　星期一

今日天氣又熱甚。重閱羅部長報告，記憶力甚弱，簡直不能記，可恨也。晚服藥後即睡，頭暈痛甚，疲勞之狀也。

十三日　晴熱甚　八十七度　八月卅號　星期二

早起足軟甚，午後二時勉至醫院看病，仍爲吴醫生開方，藥味減少，謂吃此三付可望痊也，姑信而已。歸後仍看羅部長報告。今日鄒君室被搜查。

十四日　晴熱　八十五度　八月卅一號　星期三

今日仍疲倦，看書眼花，頭仍痛，足仍軟也。檢書未能閲，坐又思卧，遂坐堂屋中，益覺悶悶也。

十五日　晴　極熱　八十九度　九月一號　星期四

今日更熱，起後清理書籍等等，心煩亂殊甚。午後熱甚，無處可坐，真李白詞中“思往事，愁如織”者也。中元節今年未祀祖，較之去年尤冷寂。

十六日　晴熱　九十度　九月二號　星期五

十七日　晴熱　八十九度　九月三號　星期六

今日未作事，清理各事，以清浄勿堆集雜亂爲主旨。晚寢後多夢。

十八日　晴熱　九十度

十九日　上午晴熱甚　午後二時大雨約一時半　仍晴熱

早起，仍熱甚，中至九十度，下午二時大雨約一時半乃止，晚仍熱。

二十日　晴熱　九十度　九月六號　星期二

連日天君不安，煩灼甚，至不可狀也。清理各事，頭爲之暈。

廿一日　早熱　中午九十一度

今日熱甚，晚間居民群坐街旁乘涼。

廿二日　晴　極熱　上午九十度　中午九十三度

今日熱甚，夜間亦不能睡。

廿三日　晴熱　九十一度

廿四日　晴熱甚　八十九度　九月十號　星期六

今日中午有南風，吹到滿屋皆熱。

廿五日　晴　奇熱　早九十　中九十五　晚九十一

今晚仍熱，七時十分見天際有流星極亮，没時呈紅藍緑美麗之色，自東南向西北□流，駛極速。起首如酒杯大，長約三丈餘，尾現白光乃已，不知此何星也，路人多有見光照地者。

廿六日　涼　有風　中午八十三度　九月十二　星期一

昨有風，今日稍涼，早八十度。今日到院看病，血壓仍高，醫囑再服藥二付。晚大北風，熱度降七十六矣。寢後夢小①谷仍住原地，予則搭小輪過其埠訪之，被②入一室不見出。又夢張福蓀已續弦。

廿七日　晴　有風　九月十三日　星期二

夜寢多夢。

廿八日　晴熱　中午八十六度　晚有風　九月十四日　星期三

今日中午仍熱，晚涼早寢，略舒適，睡甚安，十二時入夢境矣。

廿九日　晴熱　八十八度　九月十五號　星期四

今日足軟身疲未出門，偶憶昨夢，先父母住在大宅中，仍如生前狀。萬氏及甥女仍同住，萬付款與人至西山交僧超度前輩人者。

八　月

朔　晴熱甚　上午八十八　中午九十度　九月十六　星期五

遲生至今未來信，不知縣宅情形如何。近兩旬來無日不在煩惱中。

---

① 小，應爲“肖”。
② 被，疑應爲“彼”。

初二日　晴熱　早大雨　九月十七　星期六

早大雨半小時即止，午後仍熱。

初三日　晴熱　九月十八號　星期日

今日訪盧志泉、馮亞佛談片刻。午後國貞來，云中秋值國慶，彼回縣看看，予囑必至家探遲生信，以其半年未來信也。

初四日　陰　七十四度　九月十九號　星期一

初五日　晴熱　上午八十度　九月廿號　星期二

初六日　晴熱　中午八十八度　晚凉有風　九月廿一號　星期三

初七日　晴熱　上午八十四度　下午大風暴起　九月廿二號　星期四

連夕寫自學心得，費四天之力乃成。無異從前整風時所填諸事。

初八日　晴　早凉甚　九月廿三號　星期五

今日天氣改凉，如冬日氣象矣。

初九日　晴熱　上午七十九　今日秋分節　九月廿四日　星期六

今日天氣改凉，但午後仍烈日當空，可畏氣象也。晚間又變寒冷矣。

初十日　晴熱　晚九時大北風　九月廿五　星期日

今日上午仍有七十度，十二時以後烈日當空，可畏也。晚九時大風忽起，以後氣候改變如冬景。昨日下午五時得參事室通知，知湖北醫院第二部已停止，不知中醫二位何時再應診，應診在何院也。予前四天咳嗽劇發，且有氣，咳濃痰，仍如去秋狀，可慮也。今年正月自服中藥後病狀逐月減輕，前月已完全如好人，復昔日康健矣。不知何故又發病，不得已買白松糖漿服之。

十一日　晴陰不定　小雨數次　九月廿六號　星期一

今日將自學心得送參事室，因前催送，謂須於九月底以前也。

十二日　晴　九月廿七號　星期二

十三日　晴燥　九月廿八號　星期三

今日本室爲籌備國慶事開大會，年老八十五歲之向巖、八十二歲之徐聲金亦到會，主管人已往他處開會去了，由羅燦代主席，發言者九人，如韓達哉、林淵泉等。

十四日　晴燥　九月廿九號　星期四

今年陰曆三月廿日以後報紙無日不載胡風事件，五月餘矣，近二日乃止。

十五日　早小雨旋晴　晚月光如水　今日中秋節
九月卅號　星期五

今日各機關、學校均放假度中秋節，惟各處集體學習人員今日及國慶節亦不放假外出。正午王伯聲先生來談，自云彼病尚未愈，須往醫院打針云云，留之飯。彼今年八十六尚求疾愈，可見人人不願死也。胡席儒來，留之飯去。

十六日　晴熱　八十一度　十月一號　星期六

今日國慶，各機關放假，凡學習集體中無問題者，或問題小而身體好者選出列隊遊行云云。予今日未出門。

十七日　晴熱　八十二度　十月二號　星期日

今日仍放假。

十八日　晴熱　八十二度　晚大風改涼
十月三號　星期一

今日至花園山中醫進化學校看病，仍爲向醫生開藥三付，歸後服之，甚安。

十九日　晴熱　晚有風　十月四號　星期二

連日咳嗽未愈，心煩意亂。晚念亡兒根生没已十八年矣，遺骨尚留宜昌北門外之鎮景山，今不悉其地如何近況。文端、丹陽二人尚居宜昌，已十年無信來，亦未能設法通訊。戊寅冬原定亂平後將兒櫬運回鄂城者也，今則成夢想矣，哀哉！昨日羅國貞來，告以縣宅各事，並帶遲生一函。

二十日　晴燥　十月五號　星期三

廿一日　晴燥　晚大風不改涼　仍燥甚
十月六號　星期四

今日天氣變幻莫測，秋分已過一旬。

廿二日　晴燥　晚風仍燥　十月七號　星期五

廿三日　大風寒　六十度　晚更寒　十月八號　星期六

今日氣候轉寒如隆冬，禦棉衣矣。省府、政協共同出函，請辛亥同志雙十日到招待所聚餐，仍如歷年公讌禮。

廿四日　晴燥　十月九號　星期日

予咳嗽已一旬，竟未愈，且有氣喘，心煩甚。午後外甥女帶其嗣子來，謂須回鄂城住。彼亦有理由，謂厚訓信婦言，不顧之生活，予聽之而已，不能爲之作主也，給以二元爲川資去。

廿五日　晴燥　十月十號　星期一

今日下午至省統戰部公讌。辛亥同志老者向巖、徐聲金、馮亞佛、楊雨廷等共四十餘人。晏勛甫、江炳靈先後發言，表示請謝者，八時方散。

廿六日　晴燥　十月十一日　星期二

今日又至進修醫院看病，仍爲向醫生再診，仍開單三付。

廿七日　晴燥　十月十二日　星期三

今日出外買物二次，頭暈身倦無力。歸後欲睡，免强支持。連夕將舊日日記檢查一過。

廿八日　晴燥　晚有風　十月十三日　星期四

農曆八月快畢矣，此月僅下雨一次，時間僅一時半。七月僅初三晚大雨一次，餘爲小雨片刻者一次。六月三十天中僅陣雨三次，而時間最短者二次。半點鐘即止。五月廿九天大小雨九次，而晴熱者廿天。今年自五月熱起，熱度高者九十五六，此指室内而言者，在街中已百度矣。是四個月一百一十七天中，爲晴而熱者有百零六天，寧非奇事耶?

廿九日　晴燥甚　十月十四　星期五

咳嗽未愈，連日服中藥。

三十日　陰晴不定　午後四時似有雨狀　十月十五　星期六

咳仍未愈。

九　月

初一日　晴熱　十月十六日　星期日

請張先生代買木炭未妥，將原款送來。

初二日　晴　小雨如絲者片刻　十月十七日　星期一

外出買物一次，咳仍未愈。

初三日　晴　十月十八號　星期二

晨四時仍咳。今日兩次擬去看病，均以早睡、午睡耽擱未去。

初四日　晴燥　十月十九日　星期三

早起，乘車至中醫進修學校去看病，治予疾者仍爲向醫生，今日開方每付有沉香三分，貴藥向來不用，予請以此藥，謂可止氣喘者，醫生乃添此藥去地龍，順予意也。連服二次，睡時稍好。

初五日　晴熱　十月二十日　星期四

今早至劉止安寓，請打金針，遇阮華甫，彼病已大愈矣。與止安談，數計以候診，上午尚有五人，予遂歸。午後二時再去，候甚久，乃得針灸十餘次，四時歸，止安囑不服藥，是以未開方也，云隔三天再看。

初六日　晴熱　十月廿一日　星期五

昨日打針並服藥，晚寢後較昨日好，不知是中藥之力，抑打針之力，俟明日再看。

初七日　晴熱　十月廿二日　星期六

今日咳仍未愈。羅國貞來，謂有人回縣，便托帶一函與遲生。

初八日　晴熱　十月廿三日　星期日

今日外出買物。午後接志純函，約明日至鶴樓登高。咳較昨日輕。

初九日　晴熱　十月廿四日　星期一

早起，八時半早點畢。九時至愈友、志純處談一時許，遂與同至鶴樓，由大成路經大橋上山，兩坐茶肆談二小時，並看男女演唱漢戲，中間夾以滑稽動人取笑，唱做均不佳。彼輩爲吃飯計，久唱布蓬之下，所得每人僅足一日食料而已。坐而聽者，人類甚雜，心中或亦各有所想也。三時半出，與志純同至教門館食午[①]，肉肴三盤，去價三元，可貴昂矣。五時歸。

初十日　晴燥　十月廿五　星期二

近日亢陽甚，鄉間有無水吃之家，致不能種菜者。自七月朔至今日已六十八天無雨，小雨如絲、片刻即止者，其間亦止兩次。若自五月朔至六月全月中大小亦不過十三次而已，寧非奇事耶？晚寢後仍咳三次，極不安。

十一日　晴　午後三時小雨如絲者片刻
十月廿六　星期三

昨睡不安，醒三次，咳嗽大作且喘氣。今日四肢無力，未出門也。時卧時起，極不安神。午後同室任啓珊、松如來訪參事福利事，予以予

① 午，後疑有脱字。

近年實況告之，收入少，鄂城尚有六人，支出多，月虧累牽至下月不斷，直言之，無日不在窘困中也。

十二日　陰　早小雨一時許即止　午後二時放晴仍燥　十月廿七日　星期四

連日服藥，仍咳喘未愈。午飯少食一碗，午後數次尋睡，無能安寐，真以爲苦境。隔壁馬姓女子來討發光鏡子款，予補一元乃去。

十三日　晴燥　十月廿八日

昨晚睡後醒三次，但醒後十分鐘仍睡熟。惟痰不多而時時欲吐，吐極難過，合計昨已睡七小時矣。今日午後三時睡熟約二小時，神乃安也。晚間定一課表，不知能守此不渝否。今歲多病，作事不耐長，年已七旬，未完之著作急須補作完成之。聖賢所争者，後世之名也。今日爲先母誕辰，假定在時，今日百歲紀念矣。予今年更困環境，又多刺激。鄂城住宅，遲生早以賤價售去，予前命羅國貞歸乃知之。近二旬咳嗽又發且劇，心煩亂殊甚，至堂中亦未具香供以祀吾母也，傷哉!

十四日　晴燥　十月廿九日　星期六

早八時周親母來告以彼之窘狀，欲助款，予許以下月六號來取三元去。晚尋乙酉十月東歸日記，自宜昌上輪船後一段不能悉，船行幾天，昨問謝、高、蔣三家，均記不的確，候暇訪黄乃真、江炳靈一問之。

十五日　晴燥　月色佳　十月卅日　星期日

今晨出門欲過早餐，各處熟食小貿排隊候售，予未得食。近以糧食問題，又係月終，候分配裁料者已罄矣。

十六日　晴　風　月色大佳　十月卅一日　星期一

補尋出乙酉欠缺日記數段，補入之。

十七日　晴　好月色□　十一月一日　星期二

今晨外出購食物更難，至馮亞佛家略坐談出。至玉兒家問鄧婿事。

十八日　晴　大風　晚更大　十一月二日　星期三

早起至醫院看病，仍係向醫生。彼[①]兩手脈仍如前，另開方以輕補爲主，用懷芪、黨參。遇同事劉行丞及小彭，出後訪智泉。回看任松如，便至高宅問其媳，請其再記宜昌開船後事，彼年未五十，想容易再憶也。

十九日　晴　寒　十一月三日　星期四

昨寢後醒四次，大咳四次，睡熟時少。今早八時半乃起，九時外出覺寒甚，遂早點後仍回家，初本欲至劉止安處打針也。午後三時小睡一時許乃起身，極不適。徐妻今早自滬歸，便問以各事，與鄂相同。寫函與愚夫，請定爲予書《大悲咒》一本，備念習也。

二十日　晴　十一月四日　星期五

今日早起，外出至志純家坐談，十一時歸。午後三時小睡。傍晚范尚立帶來通知一件，參室又須補寫二事。但此事前於九月廿七號已送出矣，何以又要補耶？明日須往面問之。晚寢不安，起坐二次。

廿一日　晴　晚十時大風　十一月五號

早補睡昨夕未足者，九時起。午後參室送薪水來，四時外出還帳、購物，共用去四元餘。晚貼粘庚子窗課成册，予十四歲時所作時文、試帖，距今五十四年矣，惜十五歲時高師所改時文已失去，試帖幸有劉幼浦同學當時另抄之册，抗戰前爲予謀得之。噫，世變滄桑，予復見予五十四年之作存天壤間，寧非幸事耶？使無兵燹及之，則吾祖魏紳公康乾

---

① 彼，後疑有脱字。

間手澤，予於戊寅春間在胡林尚搜得之，此真近日流行語所謂“有歷史性”者也。

廿二日　晴　寒　十一月六號　星期日

五時醒，再睡咳甚，終不安，八時再起。午後參室送學習表及通知來。三時半予帶香生乘三輪車遊冰堂、看菊花，以入秋以來未賞菊也。並遇羅燦於茶肆中，談片刻。予帶香生略再遊覽半時，仍乘車歸。遇謝正清，問清復員時在輪船中歇四夜，與前日遇黄乃貞之言同。東歸後整屋，回縣又兼患傷寒症，諸事忙，遂將是年冬、臘兩月日記是否寫有紅間底子，遺失何處，不知之矣。以予性度之，決不會使此兩月不記事也。

廿三日　晴燥　十一月七號　星期一

早起渡江，以整牙爲主。欲訪許、李等問鄂城消息，乘車轉輪，停車地址已變。渡江買票，非票也，以一錫元塊如小銅元之半大，投櫃中代票。到漢先訪瑞球，知曹漢臣尚健在，極窘，現在公家收其二輪並碼頭，謂抵合營資尚不够也。其妻爲孫石民告一狀，現已二次出獄。又知海濤、炳章於九月卅號被捕。繼訪杜衛初，聞其室曾被檢查，其第四子與海濤同時捕去。彼今年又爲其孫女在廣州來函索去百元，繼又索五百元以威協之語，又在漢口法控之，是以孫控祖矣。尚有多話，予不願聞，慰之而已。就其家飯畢，乃往戴志强寓，審知牙齒無辦法，蓋全者已不能用，欲有效非全换一付不可，予拒之，只將已腐一齒取下之，只好暫俟其安者自脱而已。老年至七十牙齒整者，百中不得二三，況予患齒痛最劇者廿餘次，已取下者廿餘年，卅四顆齒已取去廿八枚矣。人生之苦惱，孰有過於此者。然回思吾母五十以前牙齒俱以久痛而全數用手拉下者，尤痛苦矣。母親後遂以牙齦代嚼食物，真可憐也。午後三時渡江時，先在後花樓買蟹二隻帶回作羹，晚飯以代肴，並飲米酒一杯。寒物到肚，似應與予咳疾大相反矣。乃十一時寢後，連睡至五小時半乃醒，何也？則予體實熱體也，蟹性確爲大涼者，因記之。

廿四日　陰寒　今日立冬　十一月八號　星期二

早起，十時至劉止安寓打針，以候診者多，予遂至愈友寓一談歸。飯後小睡二時又乘車至劉寓打十餘針，彼謂打針實不能治支氣管炎，且予患病已久，年齡又高，氣血已虧，此次只活經絡而已。晚一函答復參事室學習辦公室，明日送去。今日還款與華甫，彼打針已獲愈，所謂對症。大抵打針對中風收效速，口歪目斜、手足風癱均能治而有效。去年報紙迭載，謂針灸能愈氣管炎者，過甚之宣傳不可信也。噫，針灸久已背時，一旦□以在上者提創，有人遂謂針灸能治百病，誤矣。晚服中藥，十一時寢後甚安，至轉鐘五時半醒。

廿五日　晴　十一月九日　星期三

早起，外出一次。午後送答復通知函與參事室，並借得《太平天國》第六本。歸途遇李匡甫談片刻。至圖書館欲看書，該館又貼條，下午學習，不開館。近數[①]係上午學習，近又改下午矣。訪蔣立安，談半時出。訪校文，略慰其喪明之痛，與立安同出。途遇志純、愈友，約明日午後遊鶴樓。今日行路足力疲。晚飯後補寫大字課、編詩話，二小時乃已。今日胡席儒來云調渝工作，予留之飯去。孫鴻儀來，予未晤，彼爲予寫《大悲咒》親送來者，可感也。

廿六日　晴　十一月十日　星期四

今日八時起，昨睡後時咳時醒至三次，早不安。午後二時至愈友寓略坐，與志純同往黄鶴樓下山麓飲茶聽唱，四時回家。晚念《大悲咒》，此爲第二次試念者，極難熟。十一時寢，轉鐘三時方醒，醒後仍咳，起坐半時乃已。

---

① 數，後疑有脱字。

廿七日　晴　十一月十一日　星期五

早起，外出一次。午後三時又外出購紙及雜物，用去汽車、三輪費三角，近二旬足更無力也。

廿八日　晴燥　十一月十二　星期六

早起收電燈費工役即來，付之四元六角去。八時半予至醫院看病，打針灸的蔣玉伯亦晤見，以時間來不及未果。十時取藥出，仍向醫生所開方也。便至智泉寓談半時歸。晚間補檢前清課窗整理之，俾以後須再檢查一次。童時詩文程度復印予之腦海中，亦快意事也。

廿九日　晴燥　十一月十三日　星期日

連日晴燥，室内蚊蟲甚多，亦能吮人血，寧非奇事。今日鄒宅接瀋陽信，該地已連降雪矣，前三日滴水成冰。吾鄂氣候燥甚，晴時已逾三月閱[①]矣。七月以前至五月初七下大小雨僅□次，現在四鄉以旱缺水吃者尤多。計此三個月中大小僅四次，而時間甚短，且有不及一小時者。昨晤孫鴻儀，囑予謝周止菴贈經事。晚寫函，明日寄上海，並請其打聽近時有治老咳之中西藥方否。

十　月

初一日　晴　小雨　午後陰　十一月十四日

早起，九時飯畢，同内子、香生坐三輪車到漢陽門，換汽車至東湖風景區，行半[②]方到，現在車可進入内矣。看菊花陳列室，各種具備，

---

① 月閱，應爲“閲月”。

② 半，後疑脱“時”字。

有盤爲動物形者。今年所標示花名猶多，除外植之菊二百種不計外，室内懸牌者有九百四十餘種。前年緑菊僅内部緑色，外圍仍白色，今則此緑菊花瓣幾全緑矣，可□見培植技術進步。其可紀者甚多，有瓣如六寸徑之盤大者，有細瓣如燈草狀或細如麻索者，鮮艷深淺暗倩，各種顏色不同，其名之可記者如魏紫、朱丹紅、粉松針、緑毛龜、緑牡丹、黄金球、燈紅酒緑、榴花照眼、虎爪、醉粧、白狐裘、桃花紅、黄鶴舞、醉仙桃、金龍鬚、晚霞天、白衣送酒等等，或狀其神，或稱其色，皆佳種也。以予目光評之，較前年展覽時已大進步。去年水災後培植不佳，然予平生得見此種菊花陳列，真幸運也。閲後至醫院看李廉方先生，值其卧，呼之醒，與説數語，内子與立談片刻，並呼香生視之。李先生病已久，又洗臟子不便起，予慮天有雨，亦不願久談。出醫院後欲觀屈原存列館，以路遠山雨欲來狀，尋食館已走過。自是小雨來，漸轉大，與内子、小兒速行至汽車站，幸攜有洋傘，至一板棚小駐，雨已止，然已急行半里，疲甚，候一刻鐘搭車歸。内子同香生□□到青龍巷酒館吃飯，用去一元餘。今日所遇小雨一陣，殊巧合，幸未加大。武昌四閲月未下雨，而予恰遇於東湖，亦奇矣。晚飯後仍腹泄，現已三日矣，何時受涼隔食耶？寢後似聞大風聲，氣候轉寒。

初二日　小雨　陰　大風寒甚　十一月十五日　星期二

八時起，以天氣寒未外出。前宅孫姓爲其子結婚通客，擾擾至夜八時方止。予在室内補乙酉日[1]已完成，今日寫約五六千字，計此七天内補完，設前十年發覺早寫竣。不知迭次清箱，内未見東歸此記後册，致累予腦筋思索耳。十二時寒甚乃寢。今夕泄三次，疾未愈。

初三日　晴　十一月十六　星期三

昨睡甚遲，腹中雷鳴似氣漲，欲大便，以寒甚未起。今早則泄二次，

① 日，後疑脱“記”字。

午後又二次。氣不舒暢，咳嗽又時作，心煩甚。下午小睡二小時乃已。三時與鄒苾薌同至湖北文物新開展覽會，尚未開放者，陳列戰國時石器、弓努[①]，周秦銅器及隋唐以後陶器。又借自長沙出土銅鐵兵器，又洪山馬坊山出土之殉物木俑、陶俑、漢代銅鏡數枚，均佳品。古石代、新石代之刀斧鏃灶小品及漢以後合金所鑄之刀劍等，均爲名貴難得者。餘爲天門、京山因開河出土之物，黄石港、鄂城、黄岡出土之品亦陳列之。惜時晚，陳列室暗，未暇細閲也。閲今日報載四川通訊，成都杜甫草堂近已重葺，並附照片二張，其特點則工部草堂中陳列有向國徵集之刻本各種不同之杜甫詩集，計一百六十一套，共一千三百餘册，煌煌大觀，千載下杜甫“詩聖”之名愈彰矣。考草堂歷史，杜甫係唐肅宗乾元二年由陝西西遷到成都西部浣花溪邊建築草堂，杜遇時貧窘，僅蔽風雨而已。後之人愛杜品格而尊重之，故流傳至今。噫，杜公行時於今日，若九江之柴桑故里。予於光緒丁未正月在潯，尚訪問其住地，見横額有“淵明故里”四字，今則江西省對此古跡寂然矣。以較之吾鄂東湖對屈原修紀念堂、行吟亭用去建築費巨萬者，則陶靖節又不幸之詩人也。

初四日　晴　十一月十七日　星期四

七時半起，腹泄似減，今日仍大便三次，前二次氣虚，僅屁而已。五時范尚立來説政協約遊東湖事，係星期日，予恐未能去，便托探聽予借支款明日能送到否。晚十二時寢，慮腹再泄，仍服建曲一次。

初五日　晴　十一月十八日　星期五

八時半起，午後尚立來回信，謂借薪信已收到，羅燦云尚未送批。借支薪水乃如此難耶？回想從前薪多，月有餘款，只有人向我借，我實未借支本薪也。十二時寢，寢聞小雨聲，半時乃已。

---

① 努，應爲“弩”。

初六日　陰　午後六時雨　甚小　至九時止
十一月十九日

昨睡未安，九時起，外出一次，購得十行紙三刀。連日到處無十行印紙，只有新式之十二行、十四行、十五行，風氣所開，諸事俱變。第二次出門遇一李姓，云彼家有十行紙，現因重新，或無人問舊式十行者。予以各本子如《天國史料》《春柳齋筆記》等等俱係十行，須添配同樣也。今日報載四外長會議已閉幕，開會四星期竟無結果。又國聯開會，有歡迎十八國入會員，其中有錫蘭、意大利、蒙古人民共和國、尼泊爾、日本等，而無人民共和國，何以如此？並云英王及蘇聯支持此項提議云云。午後六時半下雨，見天空閃電，今已入十月，設不閏已是冬月矣。

初七日　晴　十一月二十日　星期日

昨小雨，今日又晴，殊爲奇事。今日清理室内外、糊窗格等等，嵌玻璃、補各窗門隙。此房一到隆冬到處皆風，予畏寒決不能受。定生今日禮拜在家，囑其幫做。予以勞動氣喘甚、足軟甚，五時半咳嗽不已。

初八日　晴　十一月廿一日　星期一

連夕咳未愈，存藥亦未服，服與不服等，暫聽之而已。晚寢多夢，心煩亂殊甚。

初九日　晴　十一月廿二日　星期二

今日外出，購得各種紙及糖果等等歸。連日用錢多，聞參事室以後發薪改爲十五日。

初十日　晴　十一月廿三　星期三

今日外出，又購應用物品如毛巾之類，用舊須補充者也。惟急需之絨短褲一件、套袍一件至今無力添補，蓋做成須十五元上下。頻年困難如此，只能够吃，不够穿衣也。政府所派各参事每月福利金早爲余頌迴、賀、羅諸人近水樓臺吸收以去，此有何理可言歟。

十一日　晴燥　十一月廿四日　星期四

昨睡亦不安，早起至醫院看病，先遇一西醫，年不過卅歲，開一便宜藥水與予，逆料其不效也。九時半尋中醫，仍爲向醫生，開藥三付，囑予兼服參桂鹿茸丸，十一時歸。晚十一時寢，服西藥並安眠片。

十二日　晴　十一月廿五號　星期五

昨寢一連五小時未醒，安眠片之功也。七時半起，今日未外出。閱報連日無甚消息，四外長會議無結果，聯大又時時專對付蘇聯，近且欲延十八小國參加爲會員，而人民共和國與北朝鮮不與事，英美真可惡矣。

十三日　晴　風　十一月廿六日　星期六

昨服西藥並安眠片，仍連續睡四小時。七時起，外出早點，以風大即歸，未作事。午後修脚一次即小睡，至四時半醒，已有二時半之久，美睡也。睡閱顧亭林文及其年表，顧先生生於明萬曆四十一年五月廿八日，卒於康熙廿一年正月初九丑時，時海内晏安已久，文字禁稍弛，故先生得保首領以没，亦幸也。

十四日　晴　月色佳　大風　十一月廿七日　星期日

昨服西藥仍安睡。今日八時起，九時半至愈友家，約往張輝禧寓問五一年整風學習時留予等九人彭、李、辜、傅、蔣、傅、阮、李。年表、自傳草稿不發下事。彼今變爲絶對不認，且云原草已交予與李手收，横扯一番，囑其宣誓，彼不敢也；囑其向參事室一查，彼亦不肯，只云當日已交秘書室。問交秘書室何人之手，彼亦閃爍其詞，又云彼之草稿早已提出矣，反云彭、蔣諸人他已退還矣。彼之意欲何爲，不得而知。此人當日僞裝前進份子，爲衆人所鄙棄者。辯論一小時，僅云如果八人均無草底，歸他負責云云。予憤甚，乃與愈友同出。噫，如此等人竟上爬而爲文保會館長，是可恥矣。晚睡時仍服西藥並安眠粉，夜間竟未醒，仍多夢。

十五日　晴　大風　寒甚　十一月廿八日　星期一

五時半醒，予未起。八時半張輝禧來，先由苾蘅招呼，予着衣始起。九時出見，與談半時去，蓋爲昨晨事來道歉意者也，云今日至參事室查卷，容當親來回信云云。

十六日　晴　寒　月光比連夕更明　寒氣襲人　十一月廿九號　星期二

昨睡僅三小時即醒，安眠片功效退化歟？此二片藏逾二年矣。再睡至上午七時醒，八時半起。閱報，南北朝鮮統一事，蘇聯與西方國家意見不同，難望和平統一矣。自有國聯以來，蘇聯所提案及幫助某一國同意其提案，但無一案爲大會通過者也。晚正抄書時電燈忽熄，已近十點鐘，遂寢，未服藥，致睡後醒三次，極不安，幸未大咳。

十七日　晴　十一月卅日　星期三

十一時方起，閱報無多事，多記抗旱播種，今夏五月初九以後迄今無雨，殊爲奇事。午後二時任啓珊來訪，仍爲參事室談福利事，予以月之入收及房租金及鄂城子孫情形並借款須償事一一告之，彼登記以去，其申請如何方法予不知也，總之予自己不申請，請體貼也。參事室如余頌迴、羅燦、章裕昆輩，外面嘖有煩言，謂彼輩薪水超過予等在外自學參事已四分之一，年年有一次福利，十二月又有一次津貼，時時叫苦而穿吃比別人優裕，甚不平等矣。

十八日　晴　月色大佳　十二月一號　星期四

今日早十一時方起。午後一時至醫院看病，仍爲向醫生，謂予脈多弦，血管轉硬。又謂口乾宜以參麥散治之，開二付並另開三付治咳藥，用海藻，則數月所未用過者。在院中遇孫鴻儀談片刻出，訪盧智泉並遇熊子遠談半時出，便訪馮亞佛，知其病已痊，能進飲食，畢竟身體素來强，雖發咯血疾亦不礙也。亞佛明年八十歲。又云及陳次宗，本月初五曾至其家視其疾，約以初十日爲次宗七十歲，請其渡江敘，繼聞其初七日在茶館聽女子唱某劇，彼正鼓掌間，頭忽下垂，中風死矣。此人未受疾病之苦，今春其武昌舊宅前日欲售二千元而不得買主，乃忽爲公家自出四千餘元買之去，其喜狀可知。次宗在恩施與予見面時多，前二年在漢口聽報告晤見一次，今乃知其死狀，殆亦前世有修行者耶。

十九日　晴　十二月二號　星期五

九時起，昨睡已十二時，三時即醒，旋又昏昏睡去，六時咳甚，自此不安矣。今日未外出，足軟亦不願出門，且畏寒氣及路上飛塵也。數月不雨，飛塵滿天，予每出外歸時，痰中帶黑灰色，是其證也。下午五時范尚立帶來參事室一函，係史崇囑其帶來請予瞭解金鐸事。細閱知俱是鄂城縣事，予不知也。答已知者與之，彼云明日室中派人來取。

二十日　晴　十二月三號　星期六

昨晚醒三次，尿多，咳時尚少。八時半起，九時參事室來取信去。午後予訪孫鴻儀，彼前告予地址已誤西街爲東街，使我尋找廿分鐘乃得之。屋雖新做，比原宅逼窄多矣。公家要屋，人民不敢不從也。孫君爲予以佛法治氣喘及兩足抽筋病，念《大悲咒》至一時餘乃已，可感也。五時半乘車歸，以餒甚多食半碗飯，古人所謂“飢不擇食”者耶。晚七時趕抄天國材料，欲於最近完成予著三册，連敘論共有四册，前十年患材料少，今則滿足矣。蓋不獨私家記載卅餘種閱抄，而此兩月間採抄外人筆記四種，以其扼要可證，中國人未留心過細者一一摘抄之。時論謂清代私人筆記立場不同，且出發爲資産階級之人。此外人筆記，以教士眼光，以無同種復仇之念立言者，非以主觀立言也。吾國人每每不信服中國人而信服外人，此外人著作亦時言洪楊之短、清政之腐敗危亡者也。事實俱真，是非擺在當時衆人目中者，非有偏見也。

廿一日　晴燥　十二月四號　星期日

今日報載無多事。午後剃頭畢，小睡二時餘乃醒。晚服藥，連日中藥亦收效少，慢性病真難愈也。孫鴻儀來談甚久，彼來爲予治疾者。予以念經時間太久，彼年高，予堅辭之，允以改日到其家就治。

廿二日　晴燥　十二月五號　星期一

早胡林鄉老四來，予未起，問以鄉間各事，午後二時易泮香來坐甚久去。晚寫作至十一時寢。

廿三日　晴燥　十二月六號　星期二

早起，十時至志純家談一時許，請其誠心念《大悲咒》以療予之咳嗽疾，此真無辦法以求愈者也。前日孫居士來爲我以此咒念卅六遍治予疾，是夕睡安好，咳嗽移至清晨，人不吃虧。因志純持咒甚久，特待求之。彼允許今夕十時虔誠爲予請佛力也。歸後晚間净室，移佛出，焚香，決定十時寢，乃八時胡老二滿口酒氣來室中，久坐不去，所説多予厭聞之語。表示數次催之去，九時三刻乃走，予須十時早寢，上床後心煩亂，恨老二多話耽延時間，心不安至不能寐，展轉至十二時方睡着，二時即醒，因是知陳此時已爲予祈禱矣，但無感應也。二時半再睡去，五時又醒，自是更不安，六時半乃起。

廿四日　晴　大北風　十二月七號　星期三

早起，八時半外出，九時乘車至志純家道謝，知彼昨日爲予祈佛力，予雖以胡老二來擾而未得感應，但志純之心終爲予所感謝，談半時出。午飯後疲甚欲睡，仍睡不着。晚寫字過多，十時半寢。

廿五日　晴燥　今日大雪節　十二月八號　星期四

早起，昨睡醒三次，幸咳不甚久，仍睡去。九時半外出一次，午後一時至三時小睡甚恬，精神已復。晚間閱王韜記洪楊事已畢，足費五六日抄工也。

廿六日　晴燥　十二月九號　星期五

連日病狀不見增減。天氣如不轉冷，予病不甚要緊，一慮風寒氣喘如去冬，則難受矣。節已到大雪，有霜時亦少，遑問大小雪耶。此月又滿，不見點雨之滴，奇哉。天乾半年，景象如此，殊爲慮也。

廿七日　晴燥　十二月十號　星期六

予疾昨似較好，仍以存藥服之，冀其愈也，久藥未瘳，予亦厭煩之。至下午參室送薪來，僅有五十元零九角，此月用度相差尚遠，心煩亂無已。

廿八日　陰燥　下午小雨半時　時有北風　十二月十一號

連日天氣乾燥，下午四時小雨片刻即止，黄昏時又小雨約廿分鐘即止。晚間補裝天國資料，尚有結論未作，至此書大部已完全成矣，爲之一快。

廿九日　晴燥　十二月十二號　星期一

上午八時電燈匠來收表費去。下午一時至醫院看病，晚范尚立送來調查表一份，囑予保薦張祖培，爲失業者謀出路，並云參事室福利費經任啓珊提出，予須要補助福利費云云。

三十日　晴燥　十二月十三號　星期二

今日下午三時訪華甫，談片刻歸。聞參事室已送卅元補助費來。

冬　　月

初一日　陰晴不定　晚八時小雨片刻　十時大雨一陣　約十五分鐘止　十二月十四號　星期三

今日陰，午後似有雨意，晚八時僅雨點驟至，片刻止矣。十時大雨，惜十五六分鐘即止，然總較不雨爲好耳。十二時以後大風忽起，二時轉寒，聞風聲怒號，予睡迷迷惑惑中，多夢極雜。

初二日　晴　大風寒甚　十二月十五號　星期四

十時起，風大未能出門。十一時泮香來問填表事。午後寒甚，然陽光大如秋日，不知何時再有雨雪耳。初九日冬至，相差只六天，且看氣候如何。

初三日　晴　十二月十六號　星期五

今日無事可記。

初四日　陰　大風　晴寒　十二月十七號　星期六

今日寒甚，午後一時泮香來，爲失業登記事，已寫列十二項，後一項由予作評語數行，再請華甫加署名字，此事只好説看運氣如何耳。

初五日　陰　午後二時小雨一陣　晚又小雨　十二月十八號　星期日

早起囑夢閑將表填就，送華甫加評語蓋印，十一時半去，則華甫同其妻子往中華飯館去矣，遂至館訪之。午後一時出，途遇雨，至其家將表蓋印帶歸，附郵寄參室。

初六日　晴　十二月十九號　星期一

今日清理房中諸事，换寫字檯入室，此前日太平自鄉間帶來者。忙了半日乃得竣事，以後寫作，安置書本、零件可如意也。

初七日　晴　十二月廿號　星期二

閲報無多事。午後外出，購得紙墨各事。晚服吴醫生所開紅參、玄參、寸冬、川貝、五味等藥，謂可治口乾也。

初八日　晴　十二月廿一號　星期三

午後一時乘車訪孫愚夫，值其出，乃至覃孝方家一談，約一時許，然未盡興也。出時途遇孫君，知其曾往予家，彼此相左矣。再至其寓，彼爲予以佛咒語治病，感其誠也。爲予念咒一刻鐘，予乃歸。

初九日　陰晴　今日冬至節　十二月廿二號　星期四

外出買物一次，午後一時訪蔡西銘未晤，予欲同其訪賀滙川先生，已半年餘未來見面，感於劉伯剛未晤事，函欲問之者也。三時陳志純來，云張春霆先生卒於醫院，初八日晚間事。張先生今冬此月初八爲其七十九歲正壽，已到誕辰而死。據説沐浴後更衣納履卧床，呼之不醒，此則修到圓滿之果矣。漢口市政府爲之具喪費四百元，一切由府負責人辦理，舉行公葬，明日上午十時行禮，邀予必去，予表素畏渡江，且值水涸，两岸石坡均八九十級，言之可怕，惟志純必欲予去，乃許之去。晚九時半寢，轉鐘三時半方醒，總算愚夫爲予祈禱之功也。

初十日　陰寒　十二月廿三號　星期五

早起，九時半渡江，到漢口已十時，乘三輪車至前進一路，車夫又不知殯館所在，予下車問之，知已錯誤，至張先生行禮處已禮散，送遺體至姑嫂樹某窑去火葬矣。予僅與張夫人説明來意，慰藉十分鐘乃出。

訪柯竹僧，知其病未愈，彼年六十三，患咯血症已五年而尚未死，據稱西藥、打針樣樣做到，則其不死者勿乃命不該耶？出門時本想再訪孟、曹二家，恐天下雨，匆匆在館食水餃一碗乃渡，以舟車不便，漢陽門修路，去來二次迂行二里餘，乘汽車歸。

十一日　陰寒　夜轉鐘二時聞小雨聲
十二月廿四日　星期六

八時半起，九時乘車至上海銀行看政協舉辦之學習論文及考試試卷，先有陳志純、孫鴻儀在座，繼則饒校文來，予僅瀏覽李儻、胡忠民等論文，十行紙或十二行紙寫有多至十七頁，少亦七八頁者，予不辨其優劣也。文史館試卷與參事室訂成本子，一百分者列前，最少者七十五分，答題對與不對，予亦不辨其訂之當與否也。梅鑄、李平原、饒校文均係百分。翻閱匆匆，繼見人來多，予遂歸。下午欲再去看，行至長街折回。晚十時寢，轉鐘二時似聞小雨聲。

十二日　上午二時小雨片刻　晴燥
十二月廿五日　星期日

早陰，似有雨狀，午後晴燥。一時至公園湖北劇場看江西團演京戲，第一齣《舉鼎觀畫》，飾徐策者名杜月樵，飾徐忠者爲徐□，唱做均佳。第二、第三爲《唐僧取經》《孫悟空奪□》，係武劇，亦可觀，衣服裝飾均簇新。近來京漢各劇團均如此，非清末民初之京漢劇，只重唱不重衣飾也。下午四時曲未終，予遂出。

十三日　晴燥　晚月色佳　十二月廿六日　星期一

昨夕寢後甚熱，以爲今日有雨，乃仍晴燥。冬至已過四日，俗所謂“九天”者仍如此晴暖，何也？下午二時訪温夢珩一談，聽其述文學社事甚詳。

十四日　晴　月色大佳　十二月廿七號　星期二

上午十一時朱鍾應自樊口來述各事，留之飯。彼云在縣前日晤見過遲生，知家中近事，飯後與同乘輿至司門口，給以川資二元去。下午半時予至醫院看病，向醫生照吴醫生開三付，仍用紅參。在院中遇同室二傅又文史館鍾、蔡諸熟人，出遇徐難愚往院取藥，是何病人之多也。便訪范吉六，值其出。此老年近八十，足不良於行，又時時單獨外出，可慮也。便訪覃孝方談甚久，證以光緒乙巳彼出差廣西宜山縣，即舊慶遠府白龍洞外摩岩所刻太平天國石達開詩事，原字有大菜口大，楷書字並填有紅色，至當時尚未有剥落。其時隔天國覆亡期不過五十餘年，宜其色存也，不知當時大吏何以未剷除搗毁之，豈非異事？蓋天有意存之者耶？予前年見羅爾綱所著天國事，證翼王摩岩詩及其時大臣十餘人和作，已疑羅君所記不確。證以今日覃先生所説，則爲真實而目見者，則今代廣西人當以古跡保存矣。石詩即羅君認爲真者，只此一首五律是也。清代所見如天國詩文集以及梁啓超所列入《新民叢報》者，確爲僞作矣。

十五日　晴燥　十二月廿八號　星期三

早起，午後一時與蔡西銘同訪賀滙川先生，未晤。出欲至圖書館閲書，該館又不開放。該館自方某接辦後開放時少，時貼白條於外，總總①有事或托詞，或名爲進步，不得知也。圖書應如郵電然，那可停止閲覽耶？今日仍服中藥，總覺無多效驗，予病根已深，晚睡仍多夢。

十六日　晴　有西北風　寒　十二月廿九號　星期四

今日天寒未出門。午後四時參室又送來請瞭解趙繼華信一件，當即答復，所詢三項僅知其一而已。

---

① 總總，二字衍一。

十七日　陰寒　有風　夜十時小雨一陣
十二月卅號　星期五

今日風寒未出門。參室通知至上海銀行聽講，未能往也。因寒早寢，仍多雜夢。醒後又咳，服紅參已五次，未有補助，大約係分兩太輕。

十八日　陰　北風　今日大小雨五次　寒甚
夜大雨兼雪子　十二月卅一號

久晴忽來大風小雨，氣候變寒。本來今日在二九，去歲已下雪數次，溫度零下，早已結冰多次矣。予自趕編《太平天國史》，前兩月以夜間寫字過多致目力過傷，今夕寫字眼花目眩。隆冬夜長，以後當戒之。各機關慶祝元旦，予未能出視情形，在家亦無來客坐談。疾未愈，室中今日方置火爐，幸前三日早買木炭，前日補助費送到時即買布做長單袍與短褂褲一套，得以禦寒矣。晚八時半即寢，寢後多夢，不可思議之事太多，醒時聞雨聲夾雪子聲，心煩甚，此氣候之變，因久晴恐多雨雪矣。

十九日　早微雪　午前十時大雪　終日雨兼雪　寒甚
夜雨達旦　公曆一九五六年元月元旦　星期日

昨夕多夢，睡亦未安，十二時乃起。予畏寒，今日未出房門，室內升火取暖，此去臘未用存炭，高於今冬所購加一倍矣，今年炭價每百斤四元五角。晚間早寢，服可大因，睡後醒數次，竟不得安眠。夢張春廷先在一大室辦公，排桌，無空位，兩頭以木椅攔之阻予入，但其內皆空座也，予攜香兒出，乃醒。

二十日　終日雨雪　寒甚　元月二日　星期一

今日寒甚，早十一時坐床上未能起。食麵一盂，仍睡去，午後一時半乃起，未能作事，念幼年瑣碎之應書之名，曰《峙山老人生平瑣記》，以別於日記也。

廿一日　微雪　小雨　寒甚　元月三日　星期二

今日未作事，寒甚，晚九時寢，服鹿茸丸睡，五小時乃醒一次，胸臆亦安。

廿二日　早微雪　小雨　夜又雨　元月四日　星期三

早仍服鹿茸丸，昨寢後未多咳，大約與予疾相宜也。午後三時至武昌浴室洗澡一次，去洋五角，洗後甚適。晚早寢，先服鹿茸四十丸，求予疾早愈。孫鴻儀勸予念《大悲咒》，謂可治疾。予自十月半念起，至冬月半乃熟，較他咒長而不順口齒。迭聞學佛者言此咒功大，予立願持誦也。

廿三日　陰　小雨　結冰　晚大風　元月五日　星期四

今日氣候寒甚，未作事。晚仍服鹿茸丸，睡眠較好，痰少，亦不多吐，予體似寒則不忌熱燥藥也。睡熟仍多夢，每夕有多至三四次者，夢徐某某爲武官，欲保其屬爲税局長云云，醒時記其情况了了，一笑而已。

廿四日　陰寒　大風　結冰　大霜　元月六日　星期五

今日大北風，寒甚，零度下，已結冰。予畏寒甚，未出房門，然心念及無衣無食之中下等人家不知何日過活也。

廿五日　晴寒　大霜　元月七日　星期六

連日服鹿茸丸，咳已大減，晚寢能安神，房中連夕仍有蚊蟲亂飛。

廿六日　晴寒　霜　冰 元月八日　星期日

午前十一時起。連日亟思至醫院看病，因水、丸藥均已服完也。晚八時范尚立引李漢文來，蓋已廿二年未見面矣。細問各事，渠詳述肖鵠事。提及寒溪學生，存者不過三人，渠現亦五十六歲，往事付之感慨而已。

廿七日　晴寒　霜　元月九日　星期一

今日下午至醫院看病，西銘同黄君□□來看予，不能與多談也。至則仍爲向醫生看予疾，開方三付，仍有紅參，又付鹿茸丸二兩歸。便訪智泉寓略坐，半途遇王伯聲先生，八十七歲，予對之有感慨。又遇龍智仙，隨走隨談至司門口，候三輪一刻鐘，致歸時受寒，晚寢咳久多痰。此十天已愈之疾，因晚寒刺激過甚，又未帶口罩，以致吃虧如此，後須謹記之。夜起坐二次，似氣閉狀。

廿八日　晴寒　元月十日　星期二

昨夕寢未安。久以今年多病，須至顯真樓照一小相，因庚寅九月五日病愈，在該樓照有二寸相甚佳，久思往而竟未往也。乘三輪車去，稍候乃照，出便訪愈友、志純，均未晤，聞已外出矣，匆匆乘車歸。晚飯後又大咳，上床後九時半咳尤甚，半夜起坐一次乃已，否則氣似上逆，胸臆難受。此予不慎之過，身弱如此，須時時注意也。

廿九日　晴　寒　霜　元月十一日　星期三

九時李愈友來，予未起，以昨咳痰甚，不能起與談。十一時陳坦又來討，今年自春至今已卅餘次，多者五角，少者一角。彼未就蒲圻中學教員以前，多者七八角，少者四五角，則亦廿餘次矣。專門行乞，凡文保會、參事室，只要認識一面者，必强討惡要。嗚呼！陳芃周乃有此子，在文保會被除名，在蒲圻被撤職，近五年來彼實無一句真話。遇陳姓人遇予，均囑予勿理之。予以面軟，終未與空過故，故時時來討錢，此十天内已來四次矣。室内半月以來蚊子不減，晚間吮人血，無異暑天，真奇事也。

三十日　晴　霜　元月十二日　星期四

昨夕多夢，嗽亦未止，今日遲起。屢欲作事，以倦而止。前兩月所期爲之事竟無勇氣行之，奈何！

臘　月

初一日　晴　霜　元月十三日　星期五

今日痰多氣喘，坐室中未出。天晴，陽光大，竟畏寒不敢出門一步。每夕在床上所思，應補書補抄之件甚多，乃起時竟懶於執筆，四肢無力。從前天暖不做事，以致怠惰至今，可恨。七十歲以前所作日記完全；文集只補騰四五篇即完璧，以後不願續；詩集近千首，以後續添看身體與興趣、環境如何耳；太平天國史料僅欠百分之五成書；《歷變記》尚欠三分之一，倘鼓勇氣，半月可成也。

初二日　晴暖　元月十四號　星期六

昨日下午王小齋來述窘況，並言其子思雲已死矣，肺病三年，總算受苦已久。此子對小齋原不孝，亦可死也。小齋借四角去零用，予即付之。晚十時寢，又多雜夢，但咳較昨夕稍好。痰中時有黑絲狀，又如散烟，凡喉頭發奇癢者即此痰。

初三日　晴暖　元月十五號　星期日

六時醒，昨睡甚安。口乾殊甚，吐濃痰數口，中有深黑如絲者三次。八時半即起，予以今日晴暖，午後二時外出買物，用去四元餘。昨收參事室薪水，乃有此買物之資，然以之較從前，渺乎小矣。九時半水利學院教授駱穎叔來訪，爲購琴事，予去年因其來訪未晤，曾致函與渠者。駱君四川資州人，上海同濟大學畢業，任教席十年矣。談一時許去。

初四日　晴暖　元月十六號　星期一

今日病似轉好如前星期狀，痰不多，咳有時，睡亦較安。午後二時持款五元還志純，在渠家談甚久，致華甫五元未送還，欲去，恐天晚又受寒也。晚寢熱甚，似天有[①]者，連日皆熱，刻在三九，氣候如此反常，奇矣。歸後聞賀滙川、鄒嶧儒同來訪，未能晤。予十閱月未與賀晤，彼來竟相左如此，亦奇也。

初五日　晴燥　元月十七號　星期二

今日下午一時乘車至司門口轉至湖北醫院看病，又值向醫生，仍用紅參、川貝等水藥三付，又給鹿茸丸二兩歸。在院晤及王、敖、熊子遠，皆久在該院求診者也。晚寢前服鹿茸丸，轉鐘二時聞風聲吼，未幾仍止，醒後咳較昨日好。

初六日　大風　晴　晚風更大　甚寒　元月十八　星期三

今日大風，寒甚。晨晴，九時街上遊行者甚多，有腰鼓、雜要等等，遵北京示爲公私合營工商改造成功者也。

初七日　陰　晚大風　下雪子　元月十九　星期四

連夕咳減輕，或係鹿茸丸之功歟？下午四時接遲生來信，又索款廿元濟用。此子今年賣去住宅，除典小屋外，尚餘二百五十元，不知作何用度。今日接他三次信，一年之中，僅有三次，三次皆索錢也。予前寄匯之款，彼收到亦不回信，回信則云大忙，似不能偷出此十分鐘之暇以復予者，其遁詞可惡可恨也。

初八日　早微雪　以後大雪　大風　晚風更大　元月二十日　星期五

轉鐘晨二時聞雪子聲，自後大風下雪。予畏寒甚，未出房，十二時乃起，悶坐房中思往事，心煩亂，念及無衣食者，傷心哉。憶及鄂城袁

---

① 有，後有脱字。

芷青今日生辰。

初九日　大雪　寒甚　大風　結冰　澈夜大風雪打窗聲
元月廿一日　星期六

大雪終日，天寒甚，滴水成冰，今年最冷之日也。

初十日　大風雪　午正雪甚　三時以後風息轉晴
晚見星月　元月廿二日　星期日

早十時以前滴水成冰，寒暑表在零下五度。午後風息，晚月色大明，照積雪上，望之寒氣逼人，可畏也。偶至堂屋前閱之即轉室內，懼寒氣侵骨也。寢後多夢，口乾，以紅參小片含之，有效。

十一日　晴　奇寒　零下五度　結冰　大霜
元月廿三號　星期一

今日更寒，閱報無多事，滿載“工商改造”“進入社會主義”等名詞、圖畫。予十二時乃起，雖晴未敢出門一步也。

十二日　大霜　大霧　晴　寒甚　零下六度
元月廿四號　星期二

十一時起。昨夕咳稍好，多夢。以含紅參，口中乾已減，真有生津之功也，僅醒一次，未喝水。今日張祖培來談房屋事，予畏寒，未出門。

十三日　晴暖　今日零度上一度　月色佳
元月廿五號　星期三

今日午後二時乘三輪車出，汽車歸，買茶葉及糖果數事。街頭積雪未消，兩旁童稚撥雪街心融之，天氣較和暖矣。

十四日　晴暖　早霜　月色佳　元月廿六　星期四

今日未作事，下午送藍圖去登記，大約政府有新計劃也。

十五日　晴暖　月色大佳　元月廿七　星期五

今日仍未作事，咳嗽未加未減。晚寢時思先君生時諸事，明日爲其忌日，可痛之日也。今年冬季夢先君非止一次。鄂城周媳來信索款接濟。

十六日　晴暖　月色大佳　元月廿八日　星期六

昨日午後二時至局匯十八元與遲生，周媳來信正相左，已共匯廿八元矣。予此時極困，設非前月參室福利金及發木炭費繼之，幾成無可奈何之局矣。十四夜寫斥責遲生函，計六張。予恨此子無用，從前過浪漫生活甚久，賺錢並不貼家中一元，去、今兩年得去賣屋價兩次共一千元，每每不兩三月花盡，並不顧及其妻子之柴米火食之用，至困窘時即向予索款濟。匯款後無回信，再索款時則云前款收，三年來均如此。嗜烟酒，毫無誠實語態對予也。今日二時乘車至醫院看病，仍爲向醫生開方三付、鹿茸丸四兩，備十二天之用。便訪馮亞佛、陳紹武，在寓談一時許歸。晚飯後以香燭祀先君並焚楮。嗚呼！先君謝世已四十一年，其靈魂果在耶？倘有知，今夕之祀必能鑒予心耳。

十七日　晴燥　晚無星月　元月廿九日　星期日

九時起，飯後小睡，因昨夕睡未安，心慮多，展轉難成寐也。午後以路未乾，不能外出，晚亦未服水藥、丸藥。今年病久未完全好，時有進步，時還原狀，可恨也。前兩月自期必做完之事、必寫成之書仍未成，體力日衰，將奈之何。蓋腦筋中朝夕爲食糧瑣事打算，又增鄂城老少飢餓情況於胸中也。

十八日　陰　小雨片刻者二次　元月卅日　星期一

今日下午一時渡江請戴志强爲予取去已活之門牙，連同假牙二個一併拔去。上麻藥時發陡心慌，精力已衰可證。此真齒活動月餘，極爲痛苦，又慮時吞入喉中，是以決計渡江至戴處。約半時乃畢，仍匆匆渡江歸。予上腭原有十八齒，僅存三齒帶一半齒根，下腭僅存四齒，傷心哉。九時寢，口中大礙物已除，出氣吐痰均易，晚食稀飯三碗，甚適。

十九日　晴　元月卅一日　星期二

原擬今晨往醫院看病，以體軟難起未去。午後一時半往華甫家看其病，已完全愈矣。二時半至愈友處談半時出，至武昌浴室洗澡，費一小時功夫乃出。塵垢去，心胸亦爽。歸時購得花生一斤，本年花生有限制，人僅買得四兩，今已爲政府開放臨時辦法也，以後或有限制。買得毛花十根，亦近半年來不易得者，因記之。晚九時半寢，甚安，至轉鐘三時醒一次，以後咳三四次，起坐一次。

二十日　晴　早有西北風　二月一號　星期三

早聞風聲，未起床，原擬今晨至醫院請西醫看病，遂止。午後一時孫愚夫來談甚久，留之飯去。約衡之來吃飯，竟未至也。剃頭一次，擬明晨到醫院請西醫給可大因服之。

廿一日　陰小雨　二月二號　星期四

晨四時聞小雨聲，予十一時方起，以不能去看病。皮鞋穿十一年，一補再補，現已不能作用。不能乘車去醫院，悶悶而已。晚寫函請尚立帶室辦公函與醫院盧鏡臣，囑他用貴藥治予疾。蓋不如此，該院醫生每次以三角價值之藥給之而已。晚寢後夢見嚴立三先生，仍似在宣恩情狀。

廿二日　陰晴不定　二月三號　星期五

今日未出門，下午參事室送介紹信來，備明日帶往醫院看病。晚寢多雜夢，難睡熟，心煩意亂。

廿三日　晴　二月四號　星期六

八時半起，九時乘車至院，先會西醫盧鏡臣，知已出差未歸，原函未投。乃至中醫部請向醫生看病，仍用温補之劑，以舊年關近，給藥五付歸。寢時知明晨上午四時立春，又念及縣中第四孫今日爲周歲，若在從前予境遇好時，又是一番打算，今日縣宅諸人日食亦維艱矣。轉鐘二時半以咳嗽氣閉難過，起坐一次，半時乃再寢。

廿四日　陰　今日立春　寅時　新曆載四時十三分　二月五日　星期日

今日八時半起，咳嗽似大減輕。前街路仍濕，未出門，晚間清理桌上零亂物件，以後當伏案作事也。檢韻作小除夕詩七律一首，僅四句稍佳，精神疲，不耐想，不及去冬情狀也。

廿五日　晴　二月六日　星期一

今日外出一次，天氣轉和暖。予以足力大減，未能遠行，在室悶坐而已。

廿六日　晴　二月七日　星期二

早起雇三輪車至醫院看病，西醫胡某照予所求給藥水，已配有可大因者，又另給小餅狀可大因四粒。盧鏡臣未歸，不能與談打針事也。又至中醫處取藥三包及丸藥四兩。此一星期中春節放假四日，不便向醫生求藥也。晚改服西藥，咳似大減。陳紹武來訪予未晤，大約來取畫件也。

廿七日　晴燥　二月八日　星期三

早起囑定生送紹武所索畫，送去並問玉兒近狀也。歸述鄧婿尚未開釋回，不知如何情形也。今日仍服西藥，咳較輕，以後似可望全好。

廿八日　陰　午後晴　晚九時大北風起　自是達旦未已
二月九號　星期四

早起，九時飯畢，攜五、六兩兒乘車至平湖門渡江，船起岸，行沙灘約半里，至東門轉三槐過去，坐三輪車到新建鐵橋上一閱。橋與武昌解放橋比，則寬二倍、長五倍，洵鉅工程也。過橋後搭汽車至漢口六度橋，再换三輪車至中山公園。予年餘未至該園，又擴大幾二倍。至動物園見獅子一、虎三、豹一、駝一、犛牛一、熊四，餘則豺、狸、猿、猴、孔雀，予所習見者也。以六兒久念渡江看此等野獸，今特起早帶之往，小兒目的須求達到而已。就漢吃水餃一大碗，二時半即渡江回家，計交通費、食費、門票共用去二元五角，留此款可作數用，誠以度江不易，獅子爲不易見之物，既許小兒以此説，必償其願也。

廿九日　陰寒　上午十時以後大雪大風
與昨日寒暑表相差十度　二月十日　星期五

早陰寒，大北風，十時以後大雪，午後四時更大。晚寒奇重，早寢。連日服西藥，咳已大愈，想天晴和暖，可望復原。惟予自十月以後身面俱消瘦，如庚寅秋間病後狀。今年上季肌面似前數年，不知何以又消瘦至此，可見咳得厲害，雖飲食如常，身體亦不長也。轉鐘二時夢見先母及亡室孟夫人，夫人似與予同回家狀。母與妻逝世廿二年矣，然猶頻頻示夢，終惹予眷戀之情。

三十日　陰寒　二月十一日　星期六

今日陰寒路濕，未能出門一看今歲歲除情況。下午五時周淑德來，便留之飯，因予正準備祀祖先及孟夫人也。六時焚楮排供畢，家人團聚。今日小飲二次，身體較好，祈吾父母在天之靈佑吾康强耳。孟夫人陰靈未泯，更當佑予也。整理、裝訂、題簽一年日記，更備明年新本，孔子曰：善人無[1]不得見之，得見有恒者斯可矣。日記本非難事，李蒓客、李棠階、曾滌生三人日記各有卅餘年記載，王壬秋、吴稚暉日記莊諧雜出，此不可法也。五家石印原蹟予均閲讀過矣。彼等之事業、功名、學術皆可以傲人者也，亦不過一“恒”字可傳名於後世。予之日記已六十一年，較之諸人實有過之，至事業功名則愧恚矣。晚守歲，以疲甚，十二時乃寢。

---

① 無，應爲“吾”。